JN204799

トラウマ

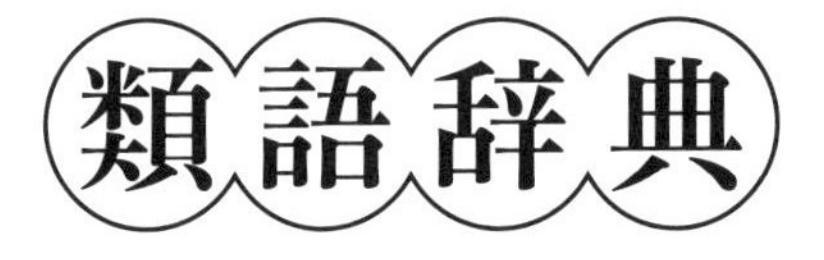

アンジェラ・アッカーマン+ベッカ・パグリッシ=著
新田享子=訳

THE EMOTIONAL WOUND THESAURUS:
A Writer' s Guide to Psychological Trauma

Angela Ackerman & Becca Puglisi

THE EMOTIONAL WOUND THESAURUS:
A Writer's Guide to Psychological Trauma
by Angela Ackerman and Becca Puglisi

Published by special arrangement with 2 Seas Literary Agency
and Tuttle-Mori Agency, Inc.

もくじ

■ 幼少期のトラウマ

■ 予期せぬ出来事によるトラウマ

各事例の「この事例が形作るキャラクターの人格」における「ポジティブな人格／ネガティブな人格」についての記載は、『性格類語辞典 ポジティブ編』『性格類語辞典 ネガティブ編』（いずれもフィルムアート社）の表記と統一しています。本書と合わせてぜひご活用ください。

日本語版刊行に際して
本書には原書出版国であるアメリカ合衆国特有の生活慣習・文化に基づいた表現を使用している箇所がありますが、原書を尊重し、日本の慣習にあてはめる調整は最小限にとどめました。
また本書には一部において、文化的・身体的・思想的な差異を強調するような表現・描写も認められますが、それらはいずれも原著者の差別的な意図を表すものではなく、あくまでも表現行為における創作のバリエーションとして記されたものであり、本書の主題の性質上必要な記載であると考え、修正や調整は最小限にとどめました。

はじめに

序文もプロローグも似たようなもので、読者はそこを飛ばして本文に進みたくなるもの。けれどここでは、本書の内容に関して、ごく手短に注意すべき点をいくつか伝えておきたい。

本書の目的は、トラウマを負うような出来事について、そしてそれがどんなインパクトをキャラクターに与えるかについて、有用な情報を提供することだ。物語に登場するキャラクターは誰もが——主人公に限らず、助言者、親しい仲間、恋のお相手、悪役まで——同様にトラウマに苛まれている。トラウマによって彼らの行動は動機づけられ、自ら選んだ目標に突き進んでいく。過去の傷によって、重要なキャラクターはそれぞれ、どのような破滅に向かい、どのように人格が変化し、どのような先入観を抱き、そしてどのように行動や態度が変わっていくのか。本書を読んで考えてもらいたいのは、そうした事柄だ。

本書では、こうした心の傷に関しては徹底調査を行い、配慮を怠ることなく最善を尽くしているものの、著者は2人とも心理学者ではないということをご了承いただきたい。本書で扱う内容は、現実に当てはめるためのものではなく、あくまでも、物語のキャラクターをより一層深く理解し、過去のトラウマの影響を受けた彼らがどのような道を選んでいくのかを知るために書かれている。

最後に、本書は物語を創作するための本だが、残念なことにトラウマそのものは架空の症例ではなく、この現実に存在し私たちの心に害を及ぼしている。私たちもまた誰もが何らかの形で心の痛みを体験しているわけで、トラウマについて書かれたものを読むことが、あなた自身の過去の傷を掘り起こしてしまうことがあるかもしれない。そうした点には十分に注意したうえで、キャラクターにおける心の闇を理解する作業を進めてほしい。必要であれば事前に対策をしておくとよいだろう。特に心的苦痛を感じるようなことがあった場合は、そのための対策を以下にいくつか紹介しておくので、そちらを参考にしていただきたい。

書き手のためのセルフケア

安心できる場所で本書を利用する

人の多いカフェや図書館、あるいは集団執筆的な催しでの執筆を好む書き手は多い。だが、キャラクターの心の傷に思いをめぐらすうち、自分自身の過去の何かに触れてしまい、不快な感情がどっと押し寄せてくるのは珍しいことではない。もしそんな状況に陥ったら、まずは少し休んで、ひとりになって気持ちを整理できる場所に身を置くべきだ。

執筆作業後は、ひと休みしてから次のことをする

キャラクターの苦難の時期というのは気安く書けるものではないし、それが書き手自身の体験に近ければ、特にきつい作業になる。何かしらの用事の直前や仕事の昼休みなどに、深刻な内容の執筆には取り掛からないほうがいいかもしれない。そうしたシーンを書くときは、現実の所用に戻る前に、十分に時間をとって、心のバランスを取り戻すようにすること。

必要なだけ休憩をとる

万が一、気持ちが苦しくなってきたら、散歩に出る、飼い猫を抱く、好きなものを食べるなど、気分転換を図ること。書き始めるときにアロマキャンドルに火を灯し、執筆作業が一段落着いたところでそれを吹き消すのも、気分転換の時間が来たことを自分に知らせるのにいい方法だ。

信頼できる人に待機してもらう

とりわけ個人的な、あるいは精神的につらいシーンを書くときは、あらかじめ友人にそれを知らせておくのもよい。「こういうシーンを書いているから、ちょっとした助けや励ましが必要なときは電話を掛けるかもしれない」というふうに伝えておこう。また、メールやソーシャルメディアのメッセージ機能を使って、時々自分の様子をチェックしてもらうことを頼んでおくのもいいかもしれない。そうしておけば、執筆中、孤独感に襲われたときにも、うまく切り抜けられるはずだ。

フィクションの鏡：人生と心の奥を映し出す

もし人生に普遍の真理があるとしたら、それは「人は物語に魅せられるものだ」ということだと思う。私たちにはそれぞれ、心のどこかに別の世界を覗いてみたいという願望があって、自分の人生とは違った世界が目の前に映し出されると、それに心を奪われてしまうものだ。そうした架空の世界の中で、私たちは謎を解き、戦い、幻想に満ちた場所を訪ね、ロマンスを発見し（あるいは再発見し）、キャラクターが歩む道を追っていく。その道は私たち自身の人生と似ているかもしれないし、そうでないかもしれない。私たちは、すばらしい物語の世界に一歩足を踏み入れたとたん、自分とは別の人生を体験できるのである。

フィクションは、一見、現実の退屈しのぎやストレス解放のために存在しているように見えても、人がフィクションを手にする理由は何も娯楽のためだけではない。時代を通して、物語は人を導き、教えを伝えるために利用され、重要な知識や考え、信念を様々な形で後世に伝えてきた。

今でもストーリーテリングの伝統は続いている。ラスベガスでのクレイジーな週末を脚色して友人に話すこともあれば、テレビ番組で観たとんでもない逸話を職場の同僚に話して聞かせることもある。しかし、物語はもっと奥深いところから生まれることが多く、むき出しの感情、希望、欲望を人と分かち合うチャンスを与えてくれる。いずれにせよ、娯楽だけを目指して書いた物語は深みに欠けてしまう。書き手が綴る文章で読者を取り込むには、その内容が、読者が常に探し求めている何かと深いところで共鳴しなければならない。つまりコンテキスト（文脈・背景）の重要性を認識する必要があるということだ。

コンテキストがなぜ重要なのか。それは、人生にユーザーマニュアルなど存在しないからである（でもあったらいいのに！）。人というものは、自分はうまくやっているだとか、自分の行いは自分でよくわかっているなどと取り繕っているものだが、現実にはほとんどの人にとってそれは素振りでしかない。人生にはいろいろと障害があり、難題が降りかかることもあれば、チャンスが到来することもある。そのたびに「これにどう対処しようか」「どうしたらいいのだろうか」「失敗したらどう思われるだろうか」と人は悩むのだ。

残念ながら、私たちは、恐れ、自己不信、不安といったすべてを引きずりながら日々を生きている。自分のことを弱い人間と見られることを恐れるあまり、そのような不安をさらけ出せる人は少ない。その代わり、できる限りのことをして苦境を乗り切ろうとし、その手本がないかと周囲を見回す。どう行動し、前に進めばいいのか、できることならさらに経験を重ねて能力溢れる人間になりたいし、そこに行き着くにはどうすればいいのかと、文脈を探る。

このように、人間には成長したいという普遍的希求があるからこそ、作家はフィクションという現実を映す鏡を作り出すのだし、読者はその作品を読むことで自分自身の心の奥を安心して模索できるのである。キャラクターが厳しい選択を迫られ、つらい結果に直面し、苦労して成功を勝ち取っていく姿を追いながら、読者は自ら歩む人生のことを思い知らされる。読者は、キャラクターが苦境や道徳的ジレンマ、破滅的な変化にどう立ち向かっていくのかを垣間見ながら、自分も同じことを体験しているかのような気持ちになる。意識しているかどうかにかかわらず、こうした追体験によって、読者は自分の求める人生の道筋を見つけ、人生をよい方向へ進めていくための術を学ぶのである。

私たち誰もが心の奥に弱さを持っているからこそ、架空のキャラクターが心の痛手を克服するまでの道のりに共感できるのである。心を傷つけられるという経験は誰にでもあるもので、誰もがそれを癒そうとする。その痛みが今でもなお強く残っていれば、「この世の中に自分の居場所を見つけたい」「よりよい人間になろう」「生きる目的を見つけよう」と心の底からより一層強く突き動かされることだろう。そのような願いを成就させるには、物語のヒーローやヒロインのように、自分の行動を躊躇させる恐怖心や心の痛み――不安の根底にあるもの――に踏ん切りをつける必要がある。

読者に自分のことを想起させるような複雑なキャラクターを書き手が作り出し、キャラクターを意識させることができるのなら、物語の持つ不思議な力は、読者に「自分にもできる」と思わせることができるだろう。しかし、それもまた幻影である。つまり読者を惹きつける鍵は、フィクションという手法を使って現実を忠実に映し出すことなのだ。書き手は、人間の持ちうる欲望や欲求、信念や感情といったものをすべて研究する必要があるが、物語のことをまるで現実のように読者に感じさせ、最初から最後まで牽引してくれるもののひとつが、キャラクターにおける心の傷なのだ。

心の傷とは何か

大人になるまでの成長過程で経験した思いも寄らぬことや驚いたことを思い出し、心がざわつくことはないだろうか。たとえば、小学生の頃、あなたは科学の自由研究で3等賞を取ったことがあるとしよう。3等賞の黄色いリボンをつけた胸は、きっと母親に息ができなくなるほど抱きしめられ、褒めてもらえると期待に弾んでいる。ところがいざ帰宅してみると、母親はリボンには目もくれず、もっと上を狙えたはずだと言った。高校3年生のときには、こんなこともあった。学校のミュージカルの主役を選抜するオーディションを受けたけれど、結局他の子が抜擢された。結果が発表されたときのあの心境、特に、母親に不合格を知らせなければならないと思ったときのあの気持ち。大学受験のときには願書提出の締め切りを逃した。あのときも「兄さんは何の問題もなく入れたのにね」と冷たい一言を母親から浴びた。就職してからは昇進に縁がなかった。久々の家族の夕食会には失敗の二文字を知らない兄も同席していた。その隣に座っていたときの苦痛。

あなた自身にこんな経験はないかもしれないが、ここではそういうことにして話を進める。あなたはいつも母親の現実ばなれした期待に応えることができない。やがて母親に愛されたいと思う気持ちは恨みへと変わっていく。そんな心境の変化は、一体どの時点で生まれるのだろうか。目標があってもそれを口にしなくなる、あるいは、事態が悪化し、頑張ったってどうせ失敗するだけだからと一切努力しなくなる、そんな境地に至るまで、一体どれほどの時間を要するのだろうか。

残念ながら人生に苦しみはつきもので、いろいろと教訓を学んでも、そのすべてが建設的とは限らない。我々生身の人間と同じように、物語のキャラクターもまた、簡単には払いのけられない、忘れ去ることのできない精神的トラウマに苦しんでいる。このタイプのトラウマをここでは**心の傷**と呼ぶ。心の奥に痛みを引き起こす負の経験のことだ（複数の経験が重なっていることもある）。長く疼くその傷には、家族や恋人、相談相手、友人、信頼している人など、身近な人が絡んでいることが多い。痛みはある特定の出来事に結びついているかもしれない。何か受け入れ難い真実を知って傷つくこともあれば、身体的な障害などのせいで精神的な傷を受けることもあるだろう。

いずれにしても、つらい出来事は心の準備をする間もなく突然起きることがほとんどである。キャラクターは一瞬にして傷つけられるという点で残酷であるし、長く尾を引くトラウマは、キャラクターの人生に大きな影を落とす（たいていは暗い影だ）。物語のキャラクターもまた生身の人間と同じように、人格形成期をはじめ、人生を通して多くの苦渋苦難を体験する。過去の痛みは断ち切るのが困難であるうえに、つらいことは畳み掛けるように起きることが多くて、心を苦しめ続ける。

さて、物語をまだ書き始めてもいないのに、なぜキャラクターの境遇を知っておかなければならないのか、そんなことをしなくたって結局は、物語の中でキャラクターがどのような行動を取るのかに尽きるのではないか、と疑問を抱く人もいるだろう。その答えはイエスでもあり、ノーでもある。人は過去の産物だ。読者にとって信憑性や真実味のあるキャラクターを作り出したいのなら、キャラクターの**背景的な過去の出来事**も理解しておく必要がある。キャラクターはどのように育ち、どのような家庭環境にいたのか――過去の体験や環境は、何カ月、何年も前のことであっても、当人の行動や動機に直接的な影響を与える。過去の体験が暗ければその影響はとりわけ強烈で、それによってキャラクターの人物像や信念、何を強く恐れているのかが決まってくる。揺るぎない、説得力溢れるキャラクターを作り出すには、彼らが体験した痛みを理解することが先決になる。

精神的トラウマといえば、キャラクターの人生を永遠に変えてしまうような、ある特定の出来事を思い浮かべることが多いが、心の傷は様々な形で現れる。確かに、人が殺されるところを目撃した、雪崩に巻き込まれた、子どもの死を体験したなど、**たった1回の衝撃的な出来事**が引き金となって心に傷を負うことはあるし、職場いじめにあった、心を蝕むような人間関係に悩むなど、**繰り返し起きる出来事**によってトラウマが生じることもある。また、貧困生活、アルコールや薬物に依存している親に見捨てられた体験、暴力的なカルト集団の中で育った経験など、**継続的に有害な環境**にいたために、心に痛手を負うこともある。

いずれにしても、こうした体験は心に傷跡を残す。傷は精神的なものでも、体の傷と同じように傷跡が残る。心の傷はキャラクターの自尊心を損ない、ものの見方を歪ませ、不信感を生み、他人との関わり方を決定づける。そのせいでキャラクターは目標を達成できない。だからこそ、書き手はキャラクターの過去を深く掘り下げ、彼らが体験したはずのトラウマを浮き彫りにしなくてはならない。一つひとつの傷には闇がある。その闇によって、キャラクターの心は過去に縛られ前進できずにいるばかりか、自分は幸せにはなれないと思い込み、深く満たされない気持ちを抱え込んでいる。そういう意味でもキャラクターの過去を理解することは重要なのである。

● 心の傷に付きまとう暗い影:偽り

トラウマを経験するのはつらいことだが、その最悪な部分がトラウマそのものとは限らないのが、運命の残酷ないたずらである。実は、最悪なのはトラウマの中に潜む**偽り**である（これは、*誤信念*または*誤信*とも言われる）。この場合の偽りとは、間違った論理から導き出された結論のことで、キャラクターは、精神的に脆い状態に陥ると、自分の苦しい経験を理解または正当化しようとして、どういうわけか、悪いのは自分だと思い込んでしまう。

まるでメロドラマのように聞こえるかもしれないが、これは何もフィクションに限ったことではない。考えてみれば、現実でも、つらい出来事を心の中で整理するときは、そんなふうに思い込んでしまうものである。悪いことや自分の理解を超えたことが身の上に起きると、それをなんとか理解しようともがくのが人間の性（さが）というもの。「こうなることがなぜ見えなかったのか」「なぜもっと早く行動に出なかったのか」と疑問を自分にぶつけてしまう。あるいは、失望して「社会に裏切られた」（あるいは政府や神に裏切られたのでもいい）と思うこともあるだろう。そうすると自分を責め始める。自分がもっと価値ある人間だったら、あのとき別の選択をしていれば、別の人を信用していれば、もっと気をつけていたら、もっと自分をガードできていれば、違った結果になっていたと思い込んでしまう。

この偽りが、**やる気を削ぐような思い込み**（自分は取るに足りない人間だ、能力がない、だまされやすい、欠点が多い、価値がないなど）と結びつくと、キャラクターを破滅の道に向かわせる。この偽りは、キャラクターの自尊心やものの見方だけでなく、当人にも弊害をもたらし、だんだんと本心を人に打ち明けるのを躊躇い、人を深く愛したり信頼したりできなくなり、誰にも気兼ねせずに生きていくことができなくなっていく。

たとえば、結婚5年目を迎えたある日、妻が同性愛者であることを知ってしまうキャラクターがいたとする（彼をポールと呼ぶことにしよう）。夫婦にはローンで買ったマイホームがあり、子どもにも恵まれて、これ以上の幸せはない結婚生活を営んでいるように見える。ところがある日、ありのままの自分をやっと受け入れられるようになった妻が、ポールをまず椅子に座らせて、秘密を打ち明ける。もしくは、妻が別の女性と性的アイデンティティを模索していたことをポールが知ってしまう。いずれにしても、彼は娶った妻が実は自分の思っていた人ではなかったことを知ってしまう。そのショックは大きく、彼の人生はこの先混迷の一途を辿る。

妻の真実を知った直後、ポールは裏切られ、傷つき、怒りに苦しむ。やがてショックが落ち着き出すと、彼もまた我々と同じように過去を振り返り始める。何かサインのようなものを見逃してはいなかっただろうか、今まで気に留めたこともなかったが、些細なことにも気が回っていれば、こんな悲しい否定された気持ちを味わわずに済んだのではないか。「二人が付き合いだした頃にもっとよく見ていれば、こんなことにはならずに済んだのに。いやそうじゃない、自分は愚かすぎて見えていなかった」とポールは自分に嘘をつくのである。

ポールにはこの哀れな状況を避けられなかったことは、我々第三者の目には明らかである。だが彼には自分の欠点しか見えてこない。今思えば予兆はあったのに見逃していた、いろいろとうまくやれていないことがあった、自分は夫として至らなかった、と後悔が後を絶たない。そのうち自分も悪かったと思い始める。こんなふうに傷を内面化させると、自分の内面に欠けているものがあって、それがいけなかったのだと誤った結論に至ってしまう。「自分には何か間違ったところがある。人生のパートナーとしては失格だ」とポールは自分に見当はずれな烙印を押してしまう。

こうして「自分のような欠陥だらけの人間は結婚に向いていない」という偽りが心に芽生えるのである。

偽りはいったん形成されると、有害な細菌のように自己増殖し始める。キャラクターの心に深く入り込んで蝕み、自尊心を傷つけ、自信を喪失させ、新たな恋愛を始めようとしても自分は相手の期待に応えられないから、遅かれ早かれ、相手は自分から去っていく、そんな恐怖心が生まれる。

人は自己不信や罪悪感が原因で自分に欠陥があると思ってしまうものだが、必ずしもそうとは限らない。心の傷がそれほど深く内在化していないケースだと、別の形で偽りが表出することもある。ポールの状況を例にとってみると、「みんな嘘つきだ。言葉とは裏腹なことを腹では思っている」「愛なんて長続きしない。遅かれ早かれ、人は言い訳を見つけて相手を捨てるものだ」と彼が刃を世間に向け、厭世観を漂わせる可能性もある。

この種の偽りが生まれると、人は世の中を決めつけてしまうものだ。確かにポールの目から見れば、妻は彼女の言葉どおりの人ではなかったし、嘘をついたし、彼を捨てたのも事実である。ポールの結論は歪んでいるかもしれないけれど、こうした「事実」を知ってからは、自分をさらけ出せないし、他者と深く関わり合うこともできないし、人に見捨てられ、否定されることを恐れている。ポールは、過去からつらい教訓を学び、また同じことが起きるに違いないと思い込んで、恐怖心を募らせている。

不安と恐怖心から生まれた偽りは破壊的な力を持ちはじめ、その威力を逆転させるまでは、キャラクターは幸せも充足感も感じられないし、内面の成長も阻まれたままである。キャラクターを軸にした物語だと、主人公は自尊心を持てず、心の底から幸せを感じることもできず、いくら目的を達成しようと努力しても、この偽りに邪魔されてしまう。主人公がこの誤信念を打ち破らないことには、自分が求める大切なものを手にするのは当然だ、とはどうしても思えないのだ。

● 心に食い込んでいく恐怖

何ものをも恐れないキャラクターは心の傷ごときで躊躇してはならないと主張する作家もいる。もしそうだとしたら、その意見は現実からかけ離れている。精神的トラウマの苦しみからは誰も免れられないのが悲しい現実だからだ。生身の人間に言えることは物語のキャラクターにも言えるはずだ。つまり、どんなに屈強で勇敢な主人公でも、心の傷には、その主人公を力強さとは逆方向へ引っ張る力がある。主人公が、無差別暴力事件に巻き込まれて愛する人を失う、醜い姿に変身してしまう、あるいは、肝心なときに何も決められない性格でも構わない。苦しみもがくうち、主人公の心には今まで経験したこともないような強い**恐怖心**が生まれ、心に深く食い込んでいく。主人公は「あんなつらい思いは二度とごめんだ」と、あらゆる手を尽くして一心に痛みを避けようとする。

恐れを感じたことがない人など誰もいない。「あの裏道を歩くと強盗に襲われるかもしれない」「子どもたちだけで裏庭で遊ばせても大丈夫だろうか」と理屈抜きに、私たちは恐怖心と背中合わせに日々を生きている。恐怖心は人間の生存本能の一部であり、私たちは起こりうる危険に対し常に警戒態勢を敷いている。

ところが、心の傷を取り巻く恐怖心となると話は別だ。危機を回避できても、恐怖は消えるどころか、不安や自己不信をエサにしぶとく残って増長する。

トラウマに襲われるとすっかり脆くなるように描かれるキャラクターは、自分で自分を守らないと、あの負の感情が苦悶を呼び、また嫌な思いをすることになると確信する。恐れほど人を突き動かすものはなく、キャラクターは、この恐ろしい予感は的中するという思いに囚われ、それ以外のことは何も考えられなくなっていく。たとえば、戦闘を目前にした軍人が机の上に地図を広げるときは、まず机上のものを払いのけるが、それと同じでキャラクターも、新たな脅威が迫っているのを感じたとたん、さっきまで心を占めていたものは消え失せるか重要でなくなる。緊急事態の発生に頭の中で至上命令が下り、何が何でも危険は未然に防がねばならない、そんな心境に陥ってしまうのだ。

この場合、恐怖を操っているのは他でもない、キャラクター自身である。だから**心の壁**を作って、自分をさらに苦しめる可能性のある人や状況を隔ててしまう。そうなるとダメージも大きくなる。ハリウッド映画界のストーリーメーカーとして活躍するマイケル・ヘイグは、この壁を「心の鎧」と呼び、キャラクターはその鎧に身を固め、つらい経験を寄せつけないようにしていると言う。

心の壁は、キャラクターの性格的欠陥、自己抑制的な態度、歪んだ信念、問題行動がないまぜになってできている。これらはすべて、自分の脅威となる人を遮断するために、キャラクターが積極的に自分の中に取り入れてきたものだ。だからこの壁は有害なのである。キャラクターが悲痛な出来事を体験したときに感じた負の感情を回避しやすくするのも、この壁なのである。

恐怖とは忌避にほかならない。だからキャラクターは心の壁をがっちりと閉ざしてしまうのだ。心の傷に絡んでいる恐怖を解いていくと、キャラクターが自分にとって不快な状況や問題をはぐらかしている現状が見えてくる。たとえば、親密な人間関係を築くことを恐れているキャラクターなら、自ら進んではみ出し者になっていく。そうすれば人と距離を保つことができるし、人付き合いを一切避けて通れるからだ。同じ恐れを抱いていても、悪意を持って権力と支配を追求し、冷酷で容赦ない専制者の仮面をかぶって、他人を決して寄せつけないという場合もあるだろう。

だが、問題解決の手段として忌避を使うと、予想もしなかった負の結末が待っている。現実の世界でもそれは同じだ。キャラクターにとって心の壁は防護壁かもしれないが、実は、自分を恐怖の殻に閉じ込めている。殻の中は暗く、恐れの対象だけが光に照らされ、片時もキャラクターの脳裏を離れない。心の傷は絶えず疼いているが、油断して迂闊に人を近づけてしまおうものなら、古い記憶が蘇る。それだけではない。人と安全な距離を保つために自ら取り込んだマイナスの性質や否定的な態度で、何度も自分を抑制してしまう。心の傷は決して癒えることがなく、苦痛が繰り返されるのを恐れるキャラクターの行動や選択は、毎回その恐怖に左右されてしまう。

満ち足りた気持ちになりたいから行動するのではなく、恐怖に突き動かされて行動するキャラクターは、ありとあらゆる問題を抱えることになる。親しい人とうまく関係が築けない、ひとりになりたがる、人生は自分が望んでいたり夢に描いたりしていたものとはまったく違う、と不満が後を絶たなくなるのだ。

● 心の傷の後遺症：キャラクターを形作るつらい出来事

人生は苦しみを教えてくれる。だからキャラクターは何らかの心の鎧を纏って物語に登場する。キャラクターの性格的欠陥、先入観、悪癖は、そのキャラクターの心に根深く残っている苦い体験から生まれてくるのがほとんどだ。書き手としてそれを考察するのは重要で、特に、前出のポールの場合のように、主人公が向き合い、断ち切らなければならない未解決のトラウマは、書き手がしっかり把握しておかなければならない。

心の傷と、それに密接につながっている偽りは、キャラクターの中核に影響を及ぼすから、物語の中でそのキャラクターがどう振る舞うのかを決定づける。ここからは、こうした負の体験がキャラクターにどのような変化をもたらすのか、詳しく見ていくことにしよう。

キャラクターは自分自身をどう見ているか

心の傷の中にある偽りは自尊心の邪魔をし、キャラクターの思考、行動、判断を振り回す。たとえば独学のミュージシャンがいるとする。自分は頭が悪くて、真の才能もないと思い込んでいるから、人にバカにされるのを恐れ、実力を披露する機会を避けている。そんなことだから、自分の情熱を追いかけるチャンスを逃してばかりだ。自分に自信が持てないせいで、「君はこれがうまいから、こっちをやるべきだ」と他人に口を挟ませてしまう。

キャラクターが、自己や世の中に関してバランスの取れた健全な見方ができるようになるためには、何を学ばなければならないか――それは、キャラクターが信じている偽りによって決定づけられる。それはキャラクターに成長を促すだけでなく、成長の物語にもなるのである。

性格のシフト

どんな人の性格にも、性質、信念や価値観など、その人の個性を決める要素、つまり青写真がある。これがその人の人物像を成し、他人との区別ができる。ところが、精神的トラウマがそこに加味されると、その人の心を苦しめているものは何なのかを考える必要が出てくる。前にも説明したように、人は恐怖に支配されると、自分の脆さをさらけ出しかねないから、自分に極端に厳しい目を向け、心の壁を作ってしまう。そのとき真っ先に自己批判に晒されるもののひとつが性格なのだ。

つらい出来事が起きると、それまではポジティブだった性質に弱さのレッテルが貼られる。「愛想がよすぎる」「優しすぎる」「信用しすぎる」などがその例だ。そして心の壁ができてしまうと、ポジティブな性質は、人や苦痛を寄せつけないようにすることができる他の性質（つまり欠陥）に置き換えられてしまう。

たとえば、キャラクターが詐欺の被害に遭ったとする。キャラクターは本来、困っている人がいたら助ける気さくな性格だったが、二度とだまされないようにとその性格を捨て、不信感、惨めさ、無関心がキャラクターの心を占めるようになった。皮肉にも、本人はこういうネガティブな性質を欠陥だとはまったく思っていないから、それが死角になるのである。最初のうちは、これが強さなのだと思っているから詐欺行為や詐欺者には警戒を怠らない。キャラクターがこの欠陥的性質の本当の姿に気付くのは、それが人生に弊害をもたらし始めてからになる。

ここで注意しておきたいのは、心の傷がもとで性格がシフトすること自体は、決して悪いことではないということだ。人は、経験の良し悪しとは関係なく、いかなる経験からも教訓を学ぶものである。詐欺被害に遭ったこのキャラクターも、ひょっとしたら、困った人を見たら助けたくなる性分は失わないかもしれない。この人はおそらく、もともと直感だけに頼って後先考えずに行動してしまう軽率な人だったのだ。詐欺に遭ったおかげで、今はもっと慎重になり、ことお金に関しては、いろいろ調べてから行動を取るようになった、ということもあり得る。

キャラクターが健全な手段で心の傷と闘っているうちに、ポジティブな性質が生まれることもあるだろう。そういう部分をキャラクターに取り入れたいのなら、まずは、物語がどのあたりまで進んでいるのかに注意を払ってほしい。たとえば、トラウマのせいでキャラクターが問題を抱え込んでいる状態にあるのなら、そのキャラクターの欠陥的性質を表面化させる。キャラクターがだんだんと変わってきていて、過去と決別できそうなレベルに成長しているのなら、ポジティブな性質を見せる。こうすることにより、読者にはキャラクターの心理に変化の兆しが見え、これから立ち直っていくのだな、と強く印象付けることができる。

キャラクターが重要だと思っているものは何か

キャラクターがトラウマを体験すると、気持ちに変化が起き、重要だと思っていることが変わる。自己防衛に入っているため、今まで自分にとって大切だったことが大切だとは思えなくなるのだ。これ以上傷つきたくないから、また傷ついてしまいそうな脆い部分がどこかにないだろうかと考え、危険信号を感じたらやりたいことも諦める（つまり欲求が満たされなくなる。これについては後で説明）。何かを失うことを恐れるあまり、特定の人や活動に縋ってしまうこともある。

たとえば、時間とお金をすべて投げ打って、長年の夢だった陶芸ビジネスを立ち上げ、軌道に乗せようとしているキャラクターがいるとしよう。ところがある日、ハイキングに出掛けた息子が落下事故で死亡し、状況が一転してしまった。キャラクターは悲嘆に暮れながら、息子を守ってやれなかった自分を責め、残された娘にも同じことが降りかかるのではないかと怖くなり、せっかくの陶芸ビジネスを売却し、以前の仕事に戻り会計士として働く。安定した仕事だし、家にいる時間も増えて娘にも目が届く。ところが仕事は死ぬほど退屈で、働く喜びも満足感もまったく感じられない。キャラクターは、娘を守るためにいつもそばにいたいから、自分の幸せを犠牲にしているのである。

物語のキャラクターにとって何が一番重要なのかを明らかにするには、過去の悲痛な出来事をよく知っておく必要がある。事件が起きたとき、キャラクターが守ろうとしていた人やものはあったのか。二度と同じような喪失感を味わいたくないがために自分を犠牲にしたキャラクターは、代わりに何を失ったのか。満たされない気持ちを抱えているキャラクターは、今何を犠牲にしているのか。

こうした問いの答えを探していくと、キャラクターの豊かな人間性と心から願ってやまないものが見えてくる。そうすると、キャラクターの切実な欲求とうまく絡み合った、力強く、説得力のある物語の着地点も見えてくるだろう。

人間関係、コミュニケーション、そしてつながり

心の傷にはキャラクターにとって非常に身近な人たちが絡んでいて、そこから不安や不信が生まれることが多い。したがって、そういう人たちとのコミュニケーションや、彼らとの距離の取り方に影響が出てくる。キャラクターは、口を開くたびに相手の気持ちを逆なでしたり、言いたいことをはっきり伝えられなかったりと、コミュニケーション能力に支障が出ている可能性もあるし、いつも悪い人間と付き合ってしまうタイプだったり、本人自身が悪人という場合もある。人付き合いにはまったく問題がないけれど、どうしてもひとりだけ苦手な人がいるのかもしれない。ひょっとすると苦手な相手は個人ではなくグループかもしれない。こんなふうに、人間関係に問題が多く、健全な形で人とうまくつながれないのは、キャラクター自身の悲痛な体験が直接影響している可能性がある。

感受性

優れたフィクションには、感情の表し方がまったく同じというキャラクターが2人といない。キャラクターたちは苦しみを体験しても、それぞれに違ったことに反応して感情を表す(良い方にも悪い方にも)。過去の体験と一口に言ってもいろいろあり、心的トラウマを引き起こす経験はこれだという決まりのようなものはない。どういうふうにキャラクターが傷ついたのかによって（自信を失ったのか、家族に対する自分の信念が揺らいだのか、自分のアイデンティティに疑問を感じているのかなど)、湧き上がってくる感情も違うからだ。

心の壁は、人や有害な状況を遮断するだけではなく、キャラクターが避けようとしている特定感情をはねつける。たとえば親に裏切られたキャラクターがいるとしよう。このキャラクターには、まだ10歳になるかならないかの頃に母親が家を出ていった過去があり、愛情溢れる家族の絆が感じさせてくれるような、温かな感情に敏感な反応を示すはずだ。たとえば、このキャラクターが友人の結婚式に参列したとする。

互いを認め合い、無償の愛を誓い合う友人の姿を眼前に、懐疑心、嫉妬、あるいは怒りを感じるかもしれない。子どもへの愛情に溢れた新郎新婦の親たちを見ては、背中をナイフで刺されたような気持ちになり、自分が家族愛というものを経験したことがない事実を思い知らされてしまうかもしれない。友人の結婚式のような幸せなイベントで、キャラクターが負の感情を吐露していく様子は、キャラクター自身が何を感じていて、なぜそんな気持ちになっているのかを如実に反映しているはずだ。

キャラクターの感受性を知っておけば、まず、信憑性の高いキャラクターの反応が書ける。キャラクターの思考、体の反応、しぐさや物腰、会話、そして行動がうまく書けるだろう。もしキャラクターの心に揺さぶりをかけてみたいなら、キャラクターに何を経験させればいいのかもわかるようになるはずである。

キャラクターの道徳観

誰もが心に深く根差した道徳的信念を持っている（人格障害者や精神錯乱状態の人を除き）。ここでは、便宜上、キャラクターは極端な精神状態ではないことにしておく。キャラクターは「この一線は越えてはならない」という自分なりのルールを持っていて、そのルール、つまり道徳観は、誰にどんなふうに育てられたかに何よりも影響を受けている。ところが、心に傷を負うような出来事を経験すると、それが変わってしまう可能性がある。たとえば、政府に罪を被せられる、拷問を受ける、告発される、あるいは見捨てられるなど、悪いことが起きると、人や世の中を信じられなくなり、道徳観は揺らいでいくものである。

そのようなことが起きてしまったら、どれほど優しく愛情深い親でも人の道を外すだろう。一例を挙げてみよう。ある日、自転車に乗っていた息子が誤って他人の車の車体に傷をつけてしまった。車の持ち主は怒りに任せて息子を撲殺してしまう。ところが警察は証拠を揃えられず、加害者は釈放されることになった。殺された息子の父親がそれを知ったら、悲嘆と怒りに身を任せ、正義を求めて一体どんな行動に出るだろうか。

キャラクターの道徳的信念は、その内面の核心部を成し、物語の目的を達成させるために、キャラクターが自ら進んでどんな行動を取るか（または避けるか）を決定づけるものである。キャラクターの道徳観が行動に反映されているなら、たとえそれが揺らいで変わったとしても、書き手が、その因果関係を読者が納得できるように表現することができさえすれば、物語の信憑性は増すのである。

●心の傷の後遺症：ケーススタディ

つらい出来事には、キャラクターの核心部に影響を与え、その今後の人生を変えてしまう力がある。つらい出来事を経験した後のキャラクターは、間違った思い込みをしているせいで、繰り返し様々な形で「頑なになって」しまう。くどいようだが、キャラクターの内面で起きている根本的な性格の変化は、書き手であるあなたがしっかりと理解しておかなければならない。

例の、壊れかけた結婚に悩むポールに戻って、心の傷が彼をどのように変えていったかを見てみよう。ポールは、妻に実は同性愛者であることを告白され、苦悩していた。そのうち、自分はよき夫ではなかったし、愛されるに値しないと自己非難し始め、そういう自分に愛想を尽かして妻は別の相手を求めたのだ（偽り）と思い込むようになったことを思い出してもらいたい。

少しの間、ポールの立場に立って考えてみよう。自分には決定的にダメなところがあり、そのせいで、真の愛はおろか、自分を受け入れてくれる人にも絶対出会うことはない、そう心の奥で思い込んでいるポールの苦しみを想像してみる。自信はすっかり揺らぎ、自己評価はどん底である。ポールは「不安の井戸」を覗き込み、見ないほうがよいものを見てしまったのだ。その井戸から、自分の欠点や短所、愚かなことをやってしまった記憶をバケツで掬い出してきては自分を苦しめている。

これが今のポールの心境だ。妻に拒絶されたことをこんなふうに悩み、自分を徹底的に責めている。今、ポールは思いもしなかった悲惨な現実に囚われている。

こんな苦悩の日々を暮らしていると、ある日突然、ある恐ろしい考えがポールを襲う。「こんな胸が抉られるような思いをするとは想像もしなかったが、また同じことが起きるかもしれない」。そんなふうに彼は思った。恐ろしくなった彼はパニックを起こし、あのような拒絶やそれに伴う痛みが二度と繰り返されることのないよう、ありとあらゆる手を尽くし自己防衛を試みる。

その後のポールの人生はおそらくこんなふうになるだろう。

「心理的な跳ね橋を上げて」心の要塞に逃げ込む

ポールの恐れが暴走し出すと、とたんに心の壁ができ、彼の性格、態度や行動に変化が起きる。以前のポールは人懐っこく、いつも聞き上手で、人生観も楽観的だった。それが今の彼はよそよそしくて猜疑心が強く、人の言うことを額面どおりには決して受け取らない。もし職場で同僚が自分の知らない何かを知っていると察知しようものなら、怒り出して同僚を問い詰め、あの手この手を使い、脅かしてまで相手が隠していることを言わせようとする。職場の人たちはポールのこういう性格の変化に気付いていて、ポールは上司から2度注意を受けている。

距離を置いた人間関係

そんなポールだから、当然、人間関係を築くとなると躊躇する。よそよそしく振る舞ってしまうから表面的な関係しか築けないし、相手に交遊を深めさせたりもしない。新しい出会いがあってもすぐには打ち解けないし、どんな些細なことについても自分をさらけ出せない。気心知れた友人といるときはもう少しましだが、それでも友人の言葉を深読みし、常に彼らの動機を怪しんでいる。だいたい人は本音など言わないとポールは思っているから、もう誰のことも全面的には信用しないと心に決めている。

恋愛に関しては、真剣な関係になるのを避けている。女性と付き合っても浅い関係でビジネスライク、一定距離を保つためのセーフガードを心の中に張っている。肉体関係だけだと割り切れる、セックスに積極的な女性を相手に選んでいる。一度相手に心を許しそうになったことがあったが、自分から別れた。ポールにとっては、「こんな男は付き合う価値がない」と相手に思われ、また愛に裏切られてしまうより、早い段階でそれを自らの手で断ち切ったほうがましなのだ。

希望ではなく、恐れというフィルターを通して世界を見る

心の痛みは繰り返される——そう思い込むのは、犬に出会えばいつも噛まれると思ってしまうのに似ている。ポールの人生は前に進んでいるけれど、彼の行動や判断はすべて、人に拒絶され捨てられるのではないかという恐れに支配されている。過去に傷ついてしまったのは、人を信用してしまったからだ、相手の言葉を鵜呑みにしてしまったからだ、自分をさらけ出したからだ、とポールは思っている。そんなふうに否定的に考えてしまうから、人と関わるときには自制心が働く。それだけではない。傷ついた心に追い打ちをかけ、自分の誤信念を揺るがせるような状況を避けるため、ポールはわざとできないふりをすることがある。仕事で昇進を狙うなど、大きな目標に向かって努力すると、それが叶えられなかったときに自分の欠点があらわになってしまい、やっぱりダメなやつだとみんなに思われてしまうからだ。

安全策を取りながら、ポールは常に自分が傷つくのを避けていて、物事に対し深い感情を抱かないから、真の幸せや充足感が得られるチャンスを自分から狭めている。恐怖にしがみつき、それに向き合おうとしないから、内面の成長も拒んでいる。自分を満たしてくれるはずの何か、大切な目標の達成に必要な何かを拒んでいるのだ。怖がっているポールは一定のリスクを取ろうとしない。こんなことを続けていれば、せっかくの人生の花盛りもかすみ、不満だらけの人生を送る結果になるのに……である。

ポールの人生で明るく輝く唯一の光は子どもたちで、極力一緒に時間を過ごそうと努力している。ところが心の片隅にはいつも恐怖が居座っている。今のうちに子どもたちと強い絆を築いておかないと、子どもたちもいつか自分のもとから離れていくだろう。そう思ってしまうから、ポールは子どもに迎合する。そして、自分たちの望みどおりにならないと癇癪を起こす子どもたちが気に掛かり出す。

広がる心の穴

離婚後のポールは、また誰かを愛して痛い目に遭うのはごめんだと、誰かと付き合っ

ても真剣にならないように注意している。性欲を満たすためにデートはするが、もっと深い欲求、つまり愛や深い人間関係を切望している自分を無視している。子どもたちとの関係には満足しているし、友人と過ごす時間も楽しんでいる。それでも、時が経っていくと、何か満ち足りない気持ちが芽生えてくる。本当は認めたくはないが、金輪際ごめんだと心に誓っていたはずの、互いを信頼し合い、愛情に溢れた関係をしきりと望んでいる自分がいる。それを無視して他のことで自分を満たそうと、新しいバイクを購入したり、外国を旅したり、リッチな食事やお酒を楽しんだりしているのだが、満たされない。心にぽっかり開いた穴は埋まらないのだ。

変化の引き金：満たされない欲求

心の壁ができると、キャラクターは変わり、何かが損なわれてしまう。だが、幸福や充足感が得られて、バランスの取れた人生に戻るためには、キャラクターは損なわれたものを修復しなければならない。残念ながら、トラウマの影響は根が深く、トラウマが生み出す恐怖によってキャラクターは暗闇の中に追いやられてしまう。いい加減に人生の軌道を修正しなければならない、そんなふうに心のどこかに切迫感が生まれるまで、暗い人生が何年も続く。自分の人生には何かが欠けている感覚が生じると、今度はそっちの苦痛をなんとかしなければならなくなってくるのだ。しかし、精神的苦痛を恐れる気持ちがこれほど深く根を張っていて、それが自分の感情を支配しているとき、キャラクターはどうすれば軌道に戻れるのだろうか。

キャラクターを奮い立たせる要素はいくつかある。後悔、怒り、罪悪感がまず考えられるし、公正や名誉回復を求めるなど、道徳的信念にも可能性がある。だが人生において人を何よりも駆り立てるものは恐れと欲求なのだ。これまで説明してきたように、また心を傷つけられることを恐れるあまり、キャラクターはさらに苦しみ、いったん軌道から外れてしまった自分の人生を修正できなくなってしまう。ところが、満たされない欲求には、他にはない方向転換させる力がある。言い換えると、恐れがどれほど深くしつこく行動の妨げになっていても、キャラクターが切羽詰まってくると、満たされない欲求がキャラクターの背中を押してくれるのだ。

心理学者アブラハム・マズローが理論化した「欲求5段階説」という学説がある。これは、人間の行動と、人を行動へと駆り立てる欲求をピラミッドに表し、欲求を5つの階層に分けている。ピラミッドの底辺には、切迫度のもっとも高い、満たさなければ生きていけない欲求（生理的欲求）があり、頂点には、個人の充足感を中心とした欲求（自己実現の欲求）がくる。このマズローの欲求の階層をわかりやすく図式化し、書き手がキャラクターの行動の動機を理解しやすいようにしたピラミッドを次頁に示す。

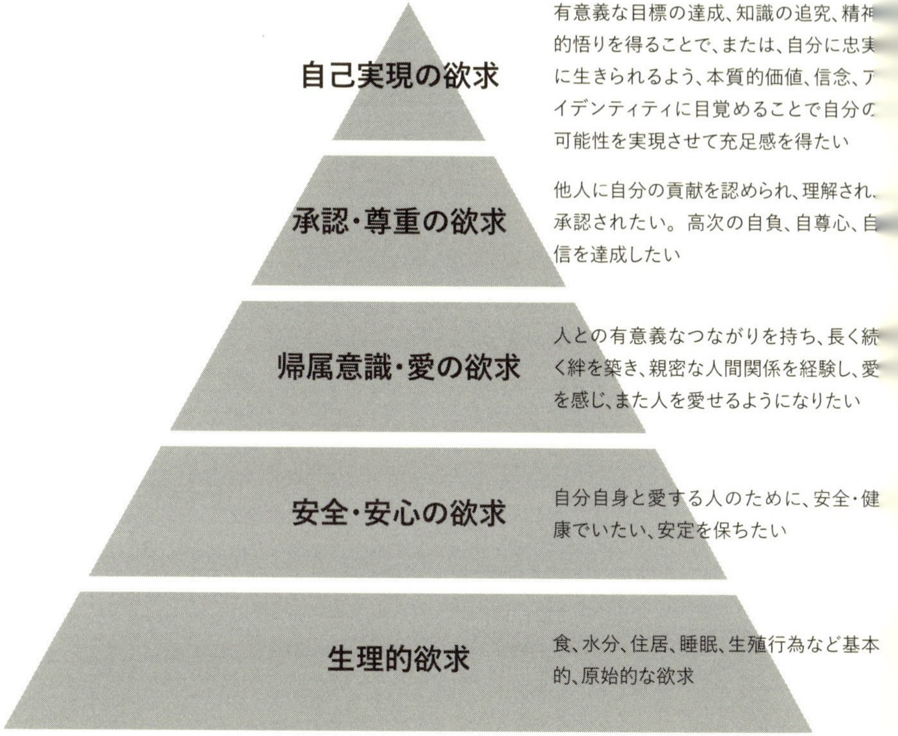

自己実現の欲求

有意義な目標の達成、知識の追究、精神的悟りを得ることで、または、自分に忠実に生きられるよう、本質的価値、信念、アイデンティティに目覚めることで自分の可能性を実現させて充足感を得たい

承認・尊重の欲求

他人に自分の貢献を認められ、理解され、承認されたい。高次の自負、自尊心、自信を達成したい

帰属意識・愛の欲求

人との有意義なつながりを持ち、長く続く絆を築き、親密な人間関係を経験し、愛を感じ、また人を愛せるようになりたい

安全・安心の欲求

自分自身と愛する人のために、安全・健康でいたい、安定を保ちたい

生理的欲求

食、水分、住居、睡眠、生殖行為など基本的、原始的な欲求

自己実現の欲求

有意義な目標の達成、知識の追究、精神的悟りを得ることで、または、自分に忠実に生きられるよう、本質的価値、信念、アイデンティティに目覚めることで自分の可能性を実現させて充足感を得ようとする欲求

承認・尊重の欲求

他人に自分の貢献を認められ、理解され、承認されたいという欲求。高次の自負、自尊心、自信を達成しようとする欲求

帰属意識・愛の欲求

人とのつながりを持ち、長く続く絆を築き、親密な人間関係を経験し、愛を感じ、また人を愛そうとする欲求

安全・安心の欲求

自分自身と愛する人のために、安全・健康でいよう、安定を保とうとする欲求

生理的欲求

食、水分、住居、睡眠、生殖行為など基本的、原始的な欲求

これらの欲求は重要性で分けられている。食べ物や水分を求める原始的な生理的欲求は人間の生存にかかわるものだから、満たさなければならない最優先の欲求である。その次に重要なのは安全・安心の欲求で、その後に帰属意識・愛の欲求、承認・尊重の欲求が続く。そして最後に、自己実現の欲求がくる。これらの欲求が満たされると、心のバランスが取れ、満足感が生まれる。同じことはキャラクターにも言える。ところが、これらの欲求がひとつでも満たされていないと、心にぽっかり穴が開き、何かが欠けているような気がしてくる。この欠落感が強まると、キャラクターは心理的プレッシャーを感じだし、心の空白を埋める努力をするまで、そのプレッシャーはどんどんと高まっていく。

人間として必要なものが、キャラクターの人生に支障を来すほど得難くなってくる、あるいはまったく手に入らない状態になっていると、今度はそれが動機になる。たとえば、昼食を抜くとする。次の食事まで多少の空腹は感じても、その程度で済む。ところが1週間何も食べていないと空腹は凄まじく、食べ物のことが頭から離れず、食べることしか考えられなくなる。道徳観をかなぐり捨て、食べ物を盗むかもしれないし、人に食べ物を恵んでもらう、ゴミ箱を漁るなど、もっと屈辱的な行為に出てしまうかもしれない。食べたい一心で愚かな危険を冒し、腐った食べ物を口にすることも考えられる。空腹を満たすことができるなら、それ以外のすべてが——プライド、恐怖、自尊心、安全性ですらも——二の次になってしまう。

ある欲求を満たすために別の欲求を犠牲にすることはよくあることだ。だから欲求には上下がある。キャラクターが仕事に関して二者択一を迫られるとする。誰もが褒め称えてくれるような仕事か（*承認・尊重の欲求*）、それとも経済的に安定した仕事か（*安全・安心の欲求*）、このどちらかを選ばなくてはならない場合は後者を選ぶだろう。あるいは、妻が末期がんと診断されたキャラクターがいたとして、妻の看病のため退学を選ぶなら（*帰属意識・愛の欲求*）、医者になる夢（*自己実現の欲求*）はひとまず諦めるはずだ。先ほどの食事を抜く例と同じように、ある欲求を他より優先させても短期的には問題にならないが、長期化すれば支障を来すようになり、やがては限界に達する。だから、不幸な結婚は苦痛にこれ以上耐えられなくなれば離婚に至るし、従業員は、職場のモラルがどん底に下がり従業員の扱いがどんどんひどくなっていくと、仕事を辞めていく。そういう「最後の一撃」を食らう瞬間は誰にもあって、我慢の緒が切れたらそこでもうおしまいになる。そこに行き着くまでにどの程度の時間を要するかは、個人によるし、そもそもなぜその人がそういう状況にいるのか、その理由にもよる。

こうした「欲求」のカテゴリーは、キャラクターの複雑さや、キャラクターがどういう充足感や満足感を求めているのかを理解するのに役立つ。欲求によっては、満たされていなくても長く無視し続けられるものもあるけれど、いずれはどれも限界に達する。心に開いた穴が広がってしまえば、キャラクターがいくら恐れていようと行動に出る。

ポールの場合、拒絶を恐れているのにもかかわらず、人生を共有できるパートナーがいない孤独感に見舞われ、誰かと一緒にいたいと思い始める。その気持ちはだんだん無視できなくなってきている。職場では心に壁を作っているせいで同僚たちとうまくいっていない。私生活でも、甘やかされた子どもたちにも手を焼くようになってきている。おまけに彼は、大きな目標に向かって努力してきていないから虚しさや不満も溜まっていて、不幸感とフラストレーションは増長し続けるばかりだ。

やがて次の2つのいずれかが起きる。ひとつは、毎日の生活に耐えられなくなるまで、ポールの欲求不満が高まる。心の底では何かが欠けていることはわかっていて、それが何なのか理解したいし修復したい思いに駆られる。満たされない欲求は堰を切り、ポールは自分が何を躊躇っているのかを知るために内面を見つめ直し始める。気持ちが切羽詰まってくると、ポールは自分の行いを改めなければならなくなり、遂に変化が起きる。

もうひとつは、新たな目標を持つという形で、ポールは今の自分の人生に疑問を感じ始める。彼は新しい女性と出会う。その女性は独身で一緒にいて楽しい。彼女のほうも真剣な関係には興味がない。表面上は彼にとって不足のない相手だった……。ところがポールは彼女に対し深い感情を抱くようになった。長い間忘れていた気持ちだった。この新たな目標を達成すべく行動に出るか（愛の発見）、それとも、やっぱり恐れに負けて諦めるか(今までのように別れるか)、彼は二者択一を迫られる。もちろん、自分など愛されるに値しないと思い込んでいる限りは、愛を発見することはできない。前進し、愛し愛されたい欲求を満たすには、この誤った思い込みも解かなくてはならない。

人間、変わるのは容易いことではない。実際、自分を変えようとすると苦しいことが多いし、未知の領域に足を踏み込むには大きな勇気が必要になる。問題は多くても安心できる自分の安全圏からは離れたくない……不満はあってもそれに甘んじたくなる誘惑はいつもすぐそこにある。満たされない欲求のせいで開いてしまった心の穴を無視しようと努力しながらも、別にいいや、と思ってしまう。

最終的にどちらを選ぶかはキャラクター次第であり、つまりは書き手としてのあなた次第である。物語というのは、キャラクターが変わっていくまでの旅路（キャラクター・アーク）が中心になっていることがほとんどである。次のセクションでは、この軸ついて説明しよう。

● キャラクター・アーク：変化を受け入れるまでの内面の変化

ブラッド・ピットとアンジェリーナ・ジョリー主演の『Mr. & Mrs. スミス』をご存知だろうか。この映画の主人公は夫婦共に暗殺者だ。二人は、立て続けに起きる大爆発をくぐり抜け、激しいカーチェイスを繰り広げても堂々と生き残る。それはそれでいい。しかし、すばらしいフィクションには、タイヤが音を立てて滑るカーチェイスや爆破シーン以上の何かがある。「何が起きるか」を超えて「なぜ」が重要になるのだ。なぜ読者は関心をもつのか、なぜ読者は面白い話に時間やお金を惜しまないのか、そして何より重要なのが、なぜ主人公は行動に駆られるのか、である。

どの物語にも一連の出来事があって、それが全体を通してキャラクターがどのような人生を歩んでいくかのフレームワークになっている。これが**外面の物語**である。だがたいていのフィクション作品には**内面の物語**もあって、キャラクターがその物語の横糸になっている。つまりキャラクターの変化の様子を追っている。この内面的要素こそが読者を強く惹きつけ、読む人自身の苦しみを想起させ、自分にもこんなことがあったな、あの経験もこういう意味があったのだろうか、と読者が自分を深く知るためのコンテキスト（文脈）を与えるのだ。

この内面の物語、あるいはキャラクター・アークは次の3つに分類できる。

●変化のアーク

もっとも一般的なアークである。普通、物語の中で主人公は内面的な成長を遂げていく。それは主人公にとって不可欠な過程で、今まで主人公が抱えていた恐れ、先入観、過去の痛手（とその結果から生まれる偽り）から自分自身を解放していく。心の苦しみは主人公の考え方を曇らせ、行動をあらぬ方向へ向かわせるが、その苦しみがなければ、主人公は自分の置かれた状況をありのままに見ることができ、恐れではなく、強さを持って行動できるのだ。やがてそれは目標の成就や心の充足感にもつながっていく。

●停滞のアーク

アクション満載で、プロットが非常に重要な物語もある。つまり、キャラクターの内面の成長は二次的で、キャラクターが所定の目標を達成することが物語の中心になっている。主人公は大して成長しないかもしれないが、次々と難題が降りかかるなか、腕に磨きをかけ、知識を吸収し、目の前に立ちはだかる敵を打ち負かすため、学んだテクニックをマスターしなければならないのだ。

●失敗のアーク

物語はいつもハッピーエンディングを迎えるとは限らない。時には、主人公が過ちを犯し、話が悲劇で終わることもある。そういう場合は失敗が物語の軸になっていて、キャラクターは内面の成長に向けて努力したのに、力が及ばなかったのである。キャラクターの恐怖はあまりに大きく、変われなかったか、変わりきれなかったのだ。救われるまであともう一息のところまで来ていたのに、心の壁を完全に取り払って恐怖から自分を解放する勇気を持てず、物語が始まったときより立場が悪くなっている。たいていは、英雄的資質に欠けるアンチヒーローがこの道を辿る。

内面の変化が絡むキャラクター・アークでは、精神的トラウマが特に重要だ。キャラクターが横糸になっているから、普通は次の2つのどちらかに進む。ひとつは、キャラクターが欠落感や虚無感を抱き、今以上の何かを切望するところから物語が始まる。満たされない欲求を抱えているところから話が始まり、キャラクターがその欲求を満たそうと具体的な目標に向かって努力する姿が描かれる。またポールの例に戻ってみよう。彼の完璧な人生は、妻が去って、音を立てて崩れてしまった。ポールの物語は、再び愛を発見したい（*愛の欲求*）、仕事で成功してみんなに認められたい（*自己実現の欲求*）、あるいはその両方の実現に向かって始まる。

もうひとつは、キャラクターは満ち足りていて、欲求が完全に満たされているところから物語が始まる。ところが話が始まって間もなく大激変が起き、キャラクターから何かが奪われてしまう。そこからキャラクターが失ったものを取り戻す物語が始まるのだ。たとえば、外国で家族と休暇を楽しんでいるときに突然内戦が勃発し、身の安全を確保するため、危険を冒して家族で国境を渡る決意をする（*安全の欲求*）ケースなどがそうだ。どういう状況を選ぶにしろ、この変化のアークでは、主人公は自分の恐れを克服し、過去の痛みに向き合い、偽りが偽りであることを認識し、真実は何なのかが見えるようになるまで苦しみが続く。ものの見方が変わり、自信を回復すれば、主人公は内面の成長を遂げたことになり、これからは強さを持って前進し、自分の人生の目標を叶えるべく、また人生を歩み始めるのだ。

ほとんどのフィクション作品では、ひとつの物語の中に4つの要素が同時に絡み合っている。

- 満たされない欲求、または欲求の欠如のせいで起こる切望や切迫感（**内的動機**）
- この欲求を満たすための具体的な目標（**外的動機**）
- キャラクターの欲求を満たすという使命を邪魔する人々や力（**外的葛藤**）
- キャラクター個人の成長を妨げ、自尊心を萎縮させる恐れ、性格的欠陥、心の傷、

誤まった信念（**内的葛藤**）

ストーリーテリングは、この4つの要素が重なり合って中核を成している。このうちどれかひとつでも欠けると、他の3つの効果が薄れるし、物語がうまく運ばなくなる可能性も出てくる。例外があるとすれば、停滞のアークの物語だ。このアークを使う場合、キャラクターに満たされない欲求があるのかどうか内的動機ははっきりしないし、内面の葛藤にしても、目標達成を阻む弱い自分を克服しなければならない程度の葛藤しかない。それでも物語の中心には解決すべき問題があって、主人公はその解決に駆られていく。

キャラクター・アークに沿ってばらばらのパズルをつなぎ合わせ、主人公の心の中に生まれる葛藤を理解するのは、書き手にとって難しい作業である（この4つの要素を図に表し、ひとつの変化のアークでその4つがどのように相互作用するのかを示した例が付録2にある）。その方法はいろいろあるが、次にキャラクターの心理的な変遷を一例として紹介する。心の問題、萎縮した自尊心、恐れを抱えるキャラクターが一念発起して自分を変えようと思い立つところから始まり、最終的には、自信を回復し、希望の光が見えてくるまでの過程を示している。

●自分を解き放つ旅

物語が始まったとき、キャラクターは目標を達成しようとしている（*外的動機*）。嫌な何かを避けようとしているのかもしれないし、望んでいることがあってそれを叶えたいのかもしれない（*内的動機*）。ところが、その目標に向かって努力するのは難しく、ましてやそれを達成するのは不可能にさえ思えてくる。途中いろいろな障害にぶち当たるだろうし、いろんな人や大きな力が立ちはだかって邪魔をするだろう（*外的葛藤*）。それでも欲求が満たされていないことを強く感じているキャラクターは、その欲求に押され、自分の目標に向かい続ける。

物語が進むにつれ、キャラクターは徐々に自分を躊躇させているものは何なのか（*内的葛藤*）、自分が何を恐れ、なぜそれを恐れているのか（*心の傷と偽り*）、うっすらではあるが見えてくる。実は自分の習慣的な行動や先入観（*心の壁*）のせいで前進できずにいるのでは、と感じることもなくはない。やがてキャラクターは、周りに適応しながら小さな成功を重ねて自信を積み上げ、多くのことを学びながら、ほんの少しずつだが成長していく。キャラクターは自分に有害と知りつつも、恐れや誤信念をまだ完全にははねつけてはいないから、こういう小さな成功も、ある意味、自分をだましたうえでのポジティブな経験なのかもしれない。傷つくことを今も恐れているから、心は鎧をしっかりと纏ったままだし、偽りを真実だと思い込み続けている。こんな目標に向かって一体何になるのか、そんな疑問を拭いきれていないけれど、慎重にそっと望みを託している。

ところが、である。キャラクターは袋小路に迷い込む、あるいは大きな挫折を味わってしまう。最悪の事態が発生して、どん底に叩きつけられるのだ。せっかく前進していたのに、これ以上はもう無理だ、となかなか立ち直れない。それでもなんとかしたいなら、正直に自分の立場を見つめ、自分の内面の問題をすべてではないにしてもよく考え直さなくてはならない。つまり、キャラクターは自分の心の痛みに向き合い、自分が信じ込んでいる偽りは間違っているのかもしれないと疑う必要が出てくる。

悲痛な出来事がどういうものであろうと、自分を見極めるのは苦しい作業になるだろう。だがそれでもやらなければならない。最終的にキャラクターは2つのことに目覚めなくてはならない。ひとつは、過去の傷を新しい視点で見つめること。今まではその傷が自分を躊躇させ、幸せや充足感を感じられなかったことを認めなくてはならない。もうひとつは、自分自身を今までとは違った、もっと優しい目で見つめることで、これからはもっといい人生を送っていいはずだ、自分には幸せになる資格がある、と思えるようにならなくてはならない。

この自己認識によってキャラクターは自分を見る目を変えることができる。自分なんて、と思い込んで意欲を失っていたキャラクターに、**自分を信じる気持ち**が芽生える（自尊心を回復し、自分は変われると思えるようになる）。新しいバランスの取れた考え方ができるようになると、キャラクターは、自己非難や責任感、自分には価値がないという思い込みから解放されて、今までの偽りが消え、あるがままの真実が見えるようになる。

今までの偽りに反駁する力がつき、悲痛な過去に対し別の見方ができるようになると、キャラクターは自分を許し（それが必要なことであれば）、これまで自分の行動を支配してきた恐れから解放される。世の中に対する誤解も氷解する。キャラクターはもはや恐れに囚われてはいない。希望を持ち、決意に満ち溢れている。満ち足りた気持ちになり、心の平静を取り戻して本当の自分を知ったキャラクターは、たとえ個人的な犠牲を払うことになろうとも、目標を達成するために必要なことに着手し始める。

最後にもう一度、ポールの例に戻ろう。妻の拒絶は自分のせいではなかったという真実に、やがて彼は気付く。その発見はいろんな意味で彼を解放する。好きな人と親密な関係に発展しないように、愛の深みに嵌まらないように自分を守る必要など、彼はもう感じない。恐れていたせいでどんな関係でも自分は拒絶され捨てられると思い込んでいたが、それは誤解だと悟り、正々堂々と再び愛を見つけようと心を開く決意をする。自分に合った相手とならうまくいく、自分は幸せになる資格があると信じて。

さらにポールは、我が子への愛に対しても新しい見方ができるようになる。これは無償の愛なのだから、子どもたちの気まぐれに振り回されるたびに、彼らを失うかもしれないと恐れる必要はないと思えるようになった。職場でも彼は変わった。同僚たちの動機や行動を曲解せず、素直な気持ちで相手を見ることができるようになった。その結果、職場のモラルも生産性もぐんと上向きになった。もっといろんな仕事がやれると自信が持てるようになったポールは、新しい課題に挑戦し、満ち足りた気持ちになって、自己実現も叶えた。

ポールのように、キャラクターが心の痛手を忘れることができたとしても、これから未知の領域に足を踏み入れていく段階であって、まだまだ恐れは残っている状態だ。しかし、今は自分を信じているから、やらなければならないことは見えている。今後もいろいろと課題はあるだろうが、どんと構えられるようになってきた。目指すところへ行き着くまでは困難にもぶつかるだろうが、前進していく心の準備はできている。自分を躊躇させるネガティブな部分を払拭し、ポジティブに気持ちを入れ替え、今まで忘れていた自分をまた磨いていけばよい。今後も同じようなつらい出来事に遭遇し、試練の時を迎えることもあるだろうが、それに振り回されることなく克服できる強さと自信を取り戻すのである。

たとえ主人公が変化の横糸をうまく紡いで目標を達成したとしても、過去の傷が消えることはない。あの傷はいつもチクリと痛む。ただこれまでと違うのは、前向きに自分を信じられるようになり、自分の内面に欠けていたものを埋めたことだ。それは、キャラクターにとって、古傷がまた膿んでこないようにするための大きな原動力となるだろう。逆境に直面してもめげず、健全な対処方法で問題に立ち向かい、ポジティブさをうまく利用して、満ち足りた人生を目指しながら、道を外すことなく歩んでいくだろう。

●治癒を促すポジティブな問題対処方法

既におわかりだと思うが、キャラクターにとっては行動を改める前後で状況が違っているほうが都合がよい。心の傷の治癒プロセスは、キャラクターが自分のものの見方を変え、自分の価値が見えたときに始まる。これまで信じて疑わなかった偽りを反駁し、自分を無力たらしめていた信念を捨て、あるがままの自分——まだ発展途中の自分——を受け入れる（自己肯定に達する）プロセスが始まるのだ。

このレベルの自覚が起きれば、次は自分への責任を負わなければならなくなる。これまでの悪習慣のせいで、稚拙な問題処理方法のせいで、感情の表し方が下手なせいで、自滅し、つらい思いをしてきたことを認識しなくてはならない。ネガティブな態度がポジティブに変わるには時間がかかる。一晩では変わらないのだ。どの程度の時間を要するかはキャラクターによって違う。物語が治癒段階に入っていくためには、キャラクターが自滅的な行為や態度を改める必要があるが、その方法をいくつか紹介する。

ステップ1：自分の人生に責任を負い、新しい現実を思い描く

ポジティブに変わるための重要な第一歩は、キャラクターが今までの自分の問題対処法には害があっても益はなかったことを認めることだ。こういうふうに自分の人生に責任が持てるようになると、考え方が変わり始めるし、自分の内面を見つめ、変えるべき不健全な行動パターンは何か、客観的に見分けようという勇気が芽生える。どの課題に取り組んでいけばいいのかがわかれば心も軽くなるし、今感じている苦痛から解放された将来を想像することもできる。そして今後の人生像を描くことができれば、内面の欲求を満たす目標に向かって進むべき道もわかりやすい。負の感情に囚われ、過去の問題に固執して身動きが取れなくなるよりは、「自分の思い描いた人生を送れるように、今までのやり方を改めるにはどうしたらいいだろう」とキャラクターが自問できるようになるほうがいいのだ。

ステップ2：小さな、達成できる目標を立てる

失敗は苦い失意につながるし、失敗を恐れると人は再び挑戦しなくなる。キャラクターが変化の道をしっかり歩み始めると、新たな自覚も生まれ、ものの見方も変わっていくから、また恐怖が忍び寄ってきても抵抗できるし、何より希望を感じることができる。ただ、新しい考え方ができるようになってもその地盤はまだ弱い。落胆や失敗が襲ったときに元へ逆戻りしないために、キャラクターは小さくても達成可能な目標を立て、いずれはそれが大きな目標につながるようにすべきだ。小さな目標を達成するたびに自尊心は高まるし、意欲も湧いてくる。万が一失敗しても被害は小さくて済み、そこから学んで賢くなれるはずだ。小さな成功を積み上げていけば、自分の思い描いている、新しくてもっと幸せな将来が手に入るという思いは揺るがなくなるだろう。

ステップ3：良い習慣を身につける

キャラクターの心理状態と心の壁の厚みにもよるが、断つべき悪習慣が多いケースもある。キャラクターが変わっていくには、問題のありかを知り、悪しき習慣を

断ち、良い習慣を身につけることが大事だ。キャラクターが健康に気を配り始めている様子（きちんと食事や睡眠を摂る、清潔を心掛ける、運動する、など）を書けば、読者はキャラクターが事態改善に積極的に取り組んでいると思うだろう。キャラクターに愛する人たちに目を向ける余裕を持たせるために、悪い友人や悪い影響から引き離すのもよい。何かのグループに参加する、自然と関わり合う、読書する、日記を付ける、創造力が発揮できる活動を始めるのも、ポジティブな変化の兆しになる。勉強に目覚めるなど自己改善につながることをキャラクターにさせるのも手だ。

ステップ4：感情のソフトランニングを促す

いくらキャラクターが態度を改め、よりよい結果を求めていく決意をしても、悪いことが起きて後退することはある。こういう揺り戻しに対し、キャラクターが心の準備ができていないと、またすぐに現実否定や忌避行為に戻ってしまうだろう。書き手がキャラクターの一時的な快方を読者に見せるためだけに書いているならともかく、キャラクターを逆戻りさせ、また酒浸りになる、自分も他人も手当たり次第に非難する、感情的になるなどして、以前の悪い問題対処方法にすがらせたくはない。そういうふうに物語を失敗のアークに沿って進める必要があるなら話は別だが、キャラクターには敗北者になって諦めてほしくない。立ち直りかけていたキャラクターが失意を経験する場合は、次の**後退サバイバルテクニック**を使って、キャラクターが冷静に、距離を置いて事態を眺められるようにするといいだろう。

負のスパイラルに気付く

慣れた行動パターンは簡単には変えられないものである。キャラクターとて失望すれば自尊心は揺らぐだろう。自分はダメだとすぐに気持ちが落ち込んでいく。この負の連続が止まらず最悪の事態になる前に、キャラクターが負のスパイラルに陥っていることに気が付けば、自らの強い意志で感情のコントロールを取り戻すことができる。

ポジティブな方向に気持ちを向ける

キャラクターには、うまくいかなかったことをくよくよ悩むより、うまくいったことに意識を向けさせる。小さな成功を受け入れて喜ぶとポジティブになれる。どんなにひどい失敗をしても、もっとひどいことになっていたかもしれないと思うことができれば、たとえ落胆しても心のバランスは崩れない。

休憩する

散歩に出掛ける、友達や愛する人と一緒に時間を過ごす、音楽を聴く、瞑想する、趣味に没頭するなど、キャラクターにストレスが解消できて、気分転換を図れるようなことをさせる。この方法を選ぶ場合は、前に進んでいる話の流れを変えないように気をつけること。常に物語のペースをよく考え、どの場面も物語を前に進めるためのシーンになるように心掛けることが大切だ。

善行に還元する

キャラクターが既に起きてしまったことに悲観的になっていると、これまでの悪習慣に戻ってしまう危険がある。キャラクターに誰かのために何かよいことをするチャンスを与えるとよい。自宅を改築している隣人のために梯子を押さえてやる、弟の宿題をみる、誰かを車で送ってやるなど。手助けや善行をした後は気分も揚がって、キャラクターの気持ちもまたポジティブになりやすい。

気持ちを打ち明ける

キャラクターにも、ただ人に話を聞いてもらいたいだけ、優しい言葉が欲しいだけのときがある。そういうときはキャラクターを黙らせずに、健全な方法で努力していることを語らせるのもひとつの方法だ。誰かに打ち明けたからといって問題は解決しないけれど、キャラクターの気持ちは楽になるし、ひとりで抱え込む必要はなくなったのだから、話すこと自体でストレスは軽減されるのである。

ユーモアを使う

ユーモアも逆境や苦しみに立ち向かうためのひとつの手段だ。ある状況を面白おかしくする、ある役柄を軽くしてみるなど工夫すると、キャラクターのフラストレーションをある程度軽減できるし、物語の他の登場人物たちとも仲よくなれたりする。

ステップ5：行動計画を立てる（そしてその計画に沿う）

キャラクターは、最終的な目標を達成するため、プランに沿って自分をベストな状態にもっていく必要がある。自分は何をなすべきかを知り、起こりうる問題とそれを回避する方法を予想し、プランを立てて、それに沿って進める。たとえ予定どおりに物事を進めるのが難しくなってもだ。そんな気合の入った姿は、キャラクターが目標をしっかりと自分の視野に入れていることを表している。自分の望みを遂げるために必要なことなら、キャラクターにはどんな犠牲も払う心積もりがあることも表現できるだろう。

悪役の旅路

これまで説明してきたように、壊れた人生から満ち足りた人生へ向かう道のりは一般に共通している。もちろん、あなたが作り出す物語のどのキャラクターにも共通しているのだが、この過程がとりわけ重要になる登場人物がひとりいる。

悪役は、主人公の主たる対抗勢力として重要な役割を果たす（あなたの物語に悪役が登場する場合）。悪役が存在するからこそ、対立が生まれ、ヒーローの行く手が阻まれるのである。だが悲しいことに、キャラクター・アークの視点から考えると、悪役は損な役回りになりがちだ。物語の最初から最後まで彼らが変わることはほとんどなく、彼らがなぜ悪に染まっているのか、それを説明する背景情報は乏しいか皆無であり、読者にしてみれば、彼らは悪い人間だから悪役なのだとしか思えない。

背景をあまり明かさずとも、悪夢そのものの見事な悪役が生まれることもあるが(『ハリー・ポッター』シリーズのドローレス・アンブリッジなどがそうだ)、説得力にも魅力にも溢れる悪役には、その悪にふさわしい過去があるのが普通である。悪役が重要な役割を果たす物語を書く場合は、書き手として、悪役の悪たるゆえんを明かす出来事を書き、あらゆる方法でそれを読者に伝えることが重要だ。その背景を全面的に明かすのではなく、悪役の行為や行動を通じて言外に伝える方法を取っていたとしても、書き手は悪役の過去を知っているというだけで、ふたつとない信憑性のある悪役を書けるだろう。

悪役のキャラクター・アークが表面化していなくても、悪役も主人公と同じようなパターンに沿うことを忘れてはいけない。心の痛手を負っている悪役もまた、理不尽な恐れを胸に抱き、心に壁を作り、それが満たされない欲求を生んで充足感の得られない人生を送っている。しかし悪役が変わっていく過程は、主人公のそれとは大きく違う点がいくつかあるから、それを説明しておこう。

満たされない欲求を持ったまま生きる

最初の大きな違いは、主人公の場合、最終的に、満たされない欲求を持ったまま生きていたくないと思ってしまう臨界点が訪れるが、悪役の場合は必ずしもそうならない点だ。それはなぜか。

悪役も一度は過去の痛みに向き合おうとしたけれど、うまくいかず、その痛みが繰り返されてしまったことがまず考えられる。その結果、心は頑なになり、同じ痛みを味わうことになるような危険を冒さなくなるのだ。

悪役が苦しいトラウマに向き合う努力をしたことがない可能性もある。満たされない欲求があるのはわかっているが、過去の痛みとまともにぶつかったり、同じ痛みを繰り返す危険を冒したりするより、満たされないまま生きていくほうがいいのだ。虚無感が常に付きまとうけれど、何かで心の痛みを一時的に和らげられれば、虚しさも抑えられる。こんなふうに自分の感情から目をそらしていると、自分にも他人にも何も感じなくなり、やがて復讐を企てるか（『スピード』のハワード・ペイン）、悔恨もなく実に恐ろしいことをやってしまうようになる（ホラー映画『ソウ』シリーズのジグソウ）。

悪役が問題行為から個人的な愉悦を感じているから、問題行為をやめるつもりがない可能性もある。悪徳行為は最終的に破滅を招くのだが、そこへ行き着くまでは愉悦に浸れるのである。現実に背を向けている人、精神的にアンバランスな人には悪徳行為そのものが動機付けになるから、それを犠牲にしてまで人生好転を図るのは難しい。

自責

繰り返しになるが、悲痛な出来事を経験すると自責の念は自然に生まれる。どう転んでもキャラクターに非があるとは思えない状況でもだ。自責の念を感じるのは治癒プロセスの一環だが、その試練に耐えきれなかったヒーローの多くが悪魔に身を売ってしまう。

トラウマを引きずっていても、罪悪感に苦しまないキャラクターや、責任を他に転嫁するほうに出るキャラクターもいる。それが許されるかどうかはさておき、起きてしまったことを他者のせいにするのだ。責める相手は誰でもよくて、個人、組織、既存システムと片っ端から何でも責め、どんなことをしてでも相手に責任を取らせることが人生の目標になる。

あるいは、悪役もはじめから悪人なのではなく、最初のうちは自分の過去と向き合う努力をしていた善人だったケースもある。ただ自分を取り囲む状況を現実的な目で見ることができず、自分を許せず、あるいは、自分を責める必要はないとは思えないのだ。そして自分を縛りつけている偽りを払拭できず、自分を忌み嫌いだし、自己中心的になり、闇へと落ちていく。自分自身を否定的にしか見ることができないから、それが道徳観にも反映され、傍から見れば、そんなことをしたって欲求は満たされないのに、というようなことを追求してしまう。

間違ったモチベーションを追求する

キャラクターの最大の目標は、満たされない欲求を満たすことである。キャラクターは外的動機が心の空洞を埋めてくれると思い込んでいるから、それを追求する。フィクションにおいてだと、はじめのうちは、主人公も悪役も偽りの目標を追いかけていることが多い。だが、主人公はやがてそれが間違いであることに気付き人生行路を修正する一方で、悪役のほうはそうはならず、人生が分かれていく。

2人のキャラクターが同じ不幸に見舞われる可能性もある。たとえば、それぞれの子どもがひき逃げ事故に遭って死んだとする。どちらのキャラクターもそのせいで安全の欲求が満たされなくなっている。だが本人の性格、周囲からの支援、精神状態など様々な影響を受けながら、安全の欲求を2人はそれぞれ違った方法で満たしていく。ひとりは、警察官を目指す、飲酒運転に関する法律を変えようとする、あるいは、アルコール依存症の患者が治療を受けやすいようにリハビリ施設を開く。こういう目標は本質的にポジティブで、安全を目指す主人公にとって理にかなっている。

ところがもうひとりはまったく別の方向に走る。我が子を殺した人物をストーカーして殺害し、町中のバーを放火してまわるのだ。犯人や酒を出す店をこの世から抹消することで、世の中が安全になると思っているからだ。しかし、子を亡くした悲しみには背を向けたまま、恐れに身を任せているこちらのキャラクターは、いくら放火し続けても心は満たされないし、心の平和を得たいあまり自暴自棄になり、さらに大きな罪を犯す。

物語の目標を達成するためにキャラクターはある一定のことだけを行う意志を持っているから、その選択は、キャラクター自身の道徳観に結びついている。主人公と悪役の最大の違いはここだ。ヒーローはたとえ悪魔に囁かれても道を踏み外す一歩手前で立ち止まるが、悪役は悪の道を突き進む。超えてはいけない一線があったとしても、悪役の場合、その線は遥か彼方にあって、自分の欲しいものを手に入れるためならとんでもないことでもやってしまう。道徳から外れていけばいくほど、元に戻ることは難しくなり、悪役の心は真に満ち足りることがなく、悪循環から一生抜け出せなくなる。

悪役のキャラクター・アークのあり方

ヒーローと悪役のもうひとつの大きな違いは、悪役のキャラクター・アークというものは、物語の中において普通は展開しないことだ。悪役はたいてい物語が始まったときには既に、自分の過去と向き合うことに関心を持っていないし、過去の痛みを無視または否定していて、それについてどうこうするつもりはまったくない。中には自分の過去を受け入れている悪役もいるが、その痛手を経験したからこそ自分はより強く能力のある人間になれたという大きな態度を見せているし、昔の弱くて脆い自分より今のほうがいいと自分に言い聞かせている。

一度は過去の傷を克服しようとしたけれど失敗に終わったケースもある。その場合は、よりよい人間を目指して自分の過去の扉を開くつもりはもうないし、傷ついたまま、心がまったく満たされていない人間として、この先も生きていく覚悟をしている。これならある程度の満足感が得られるだろうと思える目標だけを追求しながら……。

贖罪が近い

しかし例外はある。悪役の軸がメインの物語の中に組み込まれているときがそうで、贖罪の物語として現れることがほとんどだ。主人公が生まれ変わろうともがいている間、悪役にも今までの人生を見直すきっかけになる事が起き、結果的に本来の自分を取り戻す。これがどういう形で起きようと、悪役には想像もしなかった深い感情が湧き、それが心の変化につながる。長い間押し殺してきた欲求がようやく満たされ、贖罪も夢ではない将来が見えてくる。あるいは、自分を超えたもっと大きな何かに開眼し、個人的な望みを犠牲にしてもいいと自分を正当化する。最終的には、悪役は明るい世界に戻るか、自分の中の悪魔に屈してしまう。

悪役が贖罪を選ぶ場合、そこへ行き着くまでの過程は凝縮されることが多く、物語も終盤に近づいた頃に、スイッチを押すぐらいの速さで、悪役は闇の世界と決別する決意をする。この種の逆転劇は自己犠牲を必要とすることが多く、悪役の死で終わることもある。

悪役にとって物語がどういう結びになろうと、ダース・ベイダー（『スター・ウォーズ』）やベンジャミン・ライナス（『LOST』）のようなキャラクターは、ヒーローだけでなく悪役にもキャラクター・アークを通して本来の自分を取り戻すことが可能であることを示している。

悪役もまた過去の産物なのである。先天的な異常のせいもあるかもしれないが、彼らの大多数は嫌な人やつらい出来事のせいで精神が錯乱している。だからこそ、書き手として、悪役の過去を知り、そのキャラクター・アークを考慮することは、たとえそれが物語の中に出てこなくても非常に重要なのだ。悪役を突き動かしているものは何か、なぜそういう道を選んだのかを知っていれば、信憑性のある悪役を描ける。読者が悪役の背景情報を知ることはなくても、書き手として、あなたがよく知っていればそれだけ悪役をうまく表現できるし、彼らの行動は咎むべきものであっても、真実味を帯びているはずだ。

キャラクターの心の傷をめぐるブレインストーミング

心の傷には破壊力があり、いかに屈強なキャラクターでも根本から揺さぶられてしまう。そういう点から考えると、自分のキャラクターにこれだと思う傷を選ぶのは容易いことではない。書き手によっては、執筆中に主人公の恐れや心の傷を物語の赴くままに決めていくタイプの人もいるけれど、その前に時間を取ってキャラクターの背景をブレインストーミングしておくと、書き直しに何時間も費やさずに済むはずだ。

背景は避けるべきだという一般化したアドバイスがあって*背景*という言葉を嫌がる書き手も多いが、残念ながら、それは背景にも様々な種類のものがあるという事実を踏まえたアドバイスではない。このセクションで説明するタイプの背景――キャラクターのブレインストーミング――は、執筆作業の中でも一番重要な作業のひとつである。多面性があって真実味があり、明確なモチベーションを持ったキャラクターを作るのは、ジャンルを問わず大事なことだ。キャラクターのなすこと、言うこと、決めることすべてが、そのキャラクターを駆り立てている何か――恐れや満たされない欲求――を表出していなくてはならない。キャラクターが何を欲するのか（*外的動機*）も、なぜそれを欲するのかも（*内的動機*）、キャラクターの過去に根差しているからだ。

物語に登場させられる完成度の高いキャラクターをすぐに思い付くなら別だが、まずはキャラクターの心の闇を突ついて、そのキャラクターが経験した精神的トラウマを暴く必要がある。ブレインストーミングをするときは、痛ましい過去を何でもかんでも掘り返すのではなく、心に刺すような痛みを感じさせるものとテーマに沿った出来事のパターンを探し出すようにする。たとえば、キャラクターの過去に、兄弟間のライバル意識、いつも一番でなければ気が済まない性格、達成感と親から認められたい欲求を混同している様子がうかがえるなら、条件付きの愛情に絡んだ心の傷を幼少期に受けた体験が浮かんでくる。

どのキャラクターにも綿密な背景調査が必要になるわけではない。キャラクターがどういう人物で、どういう役割を担うかによってその必要性は変わるだろうから、そのキャラクターを正確に書き上げるのにどの程度の準備が必要になるのかをもとに判断すればよい。また、背景をブレインストーミングして得た情報は「離れ小島」のようなもので、その島にはいろいろなアクセス方法があると考えるといいかもしれない。その方法をいくつか次に説明する。

●過去の影響

残念な事実だが、自分にもっとも近い人間が自分を一番強く傷つける。そう考えると、物語が始まる前からキャラクターと関わりのある人たちが、キャラクターのつらい過去に絡んでいるのが普通である。その筆頭に挙げられるのが親だ。子どもは親から虐待を受けると、心の奥に恐怖心が生まれる。理不尽な思い込みや先入観を抱くようになり、自分の子にも虐待を繰り返し、無意識のうちに子育ての失敗を連鎖させていくことすらある。

一例を挙げてみよう。4歳の弟が窒息して死んでいくのをなすすべもなく見ていた少女がいた。その後少女は支配欲の強い母親になり、息子の安全のためだと言いながらいつも息子に付きまとっている。息子のことなら母親である自分が一番知っているからと、息子が付き合う友達も選んでいるし、ほとんど何でも決めてやっている。そんな過干渉・過保護な環境で育った息子は自分の判断能力を信用していないから自尊心が低い。そこで、今は青年となっているこの息子を物語の主人公に設定してみると、ひとり立ちしたくてもなかなか独立できない、他人の意見が気になって仕方ない、人からの批判には過敏、どうせ自分は失敗するからと責任から逃れてばかりいる人物像が出来上がる。

キャラクターの心を傷つけるのは、親や家族だけとは限らない。他にどういう候補がいるか考えてみよう。キャラクターの成長を妨げた人、自尊心を萎縮させた人、屈辱を与えた人、自信を失わせた人などが浮かんでくるだろう。相談相手、昔の恋人、かつての友人、立場が上の人——こういう人たちから悲観的なものの見方をするように学んだ、あるいは彼らが悪い見本になった出来事があって、心に傷を負ったのかもしれない。どういう人物がキャラクターに暗い影を落としたのかを考えるには、「キャラクターは誰から心を傷つけられたのか、その人とは二度と関わりたくないと思っているのか、それはなぜなのか」と問いかけ、答えを探してみるといいだろう。

●嫌な思い出

心の傷は、悩み苦しんだ時期、忘れることができない出来事、あるいは完全抹消したい瞬間など過去の負の体験の中に潜んでいる。どんな苦労に耐え忍んだのか、キャラクターに問いかけてみるとよい。人の過去は失敗や過ち、失意、劣等感、恐れに溢れている。キャラクターにどんなつらい思い出があるのか、できる限りのことをして探ってみよう。

●性格上の欠陥

キャラクターをブレインストーミングしていると、まず性格が浮かんでくるという書き手もいる。人を笑わせるのがうまい、学ぶのが大好き、珍しいほど物欲がないといった一面があるかと思いきや、信じられないほど気性が激しく、突然手のひらを返したように人が変わり、何もないのに怒り出したりする。なぜこんな欠点があるのか少し探ってみよう。何をきっかけにそんな過剰反応を示すのか。腹を立てる相手もいないのになぜ突然怒り狂うのか。こういう無条件反射的な反応を誘発する状況を特定できれば、キャラクターが避けようとしている感情を見つけやすくなるし、なぜ心の鎧を纏うようになったのか、その理由をブレインストーミングしやすくなる。また、この作業はキャラクターの致命的な欠陥を決めるのにも役立つ。その欠陥こそが、心の壁の要所であり、キャラクターを何よりも躊躇させる厄介な部分なのだ。キャラクターはそれを克服しない限り、目標を達成できる見込みはないのである。

●恐れ

ほとんどの人が恐れを嫌う。あるいは嫌うほどではないにしても、できれば経験したくないものだと思っている。恐怖があるからこそ、より一層努力して欲しいものを手に入れるという場合もあるが、他の不快な感情も伴う。キャラクターの性格を決定づける心の傷の中心には必ずある恐れが深く根を下ろしているが、それ以外の恐れや不安もつらい出来事があったことの表れである。たとえば、キャラクターをブレインストーミングしていて、主人公が水を怖がっていることに気付いたら、その理由を考えてみる。歩道で見知らぬ人とすれ違うたびに体が強張る、妹から電話が掛かってくると心臓の鼓動が激しくなる、そんな症例が思い浮かんだら、なぜキャラクターがそんな反応をするのか探ってみる。恐怖そのものは表面に現れないから、その根本的な理由を探ってみよう。

● 満たされない欲求

マズローのピラミッドを少し振り返るだけでも、キャラクターの人生に欠けているものが見えてきて、心の傷を探す手掛かりになる。満たされない欲求が何なのかがわかれば、次はその理由を考えよう。別の欲求を優先しているから犠牲になっているのか、それとも欲求がないだけなのか。キャラクターがある欲求（たとえば愛の欲求）を避けているなら、何か理由があって、そんなものはないほうがいいのだと自分に言い聞かせているはずだ。

キャラクターのことがだんだんわかってきたのに、何の欲求が欠けているのかがなかなか見えてこないなら、何がキャラクターに不満を感じさせているのか考えてみる。彼または彼女の人生のどこかに、何かを嫌がっている、避けている、あるいは怖がっている部分はないだろうか。もしあれば、それが満たされない欲求につながっているはずだ。それを手掛かりにすると、キャラクターが抱えている心の傷がどんな類のものであるかが見えてくるだろう。キャラクターにある欲求が欠如しているケースを考えるなら、表面的にキャラクターが何を追い求めているのか、その外的動機をまず特定するとよい。それがわかれば、なぜそれを追求しているのかがわかるようになり、キャラクターに欠けている部分、そしてそれをキャラクターが埋め合わせようとしていることが見えてくる。

● 秘密

誰もが秘密を抱えている——これも経験から学ぶことのひとつである。決まりが悪いから、恥や罪悪感を感じるから、仮面が剥がれると脆い気持ちになるから、人は本能的に何かを隠そうとするのだ。秘密は心の傷を覆っていることが多いから、キャラクターが何を隠しているのか考えてみよう。キャラクターはどんなことを固く口にせず、人に知られたくないと思っているのか。それは、掘り返したくない過去の精神的トラウマの一片に触れているはずだ。

● 不安

程度にもよるが、自己不信は誰もが抱える悩みである。自分は、人の期待に応えられないのではないか、ミスを犯して他人に迷惑をかけるのではないか、愛する人をがっかりさせるのではないかと気に病んでばかりいると自尊心が蝕まれていく。キャラクターが社会に合わせられない、受け入れられないと不安を感じているなら、それはどうしてなのだろうか。どういう状況でキャラクターは自分で物事を決められず、リスクを冒すのを避けるのか。キャラクターに自己不信や不安を感じさせるようになった負の体験や相手をブレインストーミングで探る場合は、まずその不信や不安が何なのかを考えるとよい。

● 先入観または厭世観

どんなに楽観的で開放的な人でも、いつも寛容で我慢強いというわけにはいかず、何らかの偏見を持っているのが普通だ。過去の体験や観察に基づいた偏見や否定的な考えが心の引き出しにびっしりと並んでいるキャラクターだっている。キャラクターが歪んだものの見方をしていないか、しているならどういう考えを持っているのか、どんなタイプの人間に我慢がならないのか、どんな状況になると人と距離を置こうとするのかを考えてみよう。どんな事柄にも因果関係があるから、疑問を突き詰めていくと、キャラクターが暗いものの見方をするきっかけになった負の体験が見つかるはずだ。

●過補償

つらい過去の背景をあぶり出すためのもうひとつの方法は、キャラクターが過補償に走っていないかを探ることだ。恋人を喜ばせるために必死で、何よりも恋愛関係に時間とエネルギーを注いでいないか。誰かをかばっていないか。その人が悪いことをしでかしても一笑に付し、その人が巻き起こした問題をいつも肩代わりしたり手助けしたりして「救って」やっていないか。過補償は他にも様々な形で出てくる。無理して寛大になろうとしている、周囲に溶け込もうとして頑張りすぎる、大事な人に認めてもらえるなら何でもするなど。キャラクターが過補償に走っているなら、その根本に自責や恐れがないか理由を探ってみよう。

●問題行動

完璧な人生を送っている人など誰もいない。キャラクターだってそうだ。心の壁は何かと問題を引き起こすものなのだ。キャラクターの人生を見渡して、どこに摩擦が起きているか考えてみよう。金銭上のトラブルはないか。上司と衝突しがちで、仕事で頻繁にトラブルに巻き込まれていないか。どこからともなく勝手に災難が降ってきて、問題行為や摩擦が起きるわけではない。それが起きるのも終わるのもキャラクターの意識次第なのだ。キャラクターがどのように自分で自分の足を引っ張っているのかがわかれば、それは過去の出来事につながっている。キャラクターはその過去に関連した物事に反射的に反応し、マイナス効果を生む問題対処方法に頼ってしまうのだ。

●タイプ別に心の傷を見る

悲しいかな、人間は数え切れないほどあの手この手で他人や自分の心を傷つけてしまうものである。本書で例として挙げている心の傷は、あくまでも例であって、すべてを網羅しているわけではないけれど、キャラクターの背景に合わせ、数限りないバリエーションを考案するのに役立つはずだ。本書では、こうした心の傷を一般的なテーマ別に分けている。キャラクターに合った心の傷を選ぶのに苦労している場合は、心理的なダメージが起きやすい一般的な状況を理解しておくといいだろう。

障害や損傷によるトラウマ

一般的な社会規範から逸脱したキャラクターがいて、その状態がキャラクターに不利に働いていると本人が信じているケース。事故や暴力を体験したり、先天的な障害や不健康状態や疾患を抱えていたりして、身体上または認知上の問題（あるいはその両方）が重なった複合的な問題になっているかもしれない。この種の心の傷を抱えているキャラクターは、自分を「劣っている」、あるいは人とは違うと感じ、自分の存在価値を疑問視する。特に幼いときから持っていたわけではない障害を抱えるようになった場合はそのように感じることが多いだろう。

この傷の影響がどのように表面に出るかは、物語の中でキャラクターが直面する具体的試練、障害が出たときの年齢、変形や障害の度合いによって左右されるが、自分を恥じ、障害を隠そうとするのが一般的である。また、障害者のレッテルを貼られたり、人に馬鹿にされたり、拒絶されたりすることを恐れ、自分の障害に対し必ずしも寛容ではない環境で活動しなくてはならない場合は、さらにキャラクターの心は重くなる。

社会の不正や人生の苦難によるトラウマ

このタイプの精神的トラウマは、不平等と格差を照らし出し、キャラクターに被害意識を感じさせる。自己価値に悪い影響を及ぼすし、他人は苦しんでいないのに自分は苦しんでいるという理由から、キャラクターは人間の道徳的本質について疑問を感じるようになる。キャラクターが信仰心を持っているなら、それが脅かされることもある。場合によっては、他人の気持ちを汲み取る能力が損なわれることもある。このタイプのトラウマは、自分には非はなく、個人の力ではどうしようもないため、自責よりも幻滅や恨みを招くのが普通だ。

キャラクターの愛する人たちが問題の巻き添えになったり、不正や困難な状態が長期化して当人が汲々してゆとりがなくなってきたりすると、満たされない欲求が生まれ、それを喫緊に満たす必要が出てくる。不均衡は自然な状態ではないので、現状を正すためには、ある欲求のために別の欲求を犠牲にするしかないとしても、キャラクターはなんとかしなければならないと行動に駆り立てられる。

失敗や間違いによるトラウマ

心の傷に個人的なしくじりが絡んでいるのは普通だが、キャラクターは自分自身を批判の目で見ているから傷は深く内面化していることが多い。「間違いを犯してしまった」がいつの間にか「私がそもそも間違いなのだ」になり、自分のことを至らない人間だとか欠陥のある人間だと思うようになって、自尊心が傷つく。さらに悪化し、自分を罰すべきだと思うようになると、様々な自己処罰行為が見られ、本人にとって重要な欲求に影響を及ぼし、幸福や充足感を感じられなくなることもある。

この心の傷の深刻度は、犯した過ちの種類、それがどの程度個人的なことなのか、誰に影響が及んだかによって左右される。過ちを繰り返すのを怖がって責任から逃れようとすることもあれば、完璧主義的な傾向がある場合は、起きてしまったことを償おうとして逆に頑張りすぎることもある。また、周りの人たちがキャラクターの失敗の代償を払ってやっている状況だと特に、キャラクターは深く追い詰められないと再び失敗のリスクが取れるようにはならない。

誤った信頼と裏切りのトラウマ

一番身近な人に愛や弱さに付け込まれて、心が傷つけられるケース。こういう形で信頼を裏切られると、人に対する自分の直感が信じられなくなり、自分の判断は間違っていると思い込んでしまうため、過去を忘れ去るのは特に難しい。また、女性は人とのつながりを母性的に捉えるため、裏切られると男性よりも深い傷を受ける傾向にある。

このタイプのトラウマを体験しているキャラクターは、実際に起きた裏切り行為、または確信はないが起きたと思っている裏切り行為に非常に過敏になる。大したことではないのに深い意味があると勘ぐり、自分のことは自分で守らなければならないという思いを新たにし、本音を言わなくなる。「疑わしきは罰せず」などあり得ないし、人を許すのは至難の業になる。自分を裏切った相手が近い存在で、個人的に深いつながりを持っている人であればあるほど、憎しみや怒りは大きくなり、問題も長期化し、前進するのが難しくなる。

犯罪被害のトラウマ

犯罪の被害に遭ったキャラクターは死や痛みを恐れるようになり、平和を乱されたと感じ、人や世間を信用できなくなる。はじめのうちは加害者（たとえばキャラクターの車を盗んだ薬物中毒者がいるとする）だけを責めていたが、そのうち、もっと大きなもの、たとえば政府や既存の社会システム、人間全般に非があると考えるようになる。恐れや怒りの矛先が増え、漠然とした幻滅を覚え始める。薬物中毒者に車を盗まれた例でいくと、キャラクターは、市民を安全に守るべき社会に期待を裏切られ、自分は守られていないと感じてしまう。

犯罪の被害者が不当に自分を責めることもある。たとえば、レイプの被害者である女性が男性といちゃついていた自分が悪かったと思う、強盗に遭った男性がドアの鍵を閉めておかなかった自分を責める、といった場合がそうだ。こういう状況では、キャラクターは往々にして、自分の監督不行き届きのせいだ、責められるべきは自分だ、と思い込んでしまうのである（いつもそうなるわけではない）。

予期せぬ出来事によるトラウマ

トラウマな出来事は無作為に起きるものである。したがって、それに備える、それから身を守るのはほぼ不可能である。現実の生活で我々が突然トラウマな出来事に遭遇すると、自分の中に潜んでいた強さ、あるいは弱さが露呈する。不測の事態が起きても、うまく立ち回りたいと誰もが願っているけれど、実際はそうはいかないことが多いのだ。キャラクターたちも突然襲いかかったショックに無防備な心が抉り取られるような思いをする。そしてこの種の傷は、癒えるまでに時間がかかる。

突然傷つき、ショックも大きいと、「なぜこんなことが起きたのか」「なぜ自分なのか」「なんて残酷な世の中なのか」といつまでも引きずってしまい、終止符を打てないことが多い。動揺しただけならまだしも、ショックにうまく対応できなかった自分に疑問を感じ、もっとなんとかできたはずだと自分を責める。理不尽に自分を責めることが多いので、自尊心を傷つけ、罪悪感を生んでしまう（場合によっては「どうして自分が生き残ってしまったのか」と悩むこともある）。トラウマな出来事を経験すると、人が変わってしまい、生きることに関心を失うことだってあるかもしれない。こと安心安全に関しては、同じようなことが繰り返されるのではないかと恐れて、性格や行動に極端な変化が見られることすらある。心的外傷後ストレス障害（PTSD）を患っているキャラクターはこの部類に入るだろう。

PTSDは命の危険を感じるような出来事を経験した人に現れる障害である。PTSDを発症している人は、過去の体験の一部を継続的に追体験することがあり、一瞬で済むこともあれば、何時間、何日と続くこともある。また、トラウマ体験を想起させる出来事によって症状が出ることもあり、トラウマに結びついている感情や思考を避けようとする。悪夢を見るなど睡眠障害が出るし、常に警戒しているのでピリピリした緊張状態が続きがちになる。感情が激しく揺れることもよくあって（自責や罪悪感もこれに含まれる）、マイナス思考に陥り鬱のような症状が出て、自分の殻に閉じこもる、何に対しても情熱が持てない、趣味に興味を失うこともある。

トラウマを経験してもその被害者の反応は様々で、PTSDの場合は、症状が長期にわたって続き（いつまでも続くこともある）、日常生活にも支障が出る。必要なサポートを受けることが難しい場合は、結婚生活の破綻、失職、暴力、ホームレスになる、麻薬やアルコールの乱用といった形で後遺症が現れるケースもある。そうなるとさらに問題は複雑になり、キャラクターのPTSD対処能力がさらに低下する。子どももPTSDを発症するが、大人とは違った反応を示すかもしれない。どの精神障害にも言えることだが、書き手として、PTSDとその誘発環境についてよく調べることが大事だ。PTSDの症状には大きな個人差があり、物語の中で正確にその症状を伝えられるように、キャラクターを深く理解しておく必要がある。

幼少期のトラウマ

心の傷の中でも、幼少期に受けたものは一番ダメージが大きい。幼いと自分を守るための精神的ガードがないに等しいからだ。子どもには人生経験がないし、まだ成熟していないから、自分が見たものや体験した物事を理解できず、問題を健全に対処できるメカニズムが発達せずに、問題の多い対処法しか持ち合わせていないことが多い。生理学的にみてもトラウマは脳自体の構造にも影響する。子どもの脳は20代まで発達していくため、その若い脳への影響は甚大である。認知的なダメージがあると対処能力に支障が出てしまう。

幼少期に受けた心の傷には、裏切られた経験が深く絡んでいることがある。ずっと後になってから、親など、本来なら子どもへの監督責任を担っていたはずの大人や社会（子どもは純真無垢な存在だから守られるべきだと考える文化がある場合）に自分が守られてはいなかったのに気付いて、裏切られたと感じるということもあり得る。子どもの頃に面倒を見てくれた大人や自分に近い関係にある家族に傷つけられていた場合は、裏切りが本人の心により一層深く刻み込まれ、大人になってから、他人と親しい関係を築けないといった大きな影響が出る。幼少期のトラウマは時間が経つと悪化していくので、心の壁が何層にも重ねられて頑強になり、それを解くのが困難になる。

以上、心の傷をグループ分けしたが、これはキャラクターが抱えている可能性のあるトラウマを分類するときに大いに活用していただきたい。ただひとつ共通して言えるのは、心の傷は思い出そのものよりもずっとつらいということ。キャラクターは既に被害は受けていて、その後遺症がその後の人生の様々な局面に滲み出てくるのである。何か出来事に直面するたびに「これも自分のせいなのだろうか、責められるべきは自分なのだろうか」と疑いの種は撒かれ、その芽が開くと自尊心が蝕まれていく。時間が癒やしてくれることもあるだろうが、必ずしもそうなるとは限らない。また同じような痛みが繰り返されれば、以前の恐怖心や誤信念は戻ってくる。キャラクターが自分を成長させ、自己を受け入れられるようになってはじめて物事を新たな視点で捉えることができるようになり、心の傷の深い痛みはようやく治まる。

キャラクターの過去を探っていくと負の体験が詰まった地雷原にあたることもあるだろう。だが物語の構想を練っている段階では、キャラクターが対峙し克服しなければならない苦しみがどれなのかを読者にはっきりわかるようにしておくことが必要だ。そうするには、背景的な出来事をひとつに絞り、その出来事で、キャラクターが感じている痛みが人生の妨げになっていることを表現するとよい。また、その出来事、あるいは一連の関連の出来事を図にしておくのもよい。キャラクターの心の中で、どんな誤信念が表面化してきて、自尊心が攻撃され、物事の感じ方が変わり、厭世観が生まれるのかを理解するのに役立つだろう。詳しくは付録4も参照してほしい。

根深い痛み：心の傷に影響を与える要素

つらい出来事がキャラクターを大きく変えるのは承知のとおりである。だが、それは一体どれほどのインパクトを持っているのだろうか。実は、そのインパクトの大きさは、キャラクターがこれまでどんな人生を送ってきたかによって違う。同じことが起きても、ある人には大打撃を与えるし、別の人には何の傷も残さない。ところが変化のアークを辿る物語では、背景的な心の傷は常にキャラクターを蝕んでいくことになっている。キャラクターはその傷に揺さぶられて無力な存在になり、喉から手が出るほど欲しいもの、必要なものがあっても手にすることができない。本人が変わって、**致命的な欠陥**を振り払わない限り、望みは遂げられない。致命的な欠陥とは、キャラクターが抱えている負の性質の中でも特に有害なもの、そして先入観や無意識の行動を指すが、これは、自分が成長し、自分の誤信念をはねつけることでしか克服できない。そういう意味からも、物語の中で破壊力を発揮する心の傷を選ぶ際には、次の要素を考慮し、必要に応じて話に取り入れていくといいだろう。

● パーソナリティ

精神的トラウマのインパクトを理解するには、キャラクターが傷ついて、人生の軌道から外れる前の性格を知ることが不可欠だ。キャラクターの中核をなす性格は逆境で威力を発揮する。純真無垢であどけない性格なら、不正が絡んだ不幸に直面したときに、大きなショックを受け、人間や世の中に幻滅し、心の壁を作って人との接触を避けるようになるかもしれない。あるいは、もっと世慣れていて人生経験豊富なキャラクターなら違った反応を示し、たとえ自分の道徳観と相反することになったとしても、全体的にバランスの取れた道を選ぶだろう。

性格次第でキャラクターのストレス対処方法は変わる。だから無傷な頃のキャラクターの性格を理解しておくと、苦境を体験した後に、どう自己防衛するのか、より正確に予想ができる。

● 物理的な距離

つらい出来事を経験して拷問のような苦しみを味わうこともあるだろう。キャラクターがその苦しみを直接体験しているなら、同じ出来事を間接的に経験した人よりも大きな影響を受けるはずだ。たとえば学校で銃撃事件が起きたとする。犯人に撃たれた生徒のトラウマは、銃声は聞いたけれど犯人の姿は見ていないクラスメートのトラウマよりずっと深刻だ。しかし、どちらの生徒も、その日学校を休んでいた教師とは比べものにならない大きなショックを受け、この事件と折り合いをつけられるようになるまでは大変な苦しみを味わうことになる。こういう悲劇に巻き込まれると、誰もが少なからずその影響を受けるものだが、事件との物理的な距離が近いほど、そのことを忘れるのは難しくなる。

● 責任感

前に説明したが、悲惨な出来事の被害に遭うと、人は必ずといっていいほど自分を責め、トラウマを体験しやすくなる。言い換えれば、キャラクターに責任を感じさせることで、破壊力の大きな出来事を作り出すのもひとつの方法だ。たとえば、子どもの溺死を体験した母親がいるとしよう。それは偶然の事故であって母親のせいではないことは明白である。それなのに当人は、「自分がもっと早く反応していれば……心肺蘇生の講習を受けていれば……携帯電話の電池が切れていなければ助けを求められたのに……」と自分をずっと責め続けている。こういう思考に陥ると立ち直るのも難しいが、被害者であるはずの母親にも何らかの過失があったとしたら、再起はさらに難しくなる。

もし物語の中で被害者に非があると設定するなら注意が必要だ。読者の共感度に響くかもしれないからだ。先ほどの子どもが溺死した例に戻ってみよう。母親がいくら自分を責めようと、事故の責任がこの母親にあると思う読者はまずいない。ところが、母親がバスルームでドラッグをやっていた間に子どもが溺死したとなると、どうだろうか。読者はその母親には同情しかねるかもしれないし、冷たい目で見るかもしれない。確かに、恐ろしい出来事が起きたのは自分のせいだとキャラクターが思い込んでいる設定なら、話に緊張感が出せるし、読者ははじめのうちはキャラクターに共感していなくても、読んでいくうちにだんだんと共感を深められる。しかし、物語の設定は読者の共感度に影響する。そのことを書き手は心に留めておくべきだ。

● サポート

キャラクターが悲劇に襲われた際、そこから再起する力は、キャラクターがどういうサポートをどの程度得られるかによって左右される。精神的な重圧を和らげ、気持ちを明るくさせてくれるような愛する人に支えられていれば、悪いことが起きても立ち直りやすい。苦境に立たされても信念が揺るがないキャラクターなら、悲劇に屈することなく毅然としていられるはずだ。逆に、あまりサポートが得られなかったり、信念も苦境に押しつぶされていたりすると、再起は難しい。

● 繰り返し・再発

悲劇的な出来事はトラウマになりかねない。性的または身体的に虐待を受けた、他人を失望させた、親に拒絶された、といった体験はどれもつらく恐ろしいし、後を引く。しかし同じことが繰り返し起きると、傷はさらに抉られ、治癒・回復も厳しくなる。

● 追い討ちをかける出来事

心の傷そのものに人生を変える力がある。ところが、そこへ離婚や解雇などの不幸が重なると、苦しむキャラクターに追い討ちがかかる。苦難を体験すると、精神的な問題（パニック発作、鬱、生活に支障が出るような強い恐怖など）も起きやすく、なんとかしなければならない問題が山積する。そして当然だが、体の傷や悪夢などつらい過去を思い出させるものがあると、心の治癒はさらに難航する。

● 破壊力

心の傷を悪化させる要素は他にもある。ショックな出来事が個人を狙った攻撃だった場合は、その影響も深刻化する。人間は意図的に心身を傷つけられると人に相談しにくくなることもあり、無差別に被害を受けた場合と比べて心の負担は重い。いじめのように個人的に狙われたケースだと、個人情報の盗難のような偶発的事件の一被害者である場合と比べ、立ち直るのに時間がかかるのだ。

● 精神的な距離

自分の心を傷つけた人との精神的な距離も被害者意識の強さに反映される。恐ろしい犯罪について知っていることをありのままに話したのに信じてもらえなかったキャラクターがいるとしよう。このキャラクターの言い分を退けた人がただの知り合い、たとえば学校のカウンセラーや警察官ならば、裏切られたという思いはさほど強くないはずだ。しかしこれが親や兄弟となると、信じてもらえなかったという恨みは大きくなる。

● 心理状態

トラウマを体験したとき、キャラクターはどういう心理状態だったのだろうか。成功していて自信もあって、自分が有能であることを疑いもしていなかったのに、それが挫かれたのか。それとも、既にいろんな問題を抱えていて心はボロボロの状態だったのか。傍から見ればどれほど同情すべき状況でも、つらい出来事を経験すれば人は苦しむものだ。ただ、普段から自信を持っていた人なら、他にもいろいろと問題を抱えて苦労していた人や、苦境から立ち直りかけていた人よりも、強い回復力を持っているはずである。

● 公正・正義

人間は正義を求めるものだ。何かの被害に遭えば、加害者の責任が問われるのは当然だと思うし、犯した罪が大きければ、それに応じた重罰を与えるべきだと考える。

自分が体験した悲劇に終止符を打つには、法の裁きが下され、罪も償われ、加害者が二度と犯罪を繰り返さないと思えるようになることも必要だ。ところが責められるべき人間が罪に問われていない、あるいはまだ捕まってもいないとなると、見えない脅威となって、そこから前進するのは難しくなる。

以上、キャラクターの置かれた状況を深刻化させ、心の傷を悪化させる要素を一部紹介したが、つらい出来事を設定する際に、主人公をもう少しだけ絶望の淵に近づけたい、脇役との距離をもっと広げたいと思う場合は、こうした要素に気をつけるといいだろう。

行動を通じて心の傷を写し出す

どういうつらい出来事が起きて、キャラクターが今のような人間になったのかが決まったら、次は、それを読者に明かしていかなければならない。ところがそれがなかなか難しい。過去を明かすプロセスが重要なのには多くの理由がある。まず、キャラクターの現在を過去に結びつける情報を読者に伝えなければならない。何がその人を行動に駆り立て、なぜその今のような状態になっているのかを伝えるのである。主人公の心を傷つけた出来事が何なのかが読者に伝わっていないと、主人公が何に向き合わなければならないのか、物語が終わるまでに何を乗り越えなければならないのか、読者には見えてこない。だから重要なのである。何に苦しんでいるのかがわかれば、読者は強い共感を覚え、キャラクターの人生物語に入り込める。

ここで思い出してもらいたいことがひとつある。話を運ぶために停滞のアークを選ぶと、キャラクターの内面の成長や、過去との和解にはあまり触れない。だが停滞のアークを使う場合でもやはり、キャラクターの行動を通じて過去のトラウマがあることを匂わせるのが重要になる。変化のアークのように主人公の成長を追ってはいないが、たとえキャラクターが変わらなくても、その人格には常に多面性と深みを持たせるのを忘れないようにしよう。

では、物語に不可欠なキャラクターの背景をどう読者に伝えればいいのだろうか。そこで、ただ事実を伝えるのではなく「見せる」ことが重要になってくる。

物語を書くときは、事細かく事実を伝えるよりも「見せる」ことが終始好まれる。物語の中で起きていることを読者が「見て」共有体験できるからだ。この2つの間には、誰かの絵を描くのと、その人について報告書を書くぐらいの違いがある。絵は感情を想起させ、質感も伝えられるし、見る人を引き込ませるが、報告書は事実を伝えるだけである。キャラクターの感情を描写する、その性格を明確にする、あるシーンの雰囲気を決めるなど、目的がどうあれ、「見せる」ほうがだいたいうまくいくのは、読者がキャラクターの経験に自分を重ね合わせられるからだ。つらい過去を明らかにするときも同じことが言える。見せる方法は2つある。どちらにもキャラクターがいかに傷ついているかを表現する効果がある。

●一挙に明かす

フラッシュバックや回顧のシーン、あるいは別キャラクターとの会話を使って、過去の傷の全容を一挙に明かすのがベストな場合もある。読者はその傷を強烈なワンシーンで見ることができるからインパクトが強いし、話運びにも動きが出る。読者はキャラクターと過去の出来事を共有体験できるし、何よりキャラクターと気持ちが通じるから、演劇効果の高い手段である。その好例が『ハリー・ポッター』シリーズの冒頭シーンだ。読者は、ダンブルドア校長、マクゴナガル教授、ハグリッドとの会話を読みながら、ハリーが経験した悲劇を知る。シリーズ7巻分の物語は、その悲劇と対峙するハリーの姿を描くためにある。

この手法なら、つらい過去を包み隠さず明らかにできる。読者は、物語が始まって間もなくハリーの両親が殺されたことを知り、彼が満ち足りた人間になるためには、様々な問題に立ち向かわなければならないことに気付く。ただ、彼がどんな問題に直面するかはまだ知らない。彼が信じてしまう偽り、彼の性格上の欠点、彼が満たそうとしているのに満たされない欲求はみな、ページをめくっていくとわかるようになっている。読者はハリーの過去を冒頭で知るが、過去が彼にどう影響しており、なぜ彼が過去に向き合わねばならないのかは、後から慎重に明かされていくのである。

通常、この方法を取る場合、過去の傷は物語を読み進めてきた読者が謎を解くための最後のピースとして、後半で一挙に明かすことが多い。冒頭で明かす場合は、次のシーンに移るときに時間が飛ぶので（『ハリー・ポッター』がそうだ）、たいていはプロローグを書くことになる。だがプロローグは不要なことが多く、技法として難易度が高いことでも知られている。プロローグで伝える情報は、もっと後で読者に知らせたほうが効果的なのだ。読者がキャラクターに好感を持ちはじめ、その過去にどんな重要な背景が隠されているのか、物語の中からヒントや手掛かりを掴んでからのほうが、読者の心には突き刺さる。それに、プロローグは書き方を間違えると厄介なことにもなる。情報が最初から一挙に公開されてしまうため、その後の話運びが遅くなり、読者との間に距離ができてしまう。以上の理由からプロローグで物語を始めるのはあまり勧められない。どうしてもというのであれば、構想をよく練っておくこと。どの手法が功を奏し、どれがうまくいかないのか把握しておくことが大事だ。プロローグとフラッシュバックの書き方については、この後の「避けるべき問題」を参照してほしい。

● 大いにじらす

この手法では、キャラクターに何が起きたのか、読者にははっきりとは知らされない。ヒントは話のあちこちに散りばめられていてなんとなく察しはつくが、手掛かりを十分掴み、パズルのピースをすべてつなぎ合わせるまでは、はっきりとわからない仕組みになっている。ヒントを基に読者が自分なりの結論を出すことになるかもしれないし、書き手が最後に謎を明かして話が終わるかもしれない。「そういうことだったのか！」と謎が解ける瞬間はどのタイミングにもってきてもいいが、普通は後半までとっておくことが多い。

たとえば、映画『冬の恋人たち』では、主人公のケイトがなぜ不可解な行動を取るのか、その理由を知る手掛かりは映画全体に散りばめられていても、彼女のつらい過去はあからさまには描かれていない。完璧主義で競争心が人一倍激しく、人と一緒には練習できないケイトの性格と行動を描くことで、彼女の過去がそれとなくわかるようになっている。映画の終盤に彼女と父親の重要なシーンがあって、それまで視聴者がなんとなく感じていたことが決定的になる。ケイトは頑張った褒美としてしか親に愛してもらえない環境で育ってきた事実が明かされるのだ。物語がこういう構成になっていると、主人公がどんなつらい出来事を過去に経験したのか、読者は推測し続けることになるのだが、それでも、主人公が心の傷を引きずっていて、思うように人生を生きていないのは、最初から明らかなのである。

● 道にはパン屑を撒いておく：読者をつらい過去に導く

キャラクターの心の傷を真正面から描くにしても、あるいはただほのめかすにしても、その傷の原因である過去の出来事はキャラクターにとって重要な意味を持っている。だから物語を通してその過去に少しずつ言及していくことが常に必要だ。

愛する人を失った悲しみ、肉体に拷問を受けた苦しみ、面倒な離婚を乗り越えた苦労は、そう簡単に忘れられるものではない。その苦痛にきちんと向き合っていない場合は特にそうだ。我々第三者には、キャラクターにつらい過去が付きまとい、暗い影が差しているのは見えている。したがって、書き手は自然に読めるように過去に何が起きたのかをそれとなく言及する表現力を身につけていく必要がある。次に紹介する要素を目的に合わせていろいろと取り合わせていけば、過去をあからさまに、あるいは一挙に明かさずに、読者にうまく伝えていくことができるだろう。

恐怖

人は同じ苦しみが繰り返されるのを避けようとするので、つらい過去が恐れを生み出すことはこれまでにも説明した。言い換えると、キャラクターが何かを避けているのを見せる場面を物語に組み込むと、過去に何があったのかをほのめかすことができる。

たとえば、大失敗をしていろんな人に迷惑をかけた経験のあるキャラクターがいるとしよう。仮に彼女をジェスと呼ぶ。ジェスはその苦い経験を繰り返すようなまねはしたくないので、荷の重い仕事を避けている。この過去をそれとなく読者に伝えるために、責任から逃れようとする彼女を描いたシーンを作る。仕事で、資金潤沢なクライアント獲得を狙って、優秀な人材が揃ったチームを率いるチャンスがジェスに飛び込んでくる。彼女なら考えるまでもなくこのオファーを受けるはず、と読者は期待する。ところが彼女は見え透いた言い訳を並べ立ててそれを断ってしまう。もしくは、いったんオファーを受けるのだが、辞退するための言い訳を後で思い付く。彼女のこの忌避行為は読者に疑問を投げかける。なぜジェスはこんなすばらしいチャンスをみすみす逃すのか。彼女は何を怖がっているのか。さらには、こんなチャンスに巡り会えるキャリアなのに、それが来ると逃げてしまうなんて、彼女はどうしてこの仕事を選んだのか。

キャラクターの恐怖を遠回しに伝えるのに忌避は有効である。この忌避を他のヒントと合わせれば、何が彼女を悩ませているのか、読者にはもっとはっきり見えてくるだろう。これはキャラクター・アークを使う場合にもよい。責任から逃れようとするジェスを読者に見せておくと、彼女がこの恐怖と対峙し克服しないことには、いつまで経っても本当の幸せを感じることができず、満ち足りた人生を送れないことに読者は感づく。

構成がよく練られていると、物語がはじまってすぐには、こういうシーンは来ない。実は尻込みしている自分をジェス自身に気付かせるには、成功（そして失敗）のチャンスをいろいろと彼女に経験させる必要があるからだ。全体のあらすじにこういう場面を組み込んでおけば、ジェスが最終的に恐怖に打ち勝つまで、キャラクター・アークに沿って話を進めていくことができる。

自己不信

生身の人間と同様、キャラクターもまた複雑だ。どんなに人気者で、外見もよくて、頭脳明晰でも、自己不信を経験する。自分への不安は過去のつらい出来事に関係していることが多いのだ。

ジェスがいい例だ。普段は自信もあって物怖じしないくせに、グループの責任者として人に頼られ、重要な判断を下す立場になりそうになると、とたんに不安になる。彼女の自己不信は、過去の失敗にまつわるある状況に結びついているのかもしれない。たとえば、ジェスがテレビのインタビューでヘマをやらかしたことがあったとする。そんな過去を持つ彼女に公開討論への出演依頼が舞い込み、自分の発言が公に記録されるような仕事を任されそうになると、彼女は不安で気が気でなくなる。

過去のつらい出来事を設定し終えたら、次はその過去に由来する不安をよく理解するために自問してみよう。なぜキャラクターは自分を疑うのか。どういう状況でキャラクターは自分の直感を信じなくなるのか。簡単な意思決定なのに、なぜキャラクターは思考停止に陥ってしまい、後知恵ばかりになってしまうのか。その答えを探っていくと、キャラクターの不安がどこにあるのかが見えてくる。そうすると、普段の姿と、不安に駆られてがらりと人が変わってしまった姿を対比できるようになる。矛盾を避けながら、キャラクターのつらい過去を言外に伝え、それが当人の現在にどう影響しているのかを見せることで、キャラクターの自己疑念を浮き彫りにすることができる。

大げさな反応と控えめな反応

書き手としてキャラクターをよく知っていれば、そのキャラクターを一貫して書くことができる。読者にもその人柄が見えてくるし、これから起きる様々な状況でそのキャラクターに期待しながら読むようになる。期待に反して、キャラクターの反応が薄かったり、逆に大げさすぎたりすると、読者に異変を感じさせることになる。

先ほどのジェスが、普段は社交的で口が達者な女性だとしよう。パーティには欠かせない存在で、会社が祝賀会でも開こうものなら、そこで外交的な一面を大いに発揮して、きらきらと輝く。ところが、地元ニュース局の取材を受けることになったとたんに彼女は態度を翻す。カメラの前で堂々と受け答えをするチャンスに喜び勇んで飛びつくと思いきや、彼女の顔は血の気が引いたように青ざめる。体は強張らせながら声を落とす。硬い笑顔を作ってインタビューを断り、代役を勧めると、その場から去っていく。

私たちはこの反応を見て、ジェスにしては覇気がなさすぎる、と思ってしまう。このインタビューのシーンでは、何かが彼女を動揺させている。あるいは別の何かのシーンで、ジェスが何気なく相手をかわすだろうと思っていたら激怒したという場合も、我々は同様に驚くだろう。

キャラクターの根本的な性格を固め、物語が進んでいっても、そこからずれないようにキャラクターの感情を描くことができれば、キャラクターがらしからぬ反応を示したときに、過去に問題があったことを言外に伝えられるし、読者も異変に気付くだろう。

引き金

引き金とは、つらい過去の出来事をキャラクターに鮮明に蘇らせ、その出来事に関連付けられている感情、恐怖、マイナスの反応を引き起こすものだ。匂い、色、味、音など感覚が引き金になる場合もあるし、人、物、状況、環境が過去の記憶を想起させることもある。つらい出来事が起きたときに感じた強い感情が引き金になることすらある。こうしたものが引き金になり、苦しい記憶が蘇ると、ずっと忘れようとしていた負の感情が押し寄せ、キャラクターは闘うか逃げるかの反応を示す。

10代の頃、人身売買の犠牲になって売春を強要されたエミリーというキャラクターがいるとしよう。大人になった彼女は既に自由の身になっていて、普通の生活を送っている。だが時々、売春をさせられていたときの負の感情を呼び覚ますものに遭遇する。安いモーテルの部屋、ズボンのポケットの小銭がじゃらじゃらとぶつかりあう音、オレンジソーダの味、あるコロンの匂いなど。こういうものに遭遇すると彼女はパニックに陥る。体が強張り、息苦しくなる。衝動的に逃げ出したくなるが、ありったけのエネルギーを振り絞ってこの恐怖感を鎮めようとし、実際に危険が迫っているわけじゃない、自分は安全なんだ、と自分に言い聞かせる。

エミリーの反応は、コロンの匂いなど、ごく平凡なものへの反応としては極端だ。読者は、まだ彼女の過去について何も知らないが、同じ引き金に繰り返し極端な反応をする彼女を見て、何か個人的に恐ろしい体験をして、それが関係しているのではないかと推測する。そして、やがて彼女のトラウマが何なのかを知ったとき、読者にとってはすべてつじつまが合うのである。

否定された感情

自分の感情を割りとすんなりと受け入れているキャラクターがいて、ただひとつだけ、あのおぞましいことが起こったときの感情を想起させるものがあるとしよう。エミリーの場合、それは恥だ。売春を強要された彼女に非はまったくないのだが、彼女は生き延びるために身の毛もよだつ恐ろしい選択をしなければならず、常に自分を恥じながら生きてきた。

解放されて大人になったエミリーがこれとまったく同じ悲劇を繰り返す可能性はまずない。しかし、彼女は恥を感じるたび、あるいは感じさせられるたびに、あのおぞましい過去に引き戻される。まるで今もあの環境に置かれているかのように、過去の記憶に囚われて、そこからは絶対に逃れられないかのような気持ちになる。そこで彼女は二度と恥を感じないように新たな習慣を身につける。たとえば、潔癖とも言えるほど高い道徳基準や様々なルールを自分に課す。それに従っていれば彼女はどんな悔恨からも解き放たれる。あるいは逆に、倫理観などあっさり捨ててしまって、どんな判断をしようと恥など感じない。

心が健康であれば、あらゆる感情を自然に感じ、表現できる。感情の忌避や否定は問題の表れなのだ。キャラクターが常にある種の感情を避けている様子を見せると、過去に何かがあったことをほのめかせる。キャラクターがどういう傷を抱えているのか、さりげなく示唆できる副次的効果もあるし、十分なヒントが与えられれば、読者にはすべてが納得いく。

強迫観念

否定の裏には強迫観念がある。トラウマを経験すると、あることを自然に避けるようになる一方で、別のことが異常に気になりだす。エミリーの場合、長年虐待を受けてきたせいで、護身や防犯にのめり込んでいる。彼女のアパートには高額な防犯アラームが設置されているし、寝室には鍵を掛けて犬と一緒に寝る。ジムで護身のクラスを取るときも、友人と食事するときも、バッグの中に銃の携帯許可証とハンドガンを忍ばせている。どこにいても必ず出口を確認するし、周辺の人間が自分の身に危害を及ぼしはしないかと警戒を緩めない。

キャラクターが何かを病的なほど気にしていれば、それは過去のトラウマを知るヒントにもなる。キャラクターの過補償的な行為から、一体過去に何が起きたのか、正確には特定できなくても、その過去のせいで強迫観念に苦しめられていることは読者にはわかるはずだ。

会話と他のキャラクター

主人公は過去のつらい出来事の被害者でありながら、その影響には自分ではあきれるほど気付いていない。だから主人公は一番信頼のおける語り手ではない。だが、他のキャラクター、特に被害者にもっとも近いキャラクターたちは、何が起きたのかも、それがこの主人公をどう変えてしまったのかも知っていることが多い。彼らは、主人公に変な刺激を与えないように気を遣いながら一緒に暮らしつつ、物語の重要な語り手となり、主人公との会話を通して、自分たちの知っていることを読者に簡単に明かすことができる。

映画『パトリオット』の主人公、ベンジャミン・マーティンには引きずっている過去があるのだが、一体何があったのか、自分からは決して語らない。ところが他の登場人物たちがしきりとそれを持ち出すので、過去の体験が今の彼に禍根を残していることは明白である。息子にウィルダネス砦で何が起きたのかと尋ねられても、顔をそむける。ウィルダネスの戦いでベンジャミンが見せた狂暴な戦いぶりに敵将が触れると、口を閉ざす。あの砦でベンジャミンがフランス兵に対してやった行いについて味方兵が話しかけても、軽く受け流し、ひたすら戦闘命令を出し続ける。

会話は、たとえ一方的なものであっても、過去の傷を自然にそれとなく伝えることができる。会話を使ったほうがいい場合は、それを最大限に活かして、重大な過去の出来事を少しずつ明らかにしていこう。

設定の影響

話の設定を使って、つらい過去を明かすというのは、すぐにひらめく方法ではないかもしれないが、設定がよければ話の運びはよくなる。つらい過去があるからこそ、キャラクターは現状に至っている。その過去に背を向けようとしても決してうまくいかない。「現在」の設定の中にいる他の人やもの、あるいは設定自体が、キャラクターに過去を思い起こさせてしまうからだ。

『パトリオット』に話を戻そう。ベンジャミン・マーティンは鞄の中にいつも手斧を隠し持っている。それを目にしただけで彼の顔には苦悩の色が滲み、自分はこんなものとはまったく無関係だと思おうとしているのが手に取るようにわかる。ところが、自分の息子を救うためその手斧を使わざるを得なくなる。そのとき、彼がなぜそれを忌み嫌っているのか、視聴者はおぼろげながらも以前よりはわかるようになる。

ベンジャミンは手斧の見事な使い手で、それを敵に向かって振りかざすと、まるで別人のような顔つきになる。暴力的で復讐心に燃えた怪物と化すのだ。

この小道具がベンジャミンの過去を知る大きな鍵なのだ。ウィルダネス砦で起きたこと、それに彼がかつて兵士だった事実をつなぎ合わせると、この手斧で彼が過去に何をしたのかがうかがい知れるのである。

キャラクターのつらい過去を考えてみよう。その出来事が起きたとき、何か重要な役割を果たしたもの、あるいは、たまたまそこにあったものはないだろうか。その出来事に自然に結びつく象徴的なもの、場所、天候や季節があるとしたら、それは何か。それを設定に取り入れ、その要素にキャラクターがどんな反応を見せるのかを書いていくと、読者はパズルのピースをつなぎ合わせることができる。

防衛機制

防衛機制とは、キャラクターがつらい過去の痛みから自分を守るために作る心の壁のひとつで、強力な効果を発揮する。トラウマな出来事が繰り返されそうだと感じ取ると、この防衛機制が働く。こういう自己防衛反応は、私たちにとって、またはキャラクターにとってよくないものなのかもしれないが、無意識に反応しているから、自分では気付かないのが普通だ。有害な防衛機制が働いていると指摘されても、それが痛みを遮ってくれると信じているから、ついそれにしがみついてしまう。

キャラクターが繰り返し同じ防衛機制を働かせていることに読者が気付くと、キャラクターが引き金を感じているときがわかるし、その状況が何かつらい出来事に関係しているのだなと推測できる。一般的な防衛機制を以下に紹介するので、これらをキャラクターの振る舞いに取り入れるといいだろう。

否認は、キャラクター自身が過去につらい出来事が起きたとは思っていない、またはそういう出来事が起きたとは認めないときに起きる。はじめのうちは言葉で否定するだけかもしれないが、プレッシャーが大きくなるとイライラして落ち着かなくなる。キャラクターの性格にもよるが、相手に自分の嫌な話題に触れさせないようにするため、攻撃的な態度に出たり、暴力に訴えたりすることがある。嫌な話題が出たときのキャラクターの反応、たとえば、話題から外れ、会話の輪から逃げようとする様子や、一瞬挑戦的な態度を取る姿を描くと、この否認状態を見せることができる。

合理化は、自分の身に起きたことはそんなにひどくはなかった、と自分だけでなく他人を納得させようとするときに起きる。キャラクターが近親相姦の犠牲者である女性なら、自分たち二人の間には誰にも理解できない特別な絆がある、と言い張るかもしれない。また、犠牲者は加害者の行為を合理化するかもしれない。付き合っていた男に虐待された女性が男をかばって「彼はお酒が入るとこうなってしまうの」とか「遅れるって一言彼に電話をしておくべきだった」などと言い訳しているときなどがそうだ。

この防衛機制の利点は、何が起きたか明らかなことだ。だんだんキャラクターが合理化しなくなっていくと、危険信号を見せ、精神がただならぬ様子で変化していくから、読者はその異変に気付くのである。

行動化は、人にかまってもらいたいがためにやってしまう好ましくない行動として片付けられることが多いが、本当は、健全な形でコミュニケーションが取れないときに、欲望を表し、感情をぶつけるために極端な手段に訴えることを指す。子どもが自分の感情の伝え方を知らないがために怒ったり、癇癪を起こしたりすると、その子どもは行動化を起こしていると言われる。

行動化は苦痛を生む出来事に関係している。だから、読者がこのキャラクターならきっとこういう反応をするだろうなと予想する状況で、なぜか思いがけない反応や、度が過ぎる反応をする姿を描くと、キャラクターが行動化していることが読者に見える。たとえば、やたらと人を支配したがるパートナーを持った女性がいるとする。彼女は自分のことは自分で決めたいのに、それを相手に言えずにいる。そして、パートナーからの抑圧に耐えきれなくなると万引きに走る。必要でもないのにどうしてもそれを盗りたくなってしまうのだ。他にも行動化の例として、自傷行為、暴力、いじめ、暴言、無責任（出勤拒否、学校で出された課題を故意に終わらせないなど）、薬物依存、摂食障害、性的逸脱行動がある。

キャラクターにらしからぬ行動を取らせると、トラウマの影響の深刻さを伝えることができる。その行動が続くようなら、キャラクターが心の傷に自滅していく様子を読者は目の当たりにするだろう。

退行は、ストレスを経験したことが原因で幼少期に戻ることである。過去の痛みを想起させる何かが起きたときにこの退行が見られる。引き金が現れたときに、大の大人の男性が失禁するのはその一例だ。同じ引き金を察知するたびに退行するキャラクターを描けば、こんな反応を示すなんて過去にどんな恐ろしいことが起きたのだろう、と読者の興味をそそることができる。

退行は長期にわたって見られることもある。大人の女性が大学時代や小学校時代に着ていたような服を着るケースなどがそうだ。この場合だと、見るからに異常なので、その根本に何か深刻なことが隠れているのがわかる。

解離は、自分の肉体、感情、または社会全般から自分を切り離すことを指す。つらい過去に関係している嫌な感情や引き金から自分を守るために解離する。深刻なケースだと、ずっと解離したままの人もいて、現実を常に否認しながら生きているので問題になる。

物語を書く場合は、ある引き金が現れたり、ある状況に陥ったりすると、まるで幽体離脱しているかのように、精神的あるいは感情的に自分を現実から切り離し、物事を眺めているキャラクターを描くといいだろう。たとえば、レイプ被害に遭ったことのある女性は、事件時の感情や記憶を避けたくて、セックスをするといつも解離状態になる。セックスそのものは本来望ましい行為であるべきなのに、気持ちが離れていく。そんなシーンを描いてみる。

記憶喪失を描くのもいいだろう。ある時期の記憶が抜け落ちているキャラクター設定なら、苦い記憶や嫌な思いをした出来事から自分を守ろうとしている姿を書ける。

投影は、キャラクターが不快な性格、性質、または動機を他の誰かに写し出すときに起きる。そうすることで自分の中の嫌な部分を回避・否定できるのだ。たとえば、親から言葉による虐待を受けて育ったティーンエージャーは、親に言われたひどい言葉をそっくりそのまま友人に向け、馬鹿だ、醜い、ふしだら、意気地がないなどと言ってしまう。他人をそう呼ぶことで、自分と他人を区別している。非難の言葉が的を射ているかどうかは重要ではない。このティーンエージャーが友人はその言葉どおりの人間だと思っているなら、その友人より自分はましだと思えるのである。

たいていの人はある程度投影するのが普通で、それをするからといって治療を受けなければならないような問題があるわけでない。キャラクターが投影している設定なら、過去のつらい出来事に直結した引き金を使い、一貫して投影している姿を描くとよい。そうすれば、読者も異変に気付く。しかしキャラクターの投影行為の描き方があまり強すぎると、読者が「それは違う」と思うから気をつけること。読者が共感できるように、他の要素ともうまくバランスを取って描くとよい。

置換とは、本当はある人に向けられている感情や反応を別の人に示す行為である。幼い頃に妹が身体的虐待を受けているのを見て育ったキャラクターがいるとする。そんな家庭で育ったキャラクターは、虐待していた父親に対して怒りを表せずにいるが、それは報復を恐れているからだ。大人になっても父親に対する激しい怒りは止まず、その怒りを「報復してこない」別の人に向けている。相手は同僚かもしれないし、妻、子ども、あるいは家で飼っているペットかもしれない。本来は父親に向けるべき感情をいつも他の人に向けて吐き出している姿を見た読者は、この親子には問題があって、その根本に深刻な何かが潜んでいることに気付くはずだ。

抑圧は、ある行動、思考、感情を無意識に否定するときに起きる（「否定された感情」でも説明）。自分が避けたいものが何であろうと、その存在の可能性すら考えない、または存在していることを認めてもいない。深刻なケースだと、記憶がすべて心の奥に押し込まれたり、真実ではないことに置き換えられたりする。いつも避けたがる過去がある、あるいは、過去の出来事を他の人とは違ったように記憶しているキャラクターを描いていけば、その出来事がキャラクターたちの抱える問題の核心であることを少しずつ明かしていける。

補償とは、自分の弱みまたは弱いと思う部分を打ち消そうとして、自分は弱くないと思い込もうとするだけでなく、人にも証明しようと努力する行為である。キャラクターは、つらい出来事が起きたとき自分の至らぬ部分に気付いてしまい、それを埋め合わせようとする。もしくは、その出来事のせいで失ったものを取り戻そうとする。普通は、劣等感を感じている部分を補おうとして努力する。たとえば、弱々しいから目をつけられ、いじめに遭った少年が、ジムに入り浸りで筋トレに励み、ボディビルディングや格闘技で競い、ステロイドも投入し、必死の努力で自分の肉体改善を図っている、などが一例だ。

この防衛機制も、変化の前後のキャラクターを見せないことには、読者には伝わらない。物語がはじまった時点でキャラクターは既に努力家だったとしても、フラッシュバックや回顧シーン、会話、昔の写真など過去を知る手掛かりになる小道具を使うなどして、補償行為としての努力を始める前のキャラクターを見せる。そうすると、心の傷がキャラクターにどういう波紋を投げたのか、一体何が起きて、キャラクターはこれほど変わったのかが読者にはわかるはずだ。

人間の精神は、敵はいないかと辺りの匂いをクンクンと嗅ぎ回る母グマそのもので、自分の心や体、精気を守るために警戒を緩めない。ここに挙げた例以外にも防衛機制は存在するが、長くなってしまうので、一般的で物語に組み込みやすいものを選んでみた。ただし、人は日常的に複数の防衛機制をあれこれ組み合わせて適度に使っていることを忘れないでほしい。ここにまとめた防衛機制は、キャラクターの苦しい体験、特にキャラクターがまだ正面から向き合っていないトラウマ体験に関連して、キャラクターにとって盲点になっている部分、恐れているもの、そしてトラウマの影響（まだトラウマが明かされていないとしても）を読者に見せるため利用してもらいたい。また、読者の混乱を避けるには、これと思う反応をひとつ選び、いつもその反応を繰り返してしまうキャラクターを見せるのがベストだ。過去に起きた出来事やその関係者たちを絡めながら、キャラクターの反応を描いていけば、読者は点と点を線でつないでいくだろう。

キャラクターの行動を通じて過去の出来事を見せることができれば、読者の心に訴えかけながら、少しずつ過去を明かしていける。過去からどれほど時間が経過していても、心の傷に苦しみ続けるキャラクターの姿を描けば、その傷の息も詰まるような重さを強調することもできる。物語が進むにつれ、キャラクターが見せる恐怖、引き金、忌避、防衛機制といった反応は、過去とは切り離されたその場限りのものではないと読者は察知し、キャラクターには長年苦しんでいる記憶があり、生きる気力を失わせるほどその苦しみが今も続いていることが読者の心に刷り込まれていくのだ。

避けるべき問題

ストーリーテリングにはいかなる面にも問題に陥りやすい点がある。心の傷を書くことも例外ではない。キャラクターの過去のトラウマを書く作業の中にも、いくつか落とし穴があるから気をつけてほしい。そこで、次にその落とし穴を例としていくつか挙げることにする。そこへ落ちないようにするためのアドバイスも併せて参考にしていただきたい。

●問題1：情報過多

情報過多は、書き手がナレーションや解説をし始め、話の流れをいったん止めるときに起きる。特に冒頭部分で、背景を明かす必要があると書き手が思い込んでいるときによく陥る罠だ。だが解説が多いと、あちこちに支障が出る。読者は受け身になって書き手の言葉を鵜呑みにするしかなくなり、主人公と体験を共有しなくなってしまう。そうすると読者とキャラクターの間に距離ができ、結果的に読者の共感が得にくくなり、話運びのペースも台無しになる。

どの書き手もみな一度はこの罠にかかるからご安心を。それに時間をかけて練習すれば、この罠は簡単に回避できるようになる。キャラクターの心の傷を描写しているうち解説モードに入っているなと気付いたら、次のテクニックを使ってその箇所を書き直してみよう。

絞り込む

主人公（対抗キャラクターでもいい）が苦しい思いをした体験は、読者が知る必要があっても、所詮物語の背景でしかない。これは書き手が肝に銘じておくべきことのひとつである。キャラクターのつらい過去をすべて見せるのは危険だ。書き手がフラッシュバックを使うと、読者が時間をかけてやっと理解した世界があるのに、そこから読者を引き離すことになるのがまずひとつの理由だ。もうひとつは、過去を見せるために長い会話や独白が続いてしまい、話のペースが落ちてしまうからだ。

読者の関心を引きつけておくには、キャラクターのつらい過去を全体的に眺め、どうしたらその核心部に絞り込めるのかを考える。書き手はその過去について何でも知っているだろうが、細部まで何もかも見せる必要はない。キャラクターの過去に関して読者が絶対に知っておかなければならないことは何か、インパクトが強烈なディテールはどれか、と考えてみる。瑣末な情報を取り除くことができれば、語数も減らせて、話がだらだらしなくなるし、流れを止めてしまうこともない。

いろいろなテクニックを取り混ぜる

ひとつのテクニックに頼りすぎるのは、たとえそれが効果を発揮していても、よいことではない。つらい過去に何が起きたかを読者に伝えるには、複数のテクニックを取り混ぜて使うと、新鮮な語り口が保てて効果的だ。会話の途中に、引き金や、引き金の後に続く抗し難い感情の描写を挟むと、会話が長々しく淀みがちにはならない。いつも会話や回顧シーンに頼るのではなく、キャラクターが強迫観念に取りつかれている様子や、ある防衛機制につい頼ってしまう姿を一貫して書くのも、全体像を描くひとつの方法である。

複数のテクニックを取り混ぜる一例として、次の例を紹介しよう。

> サラはコーヒーに砂糖を入れてかき混ぜた。周囲のテーブルから心地よく聞こえてくるおしゃべりの声に乗って、スプーンがカップにあたる音がした。日差しは明るく、海からはそよ風が吹いてくる。戸外にあるこのカフェは、この時間帯、のどかすぎるほどのどかだ。それも高校生たちが押し寄せて来る時間までのことだが。
> 「ここ、いいわね。若いときによく通ったカフェを思い出すわ」と母が紅茶に息を吹きかけながら言った。
> 微笑みながらサラは椅子にもたれかかった。背もたれの木のぬくもりを肌に感じる。「エクレアが置いてあった店のこと？」
> 「う〜ん、そうよ」母はそう言いながら紅茶を口につけたが、急にはっとした顔になり「ああ、日曜日のミサにあなたの友達だって人が来てたわ。ア

ンヌマリーだったかしら。それともメアリベスだったかしら」と言って首を左右にかしげた。「名前がふたつくっついてるのは確か」
　咄嗟にサラは熱いコーヒーを手にこぼしてしまった。カップをカタカタ鳴らしながらテーブルに置くと、誰のことかしら、と言わんばかりに肩をすくめた。
「この頃物忘れが激しいけど……でもホントなのよ」と母はため息をついた。「去年あなたがインターンしてたときに一緒に働いてたって言ってたわ」
　サラは母と目を合わせた。興味津々の表情が見えたが、母が本当のことを知ったらきっと狼狽えるだろう。
「覚えがないな」サラはそう答えるとレシートを握りしめた。「ここ払っとくね。ねえ、最近ヨガのクラスはどうなの？」

この例には、サラに付きまとっている過去をほのめかす（説明するのではなく）ために、様々な手法が使われている。謎の女に関する情報は会話を使って伝えられている。その女の名前は引き金になっていて、サラの感情を高ぶらせ、母親との外出を途中で切り上げて逃げる反応を引き出している。サラが少し黙り込んで話題を変えようとする様子は、回避を見せている。何より、すべてが一挙に明かされてはいない。このシーンはパズルの小さな1ピースでしかなく、話が進むにつれ、他のピースとつなぎ合わせていくと全体像が浮かんでくる算段になっている。

この例は、ペースを崩さずに、説得力のある方法で暗い過去のディテールを照らしている。過去に何があったのかが読者にも想像できるようなヒントを与えているし、何を伝えようとしているかはさておき、「見せ方」が冴えている例でもある。

● 問題2：演出が下手なフラッシュバック

フラッシュバックは、過去の出来事をあたかもリアルタイムで起きているかのように読者に再生して見せることができるので、過去の傷を明かす手段として非常に効果的ではある。ただ、それを物語のどこで使うかが難しい。フラッシュバックは動きのある場面でありながら、メインのあらすじの時系列からは離れていて、既に過ぎ去った時間へと読者を引き戻すからである。

フラッシュバックのシーンのタイミングが早すぎても問題だ。読者は物語に慣れてきたところなのである。焦点が過去にシフトすると、読者はせっかく夢中になって読んでいた現在の話をこのまま続けて読んでいたいのにと思ってしまうから、途絶感が生まれてしまう。

では、フラッシュバックをどこへもっていけば、読者に一番うまく受け入れてもらえるのだろうか。理想的には、重要なシーンと結びついていて、キャラクターの心境に響く位置がよい。フラッシュバックが現在進行中のことと関係しているなら、現在の行動と過去の出来事がはっきりと結びついていて、それほど中断された感じがしないだろう。キャラクターの感情にも作用するなら、読者の気持ちを引きつける絶好のチャンスにもなり、読者の強い関心を保てる。

映画化もされたSF小説『マイノリティ・リポート』では、主役ジョン・アンダートンは薬物中毒に苦しむ刑事で、離婚したばかりの設定になっている。会話から一人息子がいたことがうかがえるが、その息子の身に何が起きたのかははっきりしない。いわれのない罪に咎められ、逃走を続けるアンダートンは、自分の無実を証明するための時間稼ぎに危険な目の手術を受ける。術後、両目をふさぐようにまだ包帯が巻かれている状態でひとり体を休め、麻酔で意識が朦朧としているときに、遂に彼の過去が明かされる。息子と一緒に公営プールで泳いでいたときに、息子は誘拐されたのだった。

これは、フラッシュバックの演出がうまいおかげで、主人公の過去が強烈に明かされている好例である。アンダートンの心の傷は彼が一番脆い状態のときに鮮明になる。体が弱りきっているときに、彼がどんなに苦しんできたかが明かされるのだ。このフラッシュバックは彼の「現在」にもある意味つながっている。司法省の追手が刻一刻と迫るなか、彼はこの過去のおぞましい出来事を追体験していて、追手の接近に気が付かない。だから読者は目が離せなくなる。こんなふうに配置が優れたフラッシュバックは、過去が明白になっていく過程が自然で、読者は次に何が起こるのかが知りたくてたまらなくなる。

それともうひとつ大事なのは、暗い過去の全容がすべて明かされると、読者にも飛び火する可能性があることだ。非常に個人的なトラウマ、または暴力的なトラウマは、類似体験を持つ読者の引き金になる可能性が大きい。なるべくそうならないようにするには、ヒントを早い段階から出しておく。そうすれば、この先何が起きるのか、トラウマがいつ明らかになるのかがそれとなくわかるし、読者も心の準備ができるので、必要であればそのページを飛ばせる。トラウマのシーンが過激であれば、部分的に描くとか、少し距離を置いた視点で（語り手のどっぷりつかった視点に読者を付き合わせるような書き方ではなく）描いてみるのもいいだろう。そうすれば読者のほうも、話の中の現在進行中の出来事からはもっと離れた、安全な場所から眺めるように話を読むことができる。

●問題3：誤用されるプロローグ

プロローグは文学世界の二流市民だ。多用されすぎだし、使われ方も拙いのがその二流たる所以である。プロローグを最大限に活かすには、次のアドバイスを読んでほしい。

その必要性を確かめる

プロローグの目的は何らかの情報を伝えること、とだいたい決まっている。たとえば、ある民族や地方の歴史、登場人物たちに大きく関わる人が権力の座に就くまでの経緯、現在の物語の導入部として地殻変動的な出来事などを伝える。あるいは、本書の目的に即して言うと、キャラクターの心に傷を負わせる出来事を伝える。のっけからいろいろ知りたくない読者にはプロローグは邪魔だ。読者は一刻も早く本筋に進み、登場人物たちに出会って、ページをめくっていきたいのだ。キャラクターの心の傷を明かすためにプロローグの使用を検討しているなら、まずは、本当にそれが必要かどうかを考えてみよう。つらい過去を見せるのはもう少し後でもいいのではないか、読者はこの情報を今知る必要があるのか、と自問してみよう。もっと後でもいいのなら、物語をキャラクターの現在からズバッと始められる。それこそが読者が求めている部分なのである。

すぐに共感を築き上げる

プロローグに限らずどんな出だしでもそうだが、まずは読者の心を掴まなければならない。キャラクターのつらい過去だけで読者を引き込めるなどと勘違いしてはいけない。読者の共感はそんなことでは得られない。その苦しい出来事を体験している「人」に読者が心を寄せてこそ、共感は生まれる。読者との絆を築くには時間がかかる。何か大事件が起きる前に、読者は完全にキャラクター側の視点に立っている必要があるが、プロローグだとページ数が少なすぎて、そこまではなかなか行き着けない。

この過程を早めるには、共感を築き上げる物事に重点を置くのがひとつの方法だ。キャラクターの美点や尊敬に値する部分、脆さ、前向きな行動などに重点を置く。物語が始まってすぐにキャラクターのそんな一面を引き出せれば、読者からの共感は得やすくなる。共感を得た後なら、キャラクターにとんでもないことが起きたとき、読者の関心を引きつけられる。プロローグから次章へとページをめくってもらうには、読者とのこういう固い絆が必要不可欠だ。

ぎこちない時間のシフトを避ける

読者がいつも章タイトルに注意を払うとは限らないから、話がプロローグから始まっていることに気付かない可能性もある。普通、読者はメインの登場人物たちとそのシーンの出来事に深い関心を払う。だから次章を開いて、そこに唐突に大きな変化があると、ぎこちなさを感じる。プロローグに続く第1章を、たとえば「15年後」と書いて始めるのは、新しい時代に入るなど時間の経過を読者に知らせる常套手段のひとつで、時計の針が進んだことを示してはいるものの、スムーズではない。これから読むシーンは、さっき読み終えたシーンとは全然違いますよ、と読者に向かって叫んでいるようなものだからだ。

突然時間がシフトしたからといって、それだけでプロローグが台無しになるわけではない。とはいえ歓迎されない材料にはなる。その推移をもっとさりげなく滑らかにすると、読者体験は格段に改善されるはずだ。作家ルタ・セペティは、『Out Of the Easy（安楽から離れて）』のプロローグの最後で、次章までの時の流れを*物語の中*で感じさせながら見事に表現している。こういう方法で時の移り変わりを伝えれば、読者の関心が高まり、続きが読みたいと思わせることができる。

プロローグが終わりに近づき、時の移り変わりがうまく物語の中に織り込まれている例を次にいくつか挙げてみる。

> リハビリすれば3カ月後にはまた歩けるようになるという話だった。だが2020年ももう終わるというのに、私はまだ車椅子から離れられなかった。
>
> 二人が再び出会うのは15年後である。
>
> ジャックなら僕を許してくれると思っていた。が、僕のセカンドチャンスは43年後にやっと訪れた。

場所設定を変えないのも、プロローグから次章への流れを滑らかにするひとつの方法だ。読者にとっては、同じ場所は2つのシーンをつなぐ橋渡しになる。場所以外はすべて変わっているから、2つのシーンの様々な違いが時の流れを教えてくれる。背景になじみがあれば、時系列に変化があってもあまりぎこちなくはならない。

● 問題4：信憑性のない心の傷

心の傷について入念に調べ上げていても、物語の中でそれを明かすと、大失敗になることはある。読者がまったく共感できないか、好意的には受け入れられないかのどちらかだろう。キャラクターのつらい過去を読者の心に最大限に響かせるには、次の条件を満たさなくてはならない。

キャラクターの致命的欠陥に結びついている

つらい過去を明かしたときは、読者の「ああ、そうだったのか」という声が聞きたいものだ。読者は、これまで慣れ親しんできたキャラクターの今の姿と、その背景にある出来事がぴったりと一致していることを知って納得するはずだ。変化のアークでは、キャラクターがつらい過去の出来事を追体験することで、致命的欠陥が表面化し、物語の最終目標を達成できなくなることを思い出してほしい。キャラクターの心の傷が明らかになると、なぜある弱点をどうしても克服できずに苦しんでいるのか、読者にはわかるようになる。キャラクターが乗り越えなければならない問題が何なのか、書き手が選んだつらい過去からは自然に浮かび上がってこないとしたら、最初に戻って、キャラクターにもっと合った、物語にうってつけのトラウマを選ぶべきだ。

キャラクターを動かしている

心を傷つける出来事は思い出すのも恐ろしい経験のはずだ。キャラクターの判断がその過去に左右されていないとしたら、キャラクターの心の傷とそのインパクトを徹底的に研究できていない可能性が高い。いったん筆を止めて、そこをもっと掘り下げてみる必要がある。まずは、心の傷から生まれる恐怖、キャラクターの意志判断を曇らせる恐怖が何であるかを掴む。そして、キャラクターがどんな偽りを信じ、それに従ってどんな行動を取っていくのかを考える。どの性格的欠陥が肥大化し、それがどうキャラクターの成長を妨げるのかを明確にする。こういう重大要素がだんだんはっきりしてくると、キャラクターがどういう行動を取り、どういう刺激に反応するのか、つまり、キャラクターは何に突き動かされているのかがもっとよく見えるようになる。そうすると、真実味に溢れたキャラクターとその過去のトラウマを書くことができる。

凄まじさがある

当然のことだが、心の傷はトラウマになる。キャラクターが身も心もボロボロにならず、あっさりと立ち直れるのなら、何かがおかしい。この場合もやはり、キャラクターにもっと深刻な波紋を投げかける別のトラウマを選んだほうがいいかもしれない。もしくは、前のセクションで説明した心の傷に作用する要素を取り入れて、既に選んだトラウマや苦境を調整し、もっと個人的なものに変えていく必要があるかもしれない。

書き手が選んだ出来事や事件に破壊力が足りないことも考えられる。キャラクターが恐怖に動かされて取捨選択し、心の壁を作っているのなら、当然キャラクターの人生に混乱が生まれるはずだ。とりわけその性格的欠陥が人生のあらゆる局面で問題の種になるだろう。夫婦関係や恋愛関係がうまくいかなくなるし、仕事でもくすぶる。自分をどうしても愛せず、前にも進めなくもなる。心の傷が主人公にとって破壊的な力になっていないなら、主人公の人生、特にその大切な部分を見直して、そこがトラウマからどのような影響を受けるかを考えてみよう。

● 問題5：突然解決する心の傷

心の傷と対峙し、克服するには時間がかかる。一夜にしてどうにかなる問題ではない。キャラクターが自分を横糸に人生模様を織りなす過程を描くには、物語がひとつ丸々必要になる。もしこの過程のテンポが速く、キャラクターがあっさりと心の傷に向き合い、打ち勝ってしまうようであれば、読者には大きな不満が残る。事態があまりにも急ピッチで収束する場合は、普通、構造に問題がある。

物事が完璧なタイミングで起き、ペース配分もばっちりな物語の構想を練るのは難度の高い作業だ。だが、これをマスターしないといい話は作れない。事実関係は物語全体を通してむらなく読者に伝えていかなければならないし、自分なりの人生を生きるキャラクターの姿を描きながら、読者の好奇心をかき立てて魅了し、キャラクターの人生の一幕が降りる瞬間へ向けて容赦なく話を進めなければならないのだ。

物語の構造に関しては、「Writers Helping Writers」の姉妹サイト「One Stop For Writers」に、物語とキャラクター・アークのプランに便利なストラクチャー作成ツールが用意してあるので、そちらを利用していただきたい。

筆者から最後に

心的トラウマには数え切れないほど様々なバリエーションがある。まずはブレインストーミング用にと多種多様な心の傷を盛り込んだつもりだが、完全には網羅しきれてはいない。しかしこれをもとに、物語が始まった時点でなぜキャラクターがある心境や境遇にいるのか、その要因をより深く理解するため、キャラクターの過去をしっかりと掘り下げてもらいたい。また、本書のアドバイスは参考程度に留めておいて、本書にまとめられている心の傷に、書き手なりにどんどんと手を加えていってほしい。

候補として考えている心の傷があるものの、それにピッタリと合うシナリオがまだ見つかっていないという場合は、この類語辞典の同じ大項目の中にある他の小項目にも目を通すことを勧める。これらの項目にはどれにも共通のテーマがあるから、読んでいくうちにアイデアがふと浮かんで、特定のキャラクターの状況に合うように心の傷を変えられるかもしれない。また、心の傷にもっと真実味を持たせたいなら、選択した傷についてさらに調べ、「根深い痛み：心の傷に影響を与える要素」で挙げられているオプションに従って、手を加えていくといいだろう。

この類語辞典をよく読むと、各項目で事例として挙げられている行動には負の要素が勝っているものが多いことに気付くはずだ。これは意図的にそうしている。背景となる心の傷は深刻なダメージを与え、後を引くだけでなく、その傷への対処法をキャラクターが身につけないことには、傷口がどんどん広がっていくからだ。キャラクターの治癒過程に関しては、「治癒を促すポジティブな問題対処方法」を参照してほしい。まずはキャラクターが置かれた状況に合致した治癒過程を選び、その過程に沿って、当人に傷を直したいと目覚めさせ、自分では変えられないものを受け入れさせ、内面的に成長し、強い自尊心が持てるようにするとよい。

さらに、この類語辞典で事例として挙げられている行動には、矛盾するものもいくつかある。たとえば、片腕を失ったキャラクターがいるとする。そのキャラクターは引きこもって孤独の道を選ぶかもしれないし、逆に、他人に頼りきってしまうかもしれない。どのキャラクターも唯一無二で、性格もこれまで生きてきた人生も違うから、トラウマへの反応の仕方はそれぞれ違ってくる。本書では、この点を踏まえて、幅広い範囲の反応を選んだつもりだ。アイデアを探す目的でこの辞典を手に取るときは、参考にしようとしている項目の事例が本当にキャラクターに合っているかどうかをいつも念頭に置いてほしい。合っているなら、物語の中でのキャラクターの行動はその性格と合致するし、読者の目にも信憑性が高く映るはずだ。

キャラクターが間違った思い込みをしている様子を見せる場合は、各項目にある「キャラクターに生じる思いこみ」のセクションに用意されている例をまず参考にしてほしい。そのために、このセクションに挙げる例はどれも意図的に一般的な内容になっている。心を傷つける出来事にはどれも独自性があり、それに関与している人々、その人たちとの今までの関わり方が、キャラクターがどのような思い込みをするのかを左右する。たとえば、キャラクターがいつも面倒を見て守ってきた妹が死んだとする。その死をきっかけに、キャラクターは何らかの偽りを信じるが、その思い込みは、妹との関係が浅かった場合とは違うはずだ。キャラクターたちの心理は幾層にも包まれ、複雑である。彼らのつらい過去の出来事も、彼らの心に深く根付いている思い込みも、あつらえたように彼らにピッタリとフィットしなければならない。

これからあなたが生み出していくキャラクターたちにぴったり合った心の傷を見つけ、肉付けしていくのに本書が役立つことを祈る。過去のつらい出来事は、それを経験した人の人格形成に信じられないほど大きな影響を与えている。そういう出来事を注意深く、様々な角度から見つめていけば、キャラクターに完全にフィットした傷を選べるだろうし、ひいては、読者の共感を呼ぶ、多面性があって豊かなキャラクターを作り出すことができるだろう。

犯罪被害のトラウマ

- カージャック
- 個人情報が盗難される
- 殺人を目撃する
- 住居不法侵入
- ストーカーされる
- 性暴力の被害に遭う
- 暴行を受ける
- 未解決事件の被害者になる
- 物扱いされる
- 拉致監禁される

カージャック

〔英 a Carjacking〕

具体的な状況

- 脅迫されて車から追い出され、車が盗まれる。
- 犯人に暴力で脅されながら、車を離れた場所まで運転させられる。

この事例で損なわれる欲求

安全・安心、承認・尊重

キャラクターに生じる思い込み

- 「自分は弱いから狙われたんだ」
- 「緊急時に身体が固まって動けなくなってしまった……緊急時に自分は頼りにならない」
- 「まったく安全じゃない」
- 「自分に家族の安全を守ることなどできない」
- 「何を買ってもいずれ奪われてしまうのだから意味がない……」
- 「この世に善を求めるなんて甘い」
- 「警察は無能だから、誰も守ることなんかできない」
- 「暴力には暴力で立ち向かうしかない」

キャラクターが抱く不安

- 「また別の被害を受けるかもしれない」
- 「また大事なものを力ずくで奪われるかもしれない」
- 「いい物を持っていると、また狙われるかもしれない」
- 「自分も愛する人も無差別な暴力の犠牲になるかもしれない」
- 「車泥棒に似たタイプの人がいる」
- 「自宅で襲われてしまうかもしれない」(盗まれた車の中に置いてあったものから住所がばれる恐れがある)

行動基準の変化

- この車なら狙われないだろうと、以前と同等の良い車を意識的に買わなくなる。
- 被害を埋め合わせるために余計な出費を避ける。
- 「犯人は捕まったのか」と警察にしつこく詰め寄る。
- 車が盗まれた地域を避けて行動する。
- 車が盗まれた地域を見回り、犯人を探し出して自分の力を取り戻す。
- 見知らぬ人でも脅威であると感じたら挑戦的な態度を取る。
- 被害妄想を抱くようになる。
- 警察が一般市民を守ることなどできないと思い込み、自警に走る。
- 護身用に催涙スプレーや武器を購入し、新しい車の中に置くようになる。
- 車や自宅の防犯システムを強化する。
- 悲観的になり、偏見にとらわれる。
- 「通勤にもっと時間がかかってもいいから」と安全なルートを選ぶ。
- ひとりで運転して行かなければならない用は断る。
- 10代の子どもには、ひとりで運転させない。
- 家族が外出するときは目的地に着いたら必ず電話をするようにしつこく言う。
- 家族が全員帰宅するまでは寝られない／安心できない。
- 車を運転しているとき異常に用心深くなる。
- 誰かが車に向かって歩み寄ってくると体が強張る。
- 人を助けなくなる(車が故障して困っている人がいても助けない、など)。
- 人を信用しない。
- パニック障害を発症する。
- 自分のものを手放さなくなる。再び「物を手放し」たくない。
- 他人を支配しようとする傾向が強まり問題になる。
- 出掛けずに家に閉じこもりがちになる。

- 車を乗っ取った犯人に似た人々に偏見を持ち、その偏見に従った行動を取るようになる。
- 町がもっと安全になるように、市議会などに働きかける。
- 物欲が薄れ、物を必要としなくなる。
- 「あのとき自分は殺されていたかもしれない」と思って、新しい人生を生きようとする。
- 愛する人に対しもっと自由に愛や愛情を示すようになる。
- 自分の優先順位が変わる（家族を優先する、仕事に費やす時間を減らす、お金に執着しなくなる、など）。

この事例が形作るキャラクターの人格

ポジティブな人格
愛情深い、用心深い、分析家、感謝の心がある、大胆、芯が強い、如才ない、熱心、太っ腹、独立独歩、内向的、公明正大、几帳面、注意深い、きちんとしている、粘り強い、世話好き、責任感が強い、素朴

ネガティブな人格
依存症、無気力、挑戦的、手厳しい、男くさい、病的、神経質、妄想症、強引、恨みがましい、荒っぽい、執念深い

トラウマを悪化させる引き金となる出来事
- 一旦停止の標識が立っているところや駐車場で車に近づいてくる人がいる。
- 盗まれた車とまったく同じタイプの車を路上で見かける。
- 子どもや伴侶がいつもなら帰宅する時刻に家にいない。
- 友人に一杯食わされたり、上司に罪悪感を刺激されたりして、やりたくないことをさせられる。
- 別の車にしばらく尾行される／いくら曲がってもついてくる。
- 車の窓を誰かがコツコツと叩く。
- 車を乗っ取られたときに聴いていた曲がラジオで流れてくる。
- 事件発生時と同じような状況で運転している（夜遅い時間、同じ地域、トンネルの中、など）。

トラウマに向き合う／克服する場面
- 自分が本当にやりたいと思っていたことがやれるチャンスが到来し、車が盗まれた地域もまた運転できるようになる。
- 自分のライフスタイルや被害妄想が子どもにも影響を及ぼしていると気付く。
- 運転を怖がっているせいで、自分の幸せにも影響が出ていることに気付く（家族と旅行に出掛けたり、ドライブしたり、週末旅行を楽しんだりできない）。
- カージャック犯に似た人と接するはめになり、あの事件以来、自分の中に偏見が生まれていることに気付く。

個人情報が盗難される

〔英 Identity theft〕

具体的な状況

- 何者かが自分の個人文書を入手し、自分を名乗る。
- 自分名義のパスポートが偽造され、犯罪者の不法入国に使われる。
- 何者かが偽造資料を使って、自分の銀行口座または投資口座から預金を引き出す。
- 自分のクレジットカードが悪用され、その請求が来る。
- 何者かが自分を名乗っているため、債権者、警察、犯罪者からいやがらせを受ける。
- ネットいじめ目的で、偽アカウントが自分の名前で作成される。
- 自分の評判を落とそうとするライバルによって、なりすましアカウントが作られる。
- 自分のIDが盗まれて健康保険が勝手に利用され、別の保険を購入しようとしたときに身に覚えのない既往歴が発覚する。
- 友人や身内が自分を装い、自分の評判を汚すようなまねをする。
- 自分の指紋やDNAが何者かに悪用され、いわれのない犯罪に関与していることになっている。
- 報復目的で、自分の写真が人に見られては困るような画像に加工され、ネットに出回る。
- 自分の個人情報が、ポルノサイトや勧誘サイトの偽アカウント作成に使用される。
- メールがハッキングされ、脅迫メールや、人に損害を与える情報を送りつけるのに利用される。

この事例で損なわれる欲求

生理的欲求、安全・安心、承認・尊重

キャラクターに生じる思い込み

- 「便利な暮らしを手に入れようとしたって、誰かに個人情報を盗まれるだけだ」
- 「自分は弱いから狙われた」
- 「自分は尊敬に値しないし、誰からも尊敬されない」
- 「悪人はどこにでもいるから、人を信用して自分の個人情報を渡すなんて、もってのの外だ」
- 「個人情報を盗まれないようにコントロールしたって、そんなのは幻想でしかない。自分が持っているものはいつでも盗まれてしまう」
- 「厄介なことになっても誰も助けてくれない……特に警察がそうだ」
- 「自分の名前が完全にネットから消え去ることはない。いつまでも残っているから自分は一生迷惑を被る」

キャラクターが抱く不安

- 「また人に利用されるかもしれない」
- 「自分が築いてきたものをすべて失うかもしれない」
- 「経済的に破綻してしまうかもしれない」
- 「また信用する相手を間違ってしまうかもしれない」
- 「安心できるはずの公共機関や金融機関にも油断できない」

行動基準の変化

- テクノロジーの使用や個人情報の登録を避ける。
- 銀行を利用しなくなり、隠し金庫に現金を貯める。
- 自分のパスワード、銀行口座、クレジットカードを頻繁に変える。
- 個人情報をシェアすることを拒む。
- ソーシャルメディアのアカウントを閉鎖する。
- 友人や同僚に個人的なことを聞かれると極端な反応を示すようになる。
- 人を信用しなくなり、他人の動機を怪しむようになる。

- 偏執的になって、怪しい陰謀論を信じ始める。
- 常に現金で支払うようになる。
- 自分の手の届かないところには絶対に自分の財布や携帯電話などを置かなくなる。
- 人と親しくするのを避ける（個人情報を盗んだ犯人を個人的に知っていた場合や、恨みによる犯行だった場合）。
- 個人情報が載っているメールなどの資料は必ずシュレッダーにかける、または焼却する。
- 情報が改ざんされたことを証明する必要が出てきた場合に備え、何もかもコピーを取って残すようになる。
- 信用のある金融機関（保険会社、銀行など）へも不信感を抱くようになる。
- 自分の子どもなどがインターネットやテクノロジーを使うとき、行き過ぎだと思える理不尽なルールを課す。
- （ウェブサイトの利用規約、診療情報共有の同意書など）契約書の隅々にまで目を通し、定型的な約款でもそれに同意するのを拒む。
- 新しい人になかなか打ち解けない。
- 個人情報の漏洩に対する心配事や不信感をオープンに話すようになり、それを聞いている子どもたちに不安を与えてしまう。
- 今後、個人情報を盗まれないようにするため、サイバーセキュリティを自分で勉強する。
- 最悪の場合にも備えておくし、何事も起きないことを願うようになる。
- 暮らしをできるだけ簡素にする（余計なクレジットカードを破棄し、生活を管理しやすいようにダウンサイズする、など）。
- 自給自足の暮らしを始める。
- 必要とあらば、電気やガス、水道も使わずに、自活できるようになる。

この事例が形作るキャラクターの人格

ポジティブな人格

用心深い、分析家、慎重、控えめ、正直、きちんとしている、積極的、賢明、素朴、勉強家、古風

ネガティブな人格

支配的、皮肉屋、不正直、つかみどころがない、とげとげしい、不安症、執拗、妄想症、偏見がある、寡黙、引っ込み思案

トラウマを悪化させる引き金となる出来事

- クレジットカードの明細書に覚えのない請求があるのを発見する。
- 銀行情報やパスワード、あるいは送金を要請するなりすましメールを受け取る。
- 友人または家族がお金を貸してほしいと頼んできた。
- 個人情報の盗難が発覚したきっかけになった督促人（取り立て代行業者、銀行員など）から連絡がくる。
- 被害はなかったものの、フェイスブックページやツイッターのプロファイルなどがハッキングされる。
- ショッピングセンターでクレジットカードを使おうとしたら、拒否され使えなくなる。
- 空港で通関職員に引き止められる（たとえ短時間であっても）。

トラウマに向き合う／克服する場面

- 自分の個人情報を取り戻しても信用は回復せず、金融機関や警察などから疑惑をかけられ、疑いを晴らさなくてはならない。
- 妄想が激しくなり他人の動機を疑うのだが、その疑惑はすぐに反証され、自分の不信感が人を傷つけていることに気付く。
- 誰かの暮らしの経済的改善に協力できる機会が訪れる。
- 自分の個人情報を盗んだ相手に対し、法廷で証言する。

殺人を目撃する

〔英 Witnessing a murder〕

具体的な状況

- 家族間の揉め事が暴力沙汰になる。
- 道行く人が強盗に殺されるところを目撃する。
- 校内で起きた銃撃事件でクラスメートが死ぬ。
- 自宅に強盗が侵入して両親が殺される。
- 警察官が犯罪者に撃ち殺されるところを目撃する。
- パーティで不良グループがらみの喧嘩が起き、友人が殺される。
- 自分と一緒に誘拐された人が誘拐犯に殺される。

この事例で損なわれる欲求

安全・安心、帰属意識・愛

キャラクターに生じる思い込み

- 「事件を阻止するために、自分は何かできたはずだ……」
- 「プレッシャーがかかると自分はまったく役に立たない」
- 「愛する人を守ることもできない」
- 「代わりに自分が死ぬべきだった」
- 「世の中は危険で、何が起きるかわからない」
- 「人間は本質的に暴力的だ」
- 「誰も心から安心などしていられない」

キャラクターが抱く不安

- 「次は自分が殺されるかもしれない」
- 「非力な自分の前で家族が殺されるかもしれない」
- 「自分はここぞというときに体が動かなくなる」(殺人を目撃したときに体が固まって動かなかった場合)
- 「人の幸福が自分の肩にかかっているのではないか……」
- 「自分で判断するのは苦手だ……特に他人に影響する判断を下すのは嫌いだ」
- 「あのとき、あんなところにいなければ……たまたま居合わせた場所がまずかった」
- 「殺人犯と似た人/同じようなイデオロギーを持った人に出くわすかもしれない」

行動基準の変化

- 自宅の防犯システムを強化する。
- 護身のクラスを取り始める。
- 銃を購入し、それを使えるように練習する。
- 銃携帯許可証を取得する。
- 防犯スプレーを常時携帯する。
- 暗くなったら外出しなくなる。
- 友人や家族とは距離を置くようになる。
- 事件のことを何度も繰り返し追体験する。
- 自分ではどうすることもできない状況だったのに、もっと何かできたはずだと精神的に自分を追い詰める。
- 困っているように見える人を助けるのは気が進まなくなる(防衛本能)。
- 家族の安否や居場所が気になる。
- 責任を逃れるために、いい加減になる。
- 自分の能力を証明するため、責任感が非常に強くなり、支配欲も強くなる。
- 子どもの安全を確認する目的で、頻繁に連絡を取り合う/子どもの活動を監視する/ひとりで行動させないが、度が過ぎて抑圧的になる。
- 理不尽なほど心配性になり、あるタイプの人間、場所、活動を避けるようになる。
- 初めての場所に行くと、必ず出口を確認する。
- 不安発作やパニック発作が起きやすくなる。
- 眠れなくなる。
- 悪夢を見る。
- 殺人犯を特定し、探し出すことに血眼になる。
- 自分の信念を捨てる、または逆に強める。
- 事件後の気持ちを整理するため、祈りの集会に参加する、またはセラピーを受けることにする。
- 被害者の家族に手を差し伸べる。
- 法の裁きがしっかりと下されるよう、警察に執拗に詰め寄る。
- ソーシャルメディアを使って、事件の詳細を多くの人に知らせ、支援を集める。
- 些細なことにも喜びを見出し、感謝するようになる。

この事例が形作るキャラクターの人格

ポジティブな人格
用心深い、感謝の心がある、大胆、決断力がある、規律正しい、公明正大、几帳面、注意深い、きちんとしている、秘密を守る、積極的、世話好き、賢明、スピリチュアル

ネガティブな人格
冷淡、幼稚、支配的、凝り性、衝動的、男くさい、病的、うっとうしい、神経質、妄想症、自滅的、迷信深い、気分屋、寡黙、引っ込み思案

トラウマを悪化させる引き金となる出来事
- 議論が言い争いにエスカレートしていくのを目撃する。
- 殺人事件の捜査に関するニュースを聞いたり、殺人事件を追う刑事を描いた刑事ドラマを見たりする。
- 誰かが危険な目に遭っているのではないかと思わせる形跡を目にしたり、音を聞いたりする（実際に危険が起きているかどうかは別）。
- 血の匂い、トラックのバックファイヤー音などが引き金になり、殺人事件の記憶が蘇る。
- 殺人事件に結びついている場所に行く（路地、駐車場、家族のバーベキューの集まり、など）。

トラウマに向き合う／克服する場面
- 罪のない被害者より犯罪者を守る法律が可決されたのをきっかけに、殺人を目撃した自分のつらい過去と向き合い、その法律の改正を目指した活動に積極的に関与する。
- 殺人事件の裁判で証人として召喚される。
- 殺人犯と同じ人種の人、または同じ宗教を信仰する人に思い余って食ってかかってしまってから、自分が偏見を抱いていることに気付く。
- 自分の肩の荷が重くなる状況に陥る（病に臥せっている姉の子の面倒を見てほしいと頼まれる、雪崩で生き埋めになった人の救出に駆り出される、など）。
- 直感を信じないから行動には出なかったが、後で自分の直感が正しかったことを知る。

住居不法侵入

〔英 a Home invasion〕

具体的な状況

- ひとりまたは家族と一緒に在宅中、家に何者かが侵入し、強盗、虐待、(肉体的、精神的、または性的な) 暴行の被害を受け、場合によっては誘拐される。

この事例で損なわれる欲求

生理的欲求、安全・安心、帰属意識・愛、承認・尊重、自己実現

キャラクターに生じる思い込み

- 「見知らぬ人はみんな要注意だ」
- 「知らない人間はみんな脅威になりかねない」
- 「自宅が安全ではなかったのだから、もうどこにも安全な場所などない」
- 「同情 (共感、親切心など) は弱さのしるしだ」
- 「家族の安全を守ることなどできない」
- 「あんなことが起きたのは自分の責任だ」(防犯システムの設置を怠っていた、ドアに鍵を掛けていなかった、侵入者に対抗するだけの力強さがなかった、など)
- 「警察なんて無能だから、自分を守ってくれるわけがない」
- 「この世は悪人だらけだ」
- 「自分で何もかもコントロールできるなんて、幻想でしかない」

キャラクターが抱く不安

- 「また信用する相手を間違えてしまうかもしれない」
- 「ひとりでいるのが怖い…… 自分なんて脆い存在だ」
- 「強盗に支配されて、自分は身動きできなくなるかもしれない」
- 「また強盗が侵入してくるかもしれない」
- 「犯罪者/アルコールやドラッグの中毒者/犯人によく似た人 (人種、見た目など) が怖い」
- 「セックスも、親密な関係を持つのも嫌だ」(性的暴行を受けた場合)
- 「狭い所にいると息苦しくなる……」(事件時にクローゼットに隠れていた場合なら閉所を恐れるといったふうに、事件の記憶に関連付けられるものを恐れる)

行動基準の変化

- 自宅の防犯強化に異常なほど熱を入れる (ドアに鍵がかかっていることを何度も確認する、投光照明など過剰な防犯システムを設置する、など)。
- 警戒心が強まる (今までは気に留めなかった音が気になる、常に周辺の動きを追っている、出口を必ず確認する、など)。
- 人を避けるようになる、または隠し事をするようになる。
- ひとりでいるのが怖くなり、パニック発作を起こしたり、妄想に怯えたりする。
- 不眠に陥り、鮮明な悪夢を見るなど、睡眠障害が起きる。
- 夜中に動悸が激しくなり目が覚める。
- (包丁、革の手袋、ガムテープなど) 襲撃時に使われた物がそばにあると落ち着かない。
- 鍵が複数付いていて、防犯グッズが揃った安全部屋を自宅内に作る。
- 集中できなくなる。
- 会話の途中で反応しなくなる。
- 大きな音がすると飛び上がる。
- たとえドアの向こう側には訪ねてきた友人がいるとわかっていても、ドアを開けるとき一瞬不安に襲われる。
- 誰かに尾行されている、または見られていると感じるようになる。
- 自宅も安心できないが、外も怖くて外出できなくなる。

- 事件時に起きたことを繰り返し追体験してしまう。
- 些細なことを楽しめなくなる（友人を訪ねる、微笑む、声を出して笑う、など）。
- 子どもの居場所を常に把握しておかないと心配になる。
- （人間関係にひびが入る可能性があっても）何もかもを自分でコントロールしたくなる。
- 自宅警護用に武器を購入する、あるいは護身教室に入る。
- 家族が助かったことや奪われなかったものがあることに感謝する。
- 物質主義的でなくなる。
- セラピーを受けようと考える。

この事例が形作るキャラクターの人格

ポジティブな人格

用心深い、分析家、慎重、独立独歩、内向的、大人っぽい、几帳面、注意深い、勘が鋭い、秘密を守る、世話好き、責任感が強い、感傷的、賢い

ネガティブな人格

強迫観念が強い、防衛的、生真面目、頑固、不安症、理不尽、物質主義、神経質、執拗、妄想症、悲観的、偏見がある、疑い深い、小心者、寡黙、引っ込み思案

トラウマを悪化させる引き金となる出来事

- 血の匂いや、絨毯の上を引きずられたときの痛みが引き金となり、事件の記憶が蘇る。
- 近所で不法侵入が起きたという知らせを聞く。
- 自宅にひとりでいる。
- 誰も訪ねてくる予定がないのにドアベルが鳴る。
- 見知らぬ人が助けを求めている（犯人が同じ手段を使って侵入してきた場合）。
- 自分が無防備な状態になる（停電する、携帯電話を無くし、何かが起きても警察に通報する手段がない、など）。
- 10代の子どもをひとり残して外出したが、電話を掛けてもその子が電話に出ない。

トラウマに向き合う／克服する場面

- 家族代々受け継がれてきた大切なものが盗まれずに残っていたのに、事件後に別件でそれを失う。
- 取りつかれたように自宅の警護に励んできたのに、家族が自宅以外の場所で襲われる。
- 事件を忘れ去ることができず、夫婦関係にひびが入る。
- 神経質なほど過保護になった自分に子どもが反抗して危険な目に遭う。
- （洪水、火事など）災害に見舞われ、見知らぬ人の家に世話になり、親切を受ける。

ストーカーされる

〔英 Being stalked〕

具体的な状況

ストーカーが特定人物に執拗に付きまとうのは、普通、相手に恋愛感情を抱いているか、何らかの形で相手に拒絶され、軽くあしらわれたと思い込んでいることが多い。また、その理由がストーカー自身にもまったく不可解である場合もある。ストーカーにもいろいろ種類があるため、次にその例を挙げる。

- メールを送ったのに返事をもらえなかったファン
- かつてのビジネスパートナー
- 奨学金審査に落ちた学生
- 芸術コンテストで優勝できなかった、あるいは作品を酷評されたアーティスト
- 昔の恋人
- デートに誘って断られた顔見知り
- ないがしろにされ昇進できなかった情緒不安定な社員
- 妄想に取りつかれ、報われない恋愛をしていると思い込んでいる人
- 連続殺人犯またはレイプ犯
- ある個人に対して不可解なほど強い関心を持った精神錯乱状態の人

この事例で損なわれる欲求

安全・安心、帰属意識・愛、自己実現

キャラクターに生じる思い込み

- 「ひょっとしたら自分は、相手にストーカー行為に走らせるようなことをしたのかもしれない」
- 「あんなに愛想よくしなければ（またはデートを断っていれば）、こんなことにはならなかった」
- 「弱々しいと思われているから、いつも痛い目に遭わされる」
- 「自分の判断が甘かった……最初からこの人は危ないと気付くべきだった」
- 「本当に安全な場所なんてないし、安心できる人もいない」
- 「警察は無力だから自分を助けてはくれない」
- 「人にはいいところがあるなんて思うのは考えが甘いし、危険だ」

キャラクターが抱く不安

- 「今度は命が狙われるかもしれない」
- 「ストーカーが出所したら、報復しに来るかもしれない」
- 「ストーカー行為はこの先もずっと続くだろう」（現在進行中の場合）
- 「信用する相手を間違えてしまうかもしれない」
- 「そのうち執拗になってくるかと思うと、誰とも親しくなれない」
- 「罪のない家族や愛する人まで巻き込まれて被害に遭うかもしれない」

行動基準の変化

- 不眠になる、疲労が溜まる。
- 食欲不振に陥る。
- ひとりでいたいから、人との関わりを極力避ける。
- ソーシャルメディアを使わなくなる、あるいはそのアカウントを閉鎖する。
- 安心できるとわかっている人に頼りきりになる。
- 自分の洞察力や判断力を信用しなくなっているので、判断好きな人に任せてしまう。
- 愛する人やペットに対し過保護になる。
- 異常に猜疑心が強くなる。
- 広場恐怖症や鬱などの精神疾患にかかる。
- PTSDの兆候が出る（悪夢、フラッシュバック、些細なことでびくつく、イライラ、など）。
- ストーカーをまくためにアイデンティティを

変える（引っ越す、名前や外見を変える、など）。
- 自分の身の安全が心配になる。
- 摂食障害が出たり、アルコールやドラッグに走ったりする。
- 突然理不尽にも自分を責めだす。
- ストーカーに目をつけられた原因を解明しようと、自分を厳しく評価するようになる。
- ストーカー行為の一因になったと自分が思う性格の一部を捨ててしまう（人懐っこさを捨て敵対心を持つようになる、など）。
- 極度の緊張、消化器系の疾患、性機能障害など、ストレスが原因の健康問題が現れる。
- 仕事や学校で能力が発揮できなくなる。
- 外出を伴う趣味などの活動を諦める。
- 他人を信用できなくなる。
- 人に話しかけなくなり、気さくに返事もしなくなる。
- 恋愛関係を避ける。
- ストレスのせいで体重が増える／減る。
- 人生を満喫できなくなる、または不安を払拭できなくなる。
- 常に周囲に目を光らせ、今まで以上に警戒心が強くなる。
- より安全な選択をし、必要な事前対策を取るようになる。
- 護身のクラスに参加する。
- 地域コミュニティに関心を持ちはじめ、自分の住んでいるアパートや近所のみんなを巻き込んで防犯対策を取ろうとする。

この事例が形作るキャラクターの人格

ポジティブな人格
用心深い、感謝の心がある、慎重、規律正しい、控えめ、共感力が高い、熱心、独立独歩、面倒見がいい、注意深い、秘密を守る、積極的

ネガティブな人格
依存症、支配的、防衛的、とげとげしい、生真面目、抑制的、不安症、理不尽、うっとうしい、神経質、妄想症、疑い深い、気分屋

トラウマを悪化させる引き金となる出来事
- 人に写真を撮られてしまう。
- ストーカーに似た人を見かける。
- ある鼻歌やバラの香りが引き金になって、ストーカーされた記憶が蘇る。
- ストーカーされていた時期の節目的な行事や日（休日、会社の忘年会、など）が、またやってくる。

トラウマに向き合う／克服する場面
- ストーカー行為がそもそも始まったきっかけと同じ状況に陥る（社内で誰かを昇進させなければならない、デートに誘われたが断りたい、など）。
- ストーカーが出所して自由の身になったことを知る。
- ある人と恋愛を始めたが、その人が所有欲や嫉妬をちらつかせるようになる。
- 好きな人に、ドメスティックバイオレンスの加害者だった過去や、情緒不安定の既往があることを知る。

性暴力の被害に遭う

〔英 Being sexually violated〕

具体的な状況

- レイプ／レイプ未遂（見知らぬ人、顔見知り、家族、またはパートナーによる犯行）
- オーラルセックスやアナルセックスなど望まない性的行為を強要される。
- 売春させられる。
- 望んでいないのに愛撫される／体に触られる。
- 近親姦虐待
- 人混みの中で体をこすりつけられる。
- ポルノビデオを無理矢理見せられる。
- 写真のためにポーズを取らされる、またはビデオで撮影される。
- 見たくないのに裸を見せられる。
- 不快な性的な内容のメール、写真、メッセージを受け取る。

この事例で損なわれる欲求

安全・安心、帰属意識・愛、承認・尊重、自己実現

キャラクターに生じる思い込み

- 「人に話したって、嘘をついていると思われるか、こちらがけしかけたと思われるのがおちだ」
- 「もう二度と満ち足りた気持ちにはなれない」
- 「自分のせいだ。これは自分が招いたことなのだ」
- 「弱々しいから、自分が狙われたに違いない」
- 「目の前の危険が見えていなかったのは、自分の判断が甘かったせいだ」
- 「もっとも身近な人が一番自分を傷つける」
- 「こんな自分と付き合ってくれる人なんていない……」
- 「性犯罪者から自分を守ってくれる人なんて、自分も含め、誰もいない」
- 「人を信用すると、結局は自分が傷つくことになる」

キャラクターが抱く不安

- 「セックス、抱擁、それにキス……相手と体が触れ合うのが怖い」
- 「人と親しくなるのが怖い」
- 「状況判断を誤って、自分自身はもちろんのこと、愛する人まで危険にさらしてしまうかもしれない」
- 「男／女なんてみんな嫌いだ」（性犯罪者のジェンダーによって男性／女性全般を嫌う）
- 「襲われたり、押さえつけられたりしたらどうしよう」
- 「真実を話しているのに信じてもらえない」（警察、家族、友人、メディアなどに対して）
- 「妊娠したらどうしよう……　性病に感染していたらどうしよう……」
- 「レイプされたことが原因で、愛する人に拒絶されるかもしれない」

行動基準の変化

- 自分を恥じて、または報復を恐れて、起こったことをひた隠しにしてしまう。
- フラッシュバックや悪夢を見るなど、PTSDの兆候が見られる。
- 過去を忘れるためにドラッグやアルコールに走る。
- 恐怖症や摂食障害の症状が現れる。
- 仕事や勉強に集中できなくなる。
- 鬱になり自分を大切にしなくなる（不潔になる、など）。
- 寡黙になる。
- 家族や友人から離れていく。
- 今まで楽しんでいた趣味や関心事を諦める。
- 自分の性的指向を疑うようになる。
- 性欲が低下する、またはセックスへの歪んだ関心が強まる。
- （虐待者が友人や家族の場合）性的虐待者に対する気持ちが混乱する。

- 自分の体が嫌になる。
- 自殺を考える、あるいは自殺行為に走る（計画を練る、遺書を書く、自殺未遂、など）。
- 感情の起伏が激しくなる。
- 反抗の手段として暴れる（行動化）。
- （性的虐待者が権力を有している場合）上司や教師など、力関係で自分より上の人を信用しなくなる。
- 人前で裸になれなくなり、重ね着して自分の肌を隠すようになる。
- 人に触られるとビクッとするようになる。
- 支配欲が非常に強くなる。
- 人を信用できなくなる。
- 自分で自分を守ることができなくなる。
- 長い付き合いでも、セックスなしのプラトニックな関係を続ける。
- 愛する人や弱い立場の人たちを守ることに執心するようになる。
- 被害に遭ったことをセラピスト、信用できる友人、愛する人に話す。
- 自分の体験を人に話す、ボランティア活動をする、お金を寄付する、ロビー活動をするなどして、世の中を変えようとする。

この事例が形作るキャラクターの人格

ポジティブな人格
用心深い、慎重、勇敢、規律正しい、控えめ、共感力が高い、温和、独立独歩、几帳面、面倒見がいい、従順、注意深い

ネガティブな人格
依存症、反社会的、冷淡、幼稚、支配的、不正直、失礼、とげとげしい、抑制的、不安症、向こう見ず、恨みがましい、荒っぽい

トラウマを悪化させる引き金となる出来事
- 性的暴行を描いたテレビドラマや映画を見る。
- 臭いや音などが引き金になり、性的暴行を受けたときの記憶が蘇る。
- 同窓会、パーティ、チャリティーイベントなど、社交の場で犯人にばったり出会う。
- 被害に遭うかもしれない人（子どもなど）と、犯人が一緒にいるところを見かける。
- 背後から急に声を掛けられる。

トラウマに向き合う／克服する場面
- 無意識に自分の好きな相手や伴侶を追い払ってしまい、後で自分が間違っていたことに気付く。
- 好きな人ができて、事件のことを忘れて前進し、その人と付き合いたいが、そのためには、性被害に遭ったことを相手に打ち明けなくてはならないが、そのせいで拒絶される可能性も否めない。
- 友人が性的暴行の被害に遭ったことを知り、自分も被害者であることを話す勇気が湧く、あるいはセラピーを受けてみようという気持ちになる。

NOTE
一口に性暴力といっても、レイプの被害に遭った事例と、不快な性的な内容のメッセージを受け取った事例とでは雲泥の差がある。しかし被害に遭った本人に性暴力を受けたという意識があることには変わりがない。そこでこの項目には、あらゆる種類や程度のセクシャルハラスメント、性暴力、性的暴行を含めている。

暴行を受ける

〔英 a Physical assault〕

具体的な状況

- 見知らぬ集団に暴行される（非行集団、人種差別などを扇動する集団、学校の他生徒たちなどから暴行を受ける）。
- 家族から殴られるなどの暴行を受ける。
- 強盗に襲撃される。
- 個人に襲撃される（酒場での喧嘩、「俺の女を見ていただろう」と難癖をつけられて殴られる、など）。
- 誰かをかばって仲裁に入った結果、自分が狙われる。

この事例で損なわれる欲求

安全・安心、承認・尊重、自己実現

キャラクターに生じる思い込み

- 「自分は弱いから狙われやすい」
- 「常に警戒していないと自分の安全を守ることなんかできない」
- 「刃には刃を、暴力には暴力で返すしかない」
- 「あの手の人間は信用できない」（ジェンダー、人種、民族などを理由に）。
- 「警察が守ってくれるわけがない」
- 「人ごとに関わると自分が痛い目に遭うだけ。自分の問題は自分で解決するしかない」
- 「相手をがっかりさせてしまうだけだから、人のことに責任は持てない」

キャラクターが抱く不安

- 「また被害に遭うかもしれない」
- 「自分を被害者としか見られなくなってしまった……」
- 「力を取り戻して、立ち直るなんて無理かもしれない」
- 「自分は脆い人間なのかもしれない」
- 「同じようなことが家族にも起きるかもしれない」
- 「今度は、命を狙われるかもしれない」
- 「襲われた自分のことを世間はよく思わないかもしれない」

行動基準の変化

- 暗くなったら外出しなくなる。
- ひとりではどこへも行かなくなる。
- 襲われた場所を避けて遠回りする。
- パニック発作や不安発作が頻繁に起きる。
- 愛する人に対し過保護になる。
- 強くなろうとして、やたらと体を鍛える。
- 狙われた理由（信念、宗教、民族性、指向、など）を隠す。
- 人の反感を買うのを避けるため、以前よりも自分の言葉に気をつけるようになる。
- 常に警戒心を緩めない。
- 見知らぬ人はみな悪意を持っていると疑うようになる。
- 弱い人間だと思われたくないから、何事にも勝たなければならないと思ってしまう。
- 失敗を恐れて責任を避けるようになる。または自分は信用に値しない人間だと思わせるようなことをわざとする。
- 不正に対し見て見ぬふりをするようになる（他人の喧嘩に巻き込まれて襲われた場合）。
- 自分を襲撃した者に対し偏見を抱く。
- 感情の起伏が激しくなり、過剰な反応を示しがちになる。
- 警察に対し恨みを抱くようになる（警察にも非があると思っている場合）。
- 深酒をしたり、ドラッグを摂取したりするようになる。
- 護身のクラスを取り始める。
- 話を聞いてもらって不満を発散し、心の整理ができるような相手を見つける。
- 運が悪ければもっとひどいことになっていたかもしれないと、今の状況に感謝する。

- 暴力に対する考えを改め、それ以外の手段で物事を解決するようになる。
- 自分の幸せを今まで以上に有り難く思うようになり、第二の人生を与えられたような気持ちになる。
- 少々のことでは動じなくなる。
- 自分が味わった恐怖を人には経験させたくないと、威嚇的になりかねない行為を避けるようになる。
- 平和主義者になる。

この事例が形作るキャラクターの人格

ポジティブな人格
用心深い、感謝の心がある、大胆、慎重、礼儀正しい、如才ない、規律正しい、注意深い、秘密を守る、積極的

ネガティブな人格
無神経、依存症、冷淡、挑戦的、とげとげしい、抑制的、理不尽、被害者意識が強い、うっとうしい、神経質、妄想症、向こう見ず、疑い深い、気分屋、寡黙、暴力的、激しやすい、意気地なし、引っ込み思案

トラウマを悪化させる引き金となる出来事
- 襲撃者に似た身体的特徴を持った人を見かける。
- 襲撃者とばったり出くわす。
- たまたま居合わせた場所で喧嘩が起きる。
- 病院に行く用事ができる（検査、病気の友人を見舞うなど）。
- 砂利を蹴る音、濡れた舗装道路の匂いなどが引き金になり、フラッシュバックが起きる。
- 強盗や襲撃事件が起きたという知らせを聞く。
- 襲撃と呼べるほどではないが、愛する人が手荒な扱いをされる（押される、足をひっかけられる、など）。
- 聞きなれない音で夜中に目を覚ます。
- 襲撃された場所によく似た場所に居合わせる。

トラウマに向き合う／克服する場面
- 恋愛関係が虐待的な関係になる。
- また襲撃されると思い込んで過剰な反応をしたが、実は何事もなくて恥ずかしい思いをする。
- 襲撃者に復讐したのに、心の痛みは消えていないことに気付く。
- 他人の問題には関わらないと決めていたのに、その人が襲われそうになり、臆病な自分と対峙せざるを得なくなる。

未解決事件の被害者になる

〔英 Being victimized by a perpetrator who was never caught〕

具体的な状況

何らかの犯罪の被害に遭ってしまうと、犯人が逮捕され、罰せられるまでは被害者の傷は癒えないし、犯人が逃げ延びている間は、また襲われるのではないかと気が気でない。次のような非道な犯罪の被害者ならみんなそう思ってしまうだろう。

- レイプまたは性的暴行
- 愛する人の殺害
- 住宅侵入
- 強盗または暴行事件
- ドメスティックバイオレンス
- 誘拐
- ストーカー行為
- カージャック
- いじめ
- 個人情報の盗難／金融詐欺

この事例で損なわれる欲求

安全・安心、自己実現

キャラクターに生じる思い込み

- 「犯人が自由の身であるかぎり、絶対に安心できない」
- 「何も、誰も信じられない」
- 「あいつが私の身体をダメにした」
- 「犯人が捕まるまでは、安心して暮らせない」
- 「自分を守ることができないのだから、とてもじゃないが他人のことまで責任を負えない」
- 「人に心を許すと、必ず利用される」
- 「警察がやるべき仕事をやっていないから、安心などしていられない」

キャラクターが抱く不安

- 「犯人は絶対に捕まらないのではないか」
- 「また被害に遭うかもしれない」(同じ人または別の人による犯行)
- 「同じ犯人の手で、今度は愛する人が被害に遭うかもしれない」
- 「一生怯えながら生きていかなければならないのだろうか」
- 「過去に終止符を打たないと、いつまでも気持ちが行き詰まったままだ」
- 「また信用する相手を間違ってしまうかもしれない」
- 「油断してはいけない……人に心を開くのは危険だ」
- 「愛する人を守ることもできないかもしれない」
- 「自由を取り戻せないかもしれないし、思うままの人生を送れないかもしれない」

行動基準の変化

- 自宅の防犯システムを積極的に強化して、要塞化させる。
- 所在をくらます(名前を変える、引越する、外見を変える、など)。
- 事件の詳細を明かすよう警察に詰め寄る。
- 警察に対し軽蔑の態度を取る(警察を悪し様に言う、抗議運動を計画する、など)。
- 犯人を探し当てるために私立探偵を雇う。
- 家族に対し過保護になる。
- 愛する人の安否を異常に気遣うようになる。
- 何かにつけ偏執的になる。
- 犯人が自由の身だという事実からくるストレス、または被害を受けたこと自体からくるストレスから(鬱、PTSD、不安障害、恐怖症など)精神疾患を患う。
- ドラッグを使用するようになる。
- 人を守ろうとしているのに、逆に人が離れていく。
- 知らない人を避ける、また知らない人が近づいてこないように警戒する。
- どうしても出掛けなければならないときしか

外出しない。
- また被害に遭うかもしれないという恐怖心に負けて、夢を諦める。
- 自己憐憫に陥る。
- 状況を読み違えて、悪いことが起きていないのに起きたと思ってしまう、または相手に悪気がないのにあると思ってしまう。
- 他人の責任を負わなければならない状況を避ける。
- 油断していたから狙われたことに気付き（玄関マットの下に家の鍵を隠していた、ドアを施錠していなかった、など）、あんなことは二度としないと誓う。
- 自分の身辺をもっと注意するようになり、他人と接するときは用心深くなる。
- これ以上被害者意識に悩まされたくないと一念発起し、恐怖や不安を押しのけ、自分の目標に向かう。

この事例が形作るキャラクターの人格

ポジティブな人格
柔軟、用心深い、分析家、大胆、慎重、勇敢、規律正しい、控えめ、もてなし上手、独立独歩、公明正大、几帳面

ネガティブな人格
依存症、強迫観念が強い、臆病、防衛的、忘れっぽい、生真面目、頑固、理不尽、無責任、被害者意識が強い、口うるさい、神経質

トラウマを悪化させる引き金となる出来事
- 犯人から連絡（手紙、メッセージ、電話など）が届く。
- 遠くに見知らぬ人を見かけ、その人が犯人ではないかと怪しむ。
- 被害に遭ったときとそっくりな状況を描いた映画を見たり、本を読んだりする。
- 偶然かどうかはわからないが、奇妙なことが起きる（何かがなくなる、車の窓ガラスが割られる、物が移動している、など）。
- タバコの臭い、階段の軋む音などが引き金になり、襲われたときの記憶が蘇る。

トラウマに向き合う／克服する場面
- 別の被害者に出会うが、その人は幸せで満ち足りた生活を送っていて、自分もそんな生活がしたいと思う。
- 犯人は逮捕され、法の裁きも受けたが、自分自身の問題は解決していないことに気付く。
- 家族が危険な目に遭い、あてにしていなかった警察を頼るはめになる。
- ストレスが重なって健康を害したのをきっかけに、過去を忘れ、前進する方法を見つけなければならないと気付く。

物扱いされる

〔英 Being treated as property〕

具体的な状況

- 売春させられる。
- 奴隷として働かせられる。
- 別の人に売られる。
- 自分の意志に反して結婚させられる。
- 人身売買業者へ身柄を渡される。
- 家族の臓器提供者として育てられる。
- 他人の利益のために、自分のしたくないことを無理矢理させられる。
- 自分の価値が、自分の財力や権力によって、または美貌、力、美徳などがもたらす名声によって決められる。

この事例で損なわれる欲求

生理的欲求、安全・安心、帰属意識・愛、承認・尊重、自己実現

キャラクターに生じる思い込み

- 「自分には何の価値もない」
- 「自分は他人のためだけに存在している」
- 「自分が欲しいものなんてどうでもいい」
- 「これが愛というものに違いない」
- 「これが普通なんだ」
- 「自分は絶対に自由にはなれない」
- 「意志はあっても自分の意志ではない」
- 「自分は動物と同じだ」
- 「死ねば自由になれる」

キャラクターが抱く不安

- 「もっとひどい人に売られるか、身柄を預けられてしまうかもしれない」
- 「虐待され、体を傷つけられるかもしれない」
- 「誰かを慕っても、その人ともまた別れる時がくる」
- 「自分は人に使われるだけだろう」
- 「虐待される生活からは一生逃れられないかもしれない」
- 「自分の価値が下がると殺されるかもしれない」
- 「自分が無償の愛を味わうことなどないだろう」

行動基準の変化

- ひどい目に合わされないようにと相手に取り入り、非常に従順な態度を示す。
- 監禁者の命令に従うしかなく、自分の意志やアイデンティティを失う。
- 権力を持った人に脅かされるようになる。
- できる限り目立たないように、人の注目を浴びないようにする。
- 自尊心がまったくといっていいほどなくなる。
- ある種の感情を感じたり、表したりできなくなる。
- 虐待を乗り越えるため、自分の置かれた境遇から心理的に自分を切り離すようになる。
- 言われたことはやるが、それは表面だけで、本心は自分の胸に秘めるようになる。
- 番人を喜ばせることや、番人の助けになることに気持ちを集中させるようになる。
- わずかな抵抗を見せるようになる（物をため込む、命令に従うが反抗的態度は変えないなど）。
- 脱出の唯一の手段として自殺を考える。
- いつか自分に役立つスキルをこっそりと磨きはじめる。
- 自分自身を失いたくないから、禁じられているけれど自分の得意なことを密かにやるようになる。
- 将来の脱出に備え、脱出に必要な物を密かにストックしはじめる。
- （同情してくれそうな人にメモを渡すなど）気付かれないように助けを求める。
- 逃亡に成功した後、過去を忘れるためにドラッグやアルコールに頼るようになる。
- 自殺を頻繁に考える、あるいは自殺未遂を起こす。

- 人を信用しなくなる。
- 先々のことまで考えて計画しなくなる。
- 大きな目標を掲げて頑張ろうとはしないし、大きなことを考えもしなくなる。
- 世の中を無関心な目で見るようになる。
- 権力を持っている人に失礼な態度を見せる。
- 自分より弱い立場の人（動物、弟や妹、学校の同級生など）を支配しようとする。
- 気が散って集中できなくなる。
- 悪い人間関係の中で仲間を見つけようとする。
- （関係を築いた人との別離を避けるため）人間関係を築きたがらない。
- 虚しさが付きまとっているが、変わりたいし、他の人と同じように感じたいと思っている。
- 他の人が当たり前に思っている些細なことに感謝するようになる。
- 少しずつ心を開き、助けを求めはじめる（セラピーを受ける、安心できる人に打ち明ける、など）。

この事例が形作るキャラクターの人格

ポジティブな人格
用心深い、慎重、協調性が高い、勇敢、礼儀正しい、控えめ、おおらか、共感力が高い、気さく、温和、謙虚、優しい、忠実、面倒見がいい

ネガティブな人格
依存症、無気力、冷淡、皮肉屋、腹黒い、不正直、気まぐれ、生真面目、無知、抑制的、不安症、神経質、反抗的

トラウマを悪化させる引き金となる出来事
- 約束が破られる。
- ベビーシッター、介護人など、知らない人たちの間に取り残される。
- 虐待者から言われたことがある褒め言葉を耳にする。あるいは虐待者からもらったのと同じような贈り物を受け取る。
- 友人や家族に都合のいい理由で利用されたと感じる。
- チェーンの音、マットレスのバネが軋む音などが引き金になり、自分が虐待されていたときの記憶が蘇る。

トラウマに向き合う／克服する場面
- 脱出して片時の自由を味わったが、また捕まって、自分の「所有者」の元へ連れ戻される。
- 脱出後、ひょっとしてこの人も虐待されているのではと疑ってしまう人に出会い、その人を助けたくなる。
- 程度の差はあれ、自分もまた我が子を所有物のように扱い、虐待のサイクルを繰り返していると認める。
- 脱出後、次から次へと悪い人間に関わってしまい、自分の傷が癒えていないことに気付く。

拉致監禁される

〔英 Being held captive〕

具体的な状況

- 誘拐されたのちに
  ……身代金を要求される。
  ……長期監禁される。
  ……奴隷として売られる。
- 新天地をどこかに求めようとする生みの親や親戚の者に連れ去られる。

この事例で損なわれる欲求

安全・安心、帰属意識・愛、承認・尊重、自己実現

キャラクターに生じる思い込み

- 「自分は狙われやすい。いつも誰かが私を被害者にしようとする」
- 「二度と以前の自分には戻れないし、満ち足りた気持ちにもなれない」
- 「他の人たちは生還できなかった。自分も生きて帰るべきではなかった」（生き残った者の罪悪感）
- 「誘拐犯は悪い人なんかじゃなかった」（ストックホルム症候群／訳注：誘拐事件や監禁事件の被害者が犯人と長時間共に過ごすことにより、犯人に協力的または好意的な感情を抱くこと）
- 「自分の判断はいつも間違っているから信用できない」（何らかの理由で自分に非があると思い込んでいる場合）
- 「信用できるのも、頼れるのも自分しかいない」
- 「誰も私なんか愛してくれない」／「自分は罰を与えられて当然だ」（誘拐犯に洗脳されている場合）

キャラクターが抱く不安

- 「自分の力と自由がまた失われてしまう」
- 「また信用する相手を間違えてしまうかもしれない」
- 「自分の夢なんてもう二度と叶えられないのでは……」
- 「ここから逃げたって実社会にはなじめないだろう」
- 「愛する人が誘拐されて、自分と同じ苦しみを経験するかもしれない」
- 「監禁されていたときの屈辱的な経験を彼が知ったら、自分は拒絶されるに違いない」
- 「男／女なんてみんな嫌いだ。特にあの男／女に似た人間には我慢がならない」
- 「また襲われたらどうしよう／罠にはめられたらどうしよう／捕まったらどうしよう……今度こそ殺されるに違いない」

行動基準の変化

- 偏執の域に達するほど用心深くなる。
- 自分の周辺が異常に気になる。
- 閉所にいたりして身動きが取りづらくなると、それが引き金になり異常反応を示す。
- 友人や愛する人たちから離れていく。
- 人を信用できなくなる。
- 悪夢に悩まされ、疲労が溜まる。
- 自分の警護に異常なほど取りつかれる（護身のクラスを取る、自宅を要塞化するなど）。
- 鬱や不安に悩まされる。
- 趣味など、以前は楽しんでいたことへの関心を失う。
- 我が子に対し過保護になる。
- 世の中の変化についていけなくなる（監禁が長引いた場合）。
- 自分のプライバシーを守るために、つかみどころのない人間、または不正直な人間になる。
- 過去を忘れるためにアルコールやドラッグに頼るようになる。
- 自殺を考える、または自殺未遂を起こす。
- 人の注意を引かないように目立たなく行動するようになる。
- 誘拐犯に同情しはじめ、やがてその犯人に

罪悪感を感じるようになる（ストックホルム症候群）。
- 事件時に起きたことを思い出し、逃げられなかった自分に自己嫌悪を感じてしまう。
- フラッシュバック、妄想、不安やイライラなど、心的外傷後ストレス障害（PTSD）の兆候が見られる。
- 非常に卑屈になり、自分の意志を持てなくなる。
- 集中力や記憶力が衰える。
- 無力感、恐れ、不安を感じてしまう。
- 過去を断ち切るための対策を講じる（名前の変更、引越、転職など）。
- 第二の人生が与えられたような気持ちになる。
- 自分はある目的のために逃げ、今はその目的を満たすために生きていると信じている。
- 救出してくれた人に恩を感じ、感謝の気持ちを忘れずに生きるようになる。
- セラピストや支援グループを探す。

この事例が形作るキャラクターの人格

ポジティブな人格

用心深い、感謝の心がある、大胆、慎重、規律正しい、共感力が高い、勤勉、几帳面、面倒見がいい、注意深い、忍耐強い、粘り強い、秘密を守る、積極的、世話好き、臨機応変、正義感が強い、賢い

ネガティブな人格

依存症、強迫観念が強い、つかみどころがない、とげとげしい、抑制的、不安症、理不尽、病的、うっとうしい、神経質、執拗、妄想症、自滅的、卑屈、疑い深い、小心者、寡黙、協調性が低い、引っ込み思案

トラウマを悪化させる引き金となる出来事

- 誘拐犯に関連した匂い、音、味、あるいは物が引き金になり、事件を思い出す。
- 監禁されていた頃を想起させる地下室や納屋などを見かける。
- 誘拐犯が仮出所／出所したという知らせを聞く。
- 子どもが親元を離れていく（大学進学、夏のキャンプ、アパートを借りてひとり暮らしをする、など）。
- 誘拐されたときのことを追体験してしまうフラッシュバックが起こる。
- 誘拐犯に似た人を見かける。
- 自分の体験に似た状況を描いた映画やテレビを見る。

トラウマに向き合う／克服する場面

- 誰かに見られている、あるいはストーカーされているような気がして（実際にはそうでなくても）、この妄想から解放されるには助けを求めるしかないと思っている。
- 安全のために我が子が拘束されていたことを知る（ショッピングセンターで強盗事件が発生し、倉庫に匿われていた、など）。
- 誘拐が原因で自分の中に恐怖心が芽生え、そのせいで愛する人が自分から遠ざかっていることに気付く。
- PTSDのせいで自分の人生がめちゃくちゃにされ、人とのつながりを持てなくなったことに気付き、助けを求めることにする。

障害や損傷によるトラウマ

- 外見の損傷
- 外傷性脳損傷
- 学習障害
- 過剰な美貌
- 五感のひとつを失う
- 身体的コンプレックス
- 性機能障害
- 精神疾患
- 対人関係不全
- 手足の欠損
- 発話障害
- 不妊
- 慢性的な病気や苦痛

外見の損傷

〔英 a Physical disfigurement〕

具体的な状況

- 火傷や化学熱傷の痕がある。
- 目立つ傷がある(刃物、銃、動物による襲撃、交通事故、手術などの傷痕)
- 目、耳、鼻、指など身体の一部が欠損している。
- 手足の奇形
- 目立つアザがある。
- 口唇口蓋裂
- 甲状腺腫瘍などの腫瘍が腫れ上がっている。
- 乾癬、にきび、皮膚の変色、白斑、ケロイド、イボなど、重症の皮膚疾患にかかっている。
- 体の一部が肥大している(象皮病や、左右の脚の長さが違う、など)。
- 脳卒中の後遺症で体の一部が弛緩または麻痺している。
- 整形手術が失敗し、顔が変形している。

この事例で損なわれる欲求

帰属意識・愛、承認・尊重、自己実現

キャラクターに生じる思い込み

- 「自分みたいな人間を愛してくれる人はいない」
- 「外見が醜いから、じろじろ見られている」
- 「これは一種の罰だ」
- 「私には人に愛される資格などない」
- 「自分にチャンスを与えてくれる人なんていないんだから、そんな人を手放すわけにはいかない」
- 「ひとりぼっちでいるよりは、親身に思ってくれる人からひどい扱いを受けたほうがましだ」
- 「自分に近づいてくる人はみんな何か企んでいるに違いない」
- 「人は残酷な生き物だから、避けたほうがいい」
- 「私がどんな苦しみを味わっているか、わかってくれる人なんていない」
- 「自分の夢を叶えるなんてあり得ない」
- 「私は『普通』の人間以下だ」

キャラクターが抱く不安

- 「好きな人と深い関係になるのが怖い」
- 「(火事、病院、精神が錯乱した昔の恋人、など)自分をこんなふうにしたものが怖い」
- 「(面と向かって、あるいはソーシャルメディアで)人に見られたり、馬鹿にされたりしたらどうしよう」
- 「(死別、引越などで)こんな自分を愛してくれる人や受け入れてくれる人たちを失ったら、どうなるんだろう」
- 「不寛容で偏見に満ちた人たちが嫌だ」
- 「人に拒絶されてしまうかもしれない」

行動基準の変化

- 自尊心が低くなってしまう、あるいは自分が嫌になってしまう。
- 家から一歩も出なくなり、世捨て人のような暮らしを始める。
- 自分の外見を、服、アクセサリー、メイクで隠すようになる。
- 自分が望むとおりのペルソナが作れるインターネットの世界に引き込まれる。
- 新しい人と出会う状況を避ける。
- 他人に心を開かなくなる。
- 自分に愛情や優しさを見せてくる人を怪しむ。
- 人と付き合っても、浅い人間関係にとどめる。
- 少しでも苦しみから解放されたくて、自分の見た目を自虐的に面白がる。
- ひとりで楽しめる趣味や関心事に飛び込む。
- 世間の基準に照らし合わせて美しいとされる人たちに強い嫉妬を感じる。
- 自分に親切・親身になってくれる人にすがる。
- 不健全な人間関係に入り込んでいく。

- イライラして、あるいは傷ついているせいで、他人に当たり散らす。
- 自分を気の毒だと思ってしまう。
- 鬱や不安障害になる。
- ドラッグやアルコールを乱用するなど、自己破滅的な行動に走る。
- カメラやビデオレコーダーを避ける。
- 見られてもいないのに、人にじろじろ見られていると思い込む。
- 作曲、絵を描く、3Dプリンターで何かを作る、服のデザインなど、創造的なものへ目を向けて頑張るようになる。
- 不完全なものに美しさを見出す、あるいは、他の人が見過ごすような些細なことに感謝するようになる。
- （ネットのフォーラムやチャットグループなどに参加することで）外見が醜く変形している人たちと連絡を取り合う。

この事例が形作るキャラクターの人格

ポジティブな人格
慎重、礼儀正しい、クリエイティブ、控えめ、共感力が高い、熱心、温和、想像豊か、内向的、忠実、情け深い、思慮深い、勘が鋭い、粘り強い、秘密を守る、積極的、スピリチュアル、寛容

ネガティブな人格
無神経、皮肉屋、つかみどころがない、生真面目、抑制的、不安症、嫉妬深い、被害者意識が強い、うっとうしい、悲観的、恨みがましい、自滅的、疑い深い、気分屋、小心者、激しやすい、引っ込み思案

トラウマを悪化させる引き金となる出来事
- 好奇心旺盛な子どもや道行く人に指を差される。
- ビデオに撮られた自分の姿を見て、自分が他人の目にどう映っているかを再認識する。
- 自分の姿の醜さに関して、心が折れるような経験をする。
- 外見の醜さをからかうようなインターネットミームが出回っているのを見かける。
- 美の価値を喧伝する化粧品などの広告やコマーシャル、テレビ番組を見る。

トラウマに向き合う／克服する場面
- 自分の醜悪な姿をからかった残酷な冗談を言われる。
- 自分の醜悪な姿を気にしない勇気を持てば、夢を叶えられることに気付く。
- 誰かをいじめ、からかっているうち、いつの間にか自分も、自分が一番嫌っていたタイプの人間に成り果てていることに気付く。
- 再度、つらい外科手術が必要になるが、その手術を受けても外見を改善できる確率が100％でないことを知る。

か

外傷性脳損傷

〔英 a Traumatic brain injury〕

具体的な状況

外傷性脳損傷の原因には次のようなものがある。

- 転倒・転落して頭を打つ。
- 喧嘩で殴られる、あるいは戦闘を経験する。
- 車、自転車、ジェットスキー、ボートの事故
- アメフトやキックボクシングでの脳震盪など、スポーツの怪我
- 馬に蹴られる。
- 銃で撃たれる。
- 重いものが頭に落下する。
- 無謀なことや悪ふざけをしていたら事故になり、頭に怪我する。

この事例で損なわれる欲求

生理的欲求、安全・安心、承認・尊重、自己実現

キャラクターに生じる思い込み

- 「自分は世の中や人のために貢献できない」
- 「普通の生活を送るのは無理だ」
- 「自分の夢にはもう手が届かなくなってしまった」
- 「自分には生きている価値なんかもうない」
- 「自分は馬鹿だ」
- 「私と付き合いたい人なんていないだろうな……」
- 「自分は不具だ。前はこんな人間ではなかったんだ」

キャラクターが抱く不安

- 「身体がこんな状態になってしまったから、人に拒絶されるかもしれない」
- 「面倒を見てくれていた家族が死んでいく／病気になってしまった。これから先自分は誰に頼って生きていけばいいのだろう」（自暴自棄）
- 「この怪我を引き起こしたのと同じような状況がまた起きるかもしれない」
- 「なぜか症状が悪化しているような気がする……」
- 「人との約束が果たせない……」
- 「下の世話まで人に頼らなくてはならないなんて……」

行動基準の変化

- すぐに機嫌が悪くなったり、イライラしたりしてしまう。
- 睡眠パターンが変化する（不眠、過眠症、睡眠維持障害などが起きる）。
- すぐに気が散る。
- 物忘れが激しくなる。
- 記憶が喪失する。
- 光などの刺激に過敏になり、感覚器官に障害が出る。
- 頭痛や偏頭痛が起きやすくなる。
- 運動能力に問題が生じ、器用な動きができなくなる。
- 最近習得したスキルがすぐに退行する。
- （話す、読む、走るなど）今までできていたことができなくなる。
- 自分を追い詰めるようになる。
- イライラして家族などに当たり散らす。
- 鬱になり、自殺を考えたりする。
- ドラッグやアルコールに走る。
- 怪我が原因で生活にいろいろな支障が出ているのを認めず、助けを求めないで隠そうとする。
- 強い刺激を受けそうな場所を避ける。
- 外出せずに家にこもるようになる。
- 人付き合いを避け、友人すら避ける。
- 怪我の後遺症が人目に明らかになるのを恐れ、人と話をしなくなる。
- うまくできないことを恐れ、新しい事柄に挑

戦するのは気が進まなくなる。
- 助けを一切拒む。
- 他人に頼りきりになる。
- 自分の決断を後からくよくよ悩む。
- 自分の力ではどうしようもない障害を抱えて生きている人に強い共感を持つ。
- （勉強、理学療法に励むなど）人生の挽回に打ち込む。
- 何か別のスキルや能力を磨いて自分の障害を埋め合わせる。
- 現実的な目標を設定し、それを達成する努力をする。

この事例が形作るキャラクターの人格

ポジティブな人格
野心家、慎重、勇敢、おおらか、効率的、共感力が高い、太っ腹、勤勉、忠実、思慮深い、粘り強い、秘密を守る、奇抜、正義感が強い、天真爛漫、奔放

ネガティブな人格
無神経、幼稚、いい加減、気まぐれ、忘れっぽい、とげとげしい、せっかち、不安症、理不尽、うっとうしい、悲観的、注意散漫、自滅的、気分屋、協調性が低い、激しやすい

トラウマを悪化させる引き金となる出来事
- 病院に行き、医者に会う。
- あることに挑戦したものの、自分の限界を思い知らされる。
- 自分より若く経験も浅い人が、あることで自分より優れている現実を目の当たりにする。
- 友人と昔話をしていて、過去の一時期をまったく思い出せない。
- 古いビデオで、人より秀でて活躍していた昔の自分の姿を見る。
- 必ずメモに書き残して忘れないようにするなど、障害を埋め合わせる努力をしているにもかかわらず、忘れてしまう。

トラウマに向き合う／克服する場面
- 夢がひとつ破れてしまい、絶望に屈するのか、それとも、成功の定義を書き換えて新たな夢に向かうのかの二者択一を迫られる。
- 面倒を見てくれていた人が亡くなり、もしくは、その人がこれ以上自分の世話を続けられなくなり、自立しなければならない状況に立たされる。
- 失敗の可能性はあるけれど、自分のやりたいことに挑戦するチャンスが巡ってくる。
- 今まで頑張ってきたことがあり、その努力を続けていくか、諦めるかの選択を迫られる。
- 一から出直す、または、今までとは違った方法で取り組むことになったとしても、目標次第では達成も可能だと気付く。

学習障害

〔英 a Learning disability〕

具体的な状況

読字障害、書字障害、算数障害、視覚または聴覚の情報処理障害などが挙げられる。情報処理が遅い、実行機能が弱いケースも含まれる。

この事例で損なわれる欲求

帰属意識・愛、承認・尊重、自己実現

キャラクターに生じる思い込み

- 「自分は欠陥品だ」
- 「自分は頭が悪すぎて何も覚えられない」
- 「ありのままの自分を愛してくれるパートナーなんて絶対に見つからない」
- 「人と関わると、自分の能力のなさがみんなにばれてしまう」
- 「自虐ネタで笑わせれば、人は自分を受け入れてくれる」
- 「もっと一生懸命努力すれば、目標を達成できる」
- 「障害のことが人に知れると、拒絶されてしまう」
- 「頑張ったって失敗するだけだし、やるだけ無駄だ」
- 「やられる前にやってしまおう」

キャラクターが抱く不安

- 「また失敗してしまう」／「また間違ってしまう」(障害が人目につく場合は特に)
- 「自分の夢や目標なんて達成できるわけがない」
- 「またいじめられる」／「また手荒なまねをされる」
- 「学校のみんなの前で特別扱いされたらどうしよう」／「(大人になってから) わざと指名されて難しい作業をやらされるかもしれない」
- 「他の人をがっかりさせてしまう」
- 「学習障害のことは秘密にしているのに、ばれたらどうしよう」
- 「好きな人に拒絶されてしまうかもしれない」
- 「いつも障害者のレッテルを貼られて、思うように行動できないかも……」
- 「自分の子にも学習障害が出るかもしれない」

行動基準の変化

- どうせ人を失望させるだけだと思い込み、責任から逃れようとする。
- 必ず達成できる夢や目標しか持たないし、大きなチャレンジ精神は持たなくなる。
- 自分自身や自分の能力に関してマイナス思考に陥る。
- 馬鹿にされたり、からかわれたりするのを避けるため、人と距離を置くようになる。
- 自分より弱い人をいじめる。
- 他のことで頑張って、自分の弱点を補おうとする。
- 感情の起伏が激しくなり、すぐにカッとなってしまう。
- 生まれながらに優秀で才能のある人に対し怒りを感じる。
- 破滅的な、あるいは危険な行為に向かう。
- 障害への注目を別のことにそらそうとする(英単語の綴り方を競うスペリングコンテストの前にわざと暴れ、教室から放り出される、など)。
- 障害のことを誰にも知られたくないから、現実に背を向け、自分の力になってくれるはずの人 (カウンセラー、教師、家庭教師) を避ける。
- 自分と同じような障害を持つ人をからかい、その人とは一線を引く。
- 自分の能力の限界がばれるのを恐れ、人との会話や関わりを避ける。
- 文字を理解できない自分を思い知らされるの

が嫌で、字を読まなくなる。
- （人付き合いがネックになっている場合）尊敬できる人を見習って、もっと自信を持って人と接し、うまく人付き合いができるように努力する。
- 学習障害を持つ人々の支援活動に専念する。
- 自分の弱みよりも強みに意識を集中させる。
- 自分の弱点を使わなくてすむ仕事、趣味、活動を選ぶ。
- 目標達成に向け必死の努力をする。
- 自分の弱点を補う努力をする（記憶力を高める、ソフトウェアを利用する、家庭教師に頼る、など）。
- 障害者であることを自分のアイデンティティにしたくない。

この事例が形作るキャラクターの人格

ポジティブな人格
柔軟、慎重、魅力的、規律正しい、共感力が高い、誘惑的、ひょうきん、想像豊か、勤勉、几帳面、思慮深い、粘り強い、秘密を守る、寛容

ネガティブな人格
無神経、防衛的、不正直、つかみどころがない、抑制的、不安症、神経過敏、反抗的、恨みがましい、自滅的、小心者、寡黙、協調性が低い、暴力的、激しやすい、引っ込み思案

トラウマを悪化させる引き金となる出来事
- 障害を持つ人がいじめられ、虐げられているのを見かける。
- 人に助けを求めなければならない状況に陥る。
- 物が壊れ、自分で直せなくなる。
- 人からの指示や概念を理解できず、フラストレーションが募る。
- 他人が障害者に対し、馬鹿、うすのろ、と侮辱的なレッテルを貼っているのを耳にする。
- 学習障害を持った人が馬鹿にされ、誤解されて描かれているテレビや映画を見る。
- 学校で、子どもの遺伝性学習障害について話し合う会議に出席する。
- 学習障害のせいで、自分の目の前で、好きな人の自尊心を傷つけてしまう。
- 初めての作業をうまくこなせない。
- 障害のせいでヘマをし、自分の能力が怪しまれる。
- 自分の弱みをからかわれてしまう。

トラウマに向き合う／克服する場面
- 障害を抱えているから将来性のあるチャンスを見送るのか、それとも、人より頑張らなければならないけれど、それでも挑戦するのか、選択を迫られる。
- 障害のことを隠していたにもかかわらず、公に知れ渡る。
- 障害が考慮されず、不当にペナルティを課されてしまい（文字が読めないことが考慮されず、テストの点が悪くなってしまう、何かに申し込んでも門前払いを食らう、など）、法の裁きを求める。
- 障害に向き合う努力をしないまま大人になってしまい、積み残してきた問題に悩まされる。

過剰な美貌

〔英 Being so beautiful it's all people see〕

この事例で損なわれる欲求

安全・安心、承認・尊重、自己実現

キャラクターに生じる思い込み

- 「自分は見た目だけの人間で、中身がない」
- 「どんなに努力しても、頭が良くても、能力が優れていても、私が尊敬されることはない」
- 「人が私に近づいてくるのは、外見目当てだし、そのおかげでいい思いができるから。理由はそれだけ……」
- 「私が何を考え、何を信じているかなんて人はどうでもいいと思っている」
- 「私は他人が望むものにしかなれない。自分のために生きるなんて許されない」
- 「人の期待に応えて、美の世界でキャリアを積むしかない」
- 「友情には嫉妬がつきもの……『表面的な』関係を保つのが一番安全」
- 「飾りとして連れ歩きたいから、私と付き合おうとするのよ。理由なんてそれだけよ」
- 「自分の悩みや苦しみをオープンに話したところで、軽蔑されるだけ……」

キャラクターが抱く不安

- 「ストーカーや暴力、それに性的暴行に遭うかもしれない」(特に女性の場合)
- 「人に利用されるかもしれない」
- 「人生や仕事でチャンスが巡ってきても、中身がないと思われてしまったらどうしよう」
- 「だんだん老けていって、美貌が失われていくのが怖い」
- 「病気になって、髪が抜けたり、顔がやつれたりしたらどうしよう……」
- 「『あの人はきれいなだけだから……』と言われて、公平に見てもらえないかもしれない」
- 「信用する相手を間違ってしまうかもしれない」
- 「嫉妬に狂った仲間に仕返しされるのや、意図的に意地悪をされるのが怖い」
- 「本当の意味で深い恋愛を経験することがないかもしれない」

行動基準の変化

- 健康と美容を保つために細かくプランを立てる。
- 常にダイエットし、運動して体を鍛える。
- 加齢と闘う(整形手術、高額なアンチエージングの化粧品の購入、痛々しい治療に耐えるなど)。
- 心の奥で人に認められたい欲求があり、自分の選択を疑い、決断してもくよくよ悩む。
- 人の言い成りになる。
- (その関係が「本物」かどうかを疑っているため)親密な関係になることを避ける。
- 自分が何をしても共感してもらえないから、文句も言わなくなる。
- 人の期待に添うように行動する(たとえば「礼儀正しく/都会的に/自己陶酔したように振る舞って」と頼まれれば、そのとおりにする)。
- 自分のことを美しいだけの人間だと思っている人が間違っていることを証明しようと、期待とは裏腹な行動をする。
- 微笑みと見せかけの自信の裏で、実は、低い自尊心と闘っている。もしくは低い自尊心を隠し持っている。
- 自分の心の奥にある感情や願望を滅多なことでは口にしない。
- 身体に問題を抱えているが、そのことを誰にも言えない。
- 鬱に苦しみ、その苦痛から逃れるために様々な行為に走る(ドラッグの使用、ひとりでいる、リストカットをする、など)。
- みんなにうまく合わせようとして慎み深くなり、自分の美しさなど大したことないと問題にしない(美貌以外の長点や能力も認めない可能性もある）。
- パートナーと外出していて、自分はパートナーの飾りや所有物でしかないと思ってしまう。
- 人から好かれようとして、また、同性の友人からの恨みを打ち消そうとして一生懸命努力する。
- 自分の安否を常に意識し、危険な場所を避ける。
- 他人に親切に振る舞い、受け入れてもらおうとする。
- 外見ではなく、実力に注目してもらえるよう、自分を磨く。
- 外見とはまったく関係のない事柄で人より秀でたくて、スポーツ、外国語の習得、学位取得などに励む。

この事例が形作るキャラクターの人格

ポジティブな人格
慎重、魅力的、協調性が高い、礼儀正しい、規律正しい、誘惑的、気さく、太っ腹、優しい、忠実、大人っぽい、従順、秘密を守る、世話好き、感覚的、粋、奔放

ネガティブな人格
依存症、意地悪、生意気、皮肉屋、浪費家、偽善的、衝動的、抑制的、不安症、嫉妬深い、男くさい、物質主義、ふしだら、反抗的、わがまま、甘ったれ、うぬぼれ屋、仕事中毒

トラウマを悪化させる引き金となる出来事

- 誰かが下心丸出しで言い寄ってくる。
- 自分の美貌を妬む人に、ふしだらな女とか娼婦呼ばわりされる。
- 決めつけたような表情、あるいはわかったような表情でじろじろと見られていることに気付く。
- 自分が会話の中に入っていくと、突然話題が変わり、知的な話が表面的な会話になる。
- 友人に陰で中傷されたが、その根本的な原因は自分の美貌への嫉妬だとわかっている。
- 自分への偏見やステレオタイプのせいで、何も任せてもらえない（修理作業など、肉体労働は無理だと思われている）。
- 自分が成功したのは美貌のおかげだと人に思われている。
- 美貌を盾に欲しいものを手に入れている人を見て、そういうステレオタイプどおりの人がいるから自分が苦労するのだと思ってしまう。
- 年齢とともに老けてきたが、友人たちが意地悪く、これでやっと公平になったと喜んでいることに気付く。

トラウマに向き合う／克服する場面

- 事故に遭い、もしくは病気になり、美貌に傷がついてしまう。
- 子どもが欲しいが、妊娠・出産すれば体型が崩れる現実を受け入れなくてはならない。
- 知性、才能、情熱を見せるチャンスが到来するが、却下されたり冷笑されたりした過去を思い出し、怖気づく。
- 我が子が美貌を盾に人を巧みに操っているのを見てしまう。
- 摂食障害の兆候が出ていて、手遅れになる前に助けを求めないといけないとわかっている。
- 自分と同じように、自己価値がわからず、満ち足りた気持ちになれずに、もがき苦しんでいた友人が自殺を図ってしまう。

五感のひとつを失う

〔英 Losing one of the five senses〕

この事例で損なわれる欲求

帰属意識・愛、承認・尊重、自己実現

キャラクターに生じる思い込み

- 「自分が満ち足りた気持ちになることは二度とない」
- 「感覚を失ったせいで、幸せを目一杯感じることができない」
- 「人の目には障害を持った自分の姿しか映らない」
- 「常に世話をしてくれる人に頼らないといけない」
- 「自分の夢にはもう手が届かなくなってしまった」

キャラクターが抱く不安

- 「残っている感覚も失ってしまうのではないか」
- 「他人に頼ることになるかもしれない」
- 「自分を支えてくれる人たちを失ったらどうしよう」
- 「僕を愛してくれる人なんてきっと見つからないだろう」
- 「感覚を失ったせいで、じろじろ見られたり、気の毒がられたり、特別扱いされたりするのはごめんだ」
- 「孤独がつらい」
- 「感覚機能を失っていることを他の人に気付いてもらえないと、不当な期待をされてしまうかもしれない」

行動基準の変化

- 家に引きこもる。
- 孤独だし、人から理解されていないと感じる。
- ひとりでできる仕事や趣味を選ぶ。
- 自分にできることのハードルを下げる。
- 失敗、あるいは人を失望させるのを恐れ、できないことに遭遇すると、つい言い訳をしてしまう。
- 目標達成は無理だと思い込んで、自分の夢や目標を捨てる。
- 感情の起伏が激しくなり、人に食ってかかる。
- 配慮してもらえるときは必ず配慮してもらう。
- 自分を気の毒がる。
- 落ち込む。
- 自殺を考える、あるいは自殺未遂を起こす。
- 恐怖、不安、心配で心がいっぱいになり、それしか考えられなくなる。
- 自分が憐れで仕方なく、他人に頼りきりになる。
- 感覚障害と共に生きる生活になかなかなじめず、すぐにイライラする。
- 失った感覚を埋め合わせるため、他のことに没頭する。
- 何の感覚機能も失わず、五感をフル活用して生きている人たちを恨む。
- 感覚機能を失ったのをいいことに他人を巧みに操り、自分でできることでも人にやってもらう。
- リスクを嫌うようになる。
- 感覚機能を失ったせいで人生を思うように生きられなくなり、その反動で他人への支配欲が強くなる。
- 無用なリスクを冒し、ルールを無視し、権威ある立場の人に失礼な態度を取る。
- 自分の世界を狭める（外出しない、人と付き合わない、自然を愛でない、など）。
- 自分の置かれた新たな状況に向き合うため、セラピーを受けることにする。
- 同じように感覚機能を失ったけれど成功している人を探し出し、その人を人生の手本にする。
- 同じ障害を抱える人たちに助言する。
- 法律を勉強し、障害者の権利を主張すると同時に、他人の権利も尊重する。

この事例が形作るキャラクターの人格

ポジティブな人格
柔軟、野心家、感謝の心がある、魅力的、勇敢、効率的、共感力が高い、気さく、独立独歩、勤勉、影響力が強い、忍耐強い、粘り強い、臨機応変、責任感が強い、正義感が強い

ネガティブな人格
無神経、依存症、幼稚、支配的、皮肉屋、凝り性、生真面目、せっかち、衝動的、優柔不断、無責任、操り上手、うっとうしい、神経過敏、反抗的、恨みがましい、わがまま、甘ったれ

トラウマを悪化させる引き金となる出来事
- 障害を持っている人がいじめに遭っている、あるいは馬鹿にされているところを目撃する。
- 「あの鳥の鳴き声を聞いてみて」「あれが見えないなんて、あなたの目、ちゃんと見えているの?」など、友人の何気ない一言に傷つく。
- 自分が感覚機能を失った事故と同じような事態に遭遇する。
- 「エレベーターがどこにあるか一緒に探していただけませんか」と見知らぬ人に助けを求めなければならない状況に立たされる。
- 感覚を失うまでは自分がやっていた事柄を他の人たちがやっているのを耳にする。
- あることができずに人前で恥をさらしてしまい、感覚機能を失った日に初めて体験した狼狽や恐怖が蘇る。
- 病院、飛行機、水などが引き金になり、事故のことを思い出す。
- 見えていない、または聞こえていないせいで、身に危険が迫る(火災警報器が鳴っているのに聞こえない、車が赤信号を無視して走ってくるのに見えない、など)。

トラウマに向き合う/克服する場面
- 困っている人を見かけるが、まずは自分で自分を助けられるようにならないと、人を救うことはできないことを悟る。
- 健常者であっても危険な状況にぶつかり、人に頼るのは健全なことで、弱さのしるしではないことに気付く。
- 友人が困っているのだが、どうせ自分には助けられないと諦めるか、それとも、力を振り絞って困難にもめげず友人を救うかの選択を迫られる。
- 自分の自由と自立をさらに脅かす診断が下される。
- 愛する人に助けられ、その人の感覚を通じて生活を送っているうちに、新たな驚きを体験するようになる。

NOTE
人間は、五感を通じて周辺環境や周囲にいる人たちを正確に感知し、認知した情報に基づいて行動している。我々はこの五感のひとつを失って初めて、自分がいかにそれに頼っていたのかを知るのだが、ひとつ感覚機能を失っても円満な生活を送ることができる人は多い。それでもやはり慣れるまでは時間がかかるし、慣れるまでの時間の長さや過程の厳しさはケースバイケースである。また、本人が新たな現実に向き合い、前進できるようにならなければ、本人の心に暗い影を残すことになる。

身体的コンプレックス

〔英 Falling short of society's physical standards〕

具体的な状況
- 平均よりずっと背が低い／高い。
- にきび、湿疹、乾癬、皮膚の色素異常など、肌に問題がある。
- 痩せすぎ／太りすぎに見られる。
- 人より毛深い。
- （猪首、腕が長すぎる、など）身体の部位がアンバランス。
- 鼻の形が変わっている、歯が出ている、耳介血腫など、一般的な美基準から外れた部位を持っている。
- 左右の足の長さが違う、内反足、脊椎側弯症などの奇形がある。
- 足や腕が欠損している。
- 身体に傷がある／変形している。

この事例で損なわれる欲求

帰属意識・愛、承認・尊重

キャラクターに生じる思い込み
- 「人が私を見るとき、人とは違うところしか見ない」
- 「自分は決して人に受け入れられることはないし、みんなが持っているものを持つこともない」
- 「僕なんかが、あんなきれいな人たちの中に混じっていてはいけない」
- 「私みたいな人間と一緒にいたいと思う人なんて、この世にいない」
- 「誰かがこちらに関心を示すのは、私を罠にはめようとしているときだけ……」
- 「人は私のことを気の毒がって友達になってくれる」

キャラクターが抱く不安
- 「信用する相手を間違ってしまうし、相手の動機を読み違えてしまう」
- 「身体的欠陥について後ろ指を指されているかもしれない」
- 「仲間外れにされるかも……」
- 「自分はからかわれ、じろじろ見られ、気の毒がられているのかもしれない」
- 「恋愛関係や親密な関係になるのが怖い」
- 「外見のせいで引け目を感じる」

行動基準の変化
- 自尊心が低くなる。
- 普通ではないと世間に見られている自分の身体の一部を隠そうとする。
- 人に受け入れてもらおうとして、もしくは馬鹿にされるのを避けるため、自虐的なことを言う。
- 人に注目されるようなことを避ける。
- 神経過敏になり、故意に何かをされたわけでもないのに腹を立てる。
- 社交の場を避ける。
- 大勢人が集まるところでは、片隅で小さくなる。
- 向こうから話しかけられたときだけ会話する。
- 自分の人生を台無しにした相手に復讐を図る。
- 人から離れて孤立する。
- 自己批判が激しくなり、常に自分の欠陥に意識を向けている。
- 自尊心が低いため、悪い仲間と付き合うようになる。
- 自分が傷つく前に、人を追い払う。
- 自分に強みがあっても、そのせいで目立ったり、注目を浴びたりしたくはないから、遠慮がちになる。
- なるべく人目につかない仕事に就く。
- ネットのチャットルームを頻繁に訪問する、ハンドルネームを使ってソーシャルメディアで活発に発言するなど、匿名で活動できるものに走る。

- 人に触れなくなる、または触ってほしくない。
- 人と心の距離を置くようになる。
- 外見を治す、あるいは目立たないようにしようと、治療や手術を受けることにする。
- 「問題を直す」ため、治療にお金をかけているうちに、自己破産する。
- 自分の感情を発露する手段としてアート（執筆、絵画、音楽）に逃れる。
- 人を素直に受け入れられるようになり、他の人なら見過ごしてしまうような美点を人の中に見出す。
- 自分と同類の「社会ののけ者」と親しくなる。
- 自信を築くためにスキルや才能を磨く。

この事例が形作るキャラクターの人格

ポジティブな人格

用心深い、分析家、慎重、魅力的、礼儀正しい、如才ない、共感力が高い、ひょうきん、温和、謙虚、想像豊か、優しい、情け深い、思慮深い、勘が鋭い、秘密を守る、活発、天才肌

ネガティブな人格

挑戦的、不真面目、とげとげしい、不安症、嫉妬深い、大げさ、うっとうしい、神経質、神経過敏、妄想症、恨みがましい、気分屋、小心者、寡黙、執念深い、激しやすい

トラウマを悪化させる引き金となる出来事

- 自分の身体上の違いについて誰かが心無いことを言っているのを耳にする。
- 昔、人に馬鹿にされた場所（学校、バーなど）を再び訪れる。
- 自分自身を「完璧な」人と比べてしまい、自分に欠けているものに気付く。
- 出席者たちが自分の美しさを競いがちなイベント（何かの授賞式や結婚式など）に出席する。
- 理想的な外見を手にすることが幸せであるかのように商品を売りつける広告やコマーシャルを見る、あるいはその製品を手にする。

トラウマに向き合う／克服する場面

- 身体的欠陥のせいで誰かがいじめられているのを目撃し、素通りするのか、それともいじめを阻止すべく立ち上がるのか、選択を迫られる。
- 人との違いを隠すのではなく、それを肯定することにした人に感銘を受ける。
- 人を救ったり感化したりできる能力や才能を自分に見出し、自分に与えられているのは肉体だけではないことを知る。
- 自分の外見を平気で蔑む人と付き合っているが、自分には自分なりの価値観があり、そんなひどい扱いを受ける謂れはないと悟る。

性機能障害

〔英 Sexual dysfunction〕

具体的な状況

性機能障害は男性にも女性にも起きるし、その原因も様々である。たとえば、次のような要因が考えられる。

- 肥満、糖尿病、心臓疾患、血管障害など
- ストレス
- 精神的な要因（不安、鬱、セックスにまつわる恐怖症、など）
- 性器切除やレイプなど、過去の性的トラウマまたは身体的外傷
- 処方箋の副作用
- ドラッグやアルコールの乱用
- ホルモンのバランスの崩壊
- 自分の身体像や身体自我の問題

この事例で損なわれる欲求

帰属意識・愛、承認・尊重、自己実現

キャラクターに生じる思い込み

- 「パートナーを満足させてやれない」
- 「（性機能障害のことで）私がどんな思いをしているか隠し通さないと、彼を失ってしまう」
- 「本当のことを知ったら、僕と一緒にいたいと思う人なんていないはず」
- 「ひとりでいたほうがいい」
- 「セックスで女性を喜ばせることができないなら、他の手段で男らしさを証明しなければ……」
- 「セックスは義務でしかない」
- 「セックスなしの恋愛では深い関係が築けない」
- 「二度と満ち足りた気持ちになれない」

キャラクターが抱く不安

- 「誰とも性的な関係を持てないかもしれない」
- 「（性的な関係が生まれてしまうことが多いため）心を分かち合うような親密な関係を持つのが怖い」
- 「相手に拒絶されたらどうしよう」
- 「パートナーを失望させてしまうかもしれない」
- 「自分はセックスを否定的にしか考えられなくなるかもしれない」
- 「セックスにつながる可能性のある行為が苦手だ。ロマンチックな食事もそうだし、パートナーに背中をさすられたりして、しぐさで誘われるのが怖い」

行動基準の変化

- 苦しんだり、恥ずかしい思いをしたくないから、禁欲的になる。
- ポルノなどに頼って、自分を性的に興奮させる。
- 後ろ向きなつぶやきやひとり言が多くなる。
- セックスへの自信喪失が他のことにも広がっていく。
- 恋愛を求めて誰かが言い寄ってきても、それを断る。
- ひとりになろうとする。
- 注目されるのが嫌だから、目立たない服装をする。
- 自分のパートナーの前で裸になるのを避ける。
- セックスもありの関係になってしまう前に、恋愛を終わらせてしまう。
- 性的関係になりそうなときは、ドラッグやアルコールに走ってごまかす。
- 自分から誘ってセックスを始めるものの、やはりできなくてブレーキをかける。
- セックスの最中、楽しんでいるふりをする。
- セックスに関心がない理由をいろいろと言い訳する（疲れている、体調が悪い、忙しすぎる、など）。
- セックスについて否定的なことばかり言い続け、セックスに関心がないことをパートナーに告げてもパートナーが驚かなくなる。

- 自分には価値があることを他の手段で証明しようとする。
- セックスに関心がない人、またはセックスできない人を恋愛の相手に探そうとする。
- 自慰行為をする。
- 友人たちがセックスを話題にすると、居心地が悪くなり、会話を避けようとする。
- セックスを避けるために自分のパートナーから遠ざかるようになる（親しみを込めて褒め言葉を掛けない、体が触れ合うのを避ける、コミュニケーションしなくなる、など）
- パートナーの性的欲求を満たしていないことを埋め合わせるために、パートナーの他の欲求を満たそうとする。
- 自分の状態を気にして、医者やセラピストの助けを求める。
- 助け合い、協力し合うことを願って、パートナーに自分の性機能障害を打ち明ける。
- ある特定のことを恐れており、それを克服しようと、なるべくそのことに過敏にならないよう努力する。

この事例が形作るキャラクターの人格

ポジティブな人格
用心深い、慎重、如才ない、控えめ、共感力が高い、独立独歩、優しい、忠実、面倒見がいい、忍耐強い、勘が鋭い、粘り強い、秘密を守る、積極的、世話好き、奇抜、協力的、寛容、利他的

ネガティブな人格
無気力、冷淡、皮肉屋、不正直、つかみどころがない、偽善的、抑制的、不安症、男くさい、神経過敏、悲観的、恨みがましい、自滅的、気分屋、小心者、寡黙、引っ込み思案

トラウマを悪化させる引き金となる出来事
- 長い間性生活から遠ざかっていたのに、パートナーがセックスを先導する。
- ここぞというときなのに、セックスできない事態が起きる。
- パートナーが、性生活がないことに不満を漏らす。
- 他の人たちが性機能障害について軽蔑した冗談を言い合っているのを聞く。
- 匂い、歌、場所などが引き金になり、過去の性的トラウマが蘇る。
- 性機能障害を克服する商品のコマーシャルや広告をテレビやネットで目にする。

トラウマに向き合う／克服する場面
- 性機能障害を乗り越えられるよう、パートナーは自分と一緒に努力する心積もりがあるのだが、それに同意してしまうと、努力してもうまくいかなかった場合、屈辱的な思いをすると怖気づいている。
- 自分と付き合う場合の無条件の愛とはセックスを諦めることだと理解してくれるパートナーを探す（性的関係が持てないことを不満に思うのか、それとも、性機能がなくてもそれを超えて人間としての価値が自分にあると認められるのか、選択肢を相手に与える）
- セックスを恐れているせいで、深い感情を分かち合える関係を築くチャンスを失ったことに気付き、それを変えたいと思い始める。
- 子どもが出来なくなる年齢に近づいているし、子どものいる家庭を築きたいと思っている。

精神疾患

〔英 Battling a mental disorder〕

具体的な状況
- 不安障害
- 双極性気分障害
- 統合失調症
- （反社会性／自己愛性）パーソナリティ障害、解離性同一障害（多重人格障害）
- 慢性鬱病
- 摂食障害
- 衝動制御（盗癖、火炎性愛、ギャンブル依存症、など）
- 強迫性障害（OCD）
- 心的外傷後ストレス障害（PTSD）
- 生活に支障を来すレベルの恐怖症（広場恐怖症、社交不安障害）

この事例で損なわれる欲求
生理的欲求、安全・安心、帰属意識・愛、承認・尊重、自己実現

キャラクターに生じる思い込み
- 「他人はおろか自分を大切にできない」
- 「自分はおかしなことになっているから、こんな人間を愛してくれる人なんていないはず」
- 「みんなが私を潰しにかかっている」
- 「薬も治療も要らない」
- 「自分の夢にはもう手が届かなくなってしまった」
- 「自分は壊れきっている。治療しても治らない」
- 「こんなふうに苦しんでいるのは自分だけ……」
- 「私は人の重荷でしかない……私なんてこの世にいないほうがいい」

キャラクターが抱く不安
- 「独立した暮らしができなくなる」
- 「人混み／細菌／触られるのが怖い」（特定のものを恐れる）
- 「薬の服用や治療のせいで、人格が変わるかもしれないし、悪い副作用が出るかもしれない」
- 「自分の子にもこの障害が遺伝してしまうのでは……」
- 「親みたいになるかもしれない……」（障害が遺伝性の場合）
- 「発作が起きたら、自分だけでなく愛する人まで傷つけてしまうかもしれない」
- 「我が子の面倒を見ることができないかもしれない」
- 「永遠に現実がわからなくなるかもしれない」

行動基準の変化
- 自分の障害を隠す。
- 症状が人目にも明らかな状態になってくると、言い訳をする。
- 障害を抱えていることを認めず、これは性格上の欠点だと軽視する。
- ドラッグやアルコールを乱用し、障害の苦しみに耐えるために自傷行為に走る。
- 自分に責任を持たせようとする人たち（家族、友人、セラピスト）を避ける。
- 鬱になる。
- 悲観的あるいは否定的な考えが常に付きまとい、気持ちを切り替えられなくなる。
- 人から離れていく。
- 頻繁に病欠し、仕事や学校へ行かなくなる。
- 障害のせいで職務遂行が不可能になり、仕事を辞めざるを得なくなる。
- 長期的な人生設計ができなくなり、その日暮らしの生活を送る。
- 薬の効き目が現れた途端、服用をやめてしまい、もう薬は必要ないと思ってしまう。
- 感情の起伏が激しくなる。
- 自殺を考える、または自殺未遂を起こす。
- 考えがまとまらなくなり、衝動を抑えられな

くなる。
- 疑い深くなり、人の動機を常に怪しむ。
- 行動や生活が強迫観念に振り回される。
- 日常的な問題に対処できなくなる。
- 心底疲れきって空っぽな気持ちになる。
- セラピーに通ったり、支援グループに参加したりする。
- 自分の障害を考慮して、目標を調整する。
- 障害への理解を深めてもらうため、啓蒙活動に関わる。
- 治療が進むにつれ自信を取り戻し、自分本来の強さを再認識する。

この事例が形作るキャラクターの人格

ポジティブな人格
愛情深い、如才ない、控えめ、共感力が高い、熱血、気さく、太っ腹、理想家、独立独歩、純真、優しい

ネガティブな人格
幼稚、強迫観念が強い、腹黒い、いい加減、忘れっぽい、とげとげしい、無知、衝動的、無頓着、理不尽、うっとうしい、執拗

トラウマを悪化させる引き金となる出来事
- 精神疾患を患っている別の人が、人に利用されているのを見かける。
- 大切なものを失って（友人の引越、可愛がっていたペットの逃亡、など）、感情的に打撃を受ける。
- 決めなければならない大事なことがあるのに、障害のせいでなかなか決められず苦労する。
- （いとこが引っ越してくる、自分のかかりつけの医者が引退する、など）自分の日常生活を狂わせる突然の変化が起きる。
- 障害の症状のせいで、人に拒絶される／見捨てられる。
- 健康保険のプランが変更になり、自分に必要な薬や治療オプションが保険適用外になる。

トラウマに向き合う／克服する場面
- 薬の服用を勝手にやめてしまい、愛する人を危険な目に遭わせる。この事件がきっかけになり、以前は拒絶していた病気治療もやってみようという気になる。
- 特別な人に出会い、その人と一緒に生活を築いていくか、ひとりでやっていくかの決断を迫られる。
- やりたいことがあるが、それをやるには目的意識を持って集中せねばならないし、コミットメントも必要になる。それでもいいからやり続けていくかどうかの選択を迫られる。
- ある人に支えられて、幸せのために闘い、障害を自分の一部として受け入れる勇気を与えられる。

対人関係不全

〔英 Social difficulties〕

具体的な状況

- 異常なほど内気である。
- 自閉症、注意欠如・多動性障害（ADHD）、強迫性障害（OCD）、社交不安障害、パニック障害などの問題を抱えているために、人付き合いで苦労している。
- 行動障害やその傾向があるために、変人に見られる。
- 困窮した状況に置かれているため、社会的にのけ者にされている。

この事例で損なわれる欲求

帰属意識・愛、承認・尊重、自己実現

キャラクターに生じる思い込み

- 「自分は変わり者だ」
- 「友達なんかいらない。ひとりでいるほうが幸せなんだから」
- 「絶対受け入れてもらえないんだから、人に合わせる必要なんかない」
- 「普通でいられさえしたら、幸せだと思う」
- 「他の人と同じように振る舞えば、みんな受け入れてくれるはず……」
- 「人と違っているから自分は呪われている」

キャラクターが抱く不安

- 「人混みや細菌が怖いし、人に触られるのも怖い」
- 「自分を抑えられなくなって、人前で恥をかいてしまうかもしれない」
- 「人に拒絶されたり、馬鹿にされたりするのが怖い」
- 「人と会話していても、ぎこちなくなってしまう」
- 「一緒にいて安心できる人なのに、あの人がいなくなったらどうしよう」
- 「本当に愛し合える人も真の友情も、自分には手の届かないものなのかもしれない」
- 「状況を読み間違えて、おかしな反応をしてしまうかもしれない」

行動基準の変化

- 自尊心が低くなる。
- 社交状況を避ける。
- 他人と目を合わせなくなる。
- 自己防衛のため、人を突き放すようなきつい言葉を吐いたり、厳しい態度を取ったりする。
- 人との会話に交わらずに、片隅で話を聞くだけになる。
- 言葉を使わずに、微笑む、頷く、肩をすくめるなど態度で返事する。
- ひとりでできる仕事を選ぶ。
- ゲームやネットのチャットルームなど、即答しなくて済む活動に参加する。
- 外出するより家にこもるのを好むようになる。
- イベントに出掛ける、あるいは友人と外出すると決めた後、ストレスや不安を感じてしまう。
- 新たな友情や恋愛関係を築こうとしなくなる。
- 他人の動機を怪しみ、どうせ自分をからかったり、いじめたりするのだろうと思ってしまう。
- 強迫行為、チック、不適切な反応など、人の目につく行為を隠す。
- 傷ついた気持ちや怒りを表に出さずに、内にため込む。
- 自分の殻に閉じこもり、人とコミュニケーションを取らなくなる。
- 他人のことを、失礼だ、自己本位だ、無責任だ、不親切だ、などと勝手に思い込む。
- 一緒にいて心地よい友人や家族にべったりになる。
- 周囲に合わせようとして人と同じことをする。
- 人とスムーズに関われないため、後ろ向きなひとり言をつぶやく。

- 社交上適切な応答ができる、あるいは他人に受け入れられている自分の姿を空想する。
- 苦痛から逃れるためにドラッグやアルコールに依存する。
- 仲間に入れてもらいたくて同調圧力に屈する。
- 自分を差し置いて、社会の隅に置かれた人たちを蔑むようになる。
- 友人も出席する社交イベントだけに出席する。
- 対人の場合と比べてプレッシャーの少ないソーシャルメディアを活用する。
- 仕事や趣味に没頭する。
- 社会の隅に追いやられている人たちに手を差し伸べる。
- 社交不安を克服するため、助けを求める（セラピー、支援グループ、治療薬、など）。
- 人より秀でた能力を発揮できる事柄に意識を集中させる。

この事例が形作るキャラクターの人格

ポジティブな人格

慎重、礼儀正しい、クリエイティブ、如才ない、共感力が高い、熱心、気さく、想像豊か、独立独歩、勤勉、公明正大、情け深い、従順、思慮深い、秘密を守る、奇抜、臨機応変、勉強家、天才肌

ネガティブな人格

反社会的、冷淡、意地悪、幼稚、つかみどころがない、不真面目、とげとげしい、抑制的、理不尽、嫉妬深い、知ったかぶり、怠け者、被害者意識が強い、うっとうしい、神経質、恨みがましい、自滅的、卑屈、寡黙

トラウマを悪化させる引き金となる出来事

- 自分には「今日は家でゆっくりする」と言っていた友人が、実は他の人たちと出掛けていたことが発覚する。
- 子どもの頃にのけ者にされた経験が大人になってからも繰り返される。
- イベントに招待されなかったことを知る（招待されなかったのはただの見落としであっても）。
- 茶化されたり、からかわれたりする。
- 人前で緊張のあまりあがってしまう。
- 友人が突然予定をキャンセルしてきたせいで、拒絶された気持ちになる。

トラウマに向き合う／克服する場面

- 「連れ」が姿を消し、ハードルの高い社交の場をひとりで乗りきらなければならなくなる。
- これまでずっと孤独に生きてきたのに、ショックなことが起き、人とのつながりが必要だと悟る。
- 人と違う部分が、状況が変われば欠点ではなく魅力になることを発見する。
- 恋愛に発展しそうな人と出会うが、ぎこちない会話になってしまった。それをきっかけに、これからも自分の障害に苦しみ、孤独な人生を送るのか、障害に向き合って克服する努力をするのか、二者択一を迫られる。

手足の欠損

〔英 Losing a limb〕

具体的な状況

たとえば、手足を次のような理由で失う。

- 先天性欠損
- 自動車事故
- 工場や工房での機械の誤動作
- がん、血管障害、動脈疾患、糖尿病など
- 農作業事故
- 動物による襲撃
- 抗生物質が効かない細菌感染
- 壊疽
- 凍傷
- 軍役中に負った傷

この事例で損なわれる欲求

帰属意識・愛、承認・尊重、自己実現

キャラクターに生じる思い込み

- 「自分が満ち足りた気持ちになることは決してない」
- 「僕を魅力的だと思ってくれる人なんて誰もいない」
- 「人の目には手足が欠けた私の姿しか映らない」
- 「自分が望んでいた人生は終わりだ」
- 「こうなったのも私のせいだ」(自分に非があると思っている場合)
- 「自立できないのだから、愛する人の面倒まで見られるはずがない」
- 「家族に負担をかけて申し訳ない」
- 「僕なんかいないほうが家族にとっては幸せなんだ」

キャラクターが抱く不安

- 「手足がないからといって決めつけられるのは嫌だし、気の毒がられるのも迷惑だ」
- 「見世物になってしまうかもしれない」
- 「自分の夢を叶えられないかもしれない」
- 「自立した生活は無理かもしれない」
- 「いつも孤独……私を愛してくれるパートナーなんて見つかるはずがない」
- 「家族を養うことができないかもしれない」
- 「弱者、無能者扱いされるかもしれない」

行動基準の変化

- 切断手術は終わっているのに幻肢痛に悩まされる。
- 手足がないことをひた隠しにする。
- 慎重になり、常に安全第一の選択をする。
- 自分の能力をなんとか証明しようと、無鉄砲なことをする。
- 人と距離を置くようになり、自分の殻にこもる。
- 公の場や社交の場を避ける。
- 自分が拒絶される前に人を追い払う。
- 介護してくれる人や家族にすがる。
- 他人に頼りきりになる。
- どんなに助けが必要でも、人からの助けを拒む。
- 挑戦的な態度を取ったり、身構えたり、やたらとむきになったりする。
- 気が沈み、人に嫌味を言ってしまう。
- 心的外傷後ストレス障害(PTSD)に苦しむ。
- 我慢ができなくなり、すぐに腹を立て、イライラするようになる。
- ドラッグやアルコールに走る。
- 自分が日常的にやっていたことがやりづらくなっている、あるいは、もうできなくなっているのに、それでもやろうとする。
- (事故で手足を失った場合)事故の責任者に対し恨みを抱く。
- 悲嘆に暮れたままで前に進めなくなる。
- 完璧主義に走る。
- 手足がないことに注目がいかないように、自分の体の他の部分を目立たせる。

- アドバイスに逆らってまでも自立しようとする（家を出てひとり立ちする、理学療法を拒む、治療のアドバイスに従わない、など）。
- 同じ経験をした人たちと集まる。
- 手足を失っても妥協せず、今までどおりの生活の質を維持する。
- 手足がなくてもなんとかやれるキャリアや趣味、気晴らしを選ぶ。
- 手足がないことを埋め合わせるために、体を鍛える。
- 手足を失った人たちを支援する活動に関与する（パラリンピックでボランティアをする、障害者の機会平等のために闘う、障害者の権利を守る法律の制定を求める、など）。

この事例が形作るキャラクターの人格

ポジティブな人格
野心家、感謝の心がある、規律正しい、独立独歩、勤勉、影響力が強い、優しい、大人っぽい、面倒見がいい、粘り強い、秘密を守る、臨機応変、素朴

ネガティブな人格
支配的、防衛的、とげとげしい、生真面目、せっかち、抑制的、不安症、うっとうしい、神経過敏、悲観的、向こう見ず、恨みがましい、卑屈、小心者、引っ込み思案

トラウマを悪化させる引き金となる出来事
- 事故に遭遇し、ひょっとしたらまた体の一部を失うことになったかもしれない経験をする。
- 自分の障害に対する偏見や迫害、あるいは同情に直面する。
- 自分の障害のせいで屈辱的な思いをする（子どもたちにじろじろ見られる、縁石にひっかかって車椅子ごと転倒する、物を落としたが片腕では拾えない、など）。
- 障害とは関係のないことで病院に戻らなければならない。
- 手足を失った事故現場を再訪する。
- 人を助けたいのに、障害が邪魔をし、助けられない状況に陥る。

トラウマに向き合う／克服する場面
- 自分の今の能力に合わせて夢を調整するつもりがあるなら、夢は叶うことに気付く。
- 自分を気の毒がるばかりに、愛する人を助ける機会をやり過ごしてしまうが、後でそのことを後悔する。
- （パラリンピック選手やシンガーになるなど、特別な才能を利用して）勇気を振り絞り、他の人たちに刺激を与えられる立場に立つ。

発話障害

〔英 a Speech impediment〕

具体的な状況

- 吃音症
- 発声障害（声が出ない）
- 構音障害（言葉の発音に障害がある）
- 喉頭の損傷、または口や喉の傷による発話障害（口蓋裂など）

この事例で損なわれる欲求

帰属意識・愛、承認・尊重、自己実現

キャラクターに生じる思い込み

- 「僕の話し方が聞きづらいから人は敬遠している。僕の話を聞いている人は一刻も早く解放されたいと思っているはずだ」
- 「もともと大した意見もないから、言いたいことなんてない」
- 「こんな話し方しかできないのだから、世の中を変えるなんて到底できない」
- 「自分は黙っていたほうがいい」
- 「自分は恋愛向きじゃない」
- 「言いたいことがあっても、こんな話し方では、自分の意見なんて真剣に受け止めてもらえない」
- 「どうせ馬鹿にされるだけだから、人と付き合うのは避けた方がいい」
- 「一緒にいる人にとって自分は恥ずかしい存在だ」
- 「発話障害がどんなものか、どうせ誰もわかってくれない」
- 「自分は絶対にリーダーにはなれない。人についていくしか能がない」

キャラクターが抱く不安

- 「きっと人前で馬鹿にされてしまう」
- 「みんなの前で特別扱いされて、屈辱的な思いをさせられるかも……」
- 「人前で話したくない……」
- 「親密な関係を築いたり、自分の脆さを人にさらしたりするのは嫌だ」
- 「社交の場に出ていきたくない」

行動基準の変化

- ひとりでできる仕事や、人と関わることがほとんどない仕事を選ぶ。
- 大の読書好き、あるいは映画好きになる。
- 誰かに話しかけなくてはならないとき、呂律が回らなくなる。
- 会話に苦労するから、恋愛関係がうまくいかなくなる。
- 自尊心が低いし、自分にはこれが精一杯、という思い込みがあるせいで、パートナー選びの敷居が低くなる。
- キャンプ、天文観測、絵を描く、ゲームなど、ひとりで楽しめることをする。
- 人と面と向かって話すより、チャットでの会話を好むようになり、ネット上で人と接するようになる。
- 他人あるいは家族との集まりを避ける。参加しても早々に退散する。
- 突然話を向けられると、赤面したり、冷や汗をかいたりする。
- 話しかけてほしくないから、人と目を合わさなくなる。
- 空想や夢想に耽けることが多くなる。
- 団体スポーツをやらなくなる。クラブにも所属しないし、団体行動をしなくなる。
- 人の集まるところに来ても、出口の近くや部屋の隅に座る。
- 長文メールやメッセージを書く傾向が強まる。
- 電話に出なくなり、留守番電話にしてしまい、返事が必要なときは後でメールやメッセージで返す。
- 外出するときは本や携帯電話を必ず持ち歩き、忙しいふりをして人と話すのを避ける。

- 将来のチャンスを狙う目的ではボランティア活動しなくなる。
- (シンガー、講演者、競売人など)自分と同じ障害を持っているのに、挫けず成功している人から感銘を受ける。
- 同じ発話障害を持った人たちを探し出す。
- 優しさ、知性、人を笑わせる才能など、自分の中からポジティブな性質を見つけ出し、それを引き出そうとする。
- 言葉を使わずに済む方法で人とつながりを持とうとする(贈り物をする、人の話をよく聞く、人が集まれるように自宅を開放するなど)。
- ソーシャルメディアにメッセージ、写真、ビデオを頻繁に投稿し、そこを自己表現の場にして人とつながる。
- 自分の能力を大いに発揮できる趣味など何かを見つけて、それに情熱を傾け、自信を回復させる。

この事例が形作るキャラクターの人格

ポジティブな人格
分析家、感謝の心がある、好奇心旺盛、規律正しい、共感力が高い、熱心、太っ腹、温和、気高い、独立独歩、優しい、忠実、情け深い、面倒見がいい、哲学的、秘密を守る、世話好き

ネガティブな人格
反社会的、皮肉屋、防衛的、生真面目、せっかち、衝動的、抑制的、不安症、嫉妬深い、神経質、神経過敏、恨みがましい、卑屈、小心者、寡黙、引っ込み思案

トラウマを悪化させる引き金となる出来事
- 発話障害を持つ人がからかわれ、いじめられているところを目撃する。
- 社会的影響力のある人が容赦ない言葉で、ヘイトや間違った情報を広めているのを聞く。
- 自分の発話障害が目立ってしまう状況に陥り、強いストレスを感じる。
- 発話障害について直接的なことを聞かれる。
- 発言しなくてはならない会議に出席するよう申し渡される。

トラウマに向き合う/克服する場面
- 自分の子にも発話障害が出てしまう。
- 職場でプレゼンさせられることになった、あるいは会議の進行役を申し付けられたが、怖くてそんなことはできない。
- (仕事の面接、最初のデートなど)第一印象がものをいうときに、うまく話せない。
- 不正に声を上げたいが、恐怖心が先立ち、なんとかその恐怖心を克服しなければならない。
- 発話障害への理解を深めてもらおうと活動したいのだが、注目されるのが嫌で怖気づいている。

不妊

〔英 Infertility〕

具体的な状況

子どもに恵まれないケースとして次のようなものが考えられる。

- 健康上の理由（子宮内膜症、子宮や排卵の異常など）
- 子宮摘出手術を受けた
- 中絶手術の失敗
- がんとがん治療
- 性感染症の合併症
- 早い閉経
- 精子の数の減少
- 検査では原因がわからない不妊

この事例で損なわれる欲求

帰属意識・愛、承認・尊重、自己実現

キャラクターに生じる思い込み

- 「子どもを作れないから、一人前の男／女ではない」
- 「子どもを作れない体だから、相手にフェアじゃないし、申し訳ない」
- 「今までの自分の罪に対する罰なのかもしれない」
- 「子どもができないのには何かわけがあるに違いない」
- 「僕がいい親にはなれないのを神様はご承知だから、子どもに恵まれないんだ」
- 「子どもを作れないことが知れたら同情されるから、子どもなんか欲しくないふりをしていたほうがいい」
- 「子なしじゃ、いつまで経っても満ち足りた気持ちになれない」
- 「子宝に恵まれないのだから、自分を大切にする必要なんかない」
- 「このまま年を取って、面倒を見てくれる人もいないまま、ひとりで死んでいくんだ」

キャラクターが抱く不安

- 「パートナーに先立たれたら、自分はひとりになってしまう」
- 「他の人にどう思われるか不安だ」
- 「子育ての経験がないから、他人の面倒を見るなんて無理かも」
- 「他にも何か自分の体に潜んでいる病気があるかもしれない……」
- 「人生、幸せも満足も感じられないかもしれない」
- 「子どもが授からないのは、そっちのせいでもあるんだから……」（パートナーにも責任を感じさせる言動をする）
- 「自分たちには子どもが授からないことを知ったら、彼／彼女は去っていくかもしれない」

行動基準の変化

- 不妊治療にまつわる不便や費用を意に介さず、妊娠に向け取りつかれたように努力する。
- 不妊治療についてひたすら調べ、新しい治療方法を聞きつければ、珍しい方法であっても試す。
- 不妊治療のために貯金に励む（あるいは借金をする）。
- 楽しいはずのセックスが妊娠するための仕事になる。
- 健康維持にうるさくなる。
- 子どもがまだできない理由を人に話すとき、嘘をつく。
- 鬱の症状が出て苦しむ。
- 母の日や父の日は家にこもる。
- 不妊のストレスから逃れるためにドラッグに頼る。
- 子持ちの夫婦から遠ざかる。
- 自分のパートナーや親を失ってひとり残されるのを恐れ、彼らにすがりつくようになる。
- 子どもを避ける。

- 子どものいない夫婦としか付き合わなくなる。
- 心の空白を埋めるため、買い物など物質的なものに走る。
- 落ち着いた生活を避けるため、頻繁に旅に出掛けるなどして遊牧民のように気ままに暮らす。
- 子持ちの人でも、特に子どもの不満を言う人を快く思わなくなる。
- 気を紛らわせるために、常に忙しくし、仕事にのめり込む。
- 妊娠以外の方法で子どもを手に入れる方法を調べる（養子縁組、里親制度、など）。
- 支援グループに参加する。
- 自分に妊娠の可能性がないことを悟り、悲しむ。

この事例が形作るキャラクターの人格

ポジティブな人格
柔軟、愛情深い、感謝の心がある、控えめ、共感力が高い、楽観的、忍耐強い、粘り強い、秘密を守る、臨機応変

ネガティブな人格
冷淡、皮肉屋、つかみどころがない、理不尽、嫉妬深い、被害者意識が強い、うっとうしい、執拗、悲観的、恨みがましい、気分屋、恩知らず、引っ込み思案

トラウマを悪化させる引き金となる出来事

- 親しい友人や親類縁者の誰かがあっさりと妊娠する。
- ベビーシャワー（訳注：出産前の妊婦を祝うパーティ）に招待され、贈り物を用意しなければならない。
- 妊娠中の女性や授乳している女性を見かける。
- 乳呑み児がいる家庭、もしくはもうすぐ赤ん坊が生まれる夫婦を描いたコマーシャルやテレビドラマを見る。
- 子どもを欲しいとも思っていなかった友人の妊娠が発覚し、その友人が中絶する、あるいは赤ん坊を養子に出す。
- 母の日や父の日、誕生日など節目になる日を子どもなしで迎える。
- 「子どもは早く作ったほうがいいよ」「どうして子どもを作らないの」など周囲から悪気はないが、傷つくことを聞かれたり、言われたりする。

トラウマに向き合う／克服する場面

- 自分が養子縁組の養親として条件をクリアできなかったことを知る。
- 急に友人の子どもの面倒を見る羽目になり、自分の母性本能（または父性本能）が再び目覚める。
- 多くの犠牲を払った末、やっと努力が実を結んで妊娠するが、流産する。
- 子どもの死に直面する（再婚相手の連れ子や養子の死、不妊になる前の流産など）。

慢性的な病気や苦痛

〔英 Living with chronic pain or illness〕

具体的な状況

- 線維筋痛症
- 慢性疲労症候群
- 筋萎縮性側索硬化症（ALS）
- アルツハイマー病
- ぜんそく
- がん
- 慢性閉塞性肺疾患（COPD）
- 嚢胞性線維症
- てんかん
- 心臓疾患
- 自己免疫疾患（多発性硬化症、関節リウマチ、エリテマトーデス、糖尿病、炎症性腸疾患）
- 慢性化する性感染症（ヘルペス、HIV／エイズ、B型肝炎、C型肝炎）
- 関節炎、怪我、過去に受けた手術、神経損傷、偏頭痛などから慢性的に感じる痛み

この事例で損なわれる欲求

生理的欲求、帰属意識・愛、安全・安心、承認・尊重、自己実現

キャラクターに生じる思い込み

- 「自分の人生がこれよりましになることはない」
- 「自分は役立たずだ。死んでしまったほうがましだ」
- 「医者の言うことは正しい。自分は、痛い、体調が悪いと思い込んでいるだけなんだ」
- 「家族に負担をかけて申し訳ない」
- 「今まで自分がしてきたことへの罰だと思う」
- 「こんな人生、生きていたって仕方がない」

キャラクターが抱く不安

- 「子どもに遺伝してしまったらどうしよう」
- 「（パートナーや親など）世話をしてくれる人に見捨てられたら困る」
- 「自分は愛する人の重荷になっているのではないか……」
- 「診断がつかなかったり、治療方法が見つからなかったりしたらどうしよう」
- 「症状が悪化して、いずれは死ぬのかもしれない」
- 「別の病気を併発したり、新たに病気になったりしたらどうしよう」
- 「いずれは、まったく回復の見込みのない植物状態になるのではないか」
- 「治療費を払えないかもしれない」

行動基準の変化

- 自宅に引きこもってしまう。
- 鬱になる。
- すぐに機嫌が悪くなったり、怒ったり、イライラしたり、嫌味を言ってしまう。
- 体を休める必要がある上に、気分も落ち込んでいるから、体を動かす機会が減る。
- 薬に依存するようになる。
- 他の人から口酸っぱく言われないと外出しない。
- 自分を大切にしなくなる。
- 家事ができなくなり、自宅の中が散乱状態になる。
- 仕事や学校を休みがちになる。
- 仕事、学業、スポーツ、家事を能率よくこなせなくなる。
- 倦怠感と体が思うように動かないせいで、気晴らしができなくなって諦める。
- 病気から気を紛らわせるためにテレビを見たり、読書したり、寝たりする。
- 病気を隠す。
- 体調が悪いと思い込んでいるだけだと人に言われるのが嫌で、本当に痛くて苦しんでいても何も言わなくなる。
- 睡眠パターンが不規則になる。

- 自分の病状に合わせて一日の予定を決める。
- 初めて病気を診断された日から、様々な悲しみを体験する。
- 「調子のいい日」は存分に楽しむなどして、できるだけ大切に過ごす。
- 自分の病気について調べ、受けられる治療はすべて試す。
- ネット上で交流するものも含め、支援グループに参加する。
- 自分の病気を専門にしている医師を探す。
- 病気の治療方法の発見に努める団体に寄付する。
- ストレスの絶えない生活が続き、物事を悲観的に捉えるようになる。

この事例が形作るキャラクターの人格

ポジティブな人格
柔軟、感謝の心がある、慎重、芯が強い、協調性が高い、規律正しい、おおらか、効率的、太っ腹、影響力が強い、忠実、面倒見がいい

ネガティブな人格
依存症、無気力、冷淡、強迫観念が強い、支配的、皮肉屋、忘れっぽい、気むずかしい、生真面目、無頓着、優柔不断、無責任、病的

トラウマを悪化させる引き金となる出来事
- 兄弟姉妹など身内の者にも同じような症状が現れる。
- 他にも深刻な疾患あるいは障害があると診断される。
- やりたくないことから逃れる口実に、症状が軽度でもものすごくつらいと文句を言う人を見かける。
- 病状が芳しくなく大切なイベントを見送るはめになる。
- 体調が悪いのも、痛いのも本人がそう思い込んでいるからだと誰かが言っているのを耳に挟む。

トラウマに向き合う／克服する場面
- 夢を追いかけるチャンスが訪れるが、以前よりもゆっくりと時間をかけて、その夢に向かっていく。
- 介護してくれていた人に見捨てられ、自分でなんとかしなければならなくなる。
- 世話を必要とする人やペット（子ども、隣人、犬）と出会い、その世話を引き受けるか、それともその責任から逃げるかの二者択一を迫られる。
- 体調を回復させるモチベーションになるような予定が入り（結婚式、出産、孫の卒業式、など）、病気と闘い、その大切なイベントに立ち会おうとする。
- 今の病気は自分のこれまでの生活習慣や無知が一因であったことを知る（喫煙、避妊具を使わないセックス、など）。

失敗や間違いによるトラウマ

- 過失致死
- 公的な間違いを犯す
- 子どもと別居する
- 重圧に苛まれる

- 人命を救い損ねる
- 大量死の責任を負う
- 正しい行いから外れる
- 同調圧力に屈する

- 破産宣告される
- 判断ミスで事故を起こす
- 服役
- 落第する

過失致死

〔英 Accidentally killing someone〕

具体的な状況

- 車を運転していて事故を起こし、同乗者／歩行者／自転車に乗った人が死亡する。
- 相手が強いアレルギー反応を起こすとは知らずに食べ物を出し、死に至らせる。
- 子どもの面倒を見ている間に、その子が薬を大量に飲み込んでしまい、死なせる。
- プールまたは浴槽で子どもを溺死させる。
- 酔っていて、またはドラッグが効いていて判断力が鈍っているときに人を殺してしまう。
- 悪ふざけや無謀なことをしていたら、死亡事故が起きる。
- ボートやジェットスキーの水難事故で、人を死なせる。
- 同調圧力に逆らえず、不慮の事故が起きる（みんなと一緒になって友人に酒を飲ませ、アルコール中毒で死なせる、など）。
- 武器や銃器の扱い方や使い方を誤る。
- 住宅のメンテナンス不行き届きで、階段が崩れ落ちたり、腐った床が落下したりして死亡事故が起きる。
- 喧嘩で相手を強打する。
- 質の悪いドラッグを友人に売る、あるいは渡す。
- スポーツ関連の事故を起こす。
- 子ども同士が悪ふざけをしているうちに死亡事故が起きる。
- 警官が職務中に傍観者を殺害してしまう。
- 友人にぶつかり、その友人が高いバルコニーや崖から落ちてしまう。

この事例で損なわれる欲求

安全・安心、帰属意識・愛、承認・尊重、自己実現

キャラクターに生じる思い込み

- 「僕が死ねばよかった……」
- 「自分は最低な人間だ。生きている資格なんてない」
- 「安心して幸せになる資格も、愛される資格も自分にはない」
- 「他人の子を死なせてしまったのだから、私には子どもを持つ資格なんてない」
- 「僕は人を傷つけることしか能がない」
- 「私はまったく信用できない人間だ。何も任せられないどうしようもない人間だ」
- 「私が犯した罪を人が知ったら、嫌われるに違いない」
- 「自分が引き起こしたことなのだから、自分が苦しむのが当然だ」
- 「本当に取り返しのつかないことをしてしまった。どんなに頑張ったって、失われたものを元に戻すことはできない」
- 「自分も死んだほうがみんなにとっていいはずだ」

キャラクターが抱く不安

- 「また自分の過失で犠牲者が出たらどうしよう」
- 「他の人に影響を及ぼすような判断をするのは嫌だし、人の分まで責任を背負わされるのはごめんだ」
- 「また衝動を抑えられずに、無責任な行為に走って、人の命を奪ってしまったらどうしよう」
- 「また機械が誤動作するかもしれない」（機械／器具が破損していた、あるいは安全対策をしていなかったせいで事故が起きた場合）

行動基準の変化

- 死亡事故が二度と起きないよう、取りつかれたように安全対策を講じる（落下事故が絶対に起きないようにあちこちに安全手すりをつける、子どもを水に近づけない、など）。
- 旅先で遭遇しそうな危険を徹底的に調べ、

それに備えて旅支度をするなど、準備過剰になる。
- 指導的な立場や責任を問われるような立場を避ける。
- PTSDの症状が出る（フラッシュバック、不安障害、鬱、など）。
- 友人、家族、あるいは社会全般を避ける。
- 自分には価値がないと思い込み、夢を追いかけなくなる。
- 好きなことを諦めて自分を罰する。
- 「どうせ自分には価値がないのだから」と自暴自棄になって危険を冒す。
- 自分が死ねば、犯した過ちが贖われると思い、死のうとする。
- 苦しみから逃がれるためにアルコールやドラッグに頼る。
- 自分にも非があることを受け入れず、過失を他のせいにし、非難する。
- 事故を思い出してしまう状況や人を避ける。
- 危険が起きるかもしれないと、安全を脅かすものに神経を尖らすようになる。
- できる限り常に自宅の近くにいるようにする。
- 子どもに対して過干渉な親になったり、愛する人に対し過保護になったりする。
- 何かを修理するときは、自分でやろうとはせずにプロを雇う。
- 自分の家や車を常にベストの状態にメンテナンスするようになる。
- 救急箱の中身を万全に揃え、消火器の点検を怠らない。
- 安全訓練、心肺蘇生訓練など、救命スキルを磨くクラスを取り、事故に備える。

この事例が形作るキャラクターの人格

ポジティブな人格
用心深い、感謝の心がある、協調性が高い、規律正しい、共感力が高い、熱心、太っ腹、温和、正直、気高い、謙虚

ネガティブな人格
依存症、無気力、臆病、防衛的、優柔不断、抑制的、無責任、被害者意識が強い、病的、執拗、神経過敏、向こう見ず

トラウマを悪化させる引き金となる出来事
- 自分が引き起こしたのと同じような死亡事故がニュースで流れる、または近所で起きる。
- 亡くなった犠牲者の記念日（命日、誕生日、高校卒業日など）が来る
- 犠牲者の遺族にばったり出会う。
- 同じような事故をニアミスで起こしそうになる（暴風雨の中を運転して車を大破しそうになる、など）。
- 愛する人が一歩間違えれば死んでいたかもしれない事故に遭う。
- 自宅で誰かが怪我をする。

トラウマに向き合う／克服する場面
- 親友または家族が事故を起こし、負傷者あるいは犠牲者を出してしまった。今度は自分が人を支える番が来る。
- 親友または家族が事故で亡くなる。
- 犠牲者の遺族が不法死亡訴訟を起こす。
- 自殺か、生きるかの二者択一を迫られる状況に立たされる。
- 人の命が自分の肩にかかっている状況になり、二人とも生き延びるには、自分が行動を起こさなくてはならない。

公的な間違いを犯す

〔英 Making a very public mistake〕

具体的な状況

世間を騒がす公的な間違いは今に始まったことではないが、テクノロジーが進化した現代においては、YouTube、Facebookなどですぐに大勢の人に知れ渡り、過ちは後々まで残って消えないことが多い。世間に過ちを忘れさせないことを目的に作られたウェブサイトまで存在するほどだ。おかげで世間はいつまでも人の見苦しい失態を覚えていて、簡単には忘れない。世間を騒がす公的な間違いには、たとえば次のようなものが挙げられる。

- ある個人や団体、運動を支援していたが、その人たちが詐欺行為をしていたことや、運動が詐欺まがいのものだと後で発覚した。
- 不倫が発覚した。
- 逮捕された。
- オフレコにしておきたいような内容を発言しているところを聞かれた。
- 世間についていた嘘がばれた。
- カッとなって、後で後悔するようなコメントをした。
- 酔っ払って、不適切な行動を取った。
- 舞台に立っているときに自分のセリフを間違えた。
- スポーツ試合の肝心な場面でボールを落とした。
- 服装／衣装に問題が生じ、見せてはいけないものを見せてしまった。
- 守れない公約をした。
- 自分が責任者だった鳴り物入りのプロジェクトあるいは製品が失敗に終わった。
- 自分が馬鹿や無知に見えるような発言をしてしまった。
- ある事柄を糾弾していたのに、その内容が事実無根だったと後で発覚した。
- 特定個人に送るつもりだった個人的な内容のメールを一斉送信してしまった。
- 公の場で裸または半裸で倒れた。

この事例で損なわれる欲求

帰属意識・愛、承認・尊重、自己実現

キャラクターに生じる思い込み

- 「自分は世間の笑いものだ。あの過ちを忘れたくても、世間が忘れさせてくれない」
- 「自分はまたヘマをやらかすに決まっている」
- 「プレッシャーがかかると自分はまったく無様だ」
- 「自分の判断はいつも間違っている」
- 「自分はいつも必ず失敗する」
- 「聴衆の前に立つと、せっかくの舞台を台無しにしてしまう」
- 「もうこれで僕のキャリアはおしまいだ」（表舞台に立つキャリア、または誰もが知っている名前の人だった場合）
- 「人の心は醜くて、間違いを犯した人の心を必ずズタズタに引き裂かないと気が済まない」

キャラクターが抱く不安

- 「失敗や失態を犯してしまったらどうしよう」
- 「公の前でスピーチするのが怖い……　舞台で演技するのが怖い」
- 「みんなを失望させてしまうかもしれない」
- 「自分の評判をさらに下げてしまうかもしれない」
- 「またおかしな発言をしてしまうかもしれない」
- 「自分の信念や本心を述べるのが怖い」
- 「人のために危ない橋を渡っても、信用する相手を間違っていたら、元も子もないな」

行動基準の変化

- 意欲がかき立てられる、やりがいのあるチャンスが巡ってきても辞退する。

- ひとりを好むようになり、人を避けるようになる。
- 同じ類のミスを繰り返さないように、用心に用心を重ねる、あるいは、強迫観念に取りつかれる（間違いがないか何度もチェックする、綿密すぎる計画を立てる、など）。
- 自分の能力を疑う。
- アルコールやドラッグに頼って、ミスを忘れようと努力する。
- 不安障害になる。
- 普段自分の感情を抑え込みすぎているせいで、突然激しい怒りをあらわにするようになる。
- 弱みに付け込まれないようにするため、自分の考えを隠したがる。
- パートナーなしでは何もしなくなり、他人に依存しすぎて、自立できなくなる。
- 人前で恥を掻きそうなイベント（スピーチ、ネット上でのインタビュー、討論会など）を避ける。
- 今のキャリアを諦めて、もっと目立たない仕事に就く。大きな目標を掲げなくなる。
- 雲隠れする（引きこもる、新しい住所に引っ越す、名前を変更する、など）。
- 過ちが原因で世間に誤解され、その誤解されたイメージどおりの生活を送り始める（見境なく誰とでも寝る、あてにならない人になる、など）。
- 自分の人生にとってどうでもいいような人たちに審判を下されていると感じる。
- 自分の過ちに世間が今も騒いでいるかどうかを探るため、自分の名前を検索する。
- 過去の過ちを思い出しかねないソーシャルネットワークの使用を避ける。
- 万全を期さないとコミットしないし、行動に移す前に、情報の確認作業を怠らない。
- 失墜した評判を挽回しようと、今まで以上に意欲的に、または一途に頑張るようになる。

この事例が形作るキャラクターの人格

ポジティブな人格
野心家、慎重、控えめ、謙虚、情け深い、秘密を守る、積極的、責任感が強い、寛容

ネガティブな人格
防衛的、つかみどころがない、抑制的、不安症、悲観的、反抗的、恨みがましい、自滅的、小心者、引っ込み思案、心配性

トラウマを悪化させる引き金となる出来事

- 別の人の恥ずかしい失態シーンを撮影したビデオを見る。
- 自分が失敗したときに近くにいた、あるいは失敗を目撃した昔の同僚やチームメイトにばったり出くわす。
- テレビ局の取材班の車が目の前を通り過ぎるのを見かける。
- レポーターに偶然に呼び止められ、社会問題に対して意見を求められる。
- 携帯電話をかざしてビデオや写真を撮ろうとしている人たちが目の前にいる。

トラウマに向き合う／克服する場面

- ネットいじめの標的になる。
- 過去の過ちをまた表面化させようと企む人に脅迫される、あるいはゆすられる。
- 同じような状況に遭遇して、また同じ間違いを繰り返しそうになる。
- 心狭き人たちに黙殺されている運動に情熱を感じ、その運動を支援するか、それとも、人からの冷笑を恐れて諦めるかの選択を迫られる。

子どもと別居する

〔英 Choosing to not be involved in a child's life〕

具体的な状況
- 生みの親が実の子の親権を他人に譲る。
- 母親または父親が子どもを養子に出す。
- 子どもに重度の身体障害または精神障害があって家庭では養育できず、施設に送る。
- 離婚し、子どもを残して国外に移住する。
- 仕事が忙しく出張も多いため、子どもと一緒に過ごす時間がない。
- よりよい暮らしを求めて国外移住したが、子どもを母国に残していかなければならなかった。
- ドラッグやアルコールの依存症が原因で親権および面会交渉権を失う。
- 犯罪を犯して服役し、我が子に会う機会がほとんどない。
- 個人的な関心や趣味に没頭して、子どもの養育を放棄する。
- 全寮制の学校あるいは士官学校に子どもを送る。

この事例で損なわれる欲求
帰属意識・愛、自己実現

キャラクターに生じる思い込み
- 「過去を償うことは決してできない」
- 「親として自分にできることは子どもから遠ざかることだけだ」
- 「娘／息子のそばにいつもいなかったのは自分だから、非難されるべきは自分だ」
- 「いい親でいてやれることはできなかった」
- 「人を失望させる人間だから、自分に頼らないでほしい」
- 「この子には自分なんていないほうがいい」
- 「子どももすっかり大人になったことだし、今更努力して償ったって意味がない」
- 「自分にやり直す資格なんてない」
- 「親らしいことをしてやるより、子どもを傷つけてしまうことのほうが多い」

キャラクターが抱く不安
- 「自分は死ぬまでひとりぼっちかもしれない」
- 「取り返しのつかない過ちを犯してしまったかもしれない」
- 「愛する人を失望させてしまったかもしれない」
- 「責任を取らされるのはごめんだ。人の責任まで私に取らせるのは勘弁してほしい」
- 「自然に授かるにしても、養子縁組にしても、自分にはまた親になる自信がない」
- 「子どもは自分を恨んでいるし、情けない親だと思っているはずだ」
- 「親子関係を思わせる関係は苦手だ」（叔父／教師／助言者の立場になる、など）

行動基準の変化
- できるだけ考えないようにするため、長時間働く。
- 子どもが行く場所や活動を避ける。
- 我が子が住んでいる家や学校の前を車で通り過ぎる。
- 我が子の様子をソーシャルメディアで見ている。
- 別れたパートナーに電話を掛けても、すぐに切ってしまう。
- メールを書くが、実際には送らない。
- 子どもが喜びそうな場所にひとりで行って親子のつながりを感じる（我が子が見そうな映画を見る、我が子が行きそうな溜まり場に行くなど）。
- 我が子によく似た子どもに目が行くようになる。
- 古い写真や思い出の品を取り出して眺める。
- 子どものために贈り物を買うが、実際には送らない。
- 我が子の活躍を遠くから見つめる。

- 自分がなぜ我が子のそばにいないのか、子どもへの釈明の会話を頭の中で練習する。
- 我が子が何をしているのかとふと気になり、その日常生活を想像する。
- もし許してもらえるとしたら、どんな親子関係になるのか想像する。
- 行けないとわかっていても、我が子と一緒に行けそうな長旅や日帰りの旅を計画する。
- ボランティア活動、特に子どもや青年のために活動する。
- 償いの手段として、自分が精通している分野で若者たちの相談に乗る。

この事例が形作るキャラクターの人格

ポジティブな人格
愛情深い、共感力が高い、太っ腹、理想家、思慮深い、粘り強い、世話好き、感傷的、寛容

ネガティブな人格
依存症、衝動的、優柔不断、嫉妬深い、口うるさい、うっとうしい、詮索好き、執拗、完璧主義、寡黙、引っ込み思案、心配性

トラウマを悪化させる引き金となる出来事
- 親しい友人または身内が妊娠を公表する。
- 親子の絆の見本とも言うべき光景を見かける(母と息子が一緒に魚を釣っている、父と娘が公園でアイスクリームを一緒に食べている姿、など)。
- 他人のまずい子育てを見てしまう。
- 友人が子どものために時間を作ろうとしないことが気になっている。
- 子どもの誕生会に招待される。
- 同僚に子育ての悩みを切り出され、どうしたらよいかアドバイスを求められる。
- 子どもにとっては特別な場所に居合わせる(ゲームセンター、テーマパーク、人形劇の劇場、など)。
- 友人の冷蔵庫の扉にクレヨンで描かれた絵が貼ってある、あるいは、同僚のデスクの上に粘土で作った置物が置いてあるのが、ふと目につく。
- 人の家を訪ね、家族写真が飾ってあるのを見かける。
- 我が子の年齢層を狙ったテレビコマーシャルや映画の予告編を見る。
- 友人または同僚が自分たちの子どもの話をしているのを聞く。
- 子どもがいるかどうか人に尋ねられる。

トラウマに向き合う／克服する場面
- 再び母／父になることを知る。
- 我が子が病気になった、または怪我をしたことを知る。
- 我が子が悪の道に入ったことを知る(服役している、ドラッグを常習している、など)。
- 薬物中毒のリハビリプログラムに入っていたが、回復のめどが立ってきて、我が子に償わなければならない時期がやって来る。
- 連れ子がいる人と恋に落ちる。
- 親のいない子の面倒を見ているが、親が不在のせいで子どもが傷ついている姿を見てしまう。
- 離れて住んでいる我が子が身近な人から虐待を受けているか、ネグレクトされていることを知る。

重圧に苛まれる

〔英 Cracking under pressure〕

具体的な状況

次のようなケースで人はプレッシャーに負ける。

- 試験会場での受験中
- 仕事の面接中
- 大事なプレゼンテーションをしているとき
- 歌、演劇、漫才などで舞台に立っているとき
- 警察官に職務質問されたとき
- 仕事で、ストレスの多いプロジェクトの真っ只中にいるとき
- もっともらしく嘘をつかなければならないとき
- 緊急事態発生時や災害時
- 結婚式、会議、家族の集まりなど、大イベントを企画するとき
- 自分以外の人のことが肩に掛かっているとき(年老いた両親の面倒を見る、など)
- タレントのスカウトマンの視線が自分に注がれているとき
- 競技に出ているとき(討論大会、スポーツ競技会、ゲーム大会など)

この事例で損なわれる欲求

安全・安心、帰属意識・愛、承認・尊重、自己実現

キャラクターに生じる思い込み

- 「失敗するぐらいならやらないほうがいい」
- 「自分はいつも緊張して失敗する。失敗するのは得意なんだ」
- 「何をやっても、人をがっかりさせてばかりなんだよね」
- 「夢なんて才能のある人が見るもんだよ……」
- 「ルールを破らないと勝てない」
- 「ここ一番というときに自分はあてにされない」
- 「大人しくするのが賢い選択だよ」
- 「自分はそんなに頭も良くないし、強くもない。欠陥だらけの人間さ」
- 「希望は必ず打ち砕かれる」

キャラクターが抱く不安

- 「勝とうとしたって、結局は負けるだけ……」
- 「いろんな権限や責任を持たされても困る」
- 「成功なんて自分には縁遠い」
- 「また失敗して、ヘマをやらかすかもしれない」
- 「みんなの前で恥をかいたらどうしよう」
- 「人から気の毒がられるのは嫌だ」

行動基準の変化

- 自分の失態を見た人たちから遠ざかる。
- 自分の失態を思い出させるような場所、人、活動を避ける。
- 自分が本当にやりたいことより「安全」なことを選ぶ。
- 現状に満足しているふりをする。
- まるで自分を罰するかのように、無理して頑張る。
- 新しいチャレンジに飛び込んでいかずに、躊躇する。
- 飲酒や喫煙などを、全力が出しきれないことの言い訳にする。
- ストレスで苦しんでいるとき、最悪のシナリオが頭の中をよぎる。
- わざと目標達成できなくなるようなことをする(前日に徹夜で遊び、大事なプロジェクトに向け準備する時間がなくなる、など)。
- コミットメントや責任から逃れるために嘘をつく。
- 指導者的な役割よりもサポート役を選ぶ。
- 人から助けを求められると言い訳をして断る。
- 責任転嫁する。
- チームを去る、または活動をやめる。
- 競技しなくて済むように、怪我をしているふ

りをする。
- 無関心を装いつつ、自分の専門分野での他人の躍進を密かに追う。
- 自分の判断や選択を後からくよくよ悩む。
- 今にも目標に手が届きそうなところで諦める。
- あまり大きな期待をされない仕事を選ぶ。
- プレッシャーから解放されたくて、ひとりのときに酒を飲む。
- 同じプレッシャーを経験したことがある人に連絡を取る。
- スポットライトを浴びることになり、「大丈夫、観客なんて怖くない」などと自分に話しかけて、乗り切ろうとする。
- これまでの悪しき習慣を捨て、プレッシャーを跳ね返せるような良き習慣を身につける。
- プレッシャーの原因になっている人たちを避ける。

この事例が形作るキャラクターの人格

ポジティブな人格
慎重、協調性が高い、如才ない、規律正しい、控えめ、謙虚、内向的、忠実、大人っぽい、従順、注意深い、思慮深い、秘密を守る

ネガティブな人格
幼稚、臆病、皮肉屋、防衛的、とげとげしい、生真面目、うっとうしい、執拗、恨みがましい、自滅的、わがまま、卑屈

トラウマを悪化させる引き金となる出来事
- 以前自分のコントロールを失ったときと同じような試合（あるいは他のイベント）に出る。
- 今後の明暗を分ける瀬戸際にいて、いい仕事をしなければならないプレッシャーがみんなの肩にかかっている。
- 苦い失敗の経験があるのにもかかわらず、才能がある、能力があると人に褒めそやされる。
- 人前に出てみんなの注目を浴びるはめになる。
- 大勢の人前で話すよう、申し渡される。
- 過去の失敗に結びついている場所に居合わせる、あるいは失敗を象徴するもの（競技大会の優勝トロフィー、マイク、舞台など）を目にする。

トラウマに向き合う／克服する場面
- 子どもが目標に向かって頑張っているので、その夢を叶えてやりたいと応援したくなる。
- 夢に向かって努力している人がいて、その人に助言したいという気持ちが芽生える。
- 勝ち残るには嘘やごまかしがものをいう環境に放り込まれる。
- お金に困り、自分がかつて選んだ職業に戻る（またはその職業のコーチをする）ことを考える。

人命を救い損ねる

〔英 Failing to save someone's life〕

具体的な状況

- 水難事故で救命できなかった。
- 自殺を引き止められなかった。
- 喉をつまらせた人を助けようとしたが報われなかった。
- 自動車事故の被害者を助けようとした（止血をする、など）が、救命できなかった。
- 強盗に人が襲われているのを見かけ、助けに入ったが遅かった。
- 人質を取っている犯人に説得を試みたが、犠牲者が出た。
- 学校で銃撃事件が起き、子どもを守ろうとしたが無理だった。
- 薬物を過剰摂取した恋人に蘇生を試みたがだめだった。
- 幼児が虐待されていることを警察に証明しようとしたが手遅れになった。
- 緊急治療室あるいは事故現場で、患者の命を救えなかった。
- 火事から人を救出できなかった。
- 酔った友人が運転しようとするのを引き止められなかった。
- 友人の馬鹿げた危険行為を阻止できなかった。
- 暴力が振るわれていた兆候を見過ごし、助けられなかった。
- いじめ、人種差別、その他のヘイトクライムから友人を守りきれなかった。

この事例で損なわれる欲求

帰属意識・愛、安全・安心、承認・尊重、自己実現

キャラクターに生じる思い込み

- 「愛する人たちを守ることができない」
- 「自分は弱いし、役立たずだ」
- 「代わりに自分が死ねばよかった」
- 「人を愛して、その人を失うぐらいなら、はじめから人を愛さないほうがいい」
- 「この死亡事故の責任は自分にある」
- 「犠牲者を救えなかった。責任は自分にあるし、罪を償う義務も自分が負わなければならない」
- 「公正な裁きは司法なんかに任せられない」

キャラクターが抱く不安

- 「人のために責任を取らされるのはごめんだ」
- 「間違った判断を繰り返したり、プレッシャーに押しつぶされたりするかもしれない」
- 「愛する人が困っていても、助けられないかもしれない」
- 「自分も突然死んでしまうかもしれない」
- 「いざという時に役立つ知識がないせいで、人が死んでいくのをただ眺めるのはもう嫌だ」
- 「人を失うのが怖いから、愛も人とのつながりもいらない」

行動基準の変化

- 不眠症になる。
- フラッシュバックに悩まされる。
- 過去の出来事が心に付きまとい、自分に落ち度がなかったか何度も振り返る。
- たびたび泣いてしまう、あるいは泣きたいのに涙が出ない。
- 罪悪感から、あるいは生き恥をさらしているような気持ちから、消化器官が不調になり、食欲不振に陥る。
- 責任を逃れるようになる。
- 自分の失態をみんなが噂していると思い込んでしまう。
- 何事にもコミットできなくなり、言い訳をする。
- 自分の判断を後からくよくよ悩む。
- 衝動的に行動したがらなくなる。あるいは逆

に一時の感情に駆られて行動してしまう。
- 犠牲者の遺族を避ける。
- 事件が起きた場所を頻繁に訪ねる。
- 事件が起きた場所を避ける。
- 家族や友人から離れていく。
- 何をやっても、どこへ行っても、喜びを感じなくなる。
- 毎日決まった日課をこなし、いつもと違うことをするのを嫌がる。
- リスクを避けるようになる。
- 自分の直感を怪しむようになる。
- 自分の能力なんて大したことないと自己卑下する。
- 何をするにも、その危険性やリスクを考えるようになる。
- 死亡統計をやたらと気にするようになる。
- 犠牲者がどんな人だったか気になり、その人の人生について調べ上げる。
- 愛する人や家族の身を案じるあまり心配性になり、逆に彼らに息苦しい思いをさせる。
- 危険を常に警戒している。
- 安全を意識するようになる。

この事例が形作るキャラクターの人格

ポジティブな人格
用心深い、独立独歩、勤勉、内向的、几帳面、世話好き、責任感が強い、感傷的、正義感が強い

ネガティブな人格
反社会的、支配的、狂信的、生真面目、せっかち、優柔不断、執拗、完璧主義、引っ込み思案、心配性

トラウマを悪化させる引き金となる出来事
- 事故に結びついている特定場所（溺死を目撃した場合なら、水のある場所やボート）を恐れる。
- 事件に使われた武器、または事故の原因になったもの（ぐらついた階段の手すり、など）を目にする。
- 事故に結びついている音、たとえばガラスが割れる音やタイヤの軋む音などを耳にする。
- 自分の体験に似た状況を描いた映画を見る、あるいは本を読む。
- 取り調べを受けるため、警察署に入っていく。
- 亡くなった人の写真を見る。
- 誰かの葬式や追悼式に出席しなければならない。

トラウマに向き合う／克服する場面
- まったくの偶然で、生きるか死ぬかの状況に巻き込まれる。
- 責任ある立場に置かれる。
- 再び誰かの人生を救えるような状況に立つ。
- 危機一髪の状況で、直感を信じて行動しなければならない。

大量死の責任を負う

〔英 Bearing the responsibility for many death〕

具体的な状況

- 兵士／軍指揮官
- （アメリカならFBIやCIAなど）国家安全を担う人
- 人口密集地域に爆弾を投下したパイロット
- バイオテロや大量破壊用の兵器を開発した科学者
- 誘拐、暴力、集団虐殺などを実行する過激軍事組織や宗教の過激派グループ
- 連続殺人犯や大量殺戮犯
- 知りながら環境を汚染し、人間や動物を死に至らしめている工場のオーナー
- 暗殺者または暴力的な犯罪者
- 死刑執行人
- 事故で多数の犠牲者を出したパイロット、列車の運転士、バスの運転手など
- 大事故を引き起こした飲酒運転のドライバー
- メンテナンス作業で手抜きをし、犠牲者を出した作業員（アパートにきちんと作動しない一酸化炭素警報器を取り付ける、など）
- 動物を大量殺戮する人（ハンティングマニア、動物実験を行う科学者、屠殺所の作業員、不用になった動物を安楽死させる獣医、など）
- 毛皮工場などで働く人たち

この事例で損なわれる欲求

帰属意識・愛、承認・尊重、自己実現

キャラクターに生じる思い込み

- 「自分が犯したことは二度と償えない」
- 「自分はなんて残忍な人間なんだ」
- 「自分が引き起こしたことを人が知ったら、憎まれるに違いない」
- 「私には許される資格なんてない。罰のみを与えられるべきだ」
- 「どんな結果になるか知っていたら、惨事を防げたかもしれない」
- 「もっとまともな判断ができていれば、犠牲者を出さずに済んだのに……」
- 「自分の判断は信用できない」
- 「あんな恐ろしいことをしてしまって、償っても償いきれない」

キャラクターが抱く不安

- 「死後、どんな審判が下されるかが怖い」
- 「世間の裁きが怖い」
- 「自分がひた隠しにしてきたことが明るみに出るかもしれない」
- 「他人の生死を決める重責を私に背負わすのは勘弁してほしい」
- 「生命を危険にさらすような失敗や間違いをまたしてしまうかもしれない」
- 「自分のアイデア／仕事／発明が、大量の死を招くものに悪用されるのでは……」

行動基準の変化

- （不眠、鬱、不安障害、フラッシュバックなど）PTSDの症状が出る。
- 家族や友人から離れていく。
- 世間から離れて孤独に暮らし、人を避けながら自給自足の暮らしをする。
- 自分は幸せになってはいけないと、自分を罰しながら生きる。
- 自殺を考える。
- ドラッグやアルコールに走る。
- 自分を大切にしなくなる。
- 自分の過ちを償おうと慈善事業に寄付し、自己破産する。
- 犠牲者のことを調べ、自分をさらに責め、罪悪感に拍車をかける。
- 他人の人生を左右するような荷の重い仕事や選択を避ける。
- 過去と決別しようと、新しい町に移り住む。
- 事故を引き起こした仕事を辞める。

- 友人関係を避け、人を近寄らせなくなる。
- 自分の過去について嘘をつく。
- 他人に影響を及ぼすような判断を避ける。
- セラピストに診てもらう。
- 事故に関し、社会の意識を高めるため、または事故の一因にもなった法律を変えるために、自分の時間とエネルギーを注ぐようになる。
- 遺族のため、法の裁きを求めようとする。
- 動物愛護または人権擁護を目的に、動物や人間の人道的な扱いを求めて訴える。
- 完全な菜食主義者になる。

この事例が形作るキャラクターの人格

ポジティブな人格
慎重、独立独歩、勤勉、情け深い、自然派、思慮深い、粘り強い、秘密を守る、積極的、倹約家、賢い

ネガティブな人格
依存症、反社会的、臆病、皮肉屋、防衛的、執拗、妄想症、注意散漫、自滅的、気分屋、小心者

トラウマを悪化させる引き金となる出来事
- 死体を見てしまう。
- 負傷者または犠牲者が出た事故を目撃する。
- 過去の出来事に似た事件発生のニュースを聞く。
- 葬式に参列する。
- 憎しみの込められたメールを受け取る。

トラウマに向き合う／克服する場面
- 同じような事故の再発を防ぐために企業上層部が何もしていないことを知る。
- 自分が何かをしなければ、他の人が犠牲になるという、生きるか死ぬかの状況に巻き込まれる。
- 誰かがだまされて、あるいは人の言い成りになって、残虐行為を犯すのを目撃する。
- あの事故当時と同じ仕事をやらざるを得ない状況に陥る（大きな交通事故を引き起こしたバス運転手が、緊急事態が発生して人々を安全な場所に車で搬送しなければならなくなる、など）。

NOTE
多くの犠牲者を出した責任を問われている人がみな、この心の傷に苦しむわけではない。悔恨の念に苛まれている人だけが苦しむ。

た

正しい行いから外れる

〔英 Failing to do the right thing〕

具体的な状況

キャラクターが人間として正しい選択ができなかったとしても、普通は、罪悪感がちらつくとか、友情に一時的に亀裂が入る程度のことしか起きない。ところがそれでは済まされないこともある。大切なものを永遠に失う、屈辱を味わう、自分に自信が持てなくなる、自分が嫌になるなど、将来に禍根を残すことも起きるのだ。そうすると時が経つにつれ、キャラクターに暗い影を落とすことにもなりかねない。たとえば、次のような事例が考えられる。

- 誰かがいじめられ、からかわれ、ひどい目に遭っているのに、その人をかばおうとしない。
- 犯罪が起きているのに見て見ぬふりをする。
- (ホームレス、子どもなどに対して) 声を掛けて助けようと思えばできるのに、何もしない。
- 同調圧力に負ける。
- 夫婦関係が崩れかけているのがわかっているのに、それを修復しようとしない。
- 子どもまたは兄弟姉妹にもドラッグを勧めるなど、他人の人生を狂わせるような選択を取る。
- 賄賂を受け取る。
- 相手のためというよりは、後で自分が得をするような内容のアドバイスをする。
- 倫理に反する経営をしている大企業や企業幹部を知っているのに告発しない。
- 「人生苦しくなると人はいつも逃げる」「誰も信用できない」「友情は無償の愛ではない」など、巷で言われている空言を裏付けるような行動を取る。
- 命に関わるような危険行為(摂食障害がある、アルコールやドラッグに依存している、安全を無視した性行為をしている、自殺傾向がある、飲酒運転をしている、など) を繰り返す友人に、やめたほうがいいと直言しない。
- 自分の自己中心的な考えで、我が子の養育を放棄している。
- 誰にも口外しないと誓った秘密や個人情報を漏らす。
- 真実を意図的に隠す、あるいは捻じ曲げる。
- ある人を怪しいと疑っているのに、その直感に従って行動しない。
- 弱い立場の人や、困っている人を食い物にする。
- 浮気、あるいは経済的責任の放棄など、背徳的な誘惑に負ける。

この事例で損なわれる欲求

帰属意識・愛、承認・尊重、自己実現

キャラクターに生じる思い込み

- 「私は悪い人間だ」
- 「自分の直感は信用できない」
- 「自分が必ず正しい行動を選択するとは限らない」
- 「自分は信用できない人間だ」
- 「僕は臆病者で弱虫だから、人に立ち向かったりできない」
- 「自分に非はなかった。違う行動を取ったとしても、結局は悪い結果になったと思う」
- 「ひとりの人間の行動なんて、所詮、糠に釘だよ」

キャラクターが抱く不安

- 「友達に歯向かうようなことを言ったりしたら、きっと友人関係は終わってしまう」
- 「面倒を見てあげてもまた自分を傷つけるようなことをする人だから、関わりたくない」
- 「人に操られたり、簡単にいいように使われたりするかもしれない」
- 「また同じような間違いをして、罰当たりなことをしてしまうかもしれない」
- 「困っている人よりも、自分の欲望を優先してしまうかもしれない」
- 「困っている人を助けなかったからバチがあたるかもしれない」
- 「困っている人を無視したことが人に知れたらどうしよう」
- 「口裏を合わせなかったせいで、自分の名声や権力を失ったらどうしよう。そこまでいかないにしても、社会的制裁を受けることになったらどうしよう」

行動基準の変化
- 自分の直感は間違っていると思い込んでいるので、重要な意思判断は他人に任せるようになる。
- 責任を逃れるため、不正はないと主張する、あるいは不正を認めるのを拒む。
- 家族や友人から距離を置き、自分の殻にこもる。
- 自分を疑い、自分は価値のない人間だと思ってしまう。
- 後ろ向きなひとり言をつぶやき、自分は臆病者だと責め立てる。
- 責任を逃れるため、無気力に徹する、またはやる気のない態度を取る。
- 他人に自分が有用であることを証明しようと頑張りすぎる。
- どうせ助けられないし、後ろめたい気持ちになりたくないから、困っている人に冷淡になる。
- 問題を解決しようとして失敗するぐらいなら、問題を無視する。
- 判断しやすいように、何事にも白黒はっきりつけるようになる。
- 罪悪感を感じずに行動したいから、善悪に関する自分の意見を緩める。
- 責任を取りたくないから、責任のなすり合いをする。
- 石橋を叩くようにあらゆるオプションを検討し、即断を避けるようになる。
- 行動に移す前に、他の人の意見にも耳を傾ける。
- 同じ間違いを繰り返さないように努力する。
- 他人への共感が増す。
- 他人を擁護する発言や活動をする。

この事例が形作るキャラクターの人格

ポジティブな人格
用心深い、野心家、慎重、控えめ、おおらか、正直、気高い、公明正大、情け深い、注意深い、世話好き

ネガティブな人格
依存症、無気力、冷淡、支配的、臆病、残酷、防衛的、腹黒い、つかみどころがない、だまされやすい、偽善的、無知、不安症

トラウマを悪化させる引き金となる出来事
- 自分の過ちのせいで傷つけてしまった人にばったり出くわす。
- 過ちを忘れたいのに、反面教師にされているため過去をぶり返される。
- メディアやソーシャルメディアで見て、あるいは友人から聞いて、他人の勇気ある行動を知る。
- ヒーローやヒロインが窮地から人を救う映画を見る。

トラウマに向き合う／克服する場面
- 困っている人が無視されているのを見かける。
- 他人の世話をするように申し渡される（職場や家庭内での子どもの世話、あるいは友人の子どもの世話、など）。
- 重要案件に関して意見を求められ、勇気を振り絞って自分の意見を言わなければならない。
- 自分が被害を与えた人の家族からは許してもらえたものの、自分自身を許すことができずに悩む。
- 自分と同じ過ちを犯しそうな人を見かける。
- 窮地に陥って、誰かに助けを求めなければならなくなる。

同調圧力に屈する

〔英 Caving to peer pressure〕

具体的な状況

- 仲間に合わせて、ドラッグやアルコールを試す。
- クラスメートのいじめに加担する。
- 自分たちとは違う人間を排除しようとする集団心理に染まる。
- 間違っているとわかっていても、秘密を守る。
- 問題を起こした友人をかばう（友人のアリバイを証明する、事実を曲げて話す、など）。
- 自分は求めてもいないのに、性交渉に合意する。
- 後で武勇伝として仲間に語るために、誰かに自分とのセックスを強要する。
- 両親は間違いなく反対するのに、友人とのパーティに自宅を開放する。
- 耐えるのが当たり前だと思い、しごきの儀式を苦しみながら耐える。
- 他の人たちにバカバカしいと思われているから、ある活動をやめてしまう。
- 周囲のプレッシャーに負けて、非行集団／カルト／過激派グループ／クラブ／学生団体／チーム／宗教団体に入る。
- 付き合っている友人たちに合わせて、同じような服装、同じような行動をする。
- 自分の仲間がある人を認めないから、その人との友人関係を終わらせる。
- 個人的に何かに挑戦したいのに、仲間がそういうのは生意気だ、「自分をわきまえていない」と言うので、挑戦するのをやめてしまう。
- みんなに合わせようとして自分の宗教上の信念を曲げてしまう。
- 迫害を恐れて自分の性的指向を隠す。
- 配偶者に嘘をつかなければならない活動に関わる。

この事例で損なわれる欲求

安全・安心、帰属意識・愛、承認・尊重、自己実現

キャラクターに生じる思い込み

- 「正しいことを正しいと胸を張って言えない自分は臆病者だ」
- 「自分がわからなくなってきた」
- 「自分が本当はどういう人間なのか、何を信じているのかを人が知ったら、受け入れてもらえない」
- 「僕がやらなかったら、他の誰かがあれをやらされていたはずだ」
- 「本当のことを話しても、誰も信じてくれないだろう」
- 「たったひとりでは何も変えられない」
- 「出る杭になって打たれるより、みんなと合わせておいたほうがいい」
- 「うまくやるには、目立たないようにするのが一番だ」
- 「みんなと同じように装うのが常に安全だ」

キャラクターが抱く不安

- 「またあのときみたいに追い詰められたらどうしよう……」（夜更けで判断力が鈍くなっている時間にセックスを求められ、断りきれなくて関係を持ってしまい、以来パーティを怖がっているようなケース、など）
- 「自分より強い権力や影響力を持っている人に、いいようにされてしまうかもしれない」
- 「秘密をばらされたらどうしよう」
- 「ゆすられたらどうしよう」
- 「強制的にやらされたことなのに、その責任を取らされるのはごめんだ」
- 「取り返しのつかない過ちを犯してしまったのかもしれない」
- 「被害者にはなりたくない」

- 「仲間外れにされるかもしれない」

行動基準の変化

- 自分の感情を表に出さない。
- 自分がやりたいことよりも、人に期待されている言動を取る。
- 自分の殻に閉じこもり、家族や親しい友人も寄せつけなくなる。
- 自尊心がどん底に落ちる。
- 自分の置かれた状況では選択肢が限られ、身動きが取れないと感じる。
- 空想の世界で、今の苦境から逃げ出したり、過去に戻って自分のやったことを元に戻したりする。
- 罪悪感があるから、自分は幸せを感じてはいけないと思ってしまう。
- 自分を罰する（大切なものを手放す、本当の友人を追いやる、わざと失敗するなど）。
- 自分に花を持たせてほしいから、人には遠慮してもらうように仕向ける。
- アルコールやドラッグに走る。
- 仲間と集まるのをそれとなく避ける（職場の集まりを避けるために仮病を使う、など）。
- 他人に食ってかかる。
- 人に何かを強要する人間に苦痛を与えたくなる。
- 自分に同調圧力をかけている相手に復讐をする。
- 将来のことは考えなくなる。
- 友人や同僚などに、自分の悩みを打ち明けたくなるが、批判されるのが怖い。
- 仲間がそばにいないときに、誰かに親切に振る舞うことで自分の過ちを償おうとする。
- 自分の気持を日記などに綴る、あるいは、実際に起きたことをどこかに記録しておく。
- 自分に圧力をかけてくる人たちから遠ざかりたくて、別のプロジェクトを志望する。
- 法の裁きを求めて声を上げる（嫌がらせをした人間を匿名で、または実名で暴露する、など）。

この事例が形作るキャラクターの人格

ポジティブな人格
協調性が高い、規律正しい、気さく、ひょうきん、従順、雄弁、上品、賢い

ネガティブな人格
無神経、無気力、臆病、不正直、不誠実、失礼、つかみどころがない、だまされやすい、偽善的、不安症、無責任、男くさい

トラウマを悪化させる引き金となる出来事

- 人がいじめられているところを直接目撃する。
- 大人になってから、（親同士、同僚同士などのあいだで）人がのけ者にされたり、威嚇されたりしているところを目撃する。
- 遊び仲間または同僚の中で、冗談を言われて、からかわれる。
- 仲間に同意しない、または懸念を表したことで、からかわれたり、馬鹿にされたりする。
- 家族の口車に乗せられて、何かをさせられる（里帰り、自宅の改装の手伝い、など）。

トラウマに向き合う／克服する場面

- 我が子が悪い仲間とつるんでいて、誰かを標的にしていじめている、あるいは法律を破っている。
- 犯罪（会社の不正、親戚の暴力、など）を押し隠すように頼まれる。
- ある同僚がプレッシャーをかけられている、または不当な扱いを受けているのを見たが、周りはみんな見て見ないふりをしている。
- 過去と同じような状況に出くわし、前よりまともな判断ができるかもしれないチャンスが到来する。

破産宣告される

〔英 Declaring bankruptcy〕

この事例で損なわれる欲求

生理的欲求、安全・安心、承認・尊重、自己実現

キャラクターに生じる思い込み

- 「自分は負け犬だ」
- 「家族をちゃんと養えない」
- 「自分の幸福は自分でなんとかしてほしい。私はそこまで面倒見きれない」
- 「自分はまったくの出来損ないだとみんなに思われている」
- 「どんなにお金がかかっても、体面は保たなければならない」
- 「二度と破産しないように、お金の行方はたとえ一銭でも把握しておかなければならない」
- 「幸せなんかより、セーフティネットのほうがずっと大切だ」
- 「今は楽しいかもしれないけど、後で懐が寂しくなる」
- 「お金があって成功していないと、自分に価値なんてないよ」

キャラクターが抱く不安

- 「また破産したらどうしよう」
- 「間違った相手を信用してしまったら……」
- 「病に倒れたりして働けなくなったら困る」
- 「秘密にしておいたことがばれてしまう」
- 「ことお金に関してのリスクは恐ろしい」
- 「自宅の差し押さえだけは勘弁してほしい」
- 「昔お金に困っていたことが人に知れたら困る」
- 「自分は人に食い物にされているのかもしれない」
- 「家族の信用を失ったし、生活も様変わりしてしまった。家族を失うのも時間の問題かもしれない」
- 「会社をクビになったり、レイオフされたりしたらどうしよう」

行動基準の変化

- なぜ自分の経済事情が好転しないのか、いちいち言い訳をする。
- 羽振りよく見せようとして、自分の経済事情について嘘をつく。
- できるだけお金を使わずに済むように、極端に倹約する。
- 毎週の出費を一円単位まで事細かく書き出す。
- 自分を他人と比べずにはいられなくなる。
- 絶望感や恥を払いのけるために酒に浸る。
- 自分の健康や家族との時間を犠牲にしてまで働き続ける。
- 子どもの活動や関心をお金がかからないものだけに限定する。
- 請求書の支払期日が迫ると、腹が立ち、イライラする。
- 家族や友人を避ける。とりわけ成功していて裕福な人を避ける。
- 資格も技術もないのに、出費を惜しんで、何でも（自宅の修理など）自分でやる。
- 出費を切り詰めるため、診察の受診を先延ばしにしたり、薬をやめたりする。
- 経済事情が自分よりも恵まれている人に対し、不機嫌で腹立たしげな態度を取る。
- 世の中の人は弱い人間に付け込むものだと思い込む。
- 友人に一緒に出掛けようと誘われても、言い訳して断る。
- 今を生きようとはせず、自分がよかった頃を振り返り、思い出話ばかりする。
- 損失分を補填しようとして、道徳的に超えてはならない一線を越す。
- もはや所有している意味もないのに、羽振りがよかった昔を思い出す物に固執する（車検代を払えないのにスポーツカーを売ろうとしない、など）。

- 金融リスク、特に投資リスクを避ける。
- 自分が持っている物は捨てずになるべく再利用したり、人からの頂き物もよそへの贈り物として使い回したりする。
- 自分が気に入ったものではなく、安いセール品を買う。
- クレジットカードを切り裂く（もしまだ持っている場合）。
- 中古品や使い古しのものを買い、バーゲン品を探す。
- 個人ファイナンスのクラスを受講したり、賢い助言を求めたりする。
- 賢明な予算を立て、それに従う。
- 自分の子どもにお金の使い方や管理方法を教える。

この事例が形作るキャラクターの人格

ポジティブな人格
分析家、感謝の心がある、慎重、クリエイティブ、規律正しい、控えめ、効率的、謙虚、勤勉、几帳面、きちんとしている、粘り強い、秘密を守る、積極的、世話好き

ネガティブな人格
無神経、依存症、幼稚、挑戦的、支配的、皮肉屋、つかみどころがない、狂信的、愚か、偽善的、頑固、理不尽、嫉妬深い、手厳しい、物質主義

トラウマを悪化させる引き金となる出来事
- 思わぬ請求書が送られてきて、それを支払うだけの貯金がない。
- 職場でレイオフの噂が流れる。
- 住宅差し押さえの看板や、店のショーウィンドウに「店じまい一掃セール」のポスターを見かける。
- 差し押さえられるまで住んでいた家の前を車で通り過ぎる。
- 羽振りがよかった頃に乗っていたのと同じタイプの高級車を見かける。
- 誰かの誕生日やホリデーシーズンがやってきて、贈り物を用意しなくてはならないが、それを買うお金がない。
- 友人や同僚が今度の休暇の話をしているのを耳にする。
- 何かの祝事やイベントのために寄付してほしいと言われる。

トラウマに向き合う／克服する場面
- 自分に合った新しいビジネスを始めるチャンスが訪れる。
- 自分と同じようにお金に困っていた友人が挽回して、持ち直したのを目の当たりにする。
- 体調を崩し、自分にとって大切なものは何か、物を所有することか、それとも人かを考えさせられる。
- パートナーと別居するが、この先も夫婦関係を維持していきたいなら、自分は変わらなければならない。もし変われなければ、離婚の道へ向かうことになる。
- 子どもは才能に恵まれている。その才能を開花させるには、特別な器具やトレーニングが必要になる。
- まさかの妊娠で、家族が増えることを知る。

NOTE
破産には、企業の経営破綻もあるし、個人破産のケースもあるが、代表的な破産理由には、お金の管理を誤る、健康を崩す、離婚などによる別離の3つが挙げられる。また、キャラクターがうまく破産のリスクを回避できるだけの教育を受けていない場合は、景気の悪化も一因に数えられる。

判断ミスで事故を起こす

〔英 Poor judgment leading to unintended consequences〕

具体的な状況

- 橋から飛び降りて、重傷を負う。
- 同調圧力をはねのけられず、ひどい事故が起きる。
- 悪ふざけや無謀なことをしていたら、惨事になる。
- 無責任にも飲酒運転して、車が大破する事故を起こす。
- ボートの上で無責任な飲酒をし、事故が起きる、または人を溺死させる。
- わざと行き先を誰にも告げず家を出て、助けを呼んでも来ないような場所でトラブルに巻き込まれる。
- 公道で車同士を競わせ、負傷者や犠牲者を出す。
- 危険なものとは知らずにドラッグを摂取し、病院に担ぎ込まれる。
- 友人を置き去りにし、その友人が襲われて怪我をする。
- 注目を集めるために馬鹿なこと（屋根から飛び降りる、カーサーフィン、など）をし、頭を怪我する。
- 火遊びが火事になり、深刻な被害を出す。
- 法定年齢に満たないのに車を運転し、人をひいてしまう。
- 銃をいじっていて、自分または他人をうっかり撃ってしまう。
- もみ合っているうちに、相手が階段または窓から転落する。
- 不適切な行為をしている自分を自撮りし、それをソーシャルメディアにアップロードする。
- わけのわからないベンチャーに投資して、つぎ込んだお金をすべて失う。
- ギャンブルで大金を賭けたのに負けて賭金を払えない。

この事例で損なわれる欲求

安全・安心、帰属意識・愛、自己実現

キャラクターに生じる思い込み

- 「この罪は償っても償いきれない」
- 「一度馬鹿な失敗をしたせいで、危うく自分の人生を台無しにするところだった。もう二度としくじりは許されない」
- 「危険行為をすると早死コースまっしぐらだ」
- 「自分はあてにならない。他の人たちが判断すべきだ」
- 「家族の安全を守るには、あらゆる不測の事態に備えること、それしかない」
- 「楽しいことは、気をつけていないと、危険になりかねない」
- 「自由が過ぎると無秩序になって混乱が起きる」

キャラクターが抱く不安

- 「自分を抑制できなくなるかもしれない」
- 「責任者になると、最終的に責任を取らされるから嫌だ」
- 「何も変えずに今のままでいいじゃないか。リスクを取る必要もないし、敢えて危険に挑む必要はないんじゃないか」
- 「また過ちを繰り返してしまうかもしれない」
- 「愛する人を失望させてしまうのでは……」
- 「自分は頼りにならないから、他人を危険な目にあわせてしまうかもしれない」
- 「あの事故で自分がしたことを誰かに知られたらどうしよう」

行動基準の変化

- 深い罪悪感を抱き、友人あるいは事故関係者から離れていく。
- 自分で物事を決められなくなる。
- 苦しみを乗りきるために、アルコールなどに走る。

- 自分で判断を下すのを避けるようになる(黙っていれば他の誰かが決めてくれるだろうと期待するようになる、など)。
- 自分の直感を信じないので、人の意見を聞きたがる。
- 何事も詳しく事実を調べ上げておかないと気が済まない。
- 自分の子どもや配偶者を守ろうとして過保護になる。
- 保護者として、子どもに代わって何でも選択・判断し、子どもが間違いを犯さないようにする。
- 何でも自分でコントロールしたくなり、他人になかなか頼れなくなる。
- 他人に何でも任せきりになり、自分のことまで決めてもらうようになる。
- 危険行為を避けるようになり、リスクを取る人たちを批判する。
- 自発的に行動できなくなる。
- 何でも考えすぎる。
- 何事も必ず悪い方向に向かうと悲観的なものの見方をする。
- 安心できる範囲からは出たがらない。
- 安心できるものを選ぶ、知らないものよりは知っているものを選ぶ。
- 我を忘れて楽しむことができないため、仲間との楽しいひとときに水を差してしまう。
- 我が子を危険から遠ざけようとして、子どもの趣味や関心事にも口をはさむ。
- 変化に抗う。
- 非常にまめになり、準備をいつも怠らなくなる。
- 毎日の日課に従う。

この事例が形作るキャラクターの人格

ポジティブな人格

分析家、慎重、規律正しい、内向的、大人っぽい、情け深い、几帳面、面倒見がいい、従順、注意深い、きちんとしている

ネガティブな人格

支配的、優柔不断、頑固、抑制的、不安症、理不尽、手厳しい、知ったかぶり、口うるさい、神経質、執拗、悲観的

トラウマを悪化させる引き金となる出来事

- 血、ギプス包帯、傷などを目にする。
- 子どもが公園で遊具から落下して針で縫う怪我をするなど、まさに間一髪で惨事を逃れる経験をする。
- 自分が昔やらかしたのと同じような無謀な行為をニュースで聞く、あるいは映画で見る。
- 危険を知っていたのに、それを人に伝え忘れたせいで負傷者が出る。
- ミスを犯したことや、事前に問題をキャッチできなかったことを人前でおおっぴらに非難される。

トラウマに向き合う/克服する場面

- あまりにも自分の支配欲が強すぎ、危険を嫌うせいで、息子/娘が反抗的になる。
- 愛する人が、怪我をする確率が非常に高いスポーツをやりたがる。
- 自分がいつも綿密な計画を立てる性格で、冒険心のかけらもないため、結婚生活にひびが入る。
- 優柔不断に陥って、にっちもさっちもいかなくなり、困っている人を助けられない。
- 変化を認められず、または、どうしてもリスクを背負えず、一世一代のチャンスをみすみす逃す。
- 自由奔放で天真爛漫、人生を楽しむタイプの人に惹かれる。

服役

〔英 Being legitimately incarcerated for a crime〕

この事例で損なわれる欲求

安全・安心、帰属意識・愛、承認・尊重、自己実現

キャラクターに生じる思い込み

- 「自分は安全ではない。いつもビクビクしていなければならない」
- 「自分は受刑者としてしか見られていない」
- 「俺はいつもとんでもないヘマをやらかす人間なんだ」
- 「自分のことを信用するやつなんていない」
- 「自分には幸せになる資格なんてないし、犯した罪は償っても償いきれない」
- 「自分の夢なんて実現できない」
- 「家族と和解するチャンスを台無しにしてしまったから、もう歩み寄りはない」

キャラクターが抱く不安

- 「また刑務所暮らしに戻るかもしれないな……」
- 「支えてくれる身内や友達は少ないし、そんな人たちだって、いつかは自分に愛想を尽かして離れていくかもしれない」
- 「悪事に手を染めずに自分を支えていくのは無理だ……」
- 「また極道生活に戻って、いずれは刑務所に戻る羽目になるかもしれない」
- 「『あんな罪を犯した人間なんだから』と人に決めつけられてしまうかもしれない」
- 「自分と血のつながった身内（兄弟姉妹、子ども、姪や甥など）も同じ道を辿って犯罪を犯すかもしれない」
- 「自分は人に愛されることも、受け入れてもらえることもないだろう」

行動基準の変化

- （自分または他人に対して）怒りや恨みが消えずに苦しむ。
- 自分の物を家にため込んで、どうしても捨てられなくなる。
- 身の安全を本気で心配するようになる（暗くなってから外を歩くときは警戒する、自宅の防犯システムを強化する、など）。
- 警察など治安当局を恐れる。
- 問題に巻き込まれたくないから、やみくもに人に従うようになる。
- 警察にも司法にも反抗する。
- 刑務所暮らしが身に染み付いていて、（無意識のうちに）その生活パターンを続ける。
- 使い慣れた刑務所言葉を使い続ける。
- 人目を引かないように、ひっそりと暮らす。
- 自分のことを考えなくなる。
- 人と距離を置くようになる。
- つらい思いに耐えるためにアルコールやドラッグなどに走り、依存症になる。
- これといった目標も持たず、あてどなく暮らす。
- 自力でなんとかしようとし、他からの助けを拒む。
- 合法的に稼いで自分の暮らしを立てることができない、あるいは、犯罪行為が習慣づいていて、すぐ手の届く選択肢でもあるために、また悪事に手を染めるようになる。
- 服役生活のことを誰にも決して話さない。
- 問題は暴力で解決しようとする（刑務所での経験から）。
- 社会復帰にストレスを感じて（なかなか就職できない、家族から敬遠されるなど）怒りが爆発する。
- 自分をよく見せたくて、自身の経験をふくらませて話す。
- 家族を失望させるのではないかと恐れ、もしくは、家族に連絡を取ってきてほしくないと思われていると思い込んでいるため、家族

を避ける。
- 家庭に戻ってみると、子どもは話したがらないし、妻は夫不在の間に自立して暮らすことに慣れてしまっていて、家族間に摩擦を感じて悩む。
- 釈放後に連絡を取ってきてくれた家族や友人にすがる。
- 入所前の生活の一部だった場所、人、娯楽を避ける。
- 生まれ変わろうとして、社会に役立つ活動をするようになる。
- 人が当たり前に思っていることに感謝するようになる。
- 物は少しあるだけで十分だと満足するようになる。
- 自分の価値を証明しようとして一生懸命働くようになる。
- 自分の犯罪歴が問われない分野でキャリアを築き始める。

この事例が形作るキャラクターの人格

ポジティブな人格
用心深い、野心家、感謝の心がある、大胆、慎重、控えめ、おおらか、謙虚、独立独歩、忠実、従順、忍耐強い、思慮深い、粘り強い、秘密を守る、世話好き、臨機応変、素朴、倹約家

ネガティブな人格
依存症、反社会的、冷淡、生意気、挑戦的、皮肉屋、防衛的、腹黒い、失礼、つかみどころがない、とげとげしい、被害者意識が強い、うっとうしい、神経質、妄想症、悲観的、独占欲が強い、偏見がある、反抗的、恨みがましい、自滅的、卑屈、小心者、寡黙、激しやすい、意気地なし、引っ込み思案

トラウマを悪化させる引き金となる出来事
- 警察官やパトカーを道で見かける。
- 昔の犯罪グループの仲間にばったり出会う。
- 近くで犯罪が起き、警察の訪問を受ける。
- 見回りの警察官に職務質問される。
- パトカーのサイレンが聞こえ、点滅するライトを目にする。
- しばらく会っていなかった子どもやパートナーに再会し、長い間の不在を悔やむ。
- 狭い部屋にいる。
- 部屋に閉じ込められ、鍵を掛けられる。

トラウマに向き合う／克服する場面
- 別居中の愛人に連絡を取りたいが、怖くて連絡できない。
- 絶縁状態の人がいて、その人と和解するには、自分の方から関係修復の努力をしなければならない。
- 犯罪歴があるせいで警察に脅かされ、もうこんな嫌がらせを受けずに済む自由な生活を送りたいと願う。
- 自分の不在が原因で、もしくは、社会に犯罪者の子の烙印を押されているせいで、我が子の行動に影響が出ているのを目の当たりにしてしまう。

NOTE
懲役に服すのは生易しいことではなく、当然、服役者に影響を与える。出所後も困難が待ち構えているし、服役期間が長ければ事情も複雑になる。そこでこの項目では、服役者が社会復帰するときに直面する苦労に焦点を当てることにする。

落第する

〔英 Failing at school〕

具体的な状況

落第には、次のような理由が考えられる。

- 学習障害（読字障害、書字障害、情報処理障害、など）。
- 行動障害や精神障害（不安症、注意欠如・多動性障害、パニック障害、鬱、双極性気分障害、など）。
- 健康上の理由で学校を休みがちになる。
- 感覚機能に障害があり、学校生活を送るのが非常に難しくなる。
- 薬を服用しているため、勉強に集中できなくなってしまう。
- IQが低い。
- 家庭でのサポートがまったく得られない。
- 家庭に問題がある（虐待されている、アルコールや薬物依存症の人が家族にいる、幼い弟や妹の世話をさせられている、など）。
- 諸事情に追い込まれていて、勉強を優先できない（家族を養うためにいくつも仕事を抱えている、栄養失調になっている、ホームレス状態になっている、など）。

この事例で損なわれる欲求

帰属意識・愛、承認・尊重、自己実現

キャラクターに生じる思い込み

- 「自分は頭が悪い」
- 「何も覚えられない」
- 「どんなに頑張っても悪い成績しか取れない」
- 「勉強ができない」（算数、国語など）
- 「自分なんてガラクタだ」
- 「学校でいい成績を取らないと、両親に喜んでもらえない」
- 「勉強ができないことがばれたら、みんなに嫌われるに違いない」
- 「不合格になるぐらいなら、諦めたほうがましだ」

キャラクターが抱く不安

- 「授業についていけていないことが人にばれたらどうしよう」
- 「他の生徒と一緒に勉強するのは困る」
- 「授業中、先生にあてられたらどうしよう」
- 「ストレスでいっぱいになって、みんなの前で情緒不安になったりしたら大変だ」
- 「もう自分の能力の限界を超えている。これ以上頑張っても無理かもしれない」
- 「両親をがっかりさせたくない」
- 「人にガラクタ呼ばわりされているけれど、そのとおりかもしれない」

行動基準の変化

- 自尊心が低くなる。
- 天賦の才能を持っているように見える人たちに対し、強い怒りや恨みを持つ。
- （家庭内のストレスが一因の場合）自分の家族に腹立たしさを感じる。
- 目標が大きいと達成できないかもしれないから、目標を低く定めるようになる。
- 諦めの境地に至る。
- 登校しても、何度もトイレや保健室に行く。
- 学校をさぼりだし、テストの日になると「病気」になる。
- 学業に専念しなくなり、成績が芳しくないのは勉強していないからだと言い訳する。
- クラスのひょうきん者になる。
- テストでカンニング、あるいは宿題でズルをする。
- 教師やクラスメートとは距離を置くようになる。
- 飲酒、ドラッグの使用、乱交など、自己破滅的な行為に走る。
- 自分は失敗すると信じ込み、本当にそのとおりになる（予言の自己成就）。
- 目標を達成できなかったことを隠して、家族に嘘をつく。
- 後ろ向きなひとり言をつぶやくようになる。
- 攻撃的になって他の人をいじめる。
- 中途退学する。
- 面倒から抜け出すため、教師に取り入る。
- 及第点を取るために教師をゆする。
- 人に金を払って、論文を書かせ、宿題をやってもらう。
- 状況を一変させようと、倍の努力をする。
- 家庭教師や一緒に勉強してくれる仲間を探す。
- 宿題をやり遂げるのに時間を延長してもらう、あるいは、成績を上げてもらうために余分の課題をやる。
- 家庭内の状況は自分の力ではどうにもならないので、信用できる大人に助けを乞う。
- （スポーツ、芸術、趣味など）学業以外の活動で、人より優れた力を発揮しようとする。

この事例が形作るキャラクターの人格

ポジティブな人格
魅力的、クリエイティブ、規律正しい、勤勉、忍耐強い、粘り強い、秘密を守る、積極的、臨機応変

ネガティブな人格
無気力、冷淡、幼稚、神経質、完璧主義、悲観的、反抗的、恨みがましい、荒っぽい、自滅的、気分屋、小心者

トラウマを悪化させる引き金となる出来事
- 他の学生が成績優秀で表彰される。
- 授業中、教師に指され、みんなの前で朗読させられる／口頭でレポートを発表させられる／質問に答えさせられる。
- テストの順位表が貼り出され、自分の得点も出ているのを見る。
- 親または親代わりの人に、もっと勉強しろ、もっと努力しろと言われる。
- 家族や友人が優秀な学業を収め、あるいは研究の成果が認められ、表彰される。
- 学業で成果を上げた、受賞した、祝福すべき大きな節目を迎えたなど、朗報を告げるソーシャルメディアの投稿を見かける。
- クリスマスカードを受け取るが、カードには送り主とその家族の一年の活躍が書かれている。

トラウマに向き合う／克服する場面
- 成績が悪くて、教師、クラスメート、親から馬鹿にされる。
- 全国統一テストを受けたが、目標には全然手が届かない残念な結果が出た。
- どうしても行きたかった志望校から不合格通知を受け取る。
- 成績を維持できず、進学コースから落とされる。
- カンニングの現場を押さえられる。
- 大人になってから、職場で、自分の学習障害が目立ってしまうようなプロジェクトに回される。

社会の不正や人生の苦難によるトラウマ

- 悪意ある噂を立てられる
- いじめに遭う
- 冤罪
- 解雇／レイオフされる
- 飢饉・干ばつ

- 暗い秘密を持つ
- 権力が乱用される
- 社会不安
- 第三者の死の責任を不当に問われる
- 貧困

- 不当な拘束
- 偏見・差別
- ホームレスになる
- 母国を追われる
- 報われない愛

悪意ある噂を立てられる

〔英 Being the victim of a vicious rumor〕

具体的な状況

噂は容赦なく人を傷つける。噂を広めるのは、人の評判を貶めることで得をする友人、家族、同僚、雇用主、ライバル、見ず知らずの人、強力な競合他社、団体などだ。人が密接につながっている現代社会では、噂の広がる範囲も広く、その影響も長引く。

この事例で損なわれる欲求

帰属意識・愛、承認・尊重、自己実現

キャラクターに生じる思い込み

- 「世間はどうせこの噂を信じるに決まっている。もう噂どおりの人間になってしまえ」
- 「この噂が頭の片隅に残っているかぎりは、自分の夢も希望も絶対に叶えられない」
- 「どうして自分が狙われたのか。自分のどこかに間違っているところがあるに違いない」
- 「出る杭は必ず打たれる」
- 「仕返しをしてやる。そうすればお互い様だ」
- 「自分の評判が台無しじゃないか。もう仕事を辞めるしかない」
- 「人間の心の奥は残酷で憎しみでいっぱい……人が引き裂かれていくのを喜んで見ている」

キャラクターが抱く不安

- 「大切な人（友人、恋愛の相手、同僚、家族など）にも裏切られるかもしれない」
- 「一番肝心なときに、人に信じてもらえないかもしれない」
- 「個人的な秘密がばらされたらどうしよう。それを盾にゆすられることだってあり得る……」
- 「噂のせいで人に勝手に判断されて、思うように行動できない。もうこれ以上、自分のやりたいことをやり続けるのは無理かもしれない」
- 「大切な人たちがこの噂を信じたりしたら、自分が何を言ってもだめかもしれない」
- 「噂が家族にも悪い影響を与えるかもしれない」

行動基準の変化

- 他の人たちと関わらなくなる。
- （職場、ソーシャルメディア、学校など）噂が広まった場所を避ける。
- 自尊心が低くなり、自分を愛せなくなる。
- なぜ自分が噂の標的にされたのか理解しようと、自分のどこが悪かったのかと考えるようになる。
- 外出を避け、家にこもるようになる。
- 社交イベントを避け、約束しても取り消す。
- 信用している家族や友人にしがみつく。
- 怒り、困惑、屈辱の間を気持ちが揺れ動く。
- 噂好きな人を激しく批判する。
- 自分の評判が貶められることで、誰が得するのかを考え、噂の出処を探る。
- 噂を広めた人間に対し復讐を誓う。
- 他人に自分の秘密を打ち明けるのは気が進まなくなる。
- 噂の中の偽りを信じ込むようになる。
- （噂がなかなか消えない場合）噂の内容は偽りなのに、噂どおりの生活をするようになる。
- 付き合いの浅い人とは縁を切る。
- 噂を広めている人たちとは無縁の世界で新たな人間関係を求める。
- 噂は実際には大して広まっていないのに、出会う人がみなその噂を知っていると思い込んでしまう。
- 妄想するようになる。
- 長引くストレスのせいで、体調が悪くなる（体重の増減、不眠症、高血圧、吐き気、など）。
- 噂が間違っていることを証明しようとする。
- 人に勝手な判断をされるのを嫌がり、揉め事を避けて本音を言わなくなり、人聞きのよいことだけを言うようになる。
- ゼロからのやり直しを図って、転校、転職、あるいは転居する。
- 自分は噂のような人間ではないことを立証しようと、趣味、関心事、得意事などに没頭する。
- 執筆、ダンス、絵などを通じて本来の自分を表現する。
- 真実でない噂をうっかり広めてしまわないように、自分の発言にはとても気をつけるようになる。
- 噂話を嫌うようになり、悪意のこもった井戸端会議には断固として参加しなくなる。

この事例が形作るキャラクターの人格

ポジティブな人格
慎重、如才ない、控えめ、共感力が高い、もてなし上手、謙虚、独立独歩、公明正大、優しい、情け深い、几帳面、注意深い、忍耐強い、雄弁、秘密を守る、上品、賢明

ネガティブな人格
挑戦的、皮肉屋、防衛的、つかみどころがない、噂好き、とげとげしい、生真面目、抑制的、不安症、被害者意識が強い、執拗、妄想症、恨みがましい、小心者、寡黙、執念深い、激しやすい、引っ込み思案

トラウマを悪化させる引き金となる出来事
- 人が別の人のことを噂しているのを耳に挟む。
- 噂はもう静まったものと思っていたら、またぶり返されてしまう。
- 仕事や所在などについて詰問され、弁明させられる。
- 自分の発言に対し、誰かが疑念を抱く。
- 正当な理由で自分は却下されたが（マンションを借りようとしていたが、クレジットヒストリーがもっと良い人が現れた、など）、本当は悪い噂が原因ではないかと怪しむ。
- 自分の噂を広めた人が別の人についても噂しているのを見る。

トラウマに向き合う／克服する場面
- 既に噂が浸透しているところへ、その噂が真実になりかねないことが起きる（収賄で疑われているところへ、本当に賄賂が贈られてきた、など）。
- 噂のせいでひどい目に遭い（商売が傾く、結婚が破綻する、など）、その不正と闘おうとする。
- 噂が広まって心身ともにボロボロになる経験をした後で、世の中には善人もいて、誰も彼も同一視してはいけないことに気付く。
- 噂が原因で夢を諦めようとするが、それをやり続けていれば、自分が人のために役立つ日が来ると気付く。

いじめに遭う

〔英 Being bullied〕

具体的な状況

いじめとは、腕力や影響力を継続的に使って人を威嚇することである。いじめは様々な形で現れ、たとえば、次のような人たちが加害者になる。

- 「あなたのために良かれと思って」いろいろなことをしてやったと主張する口うるさい親や親戚
- 年の差、体の大きさ、人気などを理由に威張っている兄弟姉妹
- 嫉妬に狂った友人や恨みを持った同級生
- (同級生同士やチームメイト同士の争い、など) 勢力争いをしている派閥
- 教師など、権力のある地位に就いている人
- 職場での地位や能力が脅かされた同僚
- 優越感を得るため、誰かを狙って馬鹿にするソーシャルメディア上の「友人」
- 欲しいものを常に手に入れることに慣れている権力欲に満ちた雇用主や、有力者とコネがある個人

この事例で損なわれる欲求

生理的欲求、安全・安心、帰属意識・愛、承認・尊重、自己実現

キャラクターに生じる思い込み

- 「自分は弱々しいから、いじめられやすい」
- 「妻が態度を改めるなんて考えられない。『末永く幸せに』なんて、自分たちにはあり得ない」
- 「自分は出来損ないで、何をやってもうまくいかない」
- 「他人にやれと言われたことをやったほうが楽だよ」
- 「人は相手をうまく操ろうとして近づいてくるものなんだ」
- 「学校なんてばかばかしい」(政府や企業ポリシーを信用していない場合や、親が子どもを平等に扱うなどあり得ないと思っている場合なども、同様の冷笑的な発言をする)
- 「人から恐れられる存在になれば、ちょっかいを出してくるやつもいなくなるはず」

キャラクターが抱く不安

- 「人間関係を築くのが怖い」(信用関係が崩れている場合)
- 「ひとりぼっちになるのが怖い」
- 「人に拒絶され、見捨てられるのが怖い」
- 「暴行されて、痛い思いをするのが嫌だ」
- 「大きな間違いを犯すと、言いがかりをつけられるかもしれないし、ネット上に広められて、知らない人からも馬鹿にされるかもしれない」
- 「あいつ、昔自分をいじめたやつに似ている……」(操り上手、男くさい、性格が似ている、など)
- 「心を許す相手を間違えると、自分の気持ちを弄ばれてしまうかもしれない」
- 「みんなの前で立たされて発言を求められると、自分がさらし者になったような気がする」

行動基準の変化

- 自己批判が厳しすぎて、自分を欠陥人間と見なす。
- 起床して今日も一日闘いながら生きるのがつらく、遅刻する。
- いじめが起きそうな(会社のパーティ、学食での食事、など)社交イベントを避ける。
- 昼食時、会議の休憩時間、自宅にいるときなど、ひとりで安心できる場所を探す。
- 人と目を合わせなくなり、会話をしなくなる。
- これ以上状況を悪化させまいと、いじめの加害者の要求に同意する。

- 周りに心配を掛けないように大丈夫なふりをし、愛する人に嘘をつく。
- 人を近づけたくないから（そして人に傷つけられたくないから）、人と距離を置くようになる。
- 神経過敏になり、ほんの小さなことでも深く傷つき、過剰反応を示す。
- ちょっとしたことで泣く。
- 無視されたり、少々屈辱を受けたりして険悪な雰囲気になっているのだが、これ以上悪化させまいとして笑ってごまかす。
- 読書、テレビや映画鑑賞、ビデオゲーム、執筆などに耽り、現実逃避に走る。
- 苦しみから逃れるため、アルコールやドラッグに走る、あるいは摂食障害になる。
- みんなに同調しようとして外見に非常に気を使うようになる。
- 周囲の人の振る舞いを観察し、いじめられないようにみんなのまねをする。
- リストカットなど自傷行為に走る。
- 自殺を考える、あるいは自殺未遂を起こす。
- 食欲不振になり、不眠が続く。
- 鬱になり自分を大切にできなくなる。
- 自分もいじめられているが、どこかで優位性を担保したくて、自分よりも弱い人をいじめる。
- 公正さ／不公平さに非常に過敏になる。
- ソーシャルメディアを避けるようになり、自分のアカウントを閉鎖する。
- いじめられたくないので、優秀な成績を取っていることや、ダンジョンズ&ドラゴンズ（訳注：テーブルトークRPG）の大ファンであることや、電車オタクであることを隠そうとする、あるいはそういう自分を卑下する。
- 動物と友達になる、あるいは自然に癒しを求める。
- 自分よりずっと年下の人や、のけ者にされている人など、「自分に危害を加えない安全な人」と友人関係を築こうとする。
- 仲間からほんの少し親切にされたり優しくされたりしただけで、（そういうことが滅多にないために）深く感動してしまう。
- 毎日いじめに立ち向かう自分を励ますために、ポジティブなひとり言をつぶやく。
- 問題はいじめの加害者にあって、自分にはないことを認識する。
- 人をこき下ろすグループではなく、友情を温めることができて、ここに属していてよかったと思えるグループを見つける。

この事例が形作るキャラクターの人格

ポジティブな人格
慎重、協調性が高い、独立独歩、大人っぽい、自然派、面倒見がいい、従順、秘密を守る、積極的、世話好き、臨機応変

ネガティブな人格
依存症、反社会的、だまされやすい、とげとげしい、偽善的、不安症、うっとうしい、神経質、自滅的、卑屈、疑い深い、寡黙

トラウマを悪化させる引き金となる出来事

- 昔自分をいじめた人にばったり出くわす、または誰かが不当に扱われているのを目撃する。
- いじめの被害に遭い、自殺を図った人の噂を聞く。
- 昔いじめられたことを思い出してしまう場所を再び訪ねる、あるいは、その過去を彷彿とさせる状況に陥る。
- いじめと呼べるほどではないが、不当な扱いを受ける（やりたくないことを友人に無理矢理やらされる、など）。

トラウマに向き合う／克服する場面

- 子どもの頃にいじめられた経験があり、大人になってからも、職場やコミュニティの中でいじめられている。
- 虐待してくる人と付き合っていて、いじめがパターン化しているのに自分がそれに対して何もしていないことに気付く。
- 我が子がいじめられている気配を感じ、親としてなんとかしていじめを阻止したいと思っている。

冤罪

〔英 Being falsely accused of a crime〕

具体的な状況

無実の罪に問われるのは無念やるかたないものである。疑惑を持たれて屈辱的な捜査を受け、自分の名を汚し、家族にも迷惑が及び、さらに服役ともなれば、その苦しみは想像を絶する。冤罪は次のような犯罪でぬれぎぬを着せられることから始まる。

- 殺人
- 社員へのセクシャルハラスメント
- 職場での差別
- 子どもまたは配偶者への虐待
- 性的虐待（学生、近所の人、我が子などを虐待）
- 窃盗
- 汚職（資金流用、贈収賄、権力乱用、違法行為など）
- 恐喝
- 誘拐
- 校舎やコミュニティの建物の破壊行為
- 麻薬取引
- 売春

この事例で損なわれる欲求

安全・安心、帰属意識・愛、承認・尊重、自己実現

キャラクターに生じる思い込み

- 「今後自分の汚名がそそがれることは絶対にないと思う」
- 「無実は証明されたけれど、自分は一生人に怪しまれる人間になる」
- 「不正行為を少しでも疑われたくないから、自分は非の打ちどころのない人間でいなくてはならない」
- 「自分を信用してくれる人なんていない」
- 「この冤罪は自分に一生つきまとうに決まっている」
- 「こんなに自分の名が汚されては、夢も諦めざるを得ない」（政治家としてのキャリアを積むつもりだった、など）

キャラクターが抱く不安

- 「見ず知らずの人まで、自分が疑惑をかけられていることを知っているかもしれない」
- 「ぬれぎぬを着せられたせいで、自分の家族まで不当な扱いを受けるかもしれない」
- 「もう誰にも信じてもらえないだろう」
- 「別件でもまた疑惑をかけられるかもしれない」
- 「疑いをかけられたせいで、自分は世間ののけ者になってしまう」
- 「権力や支配力を振りかざす人たちは恐ろしい」
- 「信用している人でも、いつかは裏切るかもしれない」

行動基準の変化

- 事件のことを隠す。
- 愛する人に事件のことを口止めする。
- 人生再出発を図るため、転職や引越をする、あるいは教会を変えたりする。
- 自分を犯罪人に仕立て上げた人物に似たタイプの人に偏見を持つようになる。
- 友人や遊び仲間から離れていく、あるいは新しく人と出会うのを避けるなどして、人と関わらなくなる。
- ちょっとしたことでもすぐにむきになり、釈明したくなる。
- わずかな誤解でも、すぐにその誤解を解かなければならないと思ってしまう。
- 人を嫉妬させるような事柄を避ける。
- この冤罪の一件に関わらず、自分が関与している事柄について友人たちが冗談を言ったり、真実とは異なることを言ったりすると、動揺する。

- 他人の言い成りになる。
- 疑惑をかけられていたときに、自分を擁護して支えてくれた人たちに強い忠誠心を持つようになる。
- 万が一、別件で疑惑をかけられたときに備え、記録をすべて残しておく。
- また疑惑をかけられはしないかと恐れ、規則や法律に一字一句厳密に従うようになる。
- 被害者意識が強くなる。
- 「頑張ったってどうせダメなんだ」と自分に期待しなくなる。
- 誰もかばってくれないと思い込んでいるから、自分を擁護する。
- 人に怪しまれるような状況を避ける（学生と二人きりになる、同僚と二人だけで出張するといった状況を避ける、など）。
- 不公平な扱いを受けている人や不正に苦しむ人を見ると、その人に同調せずにいられなくなる。
- 自分が疑いをかけられたときの苦しみを人には経験させたくないという思いから、バカがつくほど、常に人を信じる。
- ぬれぎぬを着せられた人をかばう。
- 不正行為をしているかもしれないという疑惑だけでは人を責めず、必ず証拠を求める。
- 名誉挽回に協力してくれた人たちに感謝する。

この事例が形作るキャラクターの人格

ポジティブな人格
感謝の心がある、大胆、慎重、芯が強い、協調性が高い、礼儀正しい、如才ない、控えめ、おおらか、正直、気高い、独立独歩、公明正大、優しい、従順、秘密を守る、上品、寛容、賢い

ネガティブな人格
意地悪、挑戦的、皮肉屋、防衛的、不正直、とげとげしい、生真面目、不安症、被害者意識が強い、神経質、神経過敏、完璧主義、悲観的、気分屋、協調性が低い、引っ込み思案

トラウマを悪化させる引き金となる出来事
- 無実の自分に罪を着せようとした人間が何の咎めもなく生きているのを見る。
- 無実の罪を着せられたせいで、友情を失ってしまう。
- 大したことではないが、別件で間違って自分が非難されてしまう。
- 人の噂で盛り上がり、他人事なのにすぐに結論に飛びつく人たち（自分と交友関係のある人や、同じ教会に集まる信者たち、など）を見てしまう。

トラウマに向き合う／克服する場面
- 無罪判決が出たのにもかかわらず、告訴されたことを理由に職場で処罰され（昇進できない、異動を命じられる、など）、泣き寝入りか、闘うかの選択を強いられる。
- 長年自分の過去を隠そうと努めてきたのに疑惑が再浮上し、もう逃げるのをやめて、真実と法の裁きを求める決意をする。
- 友人や愛する人が自分とつながっているせいで不当な扱いを受け、それから目をそらすか、それとも、正義と公正を求めて闘うかの選択を迫られる。

解雇／レイオフされる

〔英 Being fired or laid off〕

具体的な状況

- 人事評価が低いことを理由に解雇される。
- 部署が縮小された、あるいは職務がアウトソースされたためレイオフされる。
- 人事評価が低い、アルコールなどの依存症にかかっているため仕事に悪影響が出ている、信頼できないなどの理由で解雇される。
- もうすぐ子どもが生まれる、マイホームを購入したばかり、といった大事なときに職を失う。
- 会社にとって社員が経済的負担になっているため、合法的に解雇される（健康上の理由で長期病気休暇が必要、または頻繁に病気欠勤する必要がある場合など）。
- 企業が合併し、一方の企業の社員の大半が職を失う。
- 上司と衝突し（合法的または非合法的に）解雇される。

この事例で損なわれる欲求

生理的欲求、安全・安心、帰属意識・愛、承認・尊重、自己実現

キャラクターに生じる思い込み

- 「解雇されないようにするには、誰よりも一生懸命働かなければならない」
- 「会社がやっていることに反対するより、チームプレーヤーでいたほうが安全だ」
- 「能力が全然足りていないのに、この分野でキャリアを積もうとした自分が愚かだった」
- 「家族を養えない自分に価値なんてない」
- 「自分は使いものにならない人間なんだ。そして会社はそれを知っている」
- 「無職になった自分なんて誰も尊敬してくれないよ」
- 「仕事にしがみつくためなら何だってする」

キャラクターが抱く不安

- 「リスクを負うのは嫌だ。特に経済的なリスクは勘弁してほしい」
- 「新しい仕事で何か間違ったことを言ったり、してしまったりしたらどうしよう」
- 「もしかして自分は仕事で大した成果を出していないのかもしれない」
- 「解雇されたら家計が苦しくなるし、結婚生活にもひびが入って、妻に逃げられでもしたらどうしよう」
- 「新しい職に就いたはいいけど、会社の幹部交代があったし、買収の可能性もなきにしもあらずだし、新技術が開発されて今の仕事もなくなってしまうかもしれないな……」
- 「無職の間に借金がかさんでいったら大変だ」
- 「無職になったから、妻や子ども、両親、近所の人、それに友人から尊敬されなくなるかもしれないな」
- 「新しい仕事が見つからなかったらどうしよう」

行動基準の変化

- 解雇されたことを人に言えなくて、今も仕事をしているふりをする。
- 怒りまたは裏切られた気持ちから、雇用主に対して誠実ではなくなる。
- 自分にも非があるかもしれないのに、まったく身に覚えがなく解雇されたと主張する。
- 何か仕事はないかと昔の同僚や上司あるいは友人知人に連絡を取る。
- 自分の特技や能力を誇張して履歴書を書く。
- 不安症や鬱になり、低い自尊心に悩まされる。
- 自分の能力とはかけ離れた職務内容であっても履歴書を送る（経済的に追い込まれている場合）。
- 新しい仕事に就いたものの、危なっかしい状況になって会社に虚偽の報告をしてしまう。
- 体調不良、非現実的な締め切りなど、苦痛

を会社に訴えて調査されるよりは隠し通す。
- お金のことを心配し、家計を気にする。
- 職の安定と雇用主を満足させることが自己価値につながるようになる。
- 職場での自分の価値を高め、仕事への献身ぶりをアピールするために遅くまで仕事をする。
- 人に好印象を与えたくて外見に細かく気を遣うようになる。
- 職場で倫理に反する問題が起きても見て見ぬふりをする。
- 会社の幹部にいつも同意してばかりの「イエスマン」になる。
- 仕事に関して「よくやっているね」と常に褒めてもらいたくなる。
- 人より頑張っていることをアピールしたくて、シフトを追加し、休日や祝日も働くようになる。
- 何かがあったときのために副業も始め、貯蓄に励む。
- 家に仕事を持ち帰り、ワーク・ライフ・バランスを崩す。
- 仕事にコミットしすぎて家族と一緒に過ごす時間を犠牲にする。
- 面白くない仕事でも安定しているし給料もちゃんともらえるという理由で、その仕事にしがみつく。
- 職場で手持ち無沙汰な時間が出たとき、または有給を取らなくてはならないとき、罪悪感を持つ。
- 自分がいかに多くの仕事量をこなしているか雇用主や同僚にアピールする。
- 雇用主や上司に媚びる。
- 自分ができることを証明したくて、自分には合わない仕事内容かもしれないのに、注目度の高いプロジェクトをやる。
- 他人の言い成りになるより、個人事業主の道を選ぶ。
- 仕事を自分の存在価値や自尊心に結びつけず、もっと健全な見方をするようになる。

この事例が形作るキャラクターの人格

ポジティブな人格
用心深い、協調性が高い、礼儀正しい、効率的、熱心、気高い、勤勉、忠実、情け深い、プロフェッショナル、臨機応変、賢明

ネガティブな人格
依存症、不安症、執拗、完璧主義、恨みがましい、自滅的、けち、非倫理的、意気地なし、仕事中毒、心配性

トラウマを悪化させる引き金となる出来事
- 会社の事業縮小とレイオフの噂を耳にする。
- 新しい上司のもとで働くことになったが、その上司には気に入っている部下がいる。
- 人事評価レポートを受け取ったが、評価が低かった。
- 会社が合併し、同じ仕事を続けられるかどうか、社内に不安が広がる。
- 人事評価が悪すぎて観察処分を受ける。
- 長年勤めて忠誠を尽くしてきた会社に親がレイオフされてしまう。

トラウマに向き合う／克服する場面
- マイホームの購入、高額の医療費、配偶者のレイオフなど、思いがけない経済的困難が立ちはだかり、自分の仕事を失わないようにしなければ、とあらためて思う。
- 前回解雇されて以来「どうせまたクビになる」と否定的な態度でいたら、また解雇されてしまい、思い込むとそのとおりの事態になることに気付く。
- 結婚後、経済的困難がのしかかり、自分だけが家計を負担させられているのは不公平だと思うようになる。

飢饉・干ばつ

〔英 Living through famine or drought〕

具体的な状況
飢饉と干ばつの原因には次のようなものが考えられる。

- 地域の唯一の水源が汚染される。
- 川や湖を堰き止めてダムが建設され、一部下流地域で水不足が起きる。
- 森林の伐採。
- 気象の変化。
- ある地域に大量の人口が流入し、既存の水源や食糧供給では増えた人口を支えきれなくなる。
- 家畜の間に病気が蔓延し、あるいは農作物が枯れて、地域の食糧供給が途絶える。
- 内戦が起き、食糧供給が制限されたうえに外国から経済制裁を受けて食糧危機が深刻化する。
- 腐敗した政府または支配勢力が意図的に国民への食糧供給を制限する。

この事例で損なわれる欲求
生理的欲求、安全・安心、自己実現

キャラクターに生じる思い込み
- 「持たざる者は常に持てる者に振り回される」
- 「自分以外は誰にも頼れない」
- 「この世で一番大事なことは生き残ること。それしかない」
- 「家族に十分なことをしてやれなかった」

キャラクターが抱く不安
- 「このまま死んでしまうかもしれない」
- 「苦しむ家族を見ているのはつらい」
- 「他の人たちが死んでいくのに、自分は生き残っていていいのだろうか」
- 「自分は権力に翻弄されているのではないか」（権力者たちの手で意図的に飢饉／干ばつが起こっている場合）
- 「空腹や喉の渇きに苦しむのはもうごめんだ」
- 「大したこともしないうちに自分は死んでいくのかもしれない」
- 「自分は取るに足りない存在で、使い捨てられていくのだろうな」

行動基準の変化
- わずかしかない食糧を奪われては困るので、隠す。
- 生き残りを賭けているから、道徳観を曲げてもかまわなくなる。
- 身の安全を保障してくれそうな人たちに頼る。
- 愛よりも安心を選ぶ（生活の安定のために結婚する）。
- 子どもに物乞いさせるなど、生活をしのぐために働かせる。
- 富裕層または権力者を信用しなくなる。
- お金があっても使わず、けちになり、何かあったときのために貯め込む。
- また飢えに苦しむような事態が起きたときに備え、贅沢な生活をしない。
- 食べ物が豊富にあると過剰反応する。
- 人が飢え苦しんでいるときに、わずかながらも食べ物がある自分に罪悪感を持つ。
- 来る飢饉や干ばつに備え、食糧や水を蓄える。
- 水や食糧の供給が制限されるような事態を予測して備える。
- 飢饉や干ばつがあまり起きなさそうな土地へ移り住む。
- 臨機応変に自分の手元にあるものでなんとかしのぐようになる。
- 食べ物や水を無駄にするようなことに神経質になる。
- 将来安心して暮らせる職が得られるように勉学に励む。

- 飢饉や干ばつが起きた原因を研究し、今後また起きないよう対策を講じる。
- 他者から供給される食糧や水に頼らず、自分で自給自足できるようにする。
- 食べ物や水なしで生きるつらさを知っているので、自分の持っているものを人に分け与える。
- 食糧や水のない人たちを助けるため、寄付やボランティア活動をする。
- 飢饉や干ばつに苦しむ人々をもっと意識してもらえるように、啓蒙活動に携わる。
- 毎日食事ができて、水も飲めることに感謝する。
- 地球の資源を大切にする。
- もっと環境に優しくなる。

この事例が形作るキャラクターの人格

ポジティブな人格
柔軟、用心深い、野心家、感謝の心がある、勇敢、規律正しい、共感力が高い、熱心、太っ腹、独立独歩、忍耐強い、臨機応変、素朴、正義感が強い、勉強家、倹約家、利他的

ネガティブな人格
冷淡、支配的、皮肉屋、腹黒い、貪欲、とげとげしい、生真面目、せっかち、理不尽、物質主義、病的、執拗、恨みがましい、注意散漫、自己中心的、けち、疑い深い、恩知らず、意気地なし

トラウマを悪化させる引き金となる出来事

- （メンテナンスなど突発的な原因で）自分が住んでいる建物で断水が起きる。
- 自分が住んでいる地域で一時的な干ばつが起きる。
- 停電が起き、冷蔵庫や冷凍庫の食べ物が腐ってしまう。
- 空腹で、あるいは喉が渇いて仕方がなくなる。
- 過去に飢饉や干ばつを引き起こした状況と似たような事態が生じる。
- 近所で食べ物に困っている人を見かける。
- 飢饉時に唯一手に入った食べ物を再び口にする、またはその匂いを嗅ぐ。

トラウマに向き合う／克服する場面

- 食べ物や水は十分あるのに、足りなくなるのが怖いから、人に分け与えるのは気が進まない。
- 食糧危機を乗りきるためには自分のモラルを犠牲にするのも厭わなかったが、今ではそんな自分が信じられず、自尊心もアイデンティティも崩壊して苦しんでいる。
- 死を免れ、危機的な干ばつを乗りきったのに、病（手術不可能な腫瘍、など）に倒れ、余命を宣告される。

NOTE
干ばつ（長い間雨が降らないこと）と飢饉（農作物が不作で食糧が極端に欠乏すること）はまったく別の現象だが、2つの間に因果関係はある。どちらも数週間で終わることもあれば、何年も続くこともある。当然長期化すれば、問題が深刻化するが、十分な食糧や水がないまま生きるのは、たとえ短期間であってもトラウマになる。

暗い秘密を持つ

〔英 Being forced to keep a dark secret〕

具体的な状況

- 我が子がソシオパス（社会病質者）である。
- 配偶者がひき逃げをした。
- 家族が虐待されている。
- 家族間で起きた殺人をひた隠しにしている。
- 親の臨終の際に、家族を震撼させる恐ろしい告白を聞かされた。
- 我が子が大量殺人事件の共犯者である。
- 配偶者がテロ組織のメンバーである。
- 非合法な手段で子どもを手に入れた。
- 家族が麻薬を密輸している。
- ヒトラー、カストロ、ビン・ラディンなど、歴史に残る悪名高き人物の血を引いている。
- 親が会社の金を着服している、あるいは弱者から金を巻き上げている。

この事例で損なわれる欲求

安全・安心、帰属意識・愛、承認・尊重

キャラクターに生じる思い込み

- 「自分と血のつながっている人間がこんな罪を犯すなんて……自分もいずれはああなるかもしれない」
- 「もしこのことが人にばれたら、のけ者にされてしまう」
- 「黙っていることで自分も共犯になってしまった。もう誰にも言えない」
- 「この秘密を一切口外しないのが、みんなにとって一番だと思う」
- 「真相よりも、家族の幸せのほうがはるかに大事だ」
- 「このことを口外すると、人を裏切ることになってしまう」
- 「秘密はいずればれてしまうものだけど、自分が敢えて明かす必要はないよ」
- 「捕まるまでは有罪じゃない」
- 「世間が真相を知ったら、自分は嫌われ者になる」
- 「世間はもう忘れていることだし、今更真実を明かしたところで何になる。傷口が広がるだけじゃないか」

キャラクターが抱く不安

- 「他の人がこの秘密を嗅ぎつけるかもしれない」
- 「法的な影響が出るかもしれない」（逮捕される、子どもの親権を奪われるなど）
- 「家族や友人から拒絶されてしまうかもしれない」
- 「黙秘している自分も罪を犯した人と変わらないかもしれない」（弱気になっている場合）
- 「真相がばれたら、何もかも失ってしまうかもしれない。愛も、名誉ある仕事も、同僚からの尊敬も……」
- 「この秘密をばらされたら困る人に、いやがらせされるかもしれない」

行動基準の変化

- 嘘をついたり、人をだましたりすることを何とも思わなくなる。
- 現実から目をそらし、心の中で真実を書き換えてしまう。
- 矛盾したことを言う（一貫して嘘をつき通せない）。
- 真相を隠しておきたい人を味方につける。
- 真相を嗅ぎつけそうな人たちを警戒する。
- 悪夢を見るようになる。
- 鬱になる。
- やらなければならないことでも集中できなくなり、注意散漫になる。
- 秘密に関与している人たちから離れる（わざと遠方の学校に通う、引っ越す、など）。
- 秘密にしておいてほしいと頼んできた人を避ける。
- 間違ったことをしている張本人に怯えながら、

薄氷を踏む思いで生活する。
- 間違ったことをしている張本人をなだめようとして、いつも自分が折れてしまう。
- 長い間ストレスを強いられているせいで、高血圧、消化器系の不良、頭痛など健康に害が出始める。
- ドラッグやアルコールを乱用する。
- 相手の秘密は守っているが、自分の本心を吐き出すため、他の手段に訴える。
- 気分がころころ変わったり、激しやすくなったりする。
- 真実を隠しておきたい張本人に、とげとげしい態度を取る。
- 警察が近くにいると神経を尖らせる。
- 間違ったことをしている張本人と今までは一緒にやっていたこと（趣味、活動、関心事など）をやらなくなる。
- 秘密がばれるのを恐れ、人に心を開けなくなる。
- しっぽを掴まれる危険行為だとは知りながらも、被害に遭った人たちを助ける。
- 匿名で秘密を暴露する計画を練る。
- 秘密を忘れて他のことに専念しようと、何かに没頭する。
- 間違ったことをしている張本人の悪事を世間に暴こうと、密かに情報収集する。

この事例が形作るキャラクターの人格

ポジティブな人格
用心深い、慎重、協調性が高い、礼儀正しい、好奇心旺盛、如才ない、控えめ、おおらか、熱心、独立独歩、忠実、大人っぽい、几帳面、従順、注意深い、忍耐強い、秘密を守る、世話好き、お人好し

ネガティブな人格
依存症、臆病、不正直、つかみどころがない、忘れっぽい、とげとげしい、衝動的、抑圧的、不安症、理不尽、無責任、神経質、反抗的、恨みがましい、自滅的、卑屈、激しやすい

トラウマを悪化させる引き金となる出来事
- 人に秘密を打ち明けられ、（大した秘密ではなくても）それを誰にも言わないでほしいと頼まれる。
- 他にも誰かこの秘密を知っているのではないかと思わせることがある。
- 秘密にしている事件の被害者にばったり会う。
- 秘密にしていることについて直球の質問を投げられ、ごまかそうとして嘘をつくはめになる。

トラウマに向き合う／克服する場面
- 秘密が明らかになりつつあり、自分も共犯者として取り調べを受けている。
- ある人との関係が深まり、秘密を守り通さなければならない重圧から自分を解放し心安らかになりたい一心で、その人に秘密を打ち明けたくなる。
- 秘密を大切な人にも打ち明けられないせいで、夫婦関係あるいは恋人関係に軋轢が生じる。
- 悪事を働いた張本人が今も卑劣な行為を続けているのではないかと怪しみ、このまま見て見ぬふりをして楽なほうに流れるか、それとも正しい道を選ぶべきか選択を迫られる。

権力が乱用される

〔英 an Abuse of power〕

具体的な状況

- 警察の蛮行の被害に遭う。
- ぬれぎぬを着せられる。
- 権力者から性的虐待を受ける（教師、聖職者、警察官、など）。
- 雇用者の計略にひっかかり、あるいは脅迫されて、反倫理的な行動を取らされる。
- 政府の気まぐれな政策で、個人の所有地の差し押さえ、自宅の取り壊し、別の土地や家屋への強制移動などの被害を受ける。
- 介護ホームに入っている老人が介護職員にネグレクトされる。
- 権力のある立場の人から、公に屈辱を受ける。
- 自分の親または保護者から虐待を受ける、または不当な扱いを受ける。
- ファイナンシャル・アドバイザーまたは金融機関にだまされる。
- チャリティーに寄付したが、後から寄付金が誰かの私利私欲のために盗用されたことを知る。
- 違法に解雇／レイオフされる。
- 信頼していた個人や企業に自分のアイデアまたは研究を盗まれる。
- マスコミが世論誘導目的で事実を曲げる。
- 支配者または団体・企業が金をちらつかせる、影響力をかざす、あるいは威嚇するなどして、法律の裏をかく。

この事例で損なわれる欲求

安全・安心、帰属意識・愛、承認・尊重

キャラクターに生じる思い込み

- 「自分は本当に馬鹿だ。何にでも引っかかってしまう」
- 「権力を持った人間や組織は信用できない」
- 「かばってくれる人なんていないから、自分のことは自分で気をつけないと……」
- 「いつも人の言い成りになるしかない」
- 「自分は弱いから目をつけられた」
- 「人に管理を任せると、こっちが被害を受ける危険がある」
- 「自分の判断はあてにならない」
- 「権力は腐敗している。どんなタイプの指導者でも信用すると自分が馬鹿を見る」
- 「権力者が金をばらまいて、金にものを言わせる世の中じゃ、司法の判断なんかあてにならない」

キャラクターが抱く不安

- 「また利用されるかもしれない」
- 「自分には人を見る目がないかもしれない」
- 「間違った人や組織を信用してしまうかもしれない」
- 「うさんくさい資金運用会社に貯金をだまし取られた。この損失は二度と取り戻せないかもしれない」

行動基準の変化

- 司法手続きに欠陥がある、あるいは自分の治療に健康保険を適用できないなどの理由で、自国の社会制度や政府に不信感を抱く。
- 個人的に知っている人としか一緒に仕事をしなくなる。
- 何か悪いことが起きた場合に他人に責任を押し付けられるよう、自分では大きな決断を下さなくなる。
- 昔ながらのやり方に固執し、新しい物事を信用しない。
- まただまされないように、十二分に情報を把握するまで事実を調べ上げないと気が済まない。
- 社会の隅々にまで腐敗が浸透しているのではないかと怪しむ。
- 陰謀論を信じるようになる。

- 無力感に襲われ、この世の人間はみな堕落していて、なすすべもないと思い込む。
- 自給自足の暮らしをする。
- 権力乱用が起きた企業や団体と縁を切る（宗教団体を軽蔑する、銀行に貯蓄せずに自宅に現金を隠し持つ、など）。
- 権力者と仕事をするチャンスが巡ってきても、まずは情報の完全開示を求め、納得してからでないと一緒に仕事しない。
- 自分が権力乱用の犠牲になったことがあり、愛する人が同じ目に遭わないように守ろうとする。
- 何を決めるにも、信用できる情報源に頼りきってしまう。
- 自分のことは人任せにせず、どんな細かいことでも自分でやるようになる。
- 信用できる団体であることを証明できないグループや組織からは抜ける。
- 司法、警察、公教育を避け、警察に頼らずに自分で悪を裁こうとしたり、我が子を公立学校に通わせずに自宅で教育したりする。
- 権力乱用者または腐敗組織の名を世間に公開し、失墜させようと画策する。
- 団体や企業に関しては入念に調べる。
- 他人、特に権力者には、常に尊敬と礼儀を持って接する。

この事例が形作るキャラクターの人格

ポジティブな人格
分析家、熱心、勤勉、公明正大、忠実、几帳面、きちんとしている、情熱的、忍耐強い、積極的、世話好き、臨機応変、責任感が強い、勉強家、古風

ネガティブな人格
反社会的、無気力、冷淡、挑戦的、支配的、皮肉屋、失礼、狂信的、愚か、傲慢、頑固、理不尽、詮索好き、執拗、妄想症、協調性が低い、引っ込み思案

トラウマを悪化させる引き金となる出来事

- 公正だと評判の高かった人や団体が実は人を食い物にしていたというニュースを聞く。
- また別の権力者に不当な扱いを受ける。
- 前に怪しいと疑ったことがある幼稚園やケアホームに子どもや高齢の親を預けなければならない。
- 権力乱用の犠牲になり、生活が困窮する（金融詐欺で老後の貯金を失い働き続けなければならない、警察に殴られ怪我をして働けなくなった、など）。

トラウマに向き合う／克服する場面

- 苦境を強いられ、権力者を信用するか否かの選択を迫られる。
- 過去に権力乱用の被害に遭ったことがあり、被害者意識を持っているのだが、それが我が子にも飛び火しているのを見て（子どもが皮肉を言う、警察を怖がる、自分の判断を信じない、など）、子どもにはもっと幸せな生活を送ってもらいたいと願う。
- 権力者が実は立派で信用できる人だったことが発覚し、その人を見直さざるを得なくなる。
- キャラクターが我が子に対して支配欲が強く、子どもに権力を振りかざしてしまったが、信用回復の努力をすれば変わることができ、また子どもに信用される親になれることに気付く。

社会不安

〔英 Living through civil unrest〕

具体的な状況

政治的動機あるいは正義心から、ある集団が騒動を巻き起こすと社会不安が起きる。その要因には、短期間で収束する暴力的な抗議運動から、大規模な暴動、破壊行為、リンチなどいろいろあるが、長期化すると社会が機能しなくなり、その地域に暮らす人々の生活に悪影響が出る。たとえば、次のような影響が出る。

- 食糧、燃料、水など、生活必需品が不足する。
- 公共の安全が脅かされる。
- 暴動が起き、犯罪が多発する。
- （外出禁止令が出る、不当な家宅捜査が行われる、個人の財産が没収される、など）自由が制限される。
- 個人の所有物が破壊される。
- 学校、病院、郵便、ごみ収集などの公共サービス、携帯電話網、交通機関などが遮断される。
- 電気やガスなどが止まる。

この事例で損なわれる欲求

生理的欲求、安全・安心

キャラクターに生じる思い込み

- 「こうなることはわかっていたはず……」
- 「自分には法律なんて関係ない」
- 「いくら世の中が不公平でも、波風立てるよりは言われるがまま行動したほうがましだ」
- 「信用できるのも頼れるのも自分しかいない」
- 「ここから立ち直るなんて絶対に無理だ」
- 「安全なんて幻想にすぎない」
- 「一皮剥げば、みんな平気で暴力を振るう」

キャラクターが抱く不安

- 「殺されるかもしれない」
- 「愛する人が殺されるかもしれない」
- 「家族を養えなくなるかもしれない」
- 「家族が怪我や病気になっても、治療を受けられないかもしれない」
- 「生活必需品が不足し始めて、略奪が起きるかもしれない」
- 「有事の際に市民を守ってくれるはずの警察や政府は、いざとなったら自分たちを見捨てる可能性がある」
- 「運悪く、まずい時にまずい場所に居合わせてしまうかも……」
- 「他人の問題に首を突っ込んで、痛い目に遭うのはごめんだ」

行動基準の変化

- 妄想や疑惑が強まる。
- 考える前に衝動的に体が反応してしまう。
- 自分の置かれた環境、音、感情、動きなどの変化に敏感になる。
- 社会不安を巻き起こしている集団とは相容れない考えを持っているが、それを隠し、変装して目立たないようにする。
- いつ暴動が起きるかもしれず、ニュースにかじりつく。
- （要塞を築く、家族の所在を常に確認、武装する、など）自宅の防犯システムを強化する。
- 眠れなくなり、不安と緊張が高まる。
- 避難計画を練る（隠れ場所を作る、一時避難場所や、家族が散り散りになったときの連絡方法などを決めておく、など）。
- どうしてものとき以外は外出を控える。
- 誰を信用していいかわからず、自分の言葉に気をつけるようになる。
- 背信行為を疑われ、見張られていないか神経を尖らせる。

- どんなに不便でも、命の危険がある地域は避ける。
- 緊急時の必需品を貯め込む、あるいは無駄遣いしない。
- 食糧、燃料、水、衣類などを無駄にするのを嫌がる。
- 些細なことも心配になり、最悪の事態をすぐに想像してしまう。
- 出口や避難路になりそうなところを確認しておく。
- すぐに逃げなければならない場合に備え、緊急避難キットを用意しておく。
- 今までなら人を助けていた状況に遭遇しても、救いの手を差し伸べない。
- 家の修繕方法、基本応急処置、動物の捕獲や狩猟など、いざというときのため自給自足の知恵を付けておく。
- 生活に必要なものを分け合い、助け合うため、近所の人との連絡を密にする。
- 社会不安を巻き起こしているグループに反撃を加える計画を立てる。

この事例が形作るキャラクターの人格

ポジティブな人格
柔軟、用心深い、分析家、大胆、慎重、協調性が高い、決断力がある、効率的、独立独歩、優しい、忠実、大人っぽい、注意深い、きちんとしている、積極的、世話好き、臨機応変、責任感が強い、倹約家

ネガティブな人格
反社会的、無気力、冷淡、挑戦的、支配的、つかみどころがない、狂信的、貪欲、とげとげしい、生真面目、衝動的、抑圧的、妄想症、悲観的、けち、寡黙、非倫理的、暴力的

トラウマを悪化させる引き金となる出来事
- 銃声音、煙の匂いなどが引き金となり、混乱時を思い出す。
- 近所の人が突然夜逃げする。
- 通勤途中、抗議運動をしているグループのそばを通りかかる。
- 職場の労働組合のストライキが激化してくる。
- どこかで社会不安が起きている様子をニュースで見る。

トラウマに向き合う／克服する場面
- 自然災害で深刻な被害が広がり、生活必需品が手に入らなくなる。
- 教員組合ストライキ、労働争議などがあり、職場で不安が広がり、どちらかに肩入れしなければならない。
- 普段の自分には考えられないようなことをして混乱を逃れ、平和な日常を取り戻したが、その後、自分の道徳観を試されるような出来事が起きる。

し

第三者の死の責任を不当に問われる

〔英 Being unfairly blamed for someone's death〕

具体的な状況

次のようなケースで第三者の死の責任を不当に問われることが考えられる。

- 友人が飲酒運転するのを引き止められなかった。
- ある人が自殺する直前に言い争いをした。
- ヒッチハイカーを見かけたが素通りし、後でそのヒッチハイカーが別の車にひかれて死んだ。
- 人の危険行為を止められなかった。
- 自分も酔っていて、友人が急性アルコール中毒になったことに気付かなかった。
- 馬鹿なまねをする弟を引き止められなかった。
- 一緒に外で遊んでいた妹が誘拐された。姉なのに不審者に気付かなかった。
- 馬鹿騒ぎをしていたら、友人が突然ベランダから落ちて死んでしまった。
- 救助に間に合わなかった（プールを監視しているときに溺死事故が起きた、消防隊員が火事から人を救えなかった、警察官が飛び降り自殺者を引き止められなかった、など）。
- 人を2人救出しなければならない状況で、1人しか救えなかった。
- バイク事故で、ヘルメットをかぶっていた自分は助かったが、着用していなかった友人は死亡した。
- 自分の過失で起きた自動車事故ではないが犠牲者が出たし、車の運転をしていたのは自分だった。
- 病欠した自分の代わりに働いていた同僚が強盗に殺された。
- 妻が鬱に苦しんでいることに気付かず、自殺を止められなかった。
- 自分を出産したときに母親が死んでしまった。

この事例で損なわれる欲求

安全・安心、帰属意識・愛、承認・尊重、自己実現

キャラクターに生じる思い込み

- 「妹（いとこ／母親／友人など）の代わりに自分が死ねばよかった」
- 「亡くなった人の分も生きて、おわびするしかない」
- 「亡くなった人や迷惑をかけてしまった人には、いくら償っても償いきれない」
- 「自分には幸せになる資格はないし、楽しい思いもしてはいけないと思う」
- 「自分はひどい母親（父親／姉／兄／妻／夫など)だ。こんなことになるとは思いもしなかった」
- 「人の分まで責任を持てないし、重要なことは何も決められない」
- 「自分の能力や価値を証明するには、何でも責任を背負わないといけないし、何にでも優れていないといけない」

キャラクターが抱く不安

- 「人と付き合うのも、他人の面倒を見るのも苦手」
- 「自分の弱い部分を人に見せたくない……」
- 「あの人が亡くなったのは、自分の判断がまずかったせいだ。また同じ間違いを繰り返してしまうかもしれない」
- 「他の人にも影響を及ぼすような選択はできればしたくない」
- 「また犠牲者が出るのは嫌だから、二度と危ないことはしたくない……」

行動基準の変化

- 自分に非があるわけではないのに、極度の自責の念に苛まれる。

- 事故の責任を問う声にビクビクしながら暮らすようになる。
- 信用関係を築けなくなる。
- 責任を問われて、当惑する気持ちと怒りが入り交じる。
- 自分の無実を証明せずにはいられない。
- 健全な形で前進できなくなる（人間関係に悪影響が出る、自分のやりたいことや夢を追えなくなる、など）。
- 過去を何度も振り返り、反省してしまう。
- 友人や家族から遠ざかる。
- ストレスがかさんで不安症にかかり、処方箋が必要になる。
- 苦しみから逃れようとアルコールやドラッグに頼る。
- くよくよと悩む。
- 自分には非はなかったと抗戦の構えを取る。
- 感情の起伏が激しくなる。
- 事故の悪夢を見るようになり、不眠症になる。
- 低い自尊心を完璧主義になって埋めようとする。
- たとえ人に利用されることになっても、自己犠牲に走る。
- 仕事や責任をひとりで抱え込み、頼れる人間になろうとする。
- 他人の面倒を見るはめになりそうなことはすべて敬遠する。
- いつも楽な道を選ぶ。
- 間違った判断をするのを恐れ、積極的に行動したがらない。
- 愛する人に対し、神経質なほど過保護になる。
- 自分に責任はないし、喪失の悲しみから前進できずにいる人にいつまでも付き合ってはいられないことに気付く。
- 犠牲者の遺族を助けようとする（求められれば助けられるようにしておく、遺児のために学資ファンドを始める、など）。
- 確信が得られるまでは他人を責めなくなる。

この事例が形作るキャラクターの人格

ポジティブな人格
用心深い、感謝の心がある、気高い、内向的、公明正大、情け深い、面倒見がいい、注意深い、秘密を守る、世話好き、責任感が強い、感傷的、正義感が強い、スピリチュアル、協力的

ネガティブな人格
依存症、強迫観念が強い、支配的、防衛的、つかみどころがない、優柔不断、頑固、抑制的、不安症、病的、妄想症、悲観的、恨みがましい、自滅的、寡黙、激しやすい、引っ込み思案

トラウマを悪化させる引き金となる出来事
- あの死亡事故と同じような事故が起きる。
- 外出中、思いがけなく犠牲者の遺族に出くわす。
- 事故から1年が経つ。
- 犠牲者にまつわるものを見かける（犠牲者が気に入りそうな犬のぬいぐるみ、ハンドローションの匂い、帽子、など）。

トラウマに向き合う／克服する場面
- 不測の事態が発生し（子どもが怪我をした、カープールしていた車が故障して路肩で立ち往生している、など）、救助のため、即座に行動しなければならない。
- 間接的だろうと人を死なせた事故のせいで、自分にとって大切な人に拒絶されてしまう。
- リスクを背負えない、あるいは責任を取れないため、仕事や人間関係で満たされない気持ちになる。

貧困

〔英 Experiencing Poverty〕

具体的な状況

- 親がアルコールやドラッグの依存症に苦しんでいる、または障害を持っていて、安定した収入が得られない。
- 収入に限りのある祖父母に育てられる。
- 難民キャンプで生活する。
- 自宅を追い出され、ホームレスになる。
- 犯罪多発地域で育つ。
- 祖国を追われ、外国で新しい暮らしを立てる。
- 不可抗力でホームレスになる。

この事例で損なわれる欲求

生理的欲求、安全・安心、承認・尊重、自己実現

キャラクターに生じる思い込み

- 「強くならないと、生き残れない」
- 「生き残るためなら何だってやる」
- 「金がすべてだ」
- 「自分の物を奪われたくなければ、闘うしかない」
- 「必要なものさえあれば十分だし、それ以上求めても仕方がない」
- 「金のない人間なんか世間は相手にしない」
- 「物事の善し悪しなんて贅沢な考えだよ。そんなことは、生きるのに必死な自分には二の次だ」
- 「一度犯した間違いはまた繰り返される」

キャラクターが抱く不安

- 「食べ物も住むところも薬もなくて、暮らしていかなければならないなんて……」
- 「自分の所持品が狙われて、襲われるかもしれない」
- 「なんで自分がこんな目に遭わなきゃならないんだろう……」(ヘイトグループ、政府、警察、犯罪者などに脅かされている場合)
- 「この貧困からはもう抜け出せないかもしれない」
- 「子どもも貧困サイクルからは抜け出せないかもしれない」
- 「これで事故や不測の事態が起きたら、ホームレスになってしまう」

行動基準の変化

- 不公平な世の中に生きていると思い込み、貧困から這い上がる気力がまったく失せる。
- 貧困から這い上がるためなら、善悪おかまいなしに何だってやる。人の倍働く、犠牲を払う、教育を受けるのはもちろん、道徳のルールを曲げることも厭わない。
- 貧困から抜け出すための大計画を練るが、壮大すぎて実行できない。
- 無情でとげとげしい人になる。
- その日暮らしになり、先のことが考えられなくなる。
- 貯金やお金の賢い使い方を教わったことがないので、馬鹿なことにお金を使ってしまう。
- 金持ちに先入観を抱く。
- 人にいつも言われていることを鵜呑みにする(「お前は馬鹿だから、ここから一歩も外には出られない」「お前は何をやってもダメだ」など)。
- 常に警戒しながら暮らす。
- 必要に迫られ、複数世代がひとつ屋根の下で一緒に暮らす。
- 金に困らないように、節約して暮らす。
- 安心したいから、現金、食糧、薬など必需品を貯め込む。
- 仕事を複数掛け持って家計をやり繰りする、あるいは将来のために貯金する。
- 警察官、金持ち、あるいは裕福な義理の家族など、貧しい自分を差別した人々を軽蔑する。

- 大人になっても貧困サイクルから抜け出せない（未成年で妊娠する、中途退学する、最低限の能力しかない、など）。
- 貧困から抜け出して一財を築き、富の象徴で身を固める。
- 我が子に一生懸命勉強させて、成功を期待する。
- 自分の思い出がつまった物や貴重品を大切にする。
- 貧しく苦しかったときの自分を信じてくれた人への恩義を忘れない。
- また生活に困ったときに人に支えてもらえるように、互助精神を信じるようになる。
- 落ち着いた環境や安定した仕事を選ぶ、将来に備え貯蓄する、ささやかに暮らすなど、貧困を繰り返さないよう、責任ある判断をするようになる。
- 子どもたちが自立できるように教育を奨励し、個人の責任を教える。

この事例が形作るキャラクターの人格

ポジティブな人格

柔軟、冒険好き、野心家、感謝の心がある、大胆、慎重、芯が強い、共感力が強い、熱心、謙虚、理想家、勤勉、客観的、粘り強い、世話好き、臨機応変、勉強家、天才肌

ネガティブな人格

無神経、依存症、無気力、冷淡、挑戦的、残酷、皮肉屋、腹黒い、失礼、愚か、不真面目、とげとげしい、生真面目、無知、抑制的、嫉妬深い、男くさい、いたずら好き

トラウマを悪化させる引き金となる出来事

- たとえ短期間であっても空腹を感じる、または何も食べないでいる。
- 請求書の支払日が全部重なって、途方に暮れる。
- 突然体調を崩し救急病院に運び込まれる、車が突然故障し買い換えを余儀なくされる、職を失うなど、不運に見舞われ、貧困生活に逆戻りするのではないかと心配する。
- 路上生活者を見かける。
- まだ貧困から抜け出せないでいる幼なじみにばったり会う。

トラウマに向き合う／克服する場面

- 貧困から脱出しても、（人種や宗教など）別の理由で子どもの頃に経験した差別をまた経験する。
- 貧困から抜け出そうとしているのに、不測の事態が起き、努力が水の泡になる。
- 子どもが、退学する、悪いドラッグに手を染めるなどして、貧困に落ちていくのを見ている。
- 自分のやりたいことや夢を追いかけたいのに、貧しかった頃の自分が「よせ」と言うので躊躇したままでいる。

不当な拘束

〔英 Wrongful imprisonment〕

具体的な状況

- 身体的特徴が似ているため犯人と間違われた。
- 誰かの身代わりとして拘束された。
- 陪審員や判事が偏見の持ち主で、有罪判決を受けた。
- 勘違いした目撃者の証言のせいで、または目撃者が虚偽の証言を強要されたせいで、有罪判決を受けた。

この事例で損なわれる欲求

生理的欲求、安全・安心、帰属意識・愛、承認・尊重、自己実現

キャラクターに生じる思い込み

- 「自分が何をやったのかはわからないが、神の怒りを買うようなことをしてしまったのだろう。だから今罰を受けているに違いない」
- 「司法を信じていたのに裏切られた。もう二度と誰のことも、何も信じられない」
- 「何もしていなくてもどうせ罪を着せられるんだから、法律に従うのは無意味だ」
- 「自分の中の何かが奪われてしまったよ。この先二度と満ち足りた気持ちになることはないね」
- 「ここから出られたとしても、身柄を拘束された事実はいつまでも自分に付きまとう」
- 「人を好きなようにさせておくと、結局とばっちりを受けるのは自分だ」
- 「法の裁きなんて信じない。頼れるのは自分のこの腕だけだ」

キャラクターが抱く不安

- 「自分は一生出所できないかもしれない」
- 「収監されている間に他の受刑者に襲われてしまうかもしれない」
- 「あいつまで俺の有罪を信じて疑わないなら、もう別れるしかないだろう」
- 「他人なんて信用できない」
- 「苦しいけど、まだ希望はあると思いたい」
- 「自分の運命はもう自分では決められない。裁判官や弁護士に委ねるしかない」
- 「警察は自分たちに都合の悪いことを隠そうとして、新しい証拠を隠滅させるかもしれない」
- 「真相が明らかにされないかもしれない」
- 「この試練に耐えかねて、自分を見失ってしまいそうだ」

行動基準の変化

- 警察や司法を信用しなくなる。
- 法律に従ってもいいことはなかったから、無視するようになる。
- 自分の有罪を信じている人たちを憎み、その人たちに反抗する。
- 信仰に背を向ける。
- かつては信用していた警察や司法に疑いを抱くようになる。
- 愛する人に捨てられるぐらいなら自分から身を引こうとする（手紙を受け取らない、面会日に会おうとしない、など）。
- 愛する人にすがりつく。
- 家族と連絡が取れなくなったこと（家族からの手紙は刑務所に届いているのに自分の手元には届いていない、面会がキャンセルされた、など）に動揺し、これも不正のせいだと思うようになる。
- 人の言葉を信用しなくなる。
- 自分自身を疑うようになる。
- 味方してくれそうな、あるいは守ってくれそうな人に取り入る。
- 考えや発言の内容が悲観的または冷笑的になる。
- 自分がやりたいことや、やれそうなことに関

して、大きな期待をしなくなる。
- 入所していたときのように人に支配されるのを嫌がるようになる。
- 他人を支配したがるようになる。
- 世の中に幻滅し、反社会的になって、誰に対しても何に対しても反抗する。
- 自分を不当に収監した人たちへの復讐劇を空想する。
- 自滅的な行為に走る（ドラッグに手を出す、酒浸りになる、喧嘩を売る、など）。
- 入所生活に慣れ、命令に逆らわずに毎日の日課を淡々とこなすようになる。
- 報復のため、自分の無実を証明しようとする。
- 自己弁明を目指し、自分の身に起きたことを理解しようと勉強する。
- 破綻した司法システムを変えようとする。
- 信仰を強める。
- 自分では変えられないことに執着するより、今の自分を大切にするようになる。

この事例が形作るキャラクターの人格

ポジティブな人格
柔軟、野心家、おだやか、慎重、熱心、勤勉、公明正大、注意深い、きちんとしている、思慮深い、粘り強い、哲学的、秘密を守る、積極的、臨機応変、正義感が強い、倹約家、寛容

ネガティブな人格
無神経、依存症、反社会的、無気力、冷淡、挑戦的、支配的、皮肉屋、防衛的、とげとげしい、悲観的、恨みがましい、気分屋、小心者、寡黙、激しやすい、引っ込み思案

トラウマを悪化させる引き金となる出来事
- テレビや新聞雑誌で刑務所の外の生活について知る。
- 別件で本当のことを話しているのに、また信じてもらえない。
- 大したことではないがそのことで不当に責められる。
- 拘束の理由によるが、殺人犯、変質者、サイコパス呼ばわりされる。
- 他の受刑者たちに入所前の自分の生活について話す。
- 家族のことを思い出す手紙や写真などを手に取る。
- 判決が出た日や子どもの誕生日など、大切な日がやって来る。

トラウマに向き合う／克服する場面
- 控訴申請が却下される。
- 刑期を満了して出所するが、世間に白い目で見られる。
- 犯罪歴ができたせいで、自分の夢には手が届かなくなってしまったことに気付く。そして夢を調整するか、それとも夢を諦めるかの二者択一を迫られる。
- 自分に忠実でいてくれるはずの人に拒否される。
- 再審を避けたい検察側が隠滅していた証拠が明るみに出る。

ふ

偏見・差別

〔英 Prejudice or discrimination〕

この事例で損なわれる欲求

生理的欲求、安全・安心、帰属意識・愛、承認・尊重、自己実現

キャラクターに生じる思い込み

- 「みんな偏見の塊だ」
- 「自分の人種／信念／宗教がいつも自分の人生の邪魔をする」
- 「私の本当の姿なんて人は見てくれない……見えているのは人種／ジェンダー／障害だけだ」
- 「世間は自分に借りがあるから、取れるものは何でも取っていいのさ」
- 「同じ宗教／人種／世代同士でないと、友達にはなれないし、人間関係もうまくいかない」
- 「自分は神に見放されていると思う。じゃないと、こんなひどい扱いを受けるはずがない」
- 「誰も受け入れてくれないんだから、こっちだって人を受け入れる必要なんかない」
- 「暴力に訴えないかぎり、世間はこちらに見向きもしない」

キャラクターが抱く不安

- 「狙われて襲われるかもしれない」
- 「家族が狙われて襲撃されるかもしれない」
- 「自分の権利が侵害されるどころか、奪われてしまうかもしれない」
- 「頑張って地位を築いても、剥奪されるのがおちだろう」
- 「私は差別されている。だから人生の選択肢は限られていると思う」
- 「グループから仲間外れにされたら、安心もままならない」
- 「差別されるのがあれほど嫌だったのに、自分の中にも他人に対する偏見や差別心があるのかもしれない」

行動基準の変化

- 自分の人種、性的指向、信念などを隠す、あるいは嘘をつく。
- 自分のことを欠陥だらけの人間だと思い、疑ってしまう。
- プロパガンダを聞いてしまい、自分のことを恥じる。
- 本当の自分を否定する。
- 他人の動機を怪しむようになる。
- 自分の民族やジェンダーなどの支援活動を諦める。
- ステレオタイプに過敏になり、そのとおりの人間になる、または逆にそうなるのを避ける。
- 他人に受け入れてもらいたいがために、自分のアイデンティティを犠牲にする。
- 共感できる人としか付き合わなくなる。
- 自分とは正反対の人にもステレオタイプを当てはめたくなるが、同時にそういうメンタリティを超えたいとも思うようになる。
- 人の言うことを信じてしまう。
- 世間から「あいつはこんなやつだ」と決めつけられ、そのとおりの人間になってしまう。
- 感情の起伏が激しくなる。
- 偏見を持たれていると感じると、暴力で反抗する。
- 実際には侮辱されていないのに、されていると思い込む。
- 違う人種や民族などに偏見を持つようになる。
- 不平も言わずに偏見と差別に耐え、誰にも何も言わなくなる。
- あまり期待しなくなる。
- 絶望のあまり鬱になる。
- 自分の能力を疑う。
- ドラッグやアルコールに依存する。
- 厭世観を漂わせるようになる。
- 過去に自分を差別した人たちや差別された場所を避ける。

- 政治的に活発に活動したいのに、反感を買って狙われるのを恐れる。
- 自分の殻に閉じこもる。
- 人種や性的指向が違う人たちからは理解されないものだと思い込んでいるから、人に相談したり、助けを求めたりしない。
- 誰からも非難されないように完璧を目指す。
- 社会の偏見を断つために、司法などの関係当局（または影響力の大きな団体）を巻き込む。
- 抗議運動、ボイコット、政治家への働きかけなどを通じて、不公平の是正を求めて闘う。
- 健全に気持ちを吐き出せるような活動に関わる（同じような信念を持ったグループやクラブに参加する、など）。
- 自分を受け入れ、間違った他人の意見には反駁しながら、健全な方法で偏見や差別と闘う。

この事例が形作るキャラクターの人格

ポジティブな人格
野心家、大胆、芯が強い、協調性が高い、勇敢、楽観的、情熱的、粘り強い、正義感が強い、活発、寛容

ネガティブな人格
反社会的、挑戦的、不誠実、とげとげしい、偽善的、無知、抑制的、不安症、手厳しい、恨みがましい、卑屈

トラウマを悪化させる引き金となる出来事
- 教会や家族の集まりなど、自分が安心できると思っていた場所で偏見の目を向けられる。
- 我が子が偏見を持たれ、差別を受ける。
- 愛する人が差別に屈して夢を諦めるのをそばで見ている。
- 人種差別の傾向がある指導者が権力の座に就き、マイノリティとしての自分の基本的な権利が脅かされる。
- 自国で、自分の人種や宗教への抗議運動を展開している集団を目にする。

トラウマに向き合う／克服する場面
- 人種、年齢、信条の異なる人から友情の手を差し伸べられる。
- 自分の権利を守っている間に、他人の権利が侵害され、偏見は自分のグループだけでなくすべての人に影響を及ぼすのだと気付く。
- 昇進レースで肩透かしを食らい、偏見のせいだと怒っていたが、昇進を勝ち取った人には本当に能力があることを思い知る。
- 若い人に人生教訓を伝えていて、偏見や差別の撤廃に向けて世の中が前進したことに気付き、希望を抱くようになる。

NOTE
偏見とは、十分な根拠なしにもたれる偏った考えや意見を指す。人間は、人種、民族、宗教、社会的階級、ジェンダー、性的指向、年齢、教育レベル、信念などが違う相手に偏見を抱いてしまう。偏った考えを持っていると、事実無根の噂が流れたりしたときに、個人に対して差別的な行動や態度を取ってしまうことが多い。

ホームレスになる

〔英 Becoming homeless for reasons beyond one's control〕

具体的な状況

- 突然健康を崩し、自己破産してしまう（健康保険を購入できない場合、など）。
- 親が精神障害を患い、住む家を失って家族全員がホームレスになってしまう。
- 体が動かなくなって働けなくなる。
- 自然災害で自宅が大破する。
- 火事で自宅またはアパートが焼けたが、火災保険に入っていなかった。
- 虐待関係から逃げ出し、行くところがない。
- 悲しいことが起きて鬱になり、自分を経済的に養えなくなる。
- 小さなことが重なって、家族が貧困ライン以下の生活を強いられる（車の故障、車の接触事故、通院が立て続けに起きた、など）。

この事例で損なわれる欲求

生理的欲求、安全・安心、帰属意識・愛、承認・尊重、自己実現

キャラクターに生じる思い込み

- 「自分は価値のない人間だ」
- 「こうなることも想定して、蓄えておくべきだった」
- 「今は毎日を生きるのに精一杯。夢なんて昔のこと……」
- 「前のような生活には二度と戻れない」
- 「世の中は、自分みたいな人間は落ちていく仕組みになっている」
- 「自分は、世間が思っているとおりの怠け者、役立たず、税金の無駄遣い、身勝手な人間だ」
- 「自分のせいで、子どもが安全で健康でいられる生活が危うくなっている」
- 「自分はひどい親だ」（家族も道連れでホームレスになっている場合）

キャラクターが抱く不安

- 「一家離散も免れず、子どもと引き裂かれてしまうかもしれない」
- 「子どもの心身も傷つけられてしまうかもしれない」
- 「強盗に遭ったり、誰かに襲われたり、だまされたりしてしまうかもしれない」
- 「逮捕されるかもしれない」
- 「家族や昔の近所の人たちに何と思われることか……」
- 「もう一度自分の足で立って暮らすのは無理かもしれない」
- 「このまま鬱になって、酒やドラッグに溺れてしまうかも……」
- 「家族が貧困サイクルに陥って、子どもや孫の代になってもホームレス生活から足を洗えなくなるかもしれない」

行動基準の変化

- 身内や友人を頼って仮住まいできる場所を探す。
- 車上生活をする。
- 鬱が進行していく。
- 苦しみを和らげるためドラッグやアルコールを乱用する。
- だらしなくなる。
- （不眠、栄養不足、機能障害などが原因で）物事に集中できなくなる。
- 子どもも道連れでホームレスになっている、あるいは、自分に頼りにしている親がいるなど、自分の責任で家族を巻き添えにしているとキャラクターが思っている場合は、深い罪悪感に苛まれる。
- 節約方法を見つける（長距離トラックの運転手が利用する休憩所でシャワーを済ませる、安いコインロッカーを利用する、空ボトルに水を補給できる場所を知っている、など）。

- わずかしかない所持品を必死で守ろうとする。
- 麻薬の運び屋、売春など、非道徳的な手段で暮らしを立てるようになる。
- 我が子を自分から連れ去る可能性のある児童相談所や、自分の身柄を拘束するかもしれない警察を恐れる。
- （また失敗することを恐れて）他人の分まで責任を負うのを避ける。
- きちんと計画を立て、それに従う。
- 経済的安定のためなら何でもやる。
- （再び生活を立て直せるようになってからは）あらゆるリスクを避け、お金さえあれば安心できるようになる。
- 我が子の教育を優先する。
- なんとか生計を立てるため、自分の能力以下の仕事をいくつも掛け持ちして働く。
- 買いたいものへ、必要別、欲しいもの別に優先順位を付けるようになる。
- 友人からの助けを喜んで受け入れるようになる。

この事例が形作るキャラクターの人格

ポジティブな人格
用心深い、野心家、協調性が高い、クリエイティブ、控えめ、共感力が高い、熱心、気さく、もてなし上手、謙虚、大人っぽい、きちんとしている、忍耐強い、粘り強い、秘密を守る、世話好き、奇抜、臨機応変

ネガティブな人格
依存症、無気力、冷淡、幼稚、皮肉屋、腹黒い、つかみどころがない、忘れっぽい、無知、不安症、嫉妬深い、神経質、注意散漫、自滅的、けち、愚直、寡黙

トラウマを悪化させる引き金となる出来事
- やっと生計を立て直したのに、思いがけない請求書を受け取り、支払えない。
- 物乞いをしている人や、ゴミ箱の中から空き瓶や空き缶を漁っている人の横を通り過ぎる。
- 車が突然故障して、立ち往生してしまう。
- 自分に非はないのに（建物の取り壊しなどのため）退去命令を受け取る。
- 経済的ピンチを乗り越えた後、親類の集まりがあり、親戚が自分たちの裕福ぶりをひけらかしている姿を横目に見る。

トラウマに向き合う／克服する場面
- ホームレス生活からやっと解放された後、路上生活者に出くわし、その人が安定した暮らしができるように助けたくなる。
- 誰かがホームレスの人間の悪口を言っているのを耳にし、ホームレスの人々をかばって自分の過去を打ち明けるか、それとも、黙ったままでいるかの選択を迫られる。
- 人が助けを申し出てきて、世の中捨てたものじゃないと思い直し、人をまた信用できるようになるチャンスを与えられる。
- ホームレスの人のためのチャリティーに参加しないかと声を掛けられる。

母国を追われる

〔英 Being forced to leave one's homeland〕

具体的な状況

母国を追われることには次のような理由が考えられる。

- 戦争
- 社会不安
- 極度の貧困
- 奴隷としての国外への人身売買
- 壊滅的な自然災害
- 開発の名のもとの環境破壊
- 独裁的な政権の暴走
- 自分の人種または民族、宗教、政治的信念などを理由とする迫害
- 無実の罪

この事例で損なわれる欲求

生理的欲求、安全・安心、帰属意識・愛、承認・尊重、自己実現

キャラクターに生じる思い込み

- 「母国を去ってしまえば、もうどこにいても心が休まることはない」
- 「自分にとって安心できる場所なんてどこにもない」
- 「新しい環境にはなじめない」
- 「祖国を去って、自分のアイデンティティを失ってしまった」
- 「逃げるのは臆病者だ。つまり逃げた自分は臆病者だということだ」

キャラクターが抱く不安

- 「家族に二度と会えないかもしれない」(家族を置き去りにしてきた場合)
- 「新天地でも迫害されるかもしれない」(不寛容な社会から逃げ出したのに、逃亡先もまた同様の社会だった場合)
- 「文化が違いすぎて、ここにはなじめない」
- 「先祖代々受け継いできた伝統を忘れかねない」
- 「自分は移住してきたよそ者だから、ここでは成功できないだろう」
- 「嫌な母国に強制送還されるかもしれない」
- 「祖国の土を踏むことはもう二度とないかもしれない」
- 「国境を越えるときに、一家離れ離れになってしまうかもしれない」
- 「新しい文化になじめずに、浮いてしまうかもしれない」

行動基準の変化

- 新しい文化になかなかなじめない。
- 埋めようのない寂しさを感じる。
- シェルターや食糧の確保、飲料水へのアクセスなど、基本的な生理的欲求を満たすことが難しくなる。
- 母国での生活様式や文化に固執し、新しい環境になじもうとしない。
- 反発して新しい言語を習得しようとしない、あるいは、言語の習得が難しすぎて諦める。
- 不法入国しているため、目立たないように暮らす。
- 移民局や国境警備隊などを恐れる。
- 特に不法入国している場合は、移住先の社会でいいように利用されていると感じる。
- (暴力的な状況から逃れてきた場合)PTSDの症状が出る。
- 自分の所持品を手放さなくなる。
- いろいろな物資や金を貯め込み、移民先での最悪の事態に備える。
- 感情の起伏が激しくなる。
- フラストレーション、ストレス、個人的なトラウマのせいで暴力的になる。
- 仕事や学業で思うように成果を出せなくなる。
- 鬱になる。
- 先のことを案じて不安が募る。

- 自分の文化に属していない人々から自分と家族を隔離する。
- 国境越えを余儀なくされたとき、衛生状態が悪い環境にいて、医療へのアクセスもなかったために、体を壊す。
- 2つの文化に挟まれて、自分のアイデンティティを見失う。
- 我が子に大きな期待をし、勉強させる。
- 移民先でも母国出身の人たちと関係を築くようになる。
- 我が子が祖国の伝統に触れられるようにする。
- 移民先の社会に飛び込んで、新しい言語や習慣などを学ぶ。
- 祖国にいつか戻る計画を立てる。
- どんなにハードルが高くても、必ず成功してやると心を決める。
- 新しい機会を与えられたことや、生活が向上したことを感謝する。
- 些細なことにも感謝し、何事も当たり前だとは思わなくなる。

この事例が形作るキャラクターの人格

ポジティブな人格
柔軟、野心家、感謝の心がある、勇敢、礼儀正しい、共感力が高い、気さく、もてなし上手、謙虚、理想家、独立独歩、勤勉、大人っぽい、愛国心が強い、粘り強い、臨機応変、責任感が強い

ネガティブな人格
挑戦的、腹黒い、とげとげしい、無知、不安症、嫉妬深い、手厳しい、うっとうしい、執拗、独占欲が強い、偏見がある、反抗的、恨みがましい、卑屈、小心者、寡黙、暴力的

トラウマを悪化させる引き金となる出来事
- 自分の住んでいる場所からまた離れることを余儀なくされる（退去命令が出た、移民局から逃げている、など)。
- 祖国にいたときと同じように、移民先でも迫害を受ける。
- 言葉の壁や文化の違いのせいで、コミュニケーションに苦労する。
- 偏見や差別の対象になる。
- 移民先で祖国にいたときよりもひどい生活状況に陥る。

トラウマに向き合う／克服する場面
- 強制移動中に、愛する人を失うが(生き別れ、または死別)、その別れを無駄にしたくない。
- 祖国で身内が危険にさらされていることを知り、戻るか、それとも今の場所にとどまるかの選択を迫られる。
- 新しい文化にもなじんだのに、強制送還されるかもしれない。
- 我が子が祖国の伝統にそっぽを向き、興味を示そうとしない。
- 移民先の国に長年住んでいるが、そこもまた、祖国と同じ危険な道に向かっている兆しを感じ取る。

報われない愛

〔英 Unrequited love〕

具体的な状況

たとえば、キャラクターはこんな人を愛している。

- 自分と同じようには愛してくれない人
- 自分の気持ちにまったく気付いていない人
- 既婚者、あるいは真剣な付き合いをしている恋人が他にいる人
- 元親友、または兄弟姉妹
- (人種の違い、年齢差、宗教上の理由、家族の期待を裏切る、社会の偏見などの理由で)好きになっても一緒になれない人

この事例で損なわれる欲求

帰属意識・愛、承認・尊重、自己実現

キャラクターに生じる思い込み

- 「この人に愛されなければ、生きていく価値なんてない」
- 「一緒になれないのは、自分に足りない部分があるからだ」
- 「僕にはこの人しかいない」
- 「自分の価値を証明できたら、向こうは愛してくれるに違いない」
- 「私がもう少し変われば、二人の相性は完璧になる。そうしたら彼も気付いてくれるはず」

キャラクターが抱く不安

- 「あの人を愛していることが知れたらどうしよう」
- 「あの人に拒否されて、会えなくなったらどうしよう」
- 「この人だけじゃなくて、他の人にもふられたらどうしよう」(愛する人にふられたのは、自分に何かまずい点があるからに違いないと思っている場合)
- 「あの人だけじゃなくて他の人にも馬鹿にされたり、笑われたりしたらどうしよう」
- 「こんな出会いはもう二度とないかもしれない」
- 「愛なんて二度と見つからないかも……」

行動基準の変化

- 好きな人のそばにいられるチャンスを逃さない。
- (ネット上と現実世界の両方で)好きな人をストーカーする。
- 好きな人の趣味や活動、熱中していることに興味を持つ。
- ひょっとして自分を愛してくれているのではないかと、好きな人とのやりとりをすべて振り返る。
- 好きな人に熱をあげているせいで、他の人との恋のチャンスを逃す。
- 好きな人の恋愛を妨害する。
- お見合いの相手を好きな人と比較してしまい、欠点ばかりが目についてしまう。
- 好きな人の心を勝ち取りたくて、相手が求めることなら何でもする。
- 自分のことより、好きな人のやりたいことや目標を優先する。
- 好きな人のことなら誰よりも詳しいとプライドを感じる。
- 意中の人と一緒にいる自分を空想する。
- 鬱になり、しょっちゅう泣く。
- 恋が実りそうにもなく、絶望の日々を過ごす。
- 他の人との人間関係が二の次になる(好きな人に誘われると、友人との先約をキャンセルしてまで出掛ける、など)。
- 常に待機している(外出せずに家にいる、電話が鳴るのを待つ、など)。
- 好きな人が自分を愛してくれないなら、もう二度と誰のことも愛さないと誓う。
- 好きな人に対し、愛、恨み、怒りの感情が入り交じる。

- 相手に振り向いてもらえるなら、どんな手も使う。
- 自分に欠点があるから、相手にふられたのだと信じ込む。
- 自信が持てなくなり、自分の直感を疑うようになる。
- 友人や家族に囲まれていても、寂しくてたまらない。
- ドラッグやアルコールを乱用する、あるいは摂食障害になる。
- 好きな人のことを忘れようとして、他のパートナーを探す。
- 愛を捨てきれない自分に怒りを感じる。
- 前進するため、好きな人のことを忘れようとする。
- 好きな人のことを考えないように、仕事、勉強、スポーツ、趣味などに没頭する。
- 心から人を愛せることを天賦の力だと考え、他の恋愛に活かそうとする。
- 好きな人だけでなく、自分にも価値があり、幸せになる資格があることに気付く。

この事例が形作るキャラクターの人格

ポジティブな人格

愛情深い、分析家、慎重、如才ない、控えめ、共感力が高い、誘惑的、気さく、理想家、忠実、注意深い、楽観的、情熱的、忍耐強い、粘り強い、協力的、お人好し、利他的

ネガティブな人格

意地悪、皮肉屋、狂信的、愚か、気むずかしい、だまされやすい、抑制的、不安症、嫉妬深い、操り上手、口うるさい、うっとうしい、詮索好き、執拗、独占欲が強い、強引、恨みがましい、意地っ張り、卑屈、小心者

トラウマを悪化させる引き金となる出来事

- 好きな人のことは忘れて前進するが、次の恋愛でも相手の気持ちを読み違えてしまう。
- 好きな人と同じ名前の人と出会う。
- 同僚が共通の友人と一線を超えて恋愛関係になり、恋がうまくいっているのを見る。
- 好きな人が、自分のよく知っている人（友人や兄弟姉妹）と恋愛関係になる。
- 他の人が恋をしているのを見て、自分も同じように幸せになりたいと願う。

トラウマに向き合う／克服する場面

- 恋が実らない相手ばかり好きになっていることに気付き、そのパターンを打ち破りたい。
- 誰かに愛してもらいたくて自分は変わってしまった（独占欲が強くなる、自分の意志がなくなる、好きな人の求める人間になる、など）が、今はそれが面白くない。
- 友人たちが心の友に出会うのを横目で見ながら、自分はいつまでも一方的な恋愛で惨めな思いをしている。
- 好きな人の闇の部分を見てしまい、果たしてこの人を愛していいものかどうか悩むようになる。

NOTE

キャラクターには好きな人がいるのに愛し返されていない。相手はキャラクターの気持ちを知っているけれど同じようには愛していないことが多い。まったく気付いていないことも時にはあって、そんなときは、キャラクターは黙って憔悴していくしかない。

誤った信頼と裏切りのトラウマ

- アイデアや仕事の成果が盗まれる
- 浮気・不倫
- 親が異常な人間だと気づく
- 親に別の家庭があることが発覚する
- 顔見知りによる幼児への性的虐待
- 兄弟姉妹の虐待に気づく
- 兄弟姉妹への不信
- 業務上過失で愛する人を失う
- 近親相姦
- 子どもが誰かに虐待されていることに気づく
- 失恋
- 自分が養子だと知る
- 自分の証言を信じてもらえない
- 信用していた人に裏切られる
- 絶縁・勘当
- 組織や社会制度に失望する
- 仲間外れにされる
- 望まれぬ妊娠
- パートナーの隠された性的指向を知る
- 配偶者の無責任による家計の破綻
- 夫婦間のドメスティックバイオレンス
- 模範的な人への失望
- 有害な人間関係

アイデアや仕事の成果が盗まれる

〔英 Having one's ideas or work stolen〕

具体的な状況

- 職場の人に自分のアイデアを話したら、その人はあたかもそれをその人自身のものであるかのように会社の上層部にプレゼンした。
- ミュージシャンとのコラボレーションでヒット曲を作ったが、自分の名前がどこにもクレジットされていない。
- 互いの文章を読んで批評し合っていた仲間に、自分のストーリーのテーマを盗まれ、出版されてしまう。
- 自分の発明に投資してもらおうと投資家に話しに行ったら、その人の名前で特許が申請された。
- プロジェクトでほとんど仕事をやったのは自分なのに、同僚がやったと主張し昇進してしまう。
- 自分で開発した新製品を苦労して売り込んでいたのに、まったく同じものを資金力のある大企業が製造し大市場に売り出した。
- 科学や医療の分野で重要な発見をしたのは自分なのに、勤務先の企業がその発見をしたと公に主張している。
- 大きなクライアントを獲得したのは自分なのに、上司がその成果を上げたことになっている。
- 自分の開発したソフトウェアやアプリの海賊版が出回り、収益が自分の手元に入らない。
- 自分の作品の贋作がよそで売られているのを見かける。

この事例で損なわれる欲求

承認・尊重、自己実現

キャラクターに生じる思い込み

- 「誰も信用できない」
- 「あんなすばらしいアイデアはもう二度と考えつかない」
- 「ひとりで働いたほうがましだ」
- 「できる人間は、人に足を引っ張られる」
- 「善行規範など誰も尊重しないから、自分が尊重する必要はない」
- 「この世の中でうまくやっていくには、トップにいる人間に警戒しないとね」
- 「捕まるまでは有罪じゃない」

キャラクターが抱く不安

- 「また利用されてしまうかもしれない」
- 「何をやっても認められないかもしれない」
- 「競争の激しい分野で認められようとしても無理かもしれない」
- 「他の人と一緒に働くと、出し抜かれて嫌な思いをするかも……」
- 「自分のアイデアをシェアしたり、グループで研究したりするのはちょっと遠慮したい」

行動基準の変化

- 他人とアイデアを完全共有したがらない。
- 共同作業をしたがらない。
- 不信感が生活の至るところに滲み出てくる。
- 共同作業ができなくなり、同僚から疎ましがられる。
- 自分の研究成果が他人に奪われてしまい、その分野での活躍を諦める。
- アイデアを盗んだ人間の信用を落とす機会を狙う。
- アイデアを盗んだ相手を訴える。
- アイデアを盗んだ相手の仕事を妨害する。
- アイデアを盗んだ人間とまた一緒に仕事をすることを拒む。
- 被害者意識が強くなる。
- 恨みがましく、冷酷な人間になる。
- ストレスがらみの疾患にかかる（病気がちになる、あちこち痛みを訴える、胃腸の調子が悪くなるなど）。

- 人はみな倫理に反したことをし、自分だけが得をしたいと思っている、と思い込む。
- 「長いものには巻かれろ」のことわざに従って、何も言わずに諦める。
- 愛する人にさえも、まったく心を開かなくなる。
- 人が背信行為を働いているのではないかと怪しむ。
- 全幅の信頼を寄せることができ、自分に忠実だとわかっている人にしがみつく。
- 新しい人には会いたがらず、仕事でもプライベートでも人とは距離を置くようになる。
- 相手の本心を探るため、ひっかけるような質問をしながら人と会話する。
- アイデアを盗んだ相手の不正を立証しようと立ち上がる。
- 盗用されたアイデアを、盗んだ相手が太刀打ちできないレベルに高めてやると心に誓う。
- アイデアが盗まれるぐらいだから、自分の研究は正しい方向に向かっていると考える。
- こんなすばらしいアイデアを一度思い付いたのだから、もっと次が浮かんでくると考える。
- 研究成果が認められるかどうかに固執するより、新しいことを学びながら研究の過程を楽しむことにする。
- 今後は、自分の研究成果を守る対策を取ってから、他人にシェアすることにする。
- アイデアは盗まれたが、それを一生懸命研究した時間は無駄ではなく、貴重で有意義だったと気付く。

この事例が形作るキャラクターの人格

ポジティブな人格
慎重、自信家、如才ない、控えめ、熱血、熱心、独立独歩、公明正大、楽観的、情熱的、忍耐強い、粘り強い、雄弁、秘密を守る、奇抜、臨機応変、賢い

ネガティブな人格
意地悪、挑戦的、支配的、皮肉屋、腹黒い、凝り性、頑固、理不尽、執拗、妄想症、完璧主義、独占欲が強い、恨みがましい、けち、意地っ張り、疑い深い、協調性が低い

トラウマを悪化させる引き金となる出来事
- 強制的に共同作業させられる。
- 自分がやっていることに対し、興奮気味に興味を示す人間に出会う。
- 自分のアイデアを盗んだ相手が大成功を収め、様々な賞を受賞しているのを横目に見ている。
- 自分が作成したファイル、学術記事、あるいは図面を見せてほしいと頼まれる。

トラウマに向き合う／克服する場面
- アイデアが盗まれたことを恨むストレスできりきりし、健康に不安を感じるようになってきた。このままでは体を壊してしまう。
- いつまでも過去に拘っているせいで、想像力も冴えないし、人よりいいものを作れなくなっている自分に気付く。
- また新しいアイデアが浮かぶが、このまま誰にも言わずに冴えない人生を送り続けるか、それとも、また盗まれる覚悟で一花咲かせるかの二者択一を迫られる。
- 世の中に役立つようなアイデアを発明したが、また会社に搾取されるのを恐れ、そのアイデアの追究を躊躇っている。
- 新しいアイデアを追究したいが、そのためにはパートナーの専門知識と共同作業が不可欠になる。

浮気・不倫

〔英 Infidelity〕

具体的な状況

- 誰かと一晩だけの関係を持った、またはドラッグや酒に酔って愛欲に屈した。
- 職場の誰かと不倫をしている。
- ネットのチャットルームやのぞき見サイトで浮気をしている。
- 売春婦と一緒にいたために警察に捕まった。
- 昔付き合っていた人と再会し、懐かしい気持ちからセックスに至った。
- パートナーが複数の人と付き合っていた、あるいは別に家庭を持っていたことが発覚した。
- パートナーが交遊やアドバイスを求めて友人と親密に付き合うようになった。
- パートナーが性的アイデンティティに悩み、自分に正直になろうとして他人と性的関係を持つようになった。
- 誰かに承認されたくて、言い寄ってきた相手を受け入れた。
- 夫婦間でセックスがないため、よそで性的な満足感を得ている。
- 相手が気持ち的に浮気をしていて（夫婦以外の誰かと互いに深い感情を抱いている）、裏切られた気持ちになっている。
- パートナーが自分の身内と浮気をしたことを知る（兄弟姉妹、いとこ、親、など）。
- 浮気を克服してもう一度夫婦関係を立て直そうとしているのに、また浮気されたことを知る。

この事例で損なわれる欲求

生理的欲求、安全・安心、帰属意識・愛、承認・尊重

キャラクターに生じる思い込み

- 「自分には愛される資格がない」
- 「自分は恋人としては不出来だ」
- 「自分に振り向いてくれる人なんていない」
- 「これも自分に至らないところがあったせいだ」
- 「夫婦には浮気はつきもの」
- 「男（または女）はみんな浮気するものよ。だからひとりでいたほうがまし」
- 「人に心を許すと、自分が傷つくだけ」
- 「長続きする関係が欲しいなら、パートナーの気まぐれにも耐えなきゃね」

キャラクターが抱く不安

- 「セックスが避けられない深い関係になるのが怖い」
- 「(自分の脆さをさらけ出すことになるから) 愛が怖い」
- 「信頼している人に裏切られるかもしれない」
- 「信頼する相手を間違っているかもしれない」
- 「一生ひとりかもしれない」
- 「弱くて、だまされやすい人間だと思われているかもしれない」
- 「自分の直感はあてにならないし、人生で裏目に出るような大きな間違いを繰り返すかもしれない」

行動基準の変化

- パートナーと別れる。
- デートしたり、深い関係になったりするのを避ける。
- 人を信頼するとなると、自分の行動や選択を後からくよくよ悩むようになる。
- 自分の感情を人には見せなくなり、つかみどころのない人間になる。
- これから恋人になるかもしれない人にだまされていないか疑いの目を向ける。
- 人が本当のことを言っているかどうかを判断するため、念を押したり、問いただしたりする。
- 妄想に走るようになり、パートナーが留守をすると説明を求めるようになる。

- 支配欲が過剰になり、パートナーのプライバシーを尊重できなくなる。
- 自分の体を覆い隠す服を着るようになる。
- ダイエットに励む、あるいは自分の体重や外見を気にするようになる。
- 内にこもって誰とも関わりたくない時期を過ごす。
- パートナーと別れた反動ですぐに誰かと付き合う。
- パートナーへの仕返しとして、危険な性行為をする。
- 夫または妻の恋人に復讐する。
- パートナーの異性との関係を邪魔する。
- 相手が浮気を深く悔いていて和解を望んでいるのに、なかなか許そうとしない。
- セックスに興味を失う。
- 自分の面目を保つため、あるいは子どもに恥ずかしい思いをさせたくないため、不倫に関して嘘をつく。
- 不倫の事実を無視し、現実に背を向けて生きる。
- 自立して生活できるようになる。
- 思っていた以上に自分は強いことを発見する。
- 協力的で信用できる人たちに頼る。
- 相手に二度目のチャンスを与えるが、そのために約束事を設ける。

この事例が形作るキャラクターの人格

ポジティブな人格

柔軟、用心深い、気高い、独立独歩、忠実、情け深い、面倒見がいい、勘が鋭い、秘密を守る、積極的、世話好き、賢明、協力的

ネガティブな人格

意地悪、不安症、理不尽、嫉妬深い、うっとうしい、執拗、独占欲が強い、恨みがましい、わがまま、疑い深い、執念深い、引っ込み思案

トラウマを悪化させる引き金となる出来事

- 浮気発覚後初めてセックスをする。
- パートナーの浮気の相手を見かける。
- 離婚届を受け取る。
- 浮気が発覚して、性感染症などに感染していないか検査を受けるはめになる。
- 別れたパートナーと顔を合わせる（子どもを相手に預けるとき、スーパーマーケットや近所などで）。

トラウマに向き合う／克服する場面

- 新しい恋愛が始まり、互いに心を開いて弱さを見せ合う段階に発展してきている。
- 新しい恋愛が始まるが、その相手も前のパートナーに浮気をしたことを知る。
- パートナーと和解を望んでいるけれど、依然頑なな態度を保ち、脆さを見せられない。
- 友人のパートナーも浮気をしていたが、友人がそれを許したことを知り、自分にも許せる力や意志があるだろうかと自問する。

親が異常な人間だと気づく

〔英 Learning that one's parent was a monster〕

具体的な状況

自分の母親または父親が次のような非道な行為をしたことを知る。

- ペドフィリア（小児性愛者）
- 殺人犯
- 連続殺人犯
- 幼児虐待者（身体的、心理的、またはその両方の虐待）
- 動物虐待者（自分の愉悦のために動物に危害を加える、あるいは殺害する）
- 人に毒を盛る（致死量ではない）。
- 人を誘拐し、地下室などに監禁して奴隷にする。
- 人身売買者
- 個人的な利益を得るため、弱い人を搾取していた。
- 生贄を捧げる儀式をやっていた。
- 人肉を食べていた。
- 他人を拷問にかけて楽しんでいた。

この事例で損なわれる欲求

安全・安心、帰属意識・愛、承認・尊重、自己実現

キャラクターに生じる思い込み

- 「親がそんな人間だったとは知らなかった。なぜその形跡に気付かなかったのか。自分の判断力はまったくあてにならない」
- 「自分が知っていることはみんな嘘だ」
- 「ママ（またはパパ）は人間じゃない。だから私も人間じゃないかもしれない」
- 「親がこうだから、私が何をしようと世間は私まで悪魔だと決めつける。そんな世間に迎合しようとしたって無駄だ」
- 「親が私を愛してくれたことなんかなかった。愛なんかあるはずがない。あんなことをした人間なんだもの」
- 「自分の身を守るためにも、世間の目を避けて人から離れて暮らしたほうがいい」
- 「親のしたことは一生自分につきまとう。そんな日陰の身の人間は日のあたる道を歩いたりしないよ」
- 「世間は私をペドフィリア（連続殺人犯、狂人など）の子だと見なすはずだから、このことは絶対誰にも言えない……」
- 「世間は今度は私を狙って攻撃するだろうから、絶対に油断はできない」

キャラクターが抱く不安

- 「あの親と同じ遺伝子を分け合っている自分が怖い。自分も何をしでかすか、わかったもんじゃない……」
- 「親のことを世間が知ったらどうしよう」
- 「自分も親と同じように世間から憎まれるかもしれない」
- 「レポーターやメディアが情報を嗅ぎつけてやって来たらどうしよう」
- 「世間の目にさらされるのが怖い」
- 「信用する相手を間違って、本当のことを言ってしまうかもしれない」
- 「親にはなりたくない。こんな人間の子孫を残しては世間に申し訳が立たない」

行動基準の変化

- 身元を隠す（新しい名前に変える、過去をでっちあげる、など）。
- 自分のアイデンティティに悩み、低い自尊心しか持てなくなる。
- 親に対し複雑な感情を抱く。
- （実際には危険な目にあっていなくても）身の危険を感じて引っ越しする。
- 隠し事をするようになる。
- （友人関係や恋愛関係など）親密な人間関係

を避ける。
- 自分の殻に閉じこもり、近所の人やコミュニティとは一切関わらなくなる。
- 家族や昔の友人を避ける。
- ソーシャルメディアを避ける。
- 何か悪い噂をされていないか、自分の名前をソーシャルメディアで頻繁に検索する。
- 親が犯した罪を思い出させるような場所や状況を避ける。
- 普通に衝動を感じたり、考えが浮かんだりしても、自分の中に何か邪悪なものが生まれたのではないかと自分を責める。
- 身につまされるような境遇を描いた本や映画には手を付けない。
- 自分の境遇を深く理解したいし、答えを見つけたい一心で、人ごととは思えない話を描いた本や映画を片端から手に取る。
- 子どもは作らないことにする。
- もう誰の世話にもならなくて済むように、一刻も早い自立を目指す。
- 人との関わりがほとんどない仕事を選ぶ。
- 親子の秘密を誰にも話したくないから、人里離れて自給自足の暮らしをする。
- 親が何をやっていたのか見過ごした形跡はなかったかと、過去を何度も振り返る。
- 何が起きていたのかわからなかった自分を責め、犠牲者や被害者が苦しんでいるのは自分のせいだと思い込む。
- こっそりと被害者やその家族の様子を追うようになる。
- 親の犯した犯罪に社会的関心を呼ぼうとして、啓蒙活動に身を投じる。
- 被害者の家族に対し匿名で賠償責任を取ろうとする（医療費を肩代わりする、セラピストをやっている友人に頼んで犠牲者の家族のセラピーをしてもらう、被害者のために休暇を用意し、その費用を負担する、など）。
- 犯罪者の子呼ばわりされて、自分の人生を棒に振らないように努力する。

この事例が形作るキャラクターの人格

ポジティブな人格

感謝の心がある、おだやか、芯が強い、勇敢、規律正しい、熱心、太っ腹、温和、気高い、思慮深い、世話好き、正義感が強い、賢い

ネガティブな人格

依存症、反社会的、自滅的、気分屋、小心者、寡黙、協調性が低い、引っ込み思案、心配性

トラウマを悪化させる引き金となる出来事

- 警察官に声を掛けられる（警察に知らされて初めて親の犯罪を知った場合）。
- 地下牢監禁事件など、親の犯罪と似たような事件がニュースで流れる。
- 引き金を感じ（親が話す方言を耳にした、自分の髪をくしゃくしゃにされたなど）、親を思い出してしまう。
- 親が犯した犯罪の犠牲者に似たタイプの人を見かける（赤毛の人、出産直後の女性、売春婦など）。
- 犯罪者と親子関係にあるため、関連事件でも尋問される。

トラウマに向き合う／克服する場面

- 証人として出頭を求められたが、それに応じると親子の秘密を公にしてしまうことになる。
- 被害者のひとりに詰め寄られる。
- 親が起こした事件を追っているジャーナリストまたは私立探偵に、身元を偽っている自分を見破られてしまう。
- 自分で自分を許せないのに、被害者が許すと言ってきた。

親に別の家庭があることが発覚する

〔英 Learning that one's parent had a second family〕

この事例で損なわれる欲求

帰属意識・愛、承認・尊重

キャラクターに生じる思い込み

- 「人は選べるものなら、自分なんかじゃなくて、他の誰かを選ぶはず」
- 「私がもっといい子だったら(もっと賢かったら、もっと可愛かったら)、お父さんは私たちと一緒に幸せに暮らしたと思う」
- 「自分にはどこか欠陥があるんだと思う」
- 「僕は馬鹿だよ。頭がいいやつなら気付いていたと思う」
- 「みんな嘘つきだ」
- 「母／父には私じゃ不足だったんじゃないのかな。誰に対しても、私は物足りない人間だから」

キャラクターが抱く不安

- 「父が向こうの家庭を選んだらどうしよう」
- 「他の人からも拒絶されるかもしれない」
- 「無償の愛を与えてくれて、自分をありのままに受け入れてくれる人なんて、一生見つからないかもしれない」
- 「父がいなくなったら、自分たち家族は貧乏になってしまう」
- 「嘘をつかれたくない」
- 「信用している人にまた裏切られるかもしれない」
- 「自分も家族を裏切るような親になってしまうかもしれない」

行動基準の変化

- 事実から目をそらし、信じない。
- 心の痛みを紛らわそうと、ドラッグやアルコールに走る(キャラクターがまだ幼いなら、行動化に走る)。
- 別の家庭を作っていた親に恨みや激しい怒りを覚える。
- 自分自身を疑う。
- 親の愛情は本物だったのか、それともただの演技だったのかと考え込む。
- なぜ親がこんなことをしたのか、その理由は自分にあるのではないか、自分の弱さのせいではないかと思い込む。
- 親に愛情を注いでもらいたくて、自分がダメだと思っている部分を埋め合わせようと完璧主義になる(学業で優秀な成績を収める、外見の魅力を磨く、スポーツで頑張る、など)。
- もうひとつの家庭が気になりだす。
- 自分たち家族を裏切っていた親とは距離を置く。
- だまされやすくて無知な人間には二度となるまいと誓う。
- おかしな形跡がなかったか、何度も過去を振り返る。
- 他にも嘘があるに違いないと思い込み、それを突き止めようとする。
- 人を信用できなくなる。
- 支配欲の強い大人になる。
- 親に対して、愛情、怒り、恥、恐怖などの矛盾した感情を抱き、混乱する。
- 他の家族に対しても不信感を抱き、自分に嘘をついていないだろうかと疑う。
- 自分の殻に閉じこもり、他人に本心を見せなくなる。
- 自分と同じようにだまされていた親の世話を一生懸命焼くようになる。
- 嘘には拒否反応を示すようになり、嘘をついた人とは付き合わなくなる。
- 大人になってから、自分のパートナーが嘘をついたことが発覚し、秘密の生活を送っているのではないかと不安になる。
- 自分のパートナーが嘘をついていないか探る。

- 結婚を軽蔑する。
- 他人の世話にならないよう自立する。
- 嘘をつかれることに慣れているせいで、パートナーの不正直さや浮気を受け入れる。
- 自分と家族を裏切った親に似た男性または女性に惹かれる。
- 感情を押し殺し、表には出さなくなる。
- 自分に愛情を示してくれる人なら誰でもいいから自分のものにしたくなる。
- 愛情に飢えていて、人に頼るタイプのパートナーを選ぶ。
- 親が別に家庭を隠し持っていたことを信頼できそうな人に打ち明ける。
- 自分の子に対しては常に正直で、約束を守る親でありたいと決意する。
- 家族を苦しめた親のようにはならないと努力する。

この事例が形作るキャラクターの人格

ポジティブな人格
用心深い、大胆、慎重、協調性が高い、好奇心旺盛、如才ない、正直、気高い、理想家、公明正大、忠実、大人っぽい、情け深い、従順、注意深い、上品、責任感が強い、天才肌

ネガティブな人格
無神経、支配的、不正直、不誠実、生真面目、不安症、理不尽、嫉妬深い、操り上手、うっとうしい、神経質、詮索好き、執拗、妄想症、完璧主義、独占欲が強い、反抗的

トラウマを悪化させる引き金となる出来事
- 家族の問題を誰かに打ち明けたいけれど、他の家族に口止めされてしまう。
- コンテストや試合などで2番になる、あるいは最後までチームのレギュラーに選ばれない。
- 自分よりもどこか優れている人が選ばれ、自分は却下される（昇進できない、好きな人が自分以外の人を選ぶ、など）。
- 付き合っている人が実は二股をかけていたことが発覚する。

トラウマに向き合う／克服する場面
- パートナーに裏切られて過去を思い出し、自分にはもっといい人と出会う資格があると思い直して、これからは相手を注意深く選んで付き合おうとする。
- パートナーと無償の愛を経験し、親が自分と家族を裏切ってよそにも家庭を作ったのは、自分に問題があったからではなくて、親に問題があったからだと気付く。
- 長年の夢を苦労の末やっと叶えたのに満足を感じることができず、自分自身（弱さもすべて含めて）を受け入れないと、本当の幸せを感じることはできないと気付く。

NOTE
実は自分の親には別の家庭があって子どももいる——それはとんでもないことだ、小説の読みすぎだ、と思う人は多いだろう。どうやってそんな生活を維持できたのか、なぜ家族は知らなかったのか、疑問は尽きないはずだ。だが、そういうことも起きるのである。どんなにばれないように努力してもいずれは発覚するのが普通で、裏切りや嘘で塗り固めた家庭生活は崩壊し、愛する家族に傷を残す。もうひとつの家庭の存在は、幼心に知ったとしても、もう少し物心ついてからあるいは大人になってから知ったとしても、キャラクターの心を傷つけ、尾を引くのである。

顔見知りによる幼児への性的虐待

〔英 Childhood sexual abuse by a known person〕

この事例で損なわれる欲求

生理的欲求、安全・安心、帰属意識・愛、承認・尊重、自己実現

キャラクターに生じる思い込み

- 「自分が悪いの。何かいけないことを言ったか、やってしまったの。だからあんなことになったの」
- 「自分はだめな人間だから、当然の報いだったと思う」(自分のことを悪い子、悪い生徒、三流アスリート、友人としてあてにならない人間だと思い込んでいる場合)
- 「誰といても安心できない。一番身近にいる人にだって、何をされるかわかったもんじゃない」
- 「人にいいように利用されてしまうのも、自分が招いてしまうからだと思う」
- 「人に愛想よくしたり、何か手伝おうとしたりすると、付け込まれて、ひどいことをされる」
- 「抵抗しなかったから、自分の中に、ああいうふうにされたかったっていう欲望があったんだと思う」(『いや』とは言わなかった、助けを求めて叫ばなかった、相手をはね退けなかった場合など)
- 「もう無力感しか残っていない。人生をいい方向には変えられない」
- 「自分はもうボロボロ……今更どうにもできないよ……」
- 「悪い人間には悪いことしか起こらないものなのよ」
- 「人を信用すると、必ず手痛い目に遭う」
- 「自分みたいなひどい人間を愛してくれる人なんていない」
- 「目立つと目をつけられる」(成績がいい、才能がある、いい服を着ているなど)
- 「裏切られるぐらいなら、ひとりでいるほうがまし」
- 「愛って人の心を傷つける武器なんだよね」

キャラクターが抱く不安

- 「自分が性的欲求を感じるのも、人にそういう欲求を見せられるのも怖い」
- 「人を愛するのが怖い。愛を踏みにじられたり、人の気持ちに付け込んで変なことされたりするかもしれないから」
- 「人に体を触れられるのが怖いし、人前で裸になるのも嫌」
- 「あのことを人に話しても、信じてもらえないかもしれない」
- 「加害者(あるいは加害者に似た人)と二人きりになるのが怖い」
- 「自分の言動がセックスを誘っているみたいに誤解されたらどうしよう」
- 「信用する相手を間違って、また裏切られたらどうしよう」
- 「同じことが自分の子にも起きるかもしれない」
- 「真相が明かされると、家族や友達に見捨てられたり、責められたりするかもしれない」

行動基準の変化

- 引きこもりがちになり、家族や友人を避ける。
- 気分が激しく揺れ動くようになり、すぐにカッとなる。
- ある引き金を感じると、気持ちが混乱する、あるいは説明し難い気持ちになる。
- もっと体を覆う、目立たない服装をするようになる。
- 自分の好きなことや関心のあることでも、加害者と結びついてしまうものはやらなくなる。
- 家族から性的虐待のことを絶対他言してはいけないと言われている場合は、人と親しく付き合うのが重荷になる。
- 何事もなかったかのように振る舞っている家族に怒りを感じる。
- 最悪の事態を心配して、悲観的な考え方になる。

- 摂食障害になったり、自傷行為（リストカット、ひっかきなど）に走ったりする。
- 苦しみから逃れようとして薬物依存症になる。
- 「価値のない人間」だった自分を埋め合わせようとして、仕事や対人関係だけでなく、親としても大変な努力家になる。
- 褒め言葉を受け取るのが苦手になる（自己卑下したり、自虐的なコメントを返したりする）。
- 助けを求められなくなる。
- 贈り物や褒め言葉を素直に受け取れなくなり、誰かに親切にされると不安になる。
- 人を信用していないから、相手の言葉を額面通りに受け取れない。
- 人の心や状況を読み違えてしまう。
- 幼い頃に受けた性的虐待の記憶がまだらで、全容を覚えていない。
- PTSDの症状が見られる（パニック発作、鬱、自分は長くは生きられないと思い込む、など）。
- 性行為あるいは危険な性行為をしたがる、まだ幼いのに性的関心を持つ、セックスを楽しめない、性的逸脱行動など、性機能障害が見られる。
- 人と関わってもうまく心を開けず、自分の脆さをさらけ出すことに不安を感じる。
- 自分の体を気持ち悪いと思うし、人に見られるのも嫌がる。
- 人に体を触られるとビクっとしてしまい（特に突然触られた場合）、体を触れられる可能性のある状況を避ける。
- 我が子や愛する人の安全を常に心配し、理不尽なほど過保護になる。
- 他人に不快な思いをさせたくないから、自分の苦しみを心の奥にしまい込む。
- できる限り我が子のそばにいて、子どもが危険な目に遭わないように警戒し守ろうとする。
- 性的虐待の被害を受けた児童の相談相手になる。
- 子どもの権利を守るため、積極的に活動する。

この事例が形作るキャラクターの人格

ポジティブな人格

用心深い、分析家、大胆、勇敢、決断力がある、共感力が高い、気高い、独立独歩、内向的、忠実、注意深い、きちんとしている、勘が鋭い、粘り強い、積極的、臨機応変、賢明、正義感が強い、天才肌、賢い

ネガティブな人格

無神経、依存症、支配的、残酷、皮肉屋、つかみどころがない、愚か、とげとげしい、頑固、抑制的、不安症、理不尽、無責任、うっとうしい、神経質、反抗的、自滅的、疑い深い、寡黙、激しやすい

トラウマを悪化させる引き金となる出来事

- 加害者が児童と一緒にいるところを見かける。
- 被害者が性的虐待を受けたと言っているのに、逆に非難された、あるいは信じてもらえなかった事件があったことを新聞で知る。
- 匂い、音、場所などが引き金になって、性的虐待を受けたときのことを思い出してしまう。
- セックスをする、あるいは性的に相手と触れ合う。

トラウマに向き合う／克服する場面

- 加害者が罪を償おうとしているのだが、許すことができない。
- 自分が性的虐待を受けた経験を公に語ってほしいと依頼を受ける。
- 我が子が性的虐待を受けているのではないかと疑われる形跡を発見してしまう。
- 過去の苦しみから逃れようとしているかぎり、100％の幸せを感じることはできないことに気付き、心の傷に向き合うことにする。

NOTE

この種の性的虐待には、被害者に性器を見せるレベルの行為から、身体への接触、性器の挿入までいろいろなものがある。見知らぬ者による犯行の場合もあるが、この項目では、親戚、家族ぐるみの友人、教師、クラスメート、仲良くしている児童の親、ベビーシッターなど、加害者が児童の身近にいて信頼されているケースに焦点を当てる。

兄弟姉妹の虐待に気づく

〔英 Discovering a sibling's abuse〕

具体的な状況

- 虐待現場を目撃する（あるいは虐待されている音を聞いてしまう）。
- 兄弟姉妹に虐待の事実を告げられて知る。
- 被害が自分に及ばないように、兄弟姉妹が犠牲になってくれていたことに気付く。
- 兄弟姉妹が自殺したときに見つかった遺書から、虐待の事実を知る。
- 兄弟姉妹が悩みを打ち明けていた友人や家族から、虐待の事実を間接的に知る。

この事例で損なわれる欲求

安全・安心、帰属意識・愛、承認・尊重、自己実現

キャラクターに生じる思い込み

- 「弟を虐待から守ることができなかった」
- 「どうして気付かなかったのか。目の前で起きていたことなのに気付かないなんて、馬鹿としか言いようがない」
- 「自分が虐待されるべきだった」
- 「自分は、愛や尊敬、信用にも値しない人間だ」
- 「自分には人を救う力がない。見殺しにしてしまうだけだ」
- 「姉が一番自分を必要としていたときに、何もできなかった。だから自分が苦しむのは当然だし、幸せになる資格なんてない」
- 「気付かなかったことは一生の不覚だ。兄を救えなかった罪を背負って生きていくしかない」
- 「自分には愛する人を守る力なんてない」
- 「妹は虐待が繰り返されるのを恐れてずっと怯えていたかと思うと、僕には安全や安心でいたいと思う資格なんてない」

キャラクターが抱く不安

- 「人なんて信じられない。特に、加害者に似た人は……」
- 「無責任なまねはできないから、人の分まで責任を持たされるのはちょっと……」
- 「人の心を読み違えて、危険信号に気付かなかったらどうしよう」
- 「自分には愛する人を守る力がないかもしれない」
- 「また誰かを守れなかったらどうしよう」
- 「こんなひどい姉じゃ、拒否されても当然かもしれない」
- 「一番弱っているときを狙われて、人に利用されるかもしれない」

行動基準の変化

- こんな重大なことに気付かなかったことが信じられず、現実を受け入れられない（事実を知った直後の反応）。
- 罪悪感を和らげたくて、兄を助けられなかったことを埋め合わせようと、兄に追従の態度を取る。
- 虐待を受けていた弟を「鍛え直して」やろうとする。
- 怒りなどの感情を爆発させ、時には暴力に出る。
- 周囲の大人たちも虐待が起きていることに気付かなかったが、それを防げなかった彼らを責める。
- 復讐したくなる。
- 人の言葉を額面通りに受け取らなくなり、信用は常に努力して得るものだという信念を強める。
- 虐待は起きていないのに、起きている形跡を見たと思い込んでしまう。
- 特に他人の分まで責任を背負っている場合、自分の判断を後からくよくよ悩むようになる。
- 愛する人に対し、神経質なほど過保護になる。

- どんな秘密でも隠し事はよくないと思うようになり、真実を伝えたい衝動に駆られる。
- 虐待加害者との関わりを一切捨てる。
- 隠し事があると思うと、真相を探り出したくなる。
- 愛する人の所在を常に把握しておかないと心配になる。
- 記憶をしらみつぶしに振り返り、虐待の形跡を見逃していなかったか思い出そうとする。
- 自分が被害者でなくてよかったと思いつつ、安堵している自分への罪悪感、虐待を防げなかった家族への嫌悪感など、心の中に葛藤が生まれ、混乱する。
- 深い罪悪感に苛まれるあまり、自分は痛い目にあって当然だと思い込み、捨て身になって自らを危険にさらす。
- 自分は無責任な人間だからと、責任を逃れるようになる。
- 不甲斐ない自分が恥ずかしく、虐待を受けた兄弟に会わせる顔がない。
- 自傷行為、アルコールやドラッグに頼るなど、自滅的な行為に走る。
- 虐待の兆候をまた見逃してしまうのを恐れ、常に警戒心を緩めず、注意深くなる。
- 兄弟姉妹に無償の愛を注ぎ、協力を惜しまない。
- 虐待に遭った兄弟姉妹にカウンセリングを勧め、一緒についていくと申し出る。

この事例が形作るキャラクターの人格

ポジティブな人格
愛情深い、用心深い、感謝の心がある、勇敢、共感力が高い、太っ腹、正直、気高い、謙虚、内向的、優しい、忠実、情け深い、面倒見がいい、従順、注意深い、忍耐強い、勘が鋭い、粘り強い、秘密を守る、世話好き、臨機応変、責任感が強い、スピリチュアル、協力的、利他的

ネガティブな人格
挑戦的、臆病、生真面目、抑制的、不安症、神経質、妄想症、ふしだら、向こう見ず、自滅的、卑屈、疑い深い、小心者、寡黙、病力的、激しやすい、引っ込み思案、仕事中毒

トラウマを悪化させる引き金となる出来事
- 愛する人が突然暴れだしたりして様子がおかしくなり、虐待を受けているのではないかと思う（誤解している場合もある）。
- 虐待の加害者と自分の弟が、教会での集まりや誕生会などのイベントで一緒にいるところを見かける。
- 記憶が蘇り、当時は気付かなかったが思い当たることが見つかる。
- 突然人に触られる（触れられるとはまったく予想していなかった）。
- 兄弟姉妹が他人に批判され、好き勝手なことを言われている。

トラウマに向き合う／克服する場面
- 虐待に気付かなかった、あるいはそれを止めなかったと、虐待を受けていた兄弟姉妹に責められる。
- 虐待を訴える弟の言葉を家族が信じず、加害者だと言われている人の味方につく。
- 両親も虐待にまったく気付かなかったのかもしれないが、止めに入らなかった両親に怒りを向けてしまい、いったんは親子関係にひびが入るが、今は関係を修復して前進したいと思っている。
- 虐待の事実が発覚して以来、何も知らずにいた自分を許すことができずにいるが、心の中では再び兄弟仲良くやっていきたいと思っている。
- 兄弟喧嘩ばかりしている子どもたちを見て、兄弟愛の大切さに気付いてほしいと思っている。

兄弟姉妹への不信

〔英　a Sibling's betrayal〕

具体的な状況

- 兄弟姉妹が自分について嘘の噂を流す、あるいは既に流れている噂をさらに長引かせる。
- ドラッグに手を付けたなど問題行動を起こしたことがあり、それを恥じて秘密にしていたのに、妹がばらしてしまう。
- 兄が自分の犯罪を警察に通報する。
- 姉が腹いせに、あるいは自分を出し抜こうとして、ライバルの味方につく。
- 自分が薬物依存症、アルコール依存症、あるいはため込み症（ものが捨てられない）になっていることに気付いた兄弟姉妹が介入しようとする。
- 両親に気に入られようとして妹が事実を曲げる。
- 双子の姉が人前で堂々と自分の夫といちゃつく。
- 自分の妻と弟が浮気している。
- 妹のせいで、他の人（家族、友人、恋人など）と自分の関係が悪くなってしまう。
- 年老いた両親の介護をするからといって、兄が両親の貯金を使い込む。

この事例で損なわれる欲求

安全・安心、帰属意識・愛、承認・尊重、自己実現

キャラクターに生じる思い込み

- 「自分が持っているものはみな、いつも誰かに取られてしまう」
- 「姉は私の足を引っ張ることか、私の人生を台無しにすることしか考えていない」
- 「血は水よりも濃いなんてウソ。兄弟が一番信用できない」
- 「どうせ兄貴のほうが出来がいいんだから、俺が頑張ったって何の意味もないよ」
- 「家族ですら、自分を尊重してくれない」
- 「自分はだまされやすくて、弱い人間だ」
- 「ひとりっ子のほうがずっとよかった」
- 「甘い顔をしていると、後ろからぐさりとやられてしまう」

キャラクターが抱く不安

- 「自分は脆い人間だ」
- 「失敗すると、馬鹿にされる……」
- 「頑張って目標を達成しようとしても、邪魔をされてしまう」
- 「秘密も恥も、みんなばらされてしまう」
- 「信用する相手を間違っているかもしれない」
- 「妹の嘘のせいで、家族と会えなくなってしまうかもしれない」（姪や甥に会えなくなる、両親と関係が悪くなってしまう、など）
- 「兄の嘘を親が信じているせいで、自分と親の関係が悪化していくかもしれない」

行動基準の変化

- 家族、特に兄弟姉妹を避ける。
- 兄弟姉妹に話しかけなくなる、あるいは彼らについて話したがらない。
- 自分の兄弟姉妹のことを他人に悪く言う。
- 兄弟姉妹が出席する社交イベントには何かと言い訳をして途中で退席するか、最初から参加しない。
- 姪や甥とは疎遠になる。
- 苦手な兄弟姉妹とは（ネット上でも）一切顔を合わせなくなる。
- ネット上で個人的なことは誰にも一切シェアしない。
- 無理に兄弟姉妹と同席させられると黙り込むか、苛立ってくる。
- 真実が自分にとって大事な場合は、兄弟姉妹に知られたくないから嘘をつく。
- 自分の願望、目標、あるいは気持ちを人に言えなくなる。

- 自分の殻にこもってしまい、鬱や不安症になる。
- 家族や友人に、自分の敵なのか味方なのか、無理に選ばせようとする。
- 兄弟姉妹の確執が頭から離れなくなり、いつも人にそのことばかり話す。
- 苦しみから逃れようとして自傷行為に走る。
- いつも兄弟姉妹が争い合ってしまう。
- 兄弟同士でなじり合いをする。
- それぞれに非があるかもしれないのに、兄弟不仲の一因が自分にあるとは思おうとしない。
- 兄弟がからんでくると最悪の事態を想像して、すぐ結論に飛びついてしまう。
- 兄弟に仕返しをする、または事態を複雑にして困らせてやろうとチャンスを窺う。
- 自分の存在価値を証明したくて、何でも一番にならないと気が済まなくなる。
- 兄弟が介入してくれたおかげで命拾いしたのに、ずっと兄弟を恨み続ける。
- 他人が自分を裏切っている気配を過敏に感じとる。
- 人をよく見てからでないと心を許さない。
- 心を煩わせられたくないから、自分にとって有害な人とは安全な距離を置くようになる。
- 力や支配の争い合いには関わらない。
- 兄弟姉妹から裏切られ拒絶された経験のある人たちのよき相談相手になる。

この事例が形作るキャラクターの人格

ポジティブな人格

慎重、規律正しい、控えめ、共感力が高い、熱心、独立独歩、勤勉、内向的、優しい、素朴、臨機応変、寛容

ネガティブな人格

支配的、残酷、防衛的、衝動的、不安症、手厳しい、被害者意識が強い、自滅的、疑い深い、寡黙、執念深い、引っ込み思案

トラウマを悪化させる引き金となる出来事

- 誰かから裏切られているような気がする。
- 誰かについて、心無い噂や秘密がばらされているのを耳に挟んでしまう。
- 昔起きた兄弟の仲違いについて、家族の誰かがあたかも弟にはまったく罪がなかったかのように話しているのを聞いてしまう。
- 友人、家族、我が子、または同僚を裏切っていると一方的に非難される。
- 家族の集まりがあり、そこに苦手な兄弟も来るかもしれない。

トラウマに向き合う／克服する場面

- 兄弟の暗い秘密を知ってしまい、その秘密を守るか否かで心が葛藤する。
- 友人が犯罪を犯したことを知り、自首したほうがいいと思っているが、そうさせるには友人の信用を裏切らなければならない。
- 家族によって虚言が振りまかれたせいで、我が子が引きこもっているのを見てしまう。
- 兄弟の関係を修復しようと努力していたのに、またもや裏切られてしまう。

業務上過失で愛する人を失う

〔英 Losing a loved one due to a professional's negligence〕

具体的な状況

次のような過失で愛する人を失うケースが考えられる。

- 経験不足などが原因で、医療従事者の個人責任が問われる医療ミス。
- 間違った薬を投与された。
- バス、タクシー、飛行機、電車などの操縦士が酒気帯び運転をしていて、衝突事故を起こした。
- 自宅の建築材に不法の化学物質や有害物質が使用されていた。
- レストランで出された食べ物、あるいは衛生管理に不備があった食品を摂取して、食中毒になった。
- 愛する人に強い食物アレルギーがあるのに、レストランの不注意でアレルギー反応の出る食事が出された。
- 公営プール監視員の注意怠慢。
- ベビーシッターの注意怠慢。
- 医者の誤診。
- 人通りの多い歩道の上に組まれていた足場が崩れ落ちた。
- 立てこもり犯との交渉に不手際があって、人質が殺された。
- 警察の暴行が行き過ぎたせいで、あるいは不必要な暴行を受けたせいで死亡した。
- インストラクターのミスで、あるいは用具に不備があったせいで、スカイダイビングやバンジージャンプで死亡事故が起きた。
- 自動車メーカーもしくは修理工のミスによる欠陥のせいで、車の死亡事故が起きた。
- 遊園地の乗り物のメンテナンスが不行き届きで、死亡事故が起きた。
- 自殺の前兆があったのにセラピストが気付かなかった、あるいは気付いていたのに予防措置を取らなかった。

この事例で損なわれる欲求

安全・安心、帰属意識・愛

キャラクターに生じる思い込み

- 「直感が働かなかった。医者(医療システム、警察など)を信用した自分が愚かだった」
- 「間違った相手(あるいは企業や機関など)を信用してしまった自分の責任だ」
- 「愛する人の安全を守ることができない」
- 「事前に徹底して調べておかなかったせいだ」
- 「自分の無力さを感じるよ。同じことがまた起きる可能性があるけど、ただ手をこまねいて見ているしかない」

キャラクターが抱く不安

- 「あの人が死んだ場所には行きたくない」(病院、スキー場、刑務所の独房など)
- 「ディーゼル油の臭いを嗅ぐと事故のことを思い出してしまう……」(あるいはヘリコプターのローターが旋回する音、醤油の味など)
- 「また愛する人を突然失ってしまったらどうしよう」
- 「あの医者は事故の責任を問われなかったから、また犠牲者が出るかもしれない」

行動基準の変化

- 事故の責任者を許せない。
- 事故の責任者に個人的に報復する。
- 何事にも無気力になり、諦観してしまう。
- 残された家族に対し、神経質なほど過保護になる。
- 人間関係を犠牲にし、幸せを感じられなくなるほど、安全がいつも気に懸かる。
- 何事にも危険やミス、不具合があるのではないかと思って探してしまう。
- 人生を楽しむことや、休日にのんびりすることができなくなる。

- どうすることもできず、世の中に失望する。
- 死亡事故があまりにもでたらめで無意味だと怒りを神にぶつける。
- 信仰を捨ててしまう、あるいは逆に、信仰が強まる。
- どんな些細なことが起きても、人のせいにせずにはいられなくなる。
- なぜ事故が起きたのか、どうにかして避けられたのではないかと堂々巡りに陥り、事故のことをいつまでも引きずっている。
- 死亡事故現場に似た場所を避ける。
- 愛する人をまた失うことを恐れてしまい、これ以上親密になってはいけないと、愛する人たちから離れていく。
- 自分の殻に閉じこもる。
- アルコールやドラッグに走る。
- 事故の影響を引きずっていて、新しい医者をなかなか選べない（何かを選ぶということができない）。
- 失った人のことで頭がいっぱいで、他の人たちのことを顧みなくなる。
- 責任者（個人または企業）を訴える。
- 事故の責任者をソーシャルメディアで攻撃したり、ネットのレビューで酷評したり、広告掲示板を使って責任を糾弾したりする。
- 事故のことに終止符を打ちたくて、何らかの答えを見つけようとする。
- 同じことが二度と繰り返されないよう、啓蒙活動に励む。
- 新しい企業を利用するときは必ずその企業を調査し、確証が得られるまで信用しない。
- 自分にも非があると思い込んでいたが、自分を許し、罪悪感を捨てる。
- 亡くなった人を記念してチャリティーを始める。
- 残された家族との時間をいつも大切にし、彼らと幸せでいられることを当然だとは思わなくなる。

この事例が形作るキャラクターの人格

ポジティブな人格
愛情深い、感謝の心がある、大胆、規律正しい、共感力が高い、熱心、理想家、公明正大、情熱的、思慮深い、粘り強い、雄弁、世話好き、感傷的、スピリチュアル

ネガティブな人格
無神経、依存症、無気力、冷淡、挑戦的、支配的、生真面目、無頓着、病的、口うるさい、執拗、悲観的、独占欲が強い、恨みがましい、自滅的、疑い深い、恩知らず

トラウマを悪化させる引き金となる出来事
- 愛する人が強いアレルギー反応を示して死んでしまったのと同じタイプのレストランで食事することになり、そこで働いている人を信用しなくてはならない。
- 必要に迫られ、新しい医者を見つけなければならないが、恐怖と優柔不断でなかなか行動に移せない。
- 業務上過失でまた死亡事故が起きたニュースを聞く。
- 無過失傷害や医療過誤を巡って訴訟を考えている人に向けたテレビ広告を見かける。
- 医療従事者が事件後仕事に復帰したことを知る。

トラウマに向き合う／克服する場面
- 緊急事態が発生し、愛する人の健康のためにある判断を迫られる。
- 事故責任者が別の町で開業したという知らせを聞き、二度と商売できないようにするため闘う姿勢を見せているが、その闘いの過程で自分の心を傷つけた事故にも触れなければならない。
- 死亡事故の責任も含め、一責任者が何もかも責任を負うことはできないことに気付く。

近親相姦

〔英　Incest〕

この事例で損なわれる欲求

安全・安心、帰属意識・愛、承認・尊重、自己実現

キャラクターに生じる思い込み

- 「お互いに愛し合っているからいいんだって、お兄ちゃんに言われた」
- 「私たちは特別な絆でつながっている」
- 「自分は最低な人間……このことが人に見つかれば、みんなが離れていくに違いない」
- 「このことを人に話したら、もっとおかしなことになるだけだ」
- 「僕はダメな人間だから、こんな仕打ちを受けて当然なんだ」
- 「これは私のせいなの。私が思わせぶりなことをしたから、こんなことになったの」
- 「相手が自分より力のある人だと、抵抗できないから傷つけられてしまう」
- 「人はね、愛しているなんてうまいこと言って、自分の欲しいものを手に入れようとするんだよ」

キャラクターが抱く不安

- 「加害者が怖い」
- 「加害者に似たタイプの人が怖い」
- 「セックスが避けられないような親密な関係が怖い」
- 「近親相姦がばれたら、恥ずかしくて生きていけない」
- 「お父さんの子を妊娠してしまったらどうしよう」
- 「この近親相姦が家族にばれたら、自分は拒絶されるに違いない」
- 「誰かから『大事な秘密だから誰にも言わないで』と言われるのが怖い」

行動基準の変化

- アルコール／ドラッグ依存症になる。
- 自傷行為に走る。
- 摂食障害や睡眠障害になる。
- 自殺を考える、あるいは自殺未遂を起こす。
- 権力のある立場の人に反抗する。
- 感情の起伏が激しくなり、暴力を振るったりする。
- PTSD、不安障害、恐怖症になる。
- 弟や妹が犠牲になっては困ると、彼らをかばう。
- 他人を信用できなくなる。
- 人と親密な関係になれない。
- 自尊心が低くなる。
- 近親相姦に関し、矛盾した感情を抱く（特に両者合意のもとであった場合）。
- 自分の直感を信じなくなり、何か判断しても後からくよくよ悩む。
- （両親が知っていたかどうかは別にして）自分を守ってくれなかった両親に怒りを覚える。
- 幼い頃のことがほとんど思い出せない。
- 極度のストレスを感じると自己解離する傾向が出てくる。
- 何事にも無力感を覚えるようになる。
- 愛とセックスを混同してしまう。
- 大人になってからも虐待的関係を持ってしまう。
- 不特定多数の人と性的関係を持ってしまう。
- セックスにはまったくといっていいほど関心がなく、性的な関係になるのを嫌う。
- セックス中は自分の感情を心から締め出す。
- 近親相姦を「なかったこと」にして、事実に背を向けて生きる。
- 両親と距離を置くようになる。特に近親相姦のことを知った両親が、誰にも他言しないように言ってきた場合。
- 感情のやり場がなく、近親相姦が起きてい

た当時から前進できずにいる。
- 我が子も誰かにひどいことをされて自分と同じ運命を辿るのではないかと心配する。
- 子どもを持とうとしない。
- 心の傷を癒そうと、セラピーを探す。
- 自分自身を被害者ではなく、苦境を乗りきった人間だと見なすようになる。
- 自分の人生を自らの意志で健全な形でコントロールし、再び被害者になるまいと誓う。
- 不公平が慢性化した状況にいる人（精神障害を患っている人、親から勘当された人、真実を言っても信じてもらえない人など）に共感を持つ。

この事例が形作るキャラクターの人格

ポジティブな人格
愛情深い、協調性が高い、礼儀正しい、控えめ、おおらか、共感力が高い、想像豊か、面倒見がいい、思慮深い、世話好き、感覚的、正義感が強い、勉強家、協力的

ネガティブな人格
依存症、幼稚、強迫観念が強い、支配的、不正直、つかみどころがない、とげとげしい、無知、衝動的、抑制的、不安症、神経質、完璧主義、悲観的、ふしだら、反抗的、自滅的

トラウマを悪化させる引き金となる出来事
- 生理が来ない。
- 長い間会っていなかった家族に再会する。
- 近親相姦に至る前に自分が触れられたのと同じように、小さな子どもが大人に触られているのを目撃する（頻繁に腕を掴まれる、背中をさすられる、少し長めに触られる、など)。

トラウマに向き合う／克服する場面
- 再び虐待関係に陥ってしまい、あの近親相姦が自分の問題の根本にあることに気付く。
- もし自分が加害者のことを話さなければ、加害者は自由の身になってしまうし、そうすると誰かがまた虐待されてしまうかもしれない。
- 今までセックスを楽しめなかったし、したいとも思わなかったが、過去に向き合わなければ自分の傷は癒やされないことに気付く。
- 虐待被害者と緊急に信頼関係を築く必要が出てきて、自分が過去に被害を受けたことを明かすのが一番効果的だと気付く。

NOTE
近親相姦とは、兄弟姉妹または親子など、血縁関係の非常に近い者同士で起きる性的関係である。年上の者が加害者となり年下の者と性的交渉を持つのが一般的だが、異人種または異文化の人間との結婚がタブー視されているコミュニティでも起きる。

子どもが誰かに虐待されていることに気づく

〔英　Finding out one's child was abused〕

具体的な状況

たとえば次のようなケースが考えられる。

- 自分のパートナーまたは身近な親戚が我が子を虐待していた。
- 家族ぐるみで付き合いがあり、信頼していた友人宅で虐待が起きた。
- 我が子が教師などの権力者に殴られた、または触られた。
- 子どもを近所の人やベビーシッターに預けている間に虐待が起きた。
- 自分が自宅で寝ている間、あるいは別の部屋にいるときに、子どもが虐待された。
- 修学旅行、スポーツなどのクラブ合宿、教会の団体旅行など、監督責任者が同行している旅行中に、子どもが虐待された。
- 元夫／元妻との面会交流中に子どもが虐待された。

この事例で損なわれる欲求

安全・安心、帰属意識・愛、承認・尊重、自己実現

キャラクターに生じる思い込み

- 「我が子を守れないなんて、自分はひどい親だ」
- 「気付いていれば止めることができたのに……これは自分の責任だ」
- 「子どもを危険な目に遭わせたのは自分だ。もっと信頼できる人に面倒を見てもらったほうが安全だ」
- 「親としてもっとしっかりと子どもを守らなければ、また同じことが起きるに違いない」
- 「自分みたいな親のもとでは子どもは安全でいられない」

キャラクターが抱く不安

- 「たとえ短時間でも、子どもを人に預けるのが怖い」
- 「明らかな兆候があったのに、それをまた見逃したらどうしよう」
- 「怖くて人を信じられない」
- 「ひょっとしたら自分には人を見る目がないのかもしれない。子どもを安心して預けられるかどうかの判断も間違っているのかもしれない」
- 「いつまでも親として失敗し続けるのかもしれない」
- 「虐待のせいで子どもに悪影響が出てしまうかもしれない」（子どもがドラッグやアルコールに走る、親を責めたり拒絶したりする、体が衰弱していくような精神障害になる、など）。

行動基準の変化

- 加害者に強い怒りや憎悪を感じる。
- 報復の意志が芽生える。
- 子どもの所在を常に確認しないと気が済まない。
- （意識的に、あるいは無意識に）子どもの様子を頻繁にチェックする。
- 我が子に関心を示す人には、たとえ信頼している友人や家族であっても疑いの目を向ける。
- 子どもを守ろうとするあまり、子どもを自由にさせようとしてもいつも恐怖心が先走り、日常生活に支障を来すようになる。
- 常に最悪の事態を想像してしまう。
- 子どもを他人に任せられなくなる（通学させずに自宅で子どもを教育する、子どもが学校から帰宅する時間にはいつも自宅にいられるように仕事を変える、など）。
- 睡眠障害が出る。
- 強い不安を感じる。
- 他人から見れば甘やかしに見えるほど、罪

悪感から、子どもに何でも与え許可してしまう。
- 子どもが誰と親しくしているのかを把握し、その子たちのことをよく知っておこうとする。
- 虐待の加害者に対し法の裁きを求める。
- 我が子がさらに傷つくのを恐れ、法の裁きを求めない。
- 子どもが友達と一緒に一晩過ごしたいと言う場合は、外泊を許可せず、自宅に友達を呼ぶ。
- （子どもの年齢に関係なく）たとえ短時間でも子どもをひとり残して外出できなくなる。
- 親としての能力や判断力に自信を失い、一度判断しても後でまた悩む。
- 子どもの生活にもっと関与するようになる。
- 我が子を救うには親として何をするのがベストなのか、アドバイスを人に求める。
- 我が子のためにまともな犠牲を払う（子どもにセラピーを受けさせる、仕事を減らして子どもと一緒に過ごす時間を増やす、など）。

この事例が形作るキャラクターの人格

ポジティブな人格
用心深い、分析家、大胆、慎重、決断力がある、控えめ、共感力が高い、温和、忠実、面倒見がいい、注意深い、思慮深い、勘が鋭い、

ネガティブな人格
依存症、挑戦的、支配的、皮肉屋、防衛的、狂信的、凝り性、とげとげしい、生真面目、せっかち、頑固、理不尽、執拗、妄想症、悲観的、意地っ張り、寡黙、執念深い、心配性

トラウマを悪化させる引き金となる出来事
- おばあちゃんの家に一泊するなど、子どもが親元を離れる状況が生じる。
- 我が子に問題行動が見られる。
- 我が子が泣いているところを見たり、すすり泣く声が聞こえてきたりする。
- 子どもをしっかり監督するタイプではない他の親たちと接する。
- 虐待が起きた場所を訪ねる、またはその前を通り過ぎる。
- 大人が子どもと接しているところを見かけるが、その子が抵抗している、あるいは動揺しているように見える。

トラウマに向き合う／克服する場面
- 虐待の加害者が証拠不十分で釈放され、自由の身になる。
- 子どもの親権を奪われる。
- 我が子の虐待をきっかけに、長い間封印していた、幼い頃に自分が虐待されていた記憶が蘇る。
- 虐待発覚前の我が子の行動とそっくり同じことを、よその子がやっているのを見かける。
- 加害者が未成年者を虐待したのは今回が初めてではないことを知り、自分が行動を起こさなければ、同じ事件がまた繰り返されることに気付く。

NOTE
親にはいろんな役目があるが、本能として備わっているのは子どもを守ることだ。単なる道徳的義務を超え、子を授かった瞬間からそういう本能が芽生えるのである。当然、我が子が虐待されている事実が発覚すれば、愕然とし、親として失格ではないかと自分を責めてしまう。その上、子どもが被害に遭ったことを親には言えなかった、子どもなりに伝えようとして行動に表したのに親は気付かなかった、もしくは、子どもは話したのに親がすぐには信じなかったとなると、親の罪悪感や自責の念はさらに深まり、自分はダメな親だと思い込んでしまう 。

失恋

〔英　Getting dumped〕

この事例で損なわれる欲求

帰属意識・愛、承認・尊重

キャラクターに生じる思い込み

- 「こうなるとは思いもしなかったなんて、自分の考えが甘すぎた」
- 「またこんな思いをするぐらいなら、ひとりでいたほうがまし」
- 「あれは真実の愛だったのに……もう二度とあんな恋に出会うことはない」
- 「これからは、いつもひとりぼっちだ」
- 「自分は頭が悪すぎるから／才能がないから／醜いから／価値がないから嫌われるんだ」

キャラクターが抱く不安

- 「他の人にも振られるかもしれない」
- 「人に合わせる顔がない」
- 「好きな人に出会っても、また捨てられるだけかもしれない」
- 「信用する相手を間違って、心を開いても、また傷つくだけかもしれない」
- 「真実の愛に出会うことなんて、もう二度とないかもしれない」
- 「人生ひとりで生きていくことになるのかな……」
- 「何か自分に至らないところがあって、嫌われたのかもしれない」

行動基準の変化

- すっかり落ち込み、否定的なひとり言をつぶやいたりして、しばらくの間もがき苦しむ。
- 他人と自分を比較して、自分に欠けている部分を探そうとする。
- 失恋をつぶさに振り返り、何がいけなかったのか、別れの原因を探し出そうとする。
- 絶望の日々を過ごす。
- 友人にしがみついて離れなくなる。
- ひとりの生活になじめず苦労する。
- 関係を修復しようと何度も試みる。
- 失恋のリバウンドで別の恋愛をする。
- 別れた恋人が自分より先に気持ちを切り替えて、新しい恋を始めると嫉妬や怒りを覚える。
- 酒に溺れる。
- ちょっとしたデートすら避けるようになる。
- ひとりになりたくないから長時間働く。
- 別れた恋人や、似たタイプの人の悪口を言う。
- 人生そのものに悲観的になる。
- 自分の脆さを露呈するような人間関係を退ける。
- （セックスだけの関係など）欲望を満たすだけの関係を求める。
- 脆い感情をさらけ出すのを恐れ、好きになりそうな人がいても避ける。
- 新しい恋人ができても、相手が別れを切り出す前に自分から別れてしまい、深い関係には進めない。
- 自分で欠点だと思っているところを埋め合わせようとする（やけに男くさく振る舞う、きれいに見えるように着飾る、など）。
- 長い間誰ともデートしていないし、出会いがあっても失望の連続で、だんだん疲れてくる。
- 相手にコミットする深い関係に批判的になったり、閉鎖的な態度を示したりする。
- すてきな恋愛をしている人たちを羨ましく思う。
- 寂しさを紛らわすため、常に外出するなど予定を作って忙しくする。
- 失恋の痛みを紛らわすため、不特定多数の相手とセックスしたり、買春したりするようになる。
- 気が小さくて恋愛に飢えているパートナー

を選び、自分に依存させる。

- 心のすき間を埋めるため、独身の仲間を探す（ゲームを一緒に長時間プレイする仲間、ジムで一緒にエクササイズする仲間、バーのはしごをする仲間、など）。
- 失恋の悲しみを一通り経験する。
- 過去の恋愛に問題があったことを認め、自分もその問題に貢献した事実を認識し反省する。
- 自分がパートナーとしてもっと貢献できる部分を探し出す。
- 自己改善できる部分を探し出して、それを改善していくことで個人的充足感を得る。
- 気持ちを入れ替えるために何か新しいことを始める（ダンスを習う、犬を飼う、病院でボランティアをする、イタリア語を習う、など）。

この事例が形作るキャラクターの人格

ポジティブな人格

柔軟、分析家、大胆、慎重、如才ない、控えめ、共感力が高い、誘惑的、理想家、独立独歩、大人っぽい、楽観的、忍耐強い、思慮深い、哲学的、秘密を守る、感傷的

ネガティブな人格

冷淡、幼稚、不誠実、生真面目、不安症、男くさい、大げさ、口うるさい、うっとうしい、執拗、ふしだら、恨みがましい、自滅的、気分屋、執念深い、不満げ、引っ込み思案

トラウマを悪化させる引き金となる出来事

- 別れた相手が新しい恋人と一緒にいるところを見かける。
- 友人と集まったが、カップルに囲まれていることに気付く。
- 街で友人にばったり会い、一対一のディナーに誘われる。
- 別れた恋人とよく一緒に行った場所の前を通りかかる。
- 前の恋人との記念日がやって来る。
- 新しい恋人と言い争う。
- 新しい恋愛を始めたが、問題が見え始める（問題が見えてきたと思い込んでいる場合もある）。
- 家族の集まり、結婚式、授賞式など、重要なイベントに招待されてもひとりで参加する。

トラウマに向き合う／克服する場面

- 新しい恋人と別れたが、その理由が前の恋人に言われたのと同じであることに気付く。
- 恋人との別れを受け入れないと、心の痛みは癒えず、前進できないことに気付く。
- 長い間人と付き合っているがうまくいっておらず、別れなければならないと思っている。
- 別の人に愛されることで、自分は人に求められ、愛される資格のある人間なのだと気付く。

NOTE

心の傷といえば、必ず上位に食い込むのが「失恋」である。あまりにも一般的で、大人への成長過程には必須の経験と言ってもいい。好きな人に振り返ってもらえないのはつらいことだが、その振られ方がひどいとトラウマにもなりかねない。たとえば、携帯電話に突然別れのメッセージが舞い込んだ、他に好きな人ができたからと言われた、結婚式当日に相手が現れなかった、恋人のソーシャルメディアの投稿を見て自分との関係が終わったことを知った、などは、残酷な別れ方の代表例だ。失恋は、痛みを伴う普遍的な人生経験ではあるが、心に深い傷を残しかねない残酷さを秘めている。

自分が養子だと知る

〔英 Finding out one was adopted〕

具体的な状況

- 両親から自分が養子であることを告げられる。
- 偶然養子だったことを知ってしまう（会話が聞こえてきた、出生証明を偶然見つけた、など）。
- 嫉妬や悪意を抱いている親戚に自分が養子であることをほのめかすような発言をされ、気になって突き止めた。
- 重い病にかかり、既往歴を知る必要が出てきた。
- 両親とは似ていなかったり、遠縁の親戚から謎めいたことを言われたりしたため、両親を問い詰めた。
- 自分の両親が亡くなったのをきっかけに知った。
- 見知らぬ人から「自分が生みの親だ」「血を分けた兄弟だ」と声を掛けられる。

この事例で損なわれる欲求

帰属意識・愛、承認・尊重、自己実現

キャラクターに生じる思い込み

- 「生みの親が自分を捨てたのは、何か自分に気に入らないところがあったからだ」
- 「自分は根無し草のようなものだ。自分を必要としてくれる人なんていない」
- 「たぶんこの世に生まれてくるべきではなかった」
- 「自分が何者なのかわからない」
- 「両親に嘘をつかれるぐらいだから、もう誰も信用できない」
- 「生みの親に捨てられるぐらいだから、自分は人に捨てられる運命で、また同じことが起きるに決まっている」
- 「心に壁を作れば、誰も僕の気持ちを操れなくなる」
- 「人を愛したりするから、余計に傷つく」

キャラクターが抱く不安

- 「また拒絶されて、捨てられたらどうしよう」
- 「信用する相手を間違ってしまうかもしれない」
- 「親密な関係になって、自分の弱さを見せるのが怖い」
- 「生みの親にも拒絶されたらどうしよう」
- 「（妹が養子ではなく実子である場合は特に）妹のほうが親に愛されている気がする」
- 「生みの親に自分を育ててくれた家族から引き離されたらどうしよう」
- 「何か別件でも親に嘘をつかれているんじゃないだろうか……」

行動基準の変化

- 感情が複雑に入り乱れる（怒り、裏切られたような気持ち、感謝、不信感、罪悪感、混乱、など）。
- 自分だけ特別扱いされているのではないか、他の兄弟より愛されていないのではないかと疑い、その形跡がないか探しながら、家族間のやりとりを観察する。
- 現実に背を向け、自分のルーツや過去を探りたがらない。
- 自分のルーツや過去について執拗に関心を示し、親を質問攻めにする。
- 人を信用できなくなる。
- 自分のアイデンティティがわからなくなる。
- 自分自身と育ての家族との違いが気になって仕方がない。
- 自分から相手に別れを告げられない、あるいは相手から別れを切り出されても、なかなか別れられない。
- いつも友人に自分の価値を証明しようとする。
- 理由もなく人の言葉を疑い、自分がだまされている形跡がないか探す、あるいは、人は自分をだますものだと思い込む。
- 育ての家族と距離を置くようになる。

- アルコールやドラッグに頼る。
- 行動化と見られる危険行為に走る。
- （再び捨てられることを恐れて）自分の育ての家族を喜ばせようと卑屈な性格になる。
- 不安障害や適応障害を経験する。
- 他人の言葉を鵜呑みにせず、何度も事実を再確認する。
- 仕事や学校の成績に不安を感じるようになる。
- 育ての親にずっと違和感を持っていたので、養子の事実が発覚してほっとするが、後から安堵したことに罪悪感を感じる。
- 育ての親との思い出の品や、今まで大事にしてきた宝物に価値を感じなくなる。
- 皮肉な態度を取り、否定的なものの見方をするようになる。
- 生みの親との歩み寄りを想像する。
- 血のつながった家族を探し出そうとする。
- 生みの親を拒絶し、育ての親を選ぶ。
- 養子の事実をオープンに正直に話してくれた育ての親をあらためて尊敬する。
- 自分は、生みの親に拒絶されたのではなく、育ての親に選ばれたのだと思うようになる。

この事例が形作るキャラクターの人格

ポジティブな人格
柔軟、分析家、感謝の心がある、芯が強い、好奇心旺盛、如才ない、おおらか、共感力が高い、幸せ、秘密を守る、感傷的、協力的、賢い

ネガティブな人格
無神経、依存症、挑戦的、皮肉屋、失礼、だまされやすい、とげとげしい、うっとうしい、寡黙、恩知らず、引っ込み思案、仕事中毒

トラウマを悪化させる引き金となる出来事
- 親がひいきしているわけではないが、自分より兄弟が優先される。
- 赤ちゃんはどうやって生まれるのか、サンタクロースは実在するのかなど、自分の子に尋ねられ、嘘を言うかどうかの選択を迫られる。
- 病院で問診票に記入しているとき、家族の病歴を尋ねる質問にぶちあたる。
- 自分の誕生日や養子として引き取られた日が来る。

トラウマに向き合う／克服する場面
- 思いがけず妊娠が発覚し、自分もその赤ん坊を養子に出すことを検討しなければならない。
- ある病気になり、遺伝情報を含めて自分の病歴を知る必要が出てくる。
- 生みの母がレイプまたは近親相姦の被害者で、それが自分の生まれたきっかけだったことを知る。
- 生みの親の所在が掴めたが、その親から、過去を振り返りたくないから連絡してこないでほしいと告げられる。
- 生みの親を探さないと決めたのに、実はその親が財産を残してくれていたことを知る。
- 養子を引き取ったが、その子にいつ養子の事実を告げるか（あるいはそれを告げるかどうか）決める必要が出てくる。

自分の証言を信じてもらえない

〔英　Telling the truth but not being believed〕

具体的な状況

- 自分が（親、コーチ、叔父などに）虐待されていると言っているのに信じてもらえない。
- 犯罪を通報しているのに、警察がなかなか信じない。
- 何かを盗んだ、あるいは嘘をついたと責められ、いくら無実を主張しても聞いてもらえない。
- 無実の罪で有罪判決を下され、懲役になった。
- 何が起きたか親に説明しているのに、親は、実の子より別の人の言葉を信じた。
- 親や教師など、自分の保護者であるはずの人に、繰り返し「嘘つき」と言われた。
- 担任教師や校長に不適切なことが起きているのを報告しに行ったのに、騒ぎを引き起こす厄介者の扱いを受けた。
- あることを目撃して証言しているのに、その内容が信頼できないと却下されてしまう。
- 一般的に怪しいと思われていることを実際に経験し、それを人に話したらけなされた（幽霊を見た、神と言葉を交わした、UFOを発見した、超自然現象を体験した、など）。

この事例で損なわれる欲求

生理的欲求、安全・安心、帰属意識・愛、承認・尊重、自己実現

キャラクターに生じる思い込み

- 「本当のことを話しても、問題に巻き込まれるだけだ」
- 「正直でいるのが一番だと人は言うけれど、そんなことはないね」
- 「人は聞き心地のいいことしか信じない」
- 「一番肝心なときに、自分を擁護してくれる人なんていない」
- 「耳障りなことは言わないほうがいい」
- 「自分を守ってくれるはずの人が最後には裏切るんだ」
- 「自分のことを守れるのは自分しかいない」

キャラクターが抱く不安

- 「一番肝心なときに信じてもらえないかもしれない」
- 「信じてもらえないどころか、いやがらせに遭うかもしれない」
- 「本当だと思っていることが実は間違っていたらどうしよう」
- 「嘘はつけない性分だから、言ってはいけないことを口にして、退けられてしまうかもしれない」
- 「人に利用されて心を傷つけられるかもしれないし、危害を加えられて頼る人もいない状況に陥ってしまうかもしれない」
- 「間違った相手を信用してしまって、裏切られたらどうしよう」
- 「権力や権威のある人たちは、自分たちの都合のいいように事実を曲げるかもしれない」

行動基準の変化

- 正直さや誠実さを誰も大切にしないのだから、自分もそうする必要がないと思うようになる。
- （誠意を見せるのではなく）人をうまく操って、自分が信じてほしいと思っていることを信じさせるようになる。
- 衝突を避けるため、耳障りなことは人に伝えない。
- どうせ信じてもらえないだろうと思って、過去の体験を正直に人に話さなくなる。
- 人に傷つけられまいとして、本心を隠すために嘘をつかざるを得なくなる。
- 嘘をつかれると、それを冗談と笑って受け流せなくなるし、からかわれるとむきになっ

てしまう。
- どんなに他愛ないことでも、自分が信じてもらえているという確証が必要になる。
- 必要もないのに自己弁明してしまう。
- 自分の言葉が疑われると、憤慨してしまう。
- 真実を疑われると、すっかり取り乱してしまう。
- いちいち自分の忠誠を証明しなくては気が済まない。
- 自分の言葉を絶対に疑われたくないから、思っていることは心の中に伏せておく。
- 秘密を守るために他人に嘘をつくはめになると、秘密を守り通せなくなる。
- 誰かにだまされている人を見かけると、どうしてもその人に本当のことを教えずにはいられなくなる。
- 自分にやましいところがないことを証明するため、聞かれてもいないことまで答えてしまう。
- 人の心を勝ち取るために、ユーモア、太っ腹、魅力にものを言わせる。
- ある人が話している内容を他の人たちは言葉通りに受けて止めているが、自分は嘘を見抜いていて、嘘をついている人のことを不快に思ってしまう。
- 自分の言葉に嘘偽りがないことを証明するため、策を講じる（メモを残す、会話を録音する、など）。
- 自分の発言が曲解されたり、文脈を無視して切り取られたりすると、怒りをあらわにする。
- どんな小さな嘘もつけない馬鹿正直な人間になる。
- 真実を何よりも大切だと考え、非常に正義感の強い人間になる。
- 何事も思い込みをせず、常に事実を求めるようになる。
- 同じような嫌な思いを人に経験させたくないため、「疑わしきは罰せず」の態度を貫く。
- 人が本当のことを言っているかどうか憶測せずに済むように、人の心が読めるようになる。
- 誤解をできるだけ招かないために、何でもはっきりと言うようになる。

この事例が形作るキャラクターの人格

ポジティブな人格

慎重、勇敢、規律正しい、控えめ、共感力が高い、ひょうきん、正直、気高い、独立独歩、公明正大、忠実、几帳面、面倒見がいい、粘り強い、雄弁、世話好き、責任感が強い、正義感が強い、賢い

ネガティブな人格

反社会的、強迫観念が強い、皮肉屋、防衛的、不正直、不誠実、つかみどころがない、狂信的、とげとげしい、抑制的、不安症、手厳しい、知ったかぶり、うっとうしい、神経質、執拗、神経過敏、妄想症、完璧主義、悲観的、偏見がある、反抗的、恨みがましい、小心者、寡黙、意気地なし、引っ込み思案

トラウマを悪化させる引き金となる出来事

- 嘘をついている人を名指ししなければならない状況に立つ。
- 自分の子どもまたは配偶者に嘘をつかれる。
- つじつまの合わないことを言っている人が信用され、自分の発言が疑われる。
- ひどい扱いを受けたのだが、これは偏見のせいではないかと怪しんでいる。

トラウマに向き合う／克服する場面

- 2人の人間がそれぞれに反対のことを言うので、どちらが本当のことを言っているのか見極めなければならない。
- 真実を明かすと不用に人を傷つけてしまうため、嘘をついたほうがはるかに親切だという局面にぶつかる。
- 不正を働いたと非難され、物事を丸く収めるためにその非難を受け入れるか、それとも自分の潔白を証明するかの二者択一を迫られる。
- 友人が傷つけられているのを知り、傷つけた相手の責任を追及できるようにするため、はっきりと話すように友人を説得する。

信用していた人に裏切られる

〔英 Misplaced loyalty〕

具体的な状況

- 人にいいように使われていただけだったと知る。
- 好きだった人が実は自分の親友を狙っていて、利用された。
- 友人が自分との関係を利用して、人気のあるグループ、クラブ、組織に近づこうとしていたことに気付く。
- 友人を擁護していたのに、その友人が非難されていたとおりのことをやっていたのを知る。
- 家族に裏切られた。
- 助言してくれていた人に秘密を打ち明けたら、他の人にばらされてしまった。
- 親しい友人が悪意のある噂話をしているのを耳にした。
- 人種、性的指向、未熟さ、価値観の違いなど、不公平な基準でグループから外された。
- 家族が自分よりも他の人を選んだ。
- ある人が切羽詰まっていたことがあって、味方してやったのに恩を返さなかった。
- ある人と肉体関係を持ったのに、その人は恋人になることには関心がなかったことがわかった。
- 友人のためにやったことが、後で違法行為だったことを知った（中にドラッグが入っている小包を配達した、証拠隠滅に関わってしまった、知らずにマネーロンダリングに関与した、など）。
- 信頼していた組織または社会制度（警察や司法など）に失望させられた。
- 警察に本当のことを話したのに、信じてもらえなかった。
- 自分のアイデアや研究成果を身内に盗まれた。

この事例で損なわれる欲求

帰属意識・愛、承認・尊重、自己実現

キャラクターに生じる思い込み

- 「自分の直感なんて信用できない」
- 「だまされやすいにもほどがある。僕は誰の言うことでも、どんな内容でも信じてしまう」
- 「誰のことも信用なんかできない」
- 「みんなが求めているのは一番の人だけ。二番手なんて適当にあしらえばいいと思っている」
- 「忠誠を尽くしても仕方がないよ。そんなことに価値があると信じているのは馬鹿だけだ」
- 「自分のことは自分で気をつけないとね」

キャラクターが抱く不安

- 「人と親密な関係になるのが怖い」
- 「自分を人にさらけ出すのは嫌だ」
- 「個人的なことを人にシェアしたくない……」
- 「人から『あなたのためなら何でもします』と言われたけど、その人のことまで責任を持ちたくないな……」
- 「愛する人に裏切られたらどうしよう」
- 「よく知らない人に『友達になろう』って言われると、ちょっと困る……」
- 「他人の動機を読み違えて、だまされてしまうかもしれない」

行動基準の変化

- だまされやすい自分を責める。
- マイナスなひとり言を言うようになる。
- 他の人とは距離を置くようになる。
- 人に心を開かなくなる。
- 信用できるとわかっている友人や家族にしがみつく。
- 心の中で何度も裏切られたときのことを思い出し、自分の何がいけなかったのかを考える。
- 裏切られたことなど大したことでないかのように笑い飛ばす。

- 水面下で何が起きていたかは知っていたと主張する。
- 人に頼る気がしなくなる。
- 人に助けを求められなくなる。
- 皮肉屋になり、他人の疑わしい点を好意的に解釈しなくなる。
- これ以上友達はいらないと自分を納得させる。
- 同じように傷つけられたくないから、今付き合っている友人から離れる。
- 寂しさを紛らわすために忙しくする。
- 裏切った人に偶然会ってしまいそうな場所を避ける。
- 人はみな何か下心を持っていると思い込む。
- 不誠実な人間になる。
- 裏切ったと後で責められないように、約束するときは慎重になる。
- 信頼できる人が身近にいることを本当に有り難く思うようになる。
- 人の信頼を二度と裏切らなくなる。
- 他人のことだが、忠誠が裏切られている形跡を見てしまい、悪いことになる前に忠告する。
- 本心が読めるように人をよく観察し、今後は判断を誤らないようにする。

この事例が形作るキャラクターの人格

ポジティブな人格
分析家、感謝の心がある、大胆、慎重、芯が強い、決断力がある、如才ない、控えめ、気高い、思慮深い、秘密を守る、積極的、上品、責任感が強い

ネガティブな人格
無気力、反社会的、冷淡、意地悪、知ったかぶり、うっとうしい、執拗、神経過敏、卑屈、疑い深い、小心者

トラウマを悪化させる引き金となる出来事
- また誰かに利用されているのではと怪しむ。
- ある友人を信用していいのかどうかわからない。
- 愛する人が自分と同じように利用されているのを見てしまう。
- 友人が嘘をついているのを聞いてしまう。
- ある人のために時間を作ったのに、無残にもまた追い払われてしまう。

トラウマに向き合う／克服する場面
- ある人の信用を裏切ってしまったことに気付く。
- コミュニティの端で生きていたのに、グループに参加するチャンスが到来し、そこへ参加するかどうか悩む。
- 友人を裏切ったと非難していたのに、実際には、その友人は裏切ってなどいなかったことを知る。
- 友人が困っているのを見ていて、このまま孤独に暮らし続けるか、たとえまた自分の弱さを人に見せることになっても友人に救いの手を差し伸べるかの選択を迫られる。

絶縁・勘当

〔英 Being disowned or shunned〕

具体的な状況

- 忠誠を尽くしてきた団体や組織から爪はじきにあう。
- 教会から破門される。
- 子どもが家出し、家に戻らない。
- 子どもが親に捨てられる。
- 家族間の確執があり、自分の孫に連絡を取ることが許されない。
- 我が子が親子の縁を切ろうとしている。
- 大人になってからある事情で親に勘当されている（同性愛者だとカミングアウトした、改宗した、人種の違う人と結婚した、など）。
- 未婚で妊娠し、家を追い出される。
- 家族に背いたと、突き放される（キャラクターが、兄が虐待をしていると非難する、叔父が罪を犯したことを証言する、など）。

この事例で損なわれる欲求

生理的欲求、安全・安心、帰属意識・愛、承認・尊重

キャラクターに生じる思い込み

- 「あの人たちなしでは生きていけない」
- 「こんなふうにまた傷つきたくないから、人とは距離を置きたい」
- 「人に受け入れてもらいたければ、正義より忠義が大切ということだ」
- 「自分はなんてひどい人間なんだ。もう誰も自分に寄ってこなくなってしまった」
- 「こんなにあっさりと私を捨てるなんて、最初から私のことなんて愛していなかったんだわ」
- 「無償の愛なんて存在しない。人は努力して褒められないと愛されない」
- 「与えられるタイプの人は、人から取れるだけむしり取っていく。与えるタイプの人は、人に与えるものがなくなれば捨てられる」

キャラクターが抱く不安

- 「自分が人に受け入れられることなんてないかもしれない」
- 「自活していくしかないけれど、無理かもしれない」
- 「失敗や間違いを犯したら、また捨てられるかもしれない」
- 「ありのままの自分を受け入れて愛してくれる人になんて、二度と出会えないかもしれない」
- 「他の人たちが言うように、自分は弱い（不誠実／不適任／何かが欠如している、など）のかもしれない」

行動基準の変化

- 自分の感情を押し殺すようになる。
- 悲しみ、苛立ち、落ち込み、激怒の間を感情が激しく揺れ動く。
- 心が空っぽになる。
- 自分をこんな目に合わせた人への復讐心が芽生える。
- 自分を捨てた人から教えられた教訓を否定する（たとえば「木を見て森を見ずにならないように」と教えられたなら、それを否定する）。
- 親子絶縁につながった自分の選択を何度も振り返る。
- 自己評価があまりにも厳しく、自尊心が低くなり、自己嫌悪になる。
- 誰でもいいから自分を愛してくれる人を探す。
- 以前と同じような有害な関係を持つようになる。
- 家族が集まる休日や特別な日が近づくと憂鬱になる。
- ドラッグやアルコールに走る。
- 自分を捨てた家族でも、どこかでずっとつながっていたくて、ソーシャルメディアで家

族の様子をいつもチェックする。
- 縁を切った家族やグループのメンバーと出くわしそうな場所を避ける。
- 辛辣で、恨みがましい人になる。
- 自分を捨てた人をソーシャルメディアで中傷する。
- 恨みを抱くようになる。
- 人を信用して、打ち解けられない。
- 長く続くような人間関係にコミットできなくなる。
- 自分が突き放される前に、愛する人のもとを去る。
- 手荒な手段を使って、甥や姪、孫などの親戚に連絡を取る。
- 連絡を断つ（電話番号を変える、引っ越す、転校する、職場を変える、など）。
- 他の人たちとのつながりを失いたくない、あるいは拒絶されたくないから、人を喜ばそうとする。
- 対立が起きると不安になり、すぐにはぐらかそうとする。
- 他の人に仲間に入れてもらえるとうれしくて仕方がない。
- 自分のデスクにバースデーカードが置いてあったりすると、他人の心遣いにとても心を動かされる。
- 悲嘆プロセスを最初から最後まで経験する。
- 人生をやり直そうと遠くへ引っ越しする。
- （教会や近所などで）どんな人でも分け隔てなく受け入れてくれる支援グループを見つけ出す。
- こんなふうになってしまったのには、自分にも至らない部分があったのではないかと自分の行動を振り返る。

この事例が形作るキャラクターの人格

ポジティブな人格
感謝の心がある、大胆、慎重、如才ない、おおらか、気高い、もてなし上手、独立独歩、勤勉、協力的、寛容

ネガティブな人格
無神経、つかみどころがない、気まぐれ、噂好き、とげとげしい、不安症、うっとうしい、神経質、神経過敏、完璧主義、反抗的、恨みがましい、自滅的、意地っ張り

トラウマを悪化させる引き金となる出来事
- ほんの小さなこと、たとえば仕事の後の一杯に誘って断られただけでも否定された気持ちになる。
- 家族とは疎遠になったまま、誕生日などの大切な日を迎える。
- 自分を突き放した家族またはグループが、新しい人を迎え入れたことを知る（養子を引き取る、姉の新しいボーイフレンドを家族として迎える、新メンバーを歓迎する、など）。
- 苦境に陥り、助けが本当に必要になるが、支えてくれる人が誰もいない。

トラウマに向き合う／克服する場面
- 健全な人間関係が崩れかけて深刻な事態になり、相手が別れを切り出す前に自分から別れるか、あるいは、拒絶されるのを覚悟で自分の脆くて弱い部分を見せて危機を乗り越えるかの選択を迫られる。
- 自分を捨てた相手が和解を望んでいて、第二のチャンスを与えるべきかどうか悩むはめになる。
- （子どもがドラッグに依存している、窃盗や暴力を働いたなどの理由で）自分も我が子を突き放したくなるような状況に陥る。

組織や社会制度に失望する

〔英 Being let down by a trusted organization or social system〕

具体的な状況

- 社内で社員が汚職行為を目撃する。
- 支援しているチャリティーが人をだまして寄付金を集めていたことを知る。
- 戦争捕虜が自国政府に見捨てられる。
- 退役軍人が医療またはメンタルヘルスの治療を受けようとして拒否される。
- 政治的立場上、あるいは視聴率稼ぎのため、信頼されているニュースネットワークが事実を曲解した報道をしている、または自局に都合の悪いニュースを無視している。
- 無実の罪で有罪判決を受ける。
- 児童養護施設で子どもが虐待またはネグレクトされる。
- 生徒が教師や校長にいじめを報告したのに、取り合ってもらえない、無視される、あるいは逆に非難される。
- 人生を会社に捧げてきたのに、不当解雇またはレイオフされた。
- 紛争地域で苦しんでいる家族が大勢いるのに、政府が何もしない。
- マイノリティの人が警察に不当な扱いを受ける。
- 選挙に不正があったことが発覚する。
- 政府がテロリストや自国の敵を支援していたことを国民が知る。
- 自国のリーダーが他国に操られていたことを国民が知る。
- カリキュラムや実験的な教育方法のせいで、子どもにしっかりとした教育が施されていなかったことを親が知る。
- 一部のロビイストや企業に政府が口利きし、健康に害を及ぼす食品または薬を認可したことを一般市民が知る。
- 聖職者の偽善的行為または虐待行為を教区民が知る。
- 地元市民の間でおかしな症状を訴える人が続出し、その地域にある企業が不法に環境を汚染していたことが発覚、この病気蔓延の責任を問われている。

この事例で損なわれる欲求

安全・安心、帰属意識・愛、承認・尊重

キャラクターに生じる思い込み

- 「馬鹿でだまされやすい自分には真相が見えていなかった」
- 「大企業や大組織は常に私利私欲のためにだけに動いて、平然と倫理に反した行動を取る」
- 「みんな何か企んでいるんだよ」
- 「一般市民はいつだってだまされるだけだから、勉強したって無駄……」
- 「グループに参加して裏切られるより、最初から関わらないほうがまし……」
- 「みんな嘘つきだ」

キャラクターが抱く不安

- 「政府、宗教、公教育と、既存の組織や制度はできれば信用したくない」
- 「自分は利用されているだけなのかもしれない」
- 「権力者にだまされているのかもしれない」
- 「個人や団体を支援したって、後で詐欺まがいのやつらだったことが発覚するかもしれない」
- 「問題を指摘しても、いやがらせを受けるだけかもしれない」

行動基準の変化

- 不正を働いた団体や企業からは離れていく。
- 大組織や社会制度を信用しなくなる。
- 社会制度を信用していないから、自分でなんとか対策を見つける。たとえば、金融システムを疑っているなら自宅の金庫に現金を貯め込む、公教育を信用しないなら自宅で子どもを教育する、政府を信用していないなら国外に逃げる、など。
- 皮肉屋になり、マイナス思考に陥る。
- 陰謀論を信じるようになり、誰も彼も怪しむようになる。
- 自分の直感を疑う。
- 不信感が生活の至るところに滲み出てくる。
- いつも否定的な言葉を信じてしまうので、ネガティブなプロパガンダに感化されやすくなる。
- 「俺はまったく馬鹿だ」「こうなることが見えなかったのは馬鹿だけだ」など、ネガティブなひとり言を言うようになる。
- 何事にも無感情になり、自分にとって不愉快な真実も諦観して受け入れる。
- 不正を働いた企業やその不正内容について、いつもくどくどと話す。
- 我が子にも世の中に対し不信感を抱かせ、バイアスがかかったものの見方を奨励する。
- 違反行為を許せなくなる。
- 人が変われるとは思わなくなる。
- 腐敗を明るみに引きずり出して、悪を正そうとする。
- 不正行為を見かけたからと、他人にも注意を促す。
- 組織・団体を支援する前に、必ずその団体について調べる。
- 信頼のおけるチャリティーや企業を探しやすくするために、市民監視サイトを立ち上げる。
- 人の言葉を鵜呑みにするのではなく、自分で本当のことを知ろうとする。

この事例が形作るキャラクターの人格

ポジティブな人格
大胆、芯が強い、協力性が高い、勇敢、好奇心旺盛、規律正しい、控えめ、共感力が高い、熱心、勤勉、影響力が強い、公明正大、きちんとしている、情熱的、正義感が強い

ネガティブな人格
無気力、冷淡、挑戦的、支配的、失礼、狂信的、噂好き、無知、抑制的、不安症、理不尽、大げさ、詮索好き、神経過敏、妄想症、反抗的、荒っぽい

トラウマを悪化させる引き金となる出来事
- ソーシャルメディアを使って世間に矛盾を指摘したものの、反対派意見に押しつぶされる。
- 企業に対し非難の声を上げたが、その企業に取り合ってもらえないか、逆に中傷される。
- 批判の声を上げたせいで報復される（国税庁を批判して抜き打ち監査を受ける、など）。
- 罪のない一般市民を食い物にしている企業が他にもあることを耳にする。

トラウマに向き合う／克服する場面
- 企業・団体を非難するのを恐れていたら、だまされて被害に遭っていたのは自分ひとりではなかったことを知る。
- 企業に対し集団訴訟を起こすから、原告として名前を連ねてほしいと要請される。
- 親しい友人が企業の罠に掛かっていることを知る。
- ある団体や社会制度を支援したくはないが、他に選択肢がない（公教育に反対しているが、公立学校に我が子を送らざるを得ないなど）。
- レポーターからの接触があり、内部告発のチャンスが訪れる。

仲間外れにされる

〔英 Being rejected by one's peers〕

具体的な状況

たとえば、次のような理由から仲間外れは生まれる。

- 少数派としてある地域に住んでいる、あるいは越境入学をしている。
- 貧しい、あるいは住む家がない。
- 人種、宗教、性的指向が人とは違う。
- 親または保護者が世間から白眼視されている（入所中、遊び人、アル中で有名など）。
- 評判の悪い兄弟や親を持っているせいで、自分も悪いやつだと思われている。
- 一般的な社会規範に反する信念や考えを持っている。
- 外見に異常がある（遺伝子変異で白子に生まれた、ひどいニキビ面、大きなアザが顔にある、病的な肥満、など）。
- 奇抜な行動をする（変人、危険人物、とっぴな行動をする人として見られている）。
- 人前で失禁したり、裸で倒れたりしたことがある。
- 人付き合いが下手。
- 精神障害、発達障害などがあり、特別な介助を必要とする。
- 社会規範から外れたところがある（美意識や上品さに欠けている、ひどく不潔である、など）。
- 変わっているもの、タブー、あるいは少年少女向けだと見なされているものを好む。

この事例で損なわれる欲求

安全・安心、帰属意識・愛、承認・尊重、自己実現

キャラクターに生じる思い込み

- 「人に愛されるとか、受け入れられるなんて、自分にはあり得ない」
- 「本当の自分を見てくれる人なんていないよ。ハンディキャップを抱えて、貧乏そうに暮らしている姿しか見えていないから」
- 「恋愛なんて自分みたいな人間には縁遠い話だよ」
- 「自分はどうしようもない人間だ」
- 「自分みたいな人間が人生にあれこれ期待するなんて身の程知らずもいいとこだよ。与えられているもので満足しておけばいいんだ」
- 「なんとかして自分の価値を証明できれば、世間は自分を受け入れてくれるさ」
- 「自分は醜いから（馬鹿だから、才能がないから、など）、存在価値が低い」
- 「誰の助けも借りないで自力で生きていく」
- 「仕返しすれば、お互い様だ」

キャラクターが抱く不安

- 「仲間外れにされたらどうしよう」
- 「人と違うという理由だけで偏見を持たれたり、差別されたりするかもしれない」
- 「人に心を許したって、面倒なことが起これば見捨てられるかもしれない」
- 「秘密が人にばれると、今以上に干されるかもしれない」
- 「あの人たちに仲間外れにされたことがあるから、怖いな……」（男ばかりの集団、スポーツだけが得意な人間の集まり、人気者の女子グループなど、自分を疎外したことのある集団を怖がっているようなケース）
- 「こんな自分を好きになってくれる人はいないだろうな」
- 「僕にも夢や希望はあるけど、世間には『まさかお前が』って言われるだろうな……」

行動基準の変化

- 低い自尊心しか持てなくなる。
- 精神的にいじけてしまう（嘘を信じてしまう）。

- 自分の殻に閉じこもる。
- 馬鹿にされてもいいからグループに入っていたいと思う。
- 干される原因になった自分の習慣、趣味、信念を諦める。
- 仲間外れにされる原因になった事情を隠す。
- 他人を信用できなくなる。
- 自分に近寄ってくる人をみな疑う。
- 一瞬でもいいから受け入れてもらいたくて、自虐で人を笑わせる。
- 人に受け入れられる人間になろうとするあまり、自分らしさを見失う。
- 同調圧力に屈する。
- 鬱になって、薬に依存したり、自傷行為に走ったりする。
- 特に社交の場や、人前で何かをしなければならない状況で、極度の不安に追い込まれる。
- 自分が信念を追求しているうち、仲間から認められるようになる。
- ひとりになれる孤独な活動を選ぶようになる。
- 自分を仲間外れにしている人たちに暴力的な天罰が下るという空想に耽ける。
- 攻撃的になり暴力に訴えるようになる。
- 感情の起伏が激しくなる。
- 報復を考えるようになる。
- 自分が爪はじき者にされているのはあいつのせいではないかと疑っている友人がいて、その人とは距離を置くようになる。
- 仕事や勉強など、安心かつ安全でいられることに没頭する。
- 自分と同じようにのけ者にされている人たちやグループを探す。
- 叔母やカウンセラーなど信頼できる人にアドバイスを求める。
- 人とは違う部分を自分の個性だと思って大切にし、他人の偏見には負けないと決意する。

この事例が形作るキャラクターの人格

ポジティブな人格

協調性が高い、礼儀正しい、クリエイティブ、規律正しい、控えめ、熱心、ひょうきん、太っ腹、独立独歩、素朴、勉強家、協力的

ネガティブな人格

反社会的、冷淡、不正直、不真面目、神経過敏、完璧主義、反抗的、恨みがましい、自滅的、卑屈、激しやすい、引っ込み思案

トラウマを悪化させる引き金となる出来事

- あるステレオタイプをさらに浸透させ、いじめにつながるようなニュース、映画、本を目にする。
- 何のいわれもないのに、無視される、あるいは失礼な待遇を受ける。
- 昇進、賞与などを見送られ、ひょっとして差別されているのではないかと訝しがる。
- 友人や自分を支えてくれる人が必要なのに、誰もいない状況に愕然とする。

トラウマに向き合う／克服する場面

- 大した理由もなく誰かを疎外している自分に気付き、自分も人に対して偏見を持っていることを認識する。
- 別のグループに入ろうとするが、そこにも入れてもらえない。
- 自分を辱め、いじめ、トラウマを与えた相手と直接対決するチャンスが訪れる。
- 息子の行動の異変に気付いて、自分が仲間外れにされていた過去を思い出し、息子も同じようなつらい思いをするのではないかと心配になる。

望まれぬ妊娠

〔英 Abandonment over an unexpected pregnancy〕

この事例で損なわれる欲求

生理的欲求、安全・安心、帰属意識・愛、承認・尊重、自己実現

キャラクターに生じる思い込み

- 「これでもう自分の夢は二度と叶えられない」
- 「世間に『みだらな女だ、馬鹿だ、無責任だ』って言われているけど、本当にそうだと思う」
- 「トラブルの元凶はこの赤ん坊だ」
- 「愛なんてはかない」
- 「面倒なことが起きると人はいつも逃げていく」
- 「誰の助けも要らない」

キャラクターが抱く不安

- 「また捨てられてしまうかも」
- 「他人に自分を決めつけられてしまうのが怖い」
- 「自分は精神的につらい思いをする運命なのかもしれない」
- 「いつも孤独な人間になってしまうかもしれない」
- 「自分で自分の面倒が見られないのに、赤ん坊のことまで……」
- 「自分の時間もお金もみな育児に費やされてしまって、自分の夢を叶えるなんて夢のまた夢……」

行動基準の変化

- 現実から目をそむけ、まるで妊娠などしていないかのように暮らし続ける。
- 他の人からも見捨てられることを恐れて、妊娠を隠す。
- 中絶か、赤ん坊を養子に出すかの二者択一を迫られる。
- 自分の最低限の生活を保障できなくなる。
- 友人に援助を求める。
- 助けてくれそうな人に救いを求める。
- 赤ん坊の父親と和解しようとする。
- あの手この手(巧みな操作、嘘、脅し、など)を使って赤ん坊の父親とよりを戻そうとする。
- 返礼をまったくしないで、あるいはするつもりもなく、人に助けてもらうことだけを考えるようになる。
- 他人のために心を割くことができなくなる。
- 日々の暮らしに追われて、他のことは(自分を向上させる、新しい友達を作る、もっと勉強する、など)一切できなくなる。
- 自分を憐れに思ったり責めたりして、ひとりでもがき苦しむ。
- 父親代わりになってくれるパートナーを探す。
- 自分が捨てられたことを赤ん坊のせいにする。
- 口を開けば赤ん坊の父親の悪口を言う。
- 自分を捨てた人を取り戻すために、自分を変える。
- また捨てられるのを恐れ、誰とも表面的にしか付き合わなくなる。
- ひとりでこの苦境を乗り越えられるか不安になる。
- 母親には向いていないのではないかと自分の能力を疑う。
- 次のパートナー探しでは、自分を助けてくれる人を探すことになるため、「いないよりはまし」とハードルを下げる。
- 自分と赤ん坊を捨てた人より、自分(または赤ん坊)はましな人間だと思っている。
- 支援グループを見つける。
- 自分と同じ状況の女性たちを助けるため、ボランティアに励む。
- 妊娠したことへの自分の責任を果たし、これからは順調な人生を送ることを目指して、精神的に早く大人に成長する。

この事例が形作るキャラクターの人格

ポジティブな人格

感謝の心がある、野心家、大胆、芯が強い、協調性が高い、勇敢、規律正しい、効率的、共感力が高い、熱心、独立独歩、大人っぽい、雄弁、臨機応変、責任感が強い、素朴、協力的

ネガティブな人格

無気力、冷淡、幼稚、皮肉屋、無知、頑固、不安症、無責任、手厳しい、操り上手、うっとうしい、神経質、恨みがましい、わがまま、卑屈、恩知らず、激しやすい

トラウマを悪化させる引き金となる出来事

- 生まれたばかりの赤ちゃんを二人揃って面倒見ている夫婦の姿を見かける。
- 赤ん坊の父親に出くわすが、父親は明らかに偶然の再会を喜んでいない。
- 出産準備クラスに参加したものの、それぞれの妊娠を喜んでいる夫婦に囲まれている。
- つわりを経験する、もしくは、赤ん坊が自分のお腹を蹴ったり、お腹の中で動いたりしている。
- 鏡に映った自分の姿を見て、ひと目で妊婦だとわかる状態になっている。
- 妊婦健診を受診して、体重を測定する。

トラウマに向き合う／克服する場面

- 助けてくれる人がいないから人に頼るというオプションがなく、自分の健康と赤ん坊の将来を自分でなんとかしなければならないことに気付く。
- 妊娠経過が順調ではなく、ひとりで乗りきるのが難しくなっている。
- ある人が助けを申し出てくれたが、後で、その人が信頼できる人ではなかったことを知る。
- 自分と同じように、助けが必要なときに家族や愛する人に捨てられた人を助けるチャンスが巡ってくる。

パートナーの隠された性的指向を知る

〔英 Discovering a partner's sexual orientation secret〕

この事例で損なわれる欲求

帰属意識・愛、承認・尊重、自己実現

キャラクターに生じる思い込み

- 「誰も信じられない」
- 「僕はひとりになる運命なんだ」
- 「自分の直感なんて全然あてにならない」
- 「私におかしなところがあるから、こんなことになったのよ」
- 「自分は何でも鵜呑みにしてしまう、だまされやすい人間ってことだ」
- 「こんな自分と一緒にいたい人なんているはずがない」
- 「肝心なことに限って、みんな本当のことを言わない」

キャラクターが抱く不安

- 「自分の判断や直感は、あてにならないかもしれない」
- 「明らかな兆しがあっても、また見逃してしまうかもしれない」
- 「知らないのは自分だけかも……」
- 「親しい人にまた裏切られてしまうかもしれない」
- 「信用する相手を間違えて、まただまされたりして……」
- 「『気の毒にね』なんて人に言われて噂の的になるだけ……」

行動基準の変化

- 憎しみや激しい怒りを元パートナーに感じる。
- （パートナーが浮気をしていた場合）性感染症にかかったかもしれないと不安になる。
- 子どもにどう説明すればいいのかわからなくなる。
- 途方に暮れる（パートナーを愛していても、向こうから100%の愛は返ってこないのがわかっている場合）。
- セラピーを受けるなどして関係を回復しようとする。
- 即別れる。
- 友人に打ち明けたいが、同性愛を嫌悪している、あるいは不寛容で思いやりのない人間だと誤解されるのを恐れている。
- 同性愛を嫌悪するようになる。
- パートナーと同じジェンダーや性的指向の人たちに不信感を抱くようになる。
- 誰の言葉も額面通りには受け取らなくなる。
- 一番の親友のことも信用しなくなる。
- みんな口には出さないけれど何かを企んでいると思い込み、探りを入れるようになる。
- 無実が証明されるまではみんな黒だと思ってしまう。
- きまりが悪く、昔の友人と会うのを避ける。
- 気まずいことを訊かれる可能性があるため、家族の集まりを避ける。
- パートナー同伴で遊んでいた仲間とは会わなくなる。
- ソーシャルメディアでパートナーを攻撃する。
- 恨みを晴らすためにパートナーを追い出す。
- 傷ついているところを人に見せたくないから、冗談にして笑い飛ばす。
- 自分のパートナーについて本当のことを知っていたかどうか、あるいは疑っていたかどうかを知ろうとして、友人たちにしつこく聞いて回る。
- 新しい恋愛を避ける。
- パートナーと別れた本当の理由を他人には言わない。
- 非常に男くさいタイプ、甘ったるいぐらいに女っぽい人など、性的な好みがはっきりしているパートナーを選ぶ。
- 同性愛を毛嫌いする人、性同一性障害をはなから認めないような極端な考えを持っている人など、偏った意見を持っているパートナーを選ぶ。
- 鬱に悩まされる。
- 今後新しい恋愛を始めるときは慎重になり、しっかり目を開いて相手を見る。
- 信頼できる人たちが身近にいてくれることに感謝する。
- 正直さを一番大切にするようになる。
- パートナーには正直な人を求めるようになる。
- まただまされないように、注意深くなり、さらに勘を磨いて、人を分析できるようにする。

この事例が形作るキャラクターの人格

ポジティブな人格
分析家、大胆、慎重、控えめ、共感力が高い、正直、気高い、忠実、情け深い、几帳面、注意深い、勘が鋭い、哲学的、秘密を守る、正義感が強い、古風

ネガティブな人格
無神経、反社会的、冷淡、残酷、狂信的、傲慢、頑固、手厳しい、男くさい、詮索好き、妄想症、偏見がある、ふしだら、恨みがましい、自滅的、執念深い、引っ込み思案

トラウマを悪化させる引き金となる出来事
- 当時は気付かなかった真実への手掛かりをあれもこれもと思い出す。
- 友人や家族が、初めからそうじゃないかと思っていたと言い出す。
- 心を傷つけられるような噂を耳にする。
- 新しい恋人が大きな嘘をついているのを知ってしまう。
- ある情報を知らないのが自分だけだったことが発覚する（単なる見過ごしが原因だったり、知らなくてもまったく害のない情報だったりしても、心の傷につながりうる）。

トラウマに向き合う／克服する場面
- 友人のパートナーが嘘をつき通して暮らしているのではないかと怪しみ、そのことをはっきり伝えるかどうかの選択を迫られる。
- 恋愛の相手が、過去を包み隠さず正直に話してくれるのはいいが、昔のパートナーとは不倫関係だったと不安にさせられる事実を明かす。
- 自分はまだひとり惨めに暮らし、不安と不信感で胸がいっぱいで前に進めない状態なのに、元パートナーは前進しているのを目の当たりにする。
- 新たな恋愛を始めるが、今度のパートナーも大事なことで嘘をついていることを知ってしまう（別名がある、実は既婚者、犯罪歴がある、など）。

NOTE
嘘をつかない人はいないし、罪のない嘘をたまにつくぐらいなら害もない。ところが嘘をついていたのが自分のパートナーで、さらに二人の関係が深いとなると、事態は大ごとに発展する。特にパートナーの本当の性的指向が明らかにされた場合、真実を知らされたほうは裏切られた気持ちになる。そして他にももっと隠し事があるのではないか、人生で一番大切な人のことなのに、これほどわかりきった事実を見過ごしていたとは何事かと悩まずにはいられない。また、ひとたび真実が明らかになると、二人の関係が変わっていくのは必至で、そのことにも戸惑いを感じてしまう。当然心は深く傷つき、その傷は長く癒えない。

配偶者の無責任による家計の破綻

〔英 Financial ruin due to a spouse's irresponsibility〕

具体的な状況

たとえば配偶者がこんなことをすると、家計の破綻が起きる。

- こっそりとクレジットカードの支払いを先延ばしにしていたが、もうこれ以上嘘をつき通せなくなっている。
- 怪しい企業またはハイリスクな儲け話に投資したが失敗した。
- 飲酒、ドラッグ、売春、ギャンブルのために、共同口座のお金を使い果たす。
- 会社を解雇またはレイオフされ、そのことをパートナーに言えずに、貯金を使い果たす。
- 金融詐欺に遭ったが、気付いたときにはもう遅かった。
- 友人や親戚に金を貸したが、戻ってこない。
- 配偶者が物をため込んで捨てられない、物を集めるのが好き、あるいは衝動的に物を買ってしまうタイプ。
- 商売がうまくいかず、クレジットカードやクレジットラインの返済が遅れ、借金がかさむ。
- 怪しい人物から借金をしたが、後になって、すぐ金を返せと言われる。

この事例で損なわれる欲求

生理的欲求、安全・安心、帰属意識・愛、承認・尊重、自己実現

キャラクターに生じる思い込み

- 「誰のことも信用できないから、お金の管理は自分でやらなければ……」
- 「恋愛の相手を見極めるのに、自分の直感や判断力はあてにならない」
- 「人を信じるのは愚かなこと」
- 「情にほだされるんじゃなくて、今は頭を使うときだ」
- 「安泰な生活を送るには、自分が家計をコントロールするしかない」

キャラクターが抱く不安

- 「信用する相手を間違えてしまうかもしれない」
- 「貧困生活や路上生活が待っているかもしれない」
- 「借金で火の車になったらどうしよう」
- 「判断を間違えると、生活がもっと不安定になるかもしれない」
- 「これで病気になったり、災害に巻き込まれたりしたら、家の経済状況がさらに悪化してしまう」
- 「リスクは恐ろしい」
- 「これから私たち夫婦はどうなるのかしら」

行動基準の変化

- 相手と別れる。
- 他人を信用できなくなり、人が正直にものを言っているのか、隠し事をしているのか、常に疑うようになる。
- 銀行口座の残高に目を光らせるようになる。
- 今後新しいパートナーと出会っても、自分のお金はそれぞれ自分で管理しようと言って譲らない。
- 出費の明細を知りたがるようになる（レシートを見たがる、など）。
- 自分の預金口座や投資口座を配偶者に触れさせないようにする。
- クレジットカードを使わなくなる。
- クーポンを集めだす。
- 無料かお金がほとんどかからないことしかしなくなる。
- けちになる（同僚の誕生日ケーキを買うのにカンパさせられるのを嫌がる、など）。
- 自分自身にお金を使うとき、罪悪感を感じる。
- 新品を買わず、中古品を買う。

- プレゼントを買いたくないから、ホリデーシーズンをないがしろにする。
- 出費を惜しんで、友人と出掛けなくなる。
- 物を捨てずに再利用したり、使い回したりする。
- 物を持たずに暮らすようになる。
- リスクを嫌うようになる。
- お金を稼ぐチャンスはどんな小さなことでも逃さない。
- さらに仕事を入れ、ゆっくり体を休める時間を犠牲にする。
- 自分に残されたものは手放さなくなる。
- 家族の誰かに自分のお金の管理を任せるのではなく、自分で管理するようになる。
- ファイナンシャル・アドバイザーやお金の管理に詳しい家族に相談する。
- 借金脱出の計画を立て、それに従って生活する。
- 物質主義的なことに関心を持たなくなる。

この事例が形作るキャラクターの人格

ポジティブな人格

分析家、慎重、芯が強い、決断力がある、規律正しい、効率的、熱心、勤勉、公明正大、大人っぽい、几帳面、きちんとしている、粘り強い、積極的、世話好き、臨機応変、賢明、素朴、倹約家、賢い

ネガティブな人格

無気力、意地悪、強迫観念が強い、支配的、不誠実、凝り性、貪欲、生真面目、せっかち、頑固、不安症、理不尽、手厳しい、口うるさい、詮索好き、執拗、独占欲が強い、恨みがましい、けち、仕事中毒、心配性

トラウマを悪化させる引き金となる出来事

- 銀行のウェブサイトに技術的なミスが発生し、自分の口座に一時的に大きな引き出しが記録される。
- 愛する人にお金をせがまれる。
- 家族が予算を無視して、浪費していることを知る。
- クレジットカードの明細に見覚えのない購入が記録されている。
- 友人の休暇の様子や同僚の新車など、他人が裕福に暮らしているのを見てしまう。

トラウマに向き合う／克服する場面

- 詐欺に遭う。
- 経済的安定が脅かされるような出来事が起きる（火事が起きたが住宅保険で火事がカバーされないことが発覚、病気になり長期間働けなくなる、など）。
- 配偶者が病に倒れ、看病が必要になる、あるいは、子どもの面倒を見るなど、仕事か家庭かの選択を迫られる状況になり、自分の経済的保障が危ぶまれる。
- けちな性格やお金に口うるさいのが災いし、新しい夫婦関係にひびが入る。

夫婦間のドメスティックバイオレンス

〔英 Domestic abuse〕

具体的な状況

- 相手には身に覚えがないのに、浮気をした、嘘をついた、馬鹿にしたなどと責める。
- 家庭内で、あるいは他人や親戚の前でパートナーをなじる。
- パートナーを家族や友人に会わせない。
- 家計や財産管理を一切取り仕切り、重要なことでもパートナーには口を挟ませない。
- 髪型、洋服、化粧など、パートナーが身につけるものまでチェックし、決めてしまう。
- パートナーに身体的暴力を振るうだけでなく、恫喝する。
- セックスを強要したり、パートナーがやりたくない性行為を無理矢理させたりする。
- ストーカー行為をする（ネット上と実生活の両方）。
- パートナーの所有物を破壊したり、連れ子やペットを脅かしたりする。
- 加害者のほうが被害者の虐待行為を責め立てる。
- 頭ごなしに何でも否定する、あるいは、相手を惑わせるような矛盾したことを言うなどして、パートナーに自らの正気、能力、行動、信念を疑わせる。

この事例で損なわれる欲求

生理的欲求、安全・安心、帰属意識・愛、承認・尊重、自己実現

キャラクターに生じる思い込み

- 「自分がもっと出来のいい妻／夫だったら、きっとこんなひどい扱いは受けないはず……」
- 「この愛が相手に届けば、いつかは変わってくれる」
- 「これが愛ってもんだよ」
- 「自分は出来損ないだから、当然の報いを受けているだけだ」
- 「人に心を許すと、いつも人にいいように扱われてしまう」
- 「この弱い性格は生まれ持ったものだから変えられない」

キャラクターが抱く不安

- 「何をされるかわからなくて、いつも怯えている」
- 「パートナーからの報復が怖い」（別れようとしている場合）
- 「子どもに手を上げたりしないか心配……」
- 「別れても経済的に自立できないだろうし、子どもをひとりで育てるのは無理だろう」
- 「児童相談所へ通報されて、子どもを連れていかれたらどうしよう」
- 「暴力を振るわれていることが世間にばれたら、弱い人間だと思われるかもしれない」
- 「あの人が言うとおり、自分は馬鹿で、可愛げがなくて、役立たずなのかもしれない」

行動基準の変化

- 加害者に同調してしまい、自分の意志や自意識をすべて失ってしまう。
- 加害者の言い成りになって暮らす。
- 加害者に言われた言葉を内在化させ、自分は怠け者で、ふしだらで、頭が悪く、みっともないと信じ込む。
- 我が子など一緒に暮らす家族をかばって加害者を怒らせ、虐待を受ける。
- 鬱になり、虐待されたことをまだらにしか覚えていない。
- 虐待行為がエスカレートして、自分だけでなく、子どもの命の危険も感じるようになる。
- 自己防衛力を磨く、手に職をつけるなどして、今の環境から逃げる準備を密かに進める。

- 警察官、ソーシャルワーカー、部屋を貸してくれる人など、今の状況から逃げる手助けをしてくれそうな人たちと手を結ぶ。
- 何も持たずに逃げる（物を持って逃げると相手をさらに怒らせる恐れがあるため）。
- 避難所を求める（友人宅、DVシェルター、母子生活支援施設、など）。
- パートナーから逃れた後も、警戒心を緩めない。
- フラッシュバックや悪夢に苦しめられる。
- 恐怖を感じると、不安発作やパニック発作が起きる。
- 恐怖に駆られて行動し、最悪の事態が起きると思い込む。
- 外出すると緊張し、常に出口や避難路をチェックし、必ず後ろを振り返る。
- 新しい人と出会うと警戒し、まずは怪しむ。
- いつも誰かに尾行され、監視されていると感じ、毎日の行動パターンを変えてしまう。
- 苦しみと向き合う強さがなく、心身ともボロボロで、何かに向かって努力するなど無理だと思い込む。
- 子どもが周りにいないときは、泣き崩れて落ち込んだり、ドラッグや酒に頼ったりする。
- 新しい出会いを避ける。
- 親密な関係や信用関係が築けなくなる。
- 無料あるいは補助が受けられるカウンセリングを探す。
- 同じ経験をした人に自分の不安を打ち明ける。
- 家を出るときに身の安全を考えて、髪を短く切って染め、服装も変える。同時にそうすることで人生の再出発を祝う。

この事例が形作るキャラクターの人格

ポジティブな人格

柔軟、愛情深い、感謝の心がある、協調性が高い、礼儀正しい、控えめ、温和、謙虚、情け深い、面倒見がいい、従順、古風

ネガティブな人格

皮肉屋、防衛的、不正直、気まぐれ、忘れっぽい、凝り性、被害者意識が強い、うっとうしい、神経質、卑屈、小心者、寡黙、意気地なし

トラウマを悪化させる引き金となる出来事

- 我が子が暴力行為に走るようになり、家庭内で起きている虐待行為への反応だと明らかに思える。
- 特に激しい虐待を受けたときの記憶にフラッシュバックする。
- 家を出たのに、加害者であるパートナーから連絡が来た。
- 子どもに怪しいアザがあるのを発見する、あるいは傷の絶えない友人を見かける。

トラウマに向き合う／克服する場面

- いい人そうに見えるが、この人で本当に大丈夫だろうかと迷い、その人と深い関係になるのを怖がっている。
- 我が子や新しいパートナーに暴力を振るい、虐待を連鎖させている自分に気付く。
- 心の痛みを隠すためドラッグに依存していたが、その依存症が原因で、仕事、友人、あるいは恋人を失う。
- ドメスティックバイオレンスの被害から立ち直った人に出会い、自分にもそんな強さが欲しいと思う。

NOTE

ドメスティックバイオレンス（DV）とは、夫婦関係や恋人関係にある二人のどちらかが相手に対し暴力を振るって支配しようとし、その行為が常習化している状態を指す。男女どちらもDVの標的になり得るし、身体的な暴力だけでなく、性的、心理的なものもあれば、言葉による暴力の場合もある。

模範的な人への失望

〔英 Being disappointed by a role model〕

具体的な状況
- 聖職者が子どもを性的に虐待していたことを知る。
- 教師が逮捕される、あるいはスポーツチームのコーチが薬物の売人だったことが発覚する。
- 売春した側に父親が告訴され、起訴された。
- 兄が薬物を売っているところを現行犯逮捕された。
- 部下から尊敬されている上司が会社または非営利団体の金を横領していた。
- 年金暮らしのお年寄りから家族が金をだまし取っていた。
- 大好きな叔父または叔母が幼児虐待の罪に問われた。
- 親または兄弟が深刻な依存症（ドラッグ、アルコール、ギャンブル、など）を抱えているのに、自分には嘘をついて隠していた。
- キリスト教の教えを説き勧めていた親しい友人が、倫理に反したことをやっていた。
- 親または親しい友人が浮気をしていた。
- 警察官や判事をやっている身内の者または友人が賄賂を受け取っていた。
- 清廉潔白な生き方を人に説き勧めていたアスリートのいとこが、競技会のドーピングテストでひっかかった。
- 大切な身内の者が判断を誤って、世間に恥をさらすことになり、家族の顔に泥を塗った。

この事例で損なわれる欲求

生理的欲求、安全・安心、帰属意識・愛、承認・尊重

キャラクターに生じる思い込み
- 「人はみな偽善者だ」
- 「尊敬したい人なんて誰もいない」
- 「人の手本になんかなれない。自分も失敗するに決まっているから」
- 「善人なんてこの世にいないんだから、そんな人になろうとしたって無意味だ」
- 「人をだます人間が報われる世の中なんだ。一生懸命働くと馬鹿を見る」
- 「人を信用するといいように利用されてしまうから、人とは絶対距離を置いて付き合う」
- 「ルールに従うなんて、間抜けのすることだ」
- 「結局、みんな自分のことしか考えていない」
- 「みんな誠実そうなふりをしているけれど、本当はそうじゃない」
- 「この世の中で成功したければ、もっと貪欲にならないとね」

キャラクターが抱く不安
- 「信頼する相手を間違ってしまうかもしれない」
- 「信頼を裏切られて、自分のこともいろいろと世間に公表されてしまうかもしれない」
- 「自分は人に利用されているだけなのかもしれない」
- 「自分だって道徳的に間違っているとわかっていてもやってしまうかもしれない」（誘惑に負けて、あるいは意志が弱いために）
- 「権力や地位、影響力のある人たちが怖い」（そのようなタイプの人に失望を感じた場合）
- 「自分のアイデアや考えを人に話しても結局は盗まれるだけだろうし、信念を人に打ち明けても逆手に取られるだけかもしれない」
- 「人の手本になるのは荷が重い。信じてくれる人をがっかりさせてしまうかもしれないから」
- 「他人を信用して、自分の運命を人の手に委ねるのは怖い」

行動基準の変化
- 情報、特に個人的な事柄を人にシェアしなくなる。
- 他人を信用しなくなり、何か企んでいるの

ではないかと常に相手を探る。
- 親しい友人関係または親密な人間関係を避け、人嫌いになる。
- 性格が疑い深くなり、人と一緒にいるとリラックスできなくなる。
- 反社会的な行動を取るようになり、社会の腐敗を暴くため、他の人にも既存社会に反抗するよう勧める（キャラクターが腐敗を経験し、尊敬する人に失望した場合、など）。
- 本心を人に知られたくないので、自分の発言に気をつけるようになる。
- お手本だった人に失望させられ、その人に似たタイプの人たちに反感を抱き、バイアスがかかった見方をしてしまう。
- お手本だった人に失望させられ、その人に関わりのあるスポーツや活動を避ける。
- 長期計画を立てたり、大きな目標を掲げたりしなくなる。特に、人に頼らなければ達成できない計画や目標は避ける。
- 誰からの指示も受けたがらず、人から教わるということができなくなる。
- 罪を犯した個人、組織、あるいはグループとの関係を断つ。
- ほんのちょっとした違反行為でも人を許せなくなる。
- 自分の判断のせいで人が失敗してしまうのを恐れ、人の上に立つことを嫌がる。
- 高い道徳基準を掲げるようになり、自分の基準に沿わない人間を糾弾する。
- 失望させられたお手本に直接対決を挑む。
- 自分を手本として見てくれる人たちを絶対に失望させないと誓う。
- 若い人たちに積極的に指導やアドバイスをし、彼らの人生に影響を与えようとする。
- 信頼できる相手かどうか人を見極める力を身につけようとする。
- 我が子のために信頼のおける手本を見つけてきて、その人に興味を示してもらえるように、それとなく子どもの背中を押す。

この事例が形作るキャラクターの人格

ポジティブな人格
用心深い、分析家、大胆、慎重、控えめ、共感力が高い、気高い、もてなし上手、独立独歩、公明正大、優しい、注意深い、思慮深い、勘が鋭い、秘密を守る、積極的、責任感が強い、賢明、賢い

ネガティブな人格
無神経、反社会的、無気力、挑戦的、皮肉屋、防衛的、不正直、つかみどころがない、とげとげしい、生真面目、寡黙、執念深い、激しやすい、引っ込み思案

トラウマを悪化させる引き金となる出来事
- みんなに愛されているアイコン的存在の人（アスリート、歌手、公人、など）が逮捕されたニュースを聞く。
- 自分を辱めた人がまた誰かに同じ行為を繰り返したことを知る。
- 信頼を寄せていたお手本のような人に心を打ちのめされた我が子の姿をそばで見ている。
- 友人たちが偽善的に振る舞っている（高校生の子どもたちに飲酒運転はダメだと伝えつつ自分たちはそれをやっている、など）。

トラウマに向き合う／克服する場面
- 自分を超えたもっと大きなものを信じたいのに、世の中のリーダーたちにまた失望させられるのではないかと、もどかしい思いをしている。
- 助言を与えてくれた人と同じ過ちをキャラクターも繰り返して失脚する。
- お手本だった人がキャラクターに対し軽率な行為に出た。一度は許してやったが、その人がまた同じ行為を繰り返してしまう。
- これから先どういう方向に進んでいけばいいのか悩んでいてアドバイスが必要なのに、人を信用できず誰にも相談できない。

有害な人間関係

〔英 a Toxic relationship〕

具体的な状況

有害な関係は一方の人間が次のような状態になっているときに起きる。

- 相手を支配しようとする。
- 嫉妬し、独占欲が強い。
- 常に嘘をつく。
- 相手を巧みに操り、無理強いして、何でも自分の思うとおりにしようとする。
- 暴力あるいは言葉で相手を虐待し、相手の自尊心を打ち砕く。
- 相手を、くだらない、取るに足りない人間であるかのように扱い、貶める。
- 犠牲者ぶっていつも相手を非難し、自分は何も悪いことはしていないと主張する。
- いつもマイナス思考で文句ばかり言っている。
- 繰り返し浮気をする。
- あまりにも完璧主義で、他人に非現実的な期待をする。
- 競争心が激しすぎて、何事も自分が勝たなければならない。

この事例で損なわれる欲求

安全・安心、帰属意識・愛、承認・尊重、自己実現

キャラクターに生じる思い込み

- 「壊れてしまっている人もいる。でも自分なら相手を立ち直らせることができる」
- 「誰かが暴言を吐いたり暴力を振るったりしてきても、個人的にとるべきじゃない」
- 「自分を必要としている人たちがいるのに、彼らを見捨てるのは自分勝手な裏切り行為だと思う」
- 「自分は、ひどい扱いを受けても当然の人間なんだよ」
- 「結婚したら（子どもができたら、両親から離れたら、など）状況は変わると思う」
- 「この人以外自分にチャンスを与えてくれる人はいない。自分にはこの人が精一杯なんだし……」

キャラクターが抱く不安

- 「こんなにも人に愛されたくて、認められたがっている人を傷つけるなんて、自分にはできない」
- 「悪い人間関係を断ち切る力も意志も、自分にはないかもしれない」
- 「他の誰かと一緒になったって、相手を満足させられないかもしれない」
- 「なぜかわからないけど、僕はマイナス要素や悪い人間を引きつけてしまうんだよね」
- 「この状況から長い間抜け出せずにいるから、こっちまで悲観的になって、人に憎しみを持つようになってきたかもしれない」

行動基準の変化

- いつも相手に折れてしまう。
- 身勝手だ、過敏になっているだけだ、理不尽だと自分に言い聞かせ、自分の気持ちに正直になれない。
- 自分らしく振る舞えず、他人を喜ばせるためにいつも仮面をかぶる、あるいは別人を演じるようになる。
- 有害な人以外の人からは離れていく。
- 人の嘘をすぐ信じ、だまされやすくなる。
- 他人を「立ち直らせたい」と思ってしまう。
- 被害者意識を持つようになる。
- 「ひょっとしたら、この人は自分に害をもたらす人かもしれない」と思うようになる。
- 有害な人の言うマイナスの言葉を内在化させてしまう、またはその人をかばって言い訳をする。
- 鬱になる。

- なぜか有害な人に惹かれてしまう。
- 与えられるばかりで、与えようとはしない人に怒りを感じるものの、後で腹を立てたことを申し訳なく思ってしまう。
- 有害な人の悪い癖をまねて、人の噂をしたり、文句を言ったり、嘘をついたり、人を操ったりするようになる。
- 自分の感情を押し殺すことに慣れ、どんなに親しい人と一緒にいても孤独を感じる。
- 人から与えられる以上に人に与える。
- 一方的な友情に慣れているので、悩みがあっても誰にも言えずひとり苦しむ。
- 否定的な反応に慣れているので、いい知らせを受けても人には言わなくなる。
- 恐れ、罪悪感、義務感から、やりたくないことをやってしまう。
- だんだんと厭世観を強めていく。
- 自分から何かを奪おうとする人たち、見返りを期待する人たちを避ける。
- 他の人間関係も毒になる兆しが見えてくる。
- 他人へよく共感できるようになる。
- 公正さや相手への尊重を念頭に置いて、仲違いしている人たちを仲裁できるようになる。
- 自分で自分を守れるようになる。

この事例が形作るキャラクターの人格

ポジティブな人格

柔軟、愛情深い、用心深い、慎重、協調性が高い、おおらか、共感力が高い、温和、謙虚、忠実、面倒見がいい、従順、責任感が強い、感傷的、協力的、寛容、お人好し

ネガティブな人格

依存症、不正直、不誠実、つかみどころがない、噂好き、だまされやすい、生真面目、偽善的、無知、優柔不断、抑制的、不安症、嫉妬深い、被害者意識が強い、うっとうしい、卑屈、気分屋、小心者、意気地なし

トラウマを悪化させる引き金となる出来事

- 文句を言うのが好きな人や、やたらと人に話を聞いてもらいたがる人がそばにいる。
- 有害な友人から電話やメッセージを受け取ったり、訪問を受けたりして、精神的に参る。
- 他愛もない嘘、軽率な行為、ごまかしでも気付いてしまう。
- 立て続けに何度も頼まれ事をされ、犠牲を強いられる。
- ある人に同調せずにいたら、脅かされて、何かをさせられそうになる。
- 相手の感情の起伏が激しいため、地雷を踏まないように会話をうまく進めなければならない。

トラウマに向き合う／克服する場面

- 心が疲弊し、幸せを感じられない。その一因は自分に毒害をもたらす相手にあると気付く。
- 有害な相手のため、夢を追いかけるチャンスを諦める。だがそれは間違いだったことに気付く。
- 害のある相手といるより、ひとりでいるほうが幸せなことに気付く。
- 相手に心を蝕まれる以前の自分を思い出すような、元気がよくて楽観的な人に出会う。

NOTE

有害な人間関係を持つと、相手の行動や態度が日常茶飯事的に自分の心（あるいは体も）を蝕んでいく。恋人や夫婦の間でそういうことが起きるのが一般的だが、友人同士、同僚同士、上司と部下の間、親子の間、兄弟同士と、感情の伴う人間関係ならどんな間柄にも起き得る。

幼少期のトラウマ

- 依存症の親のもとで育つ
- 幼い頃に暴力行為や事故を目撃する
- 親からの拒絶
- 過保護な親のもとで育つ
- カルト集団の中で育つ
- 感情をあらわにしない家庭で育つ
- 期待にそぐわないと愛してくれない親のもとで育つ
- 兄弟姉妹間でひいきをする親のもとで育つ
- 強姦によって自分が生まれたことを知る
- 子どものことを後回しにする家庭で育つ
- 自己愛の強い親のもとで育つ
- 児童養護施設で育つ
- 支配欲が強い／厳格な親のもとで育つ
- 衆目に晒されて育つ
- 障害や慢性疾患のある兄弟姉妹と育つ
- 治安の悪い地域で育つ
- 出来の良い兄弟姉妹とともに育つ
- ネグレクトの親のもとで育つ
- 非定住生活
- 保護者に虐待されて育つ
- 幼少期から家族の面倒を見る
- 幼少期・思春期に親を失う
- 幼少期に親と離れて育つ

依存症の親のもとで育つ

〔英 Being raised by an addict〕

この事例で損なわれる欲求

安全・安心、帰属意識・愛、承認・尊重、自己実現

キャラクターに生じる思い込み

- 「私のそばにいるのは耐えられないから、みんなお酒を飲まずにはいられない」
- 「僕が存在しなくなっても、誰も気付かない」
- 「愛する人を守ることができない」（兄弟姉妹がいて、彼らを虐待から守ることができなかったような場合）
- 「人に心を開いたって、みんながっかりするだけ」
- 「誰かにそばにいて欲しくたって、誰も自分のそばにはいてくれない」
- 「自分は弱い人間だし、そのうち親のようになっていくに違いない」
- 「私にとって安全な場所なんて、この世の中には存在しない」

キャラクターが抱く不安

- 「暴力を振るわれたり、性的に虐待されたりしたらどうしよう」
- 「意見が合わなくて、言い争いになったらどうしよう」
- 「見捨てられたらどうしよう」
- 「人生が狂ってしまったらどうしよう」
- 「親みたいになるかもしれない」
- 「他人に頼らざるを得ないかもしれない」
- 「何の問題もない人間関係だと不安になる」（キャラクターにとって家庭に問題があることが普通だった場合）
- 「今、ちょっと何が起こるかわからないような不安な状況だな……」
- 「本当に自分は今、人に愛されているのだろうか、受け入れられているのだろうか……信じられない」（そう考えていてもいつも裏切られてばかりだった場合）

行動基準の変化

- 常に警戒している状態なので、リラックスできない。
- 何かを察知してもすぐには反応せずに、状況を注意深く読む。
- 不安障害や鬱になる。
- 誰かが冗談を言っていても、それが冗談なのかわからず、相手が笑わそうとしていていたり、相手にからかわれたり、悪ふざけをされたりすると落ち着かなくなる。
- 本心や望みは誰にも打ち明けず、心の中にしまっておく。
- 波風は立てない。
- 親とのつながりが欲しくて、自分もアルコールやドラッグに走る。
- 自分が欲しいもの、自分に必要なものがあっても、人には言えなくなる。
- たとえ健全な討論であっても、人との言い争いは避けるようになる。
- 感情を押し殺していたせいで、反抗しはじめる、あるいは反抗したくなる。
- 隠し事をする。
- 自分が本当に欲しいものより、安全なものを選ぶ。
- 何か異常がないか二重に確認する。
- 約束を守ってくれる人に親しみや感謝の気持ちを持つ。
- 親がやっていたのと同じことを繰り返す（ドラッグに頼る、酒浸りになる、違法行為に手を染める、など）
- 悲観的になる
- 現実に背を向け、自分がどんなひどい状況にいて、どんな苦労を味わっているかを直視しない。
- いつも人を喜ばせようとする。

- 自分より他人を優先する。
- 自分に厳しくなる。
- 自分が脆いと感じるような状況からは逃げる。
- 明確なルールを設け、責任の所存をはっきりさせたがるし、同じことを毎日繰り返す、単調で静かな生活を望む。
- 習慣から、つい他人の面倒を見てしまう。
- 他人から見ると、そこまでしなくてもいいと思うほど、責任を持とうとする。
- まったくというわけではないが、言いたいことを言うとか、文句を言うことができない。
- 爆発してしまうまで気持ちをため込む。
- はっきりとした指示が必要で、何を期待されているのか正確に把握しないと行動しない。
- 幼い頃に経験した危険に対してはあまり恐怖心を見せない（親に殴られても怖がらない、など）。
- 人が対立すると、黙り込んでしまう。
- 人を守るためなら、嘘をついたり、事実を曲げたりする。
- 恥や後ろめたさを痛感するようになる。
- そのうち悪いことが起きるのを、嫌な気持ちでいつも待っている。
- 仲介能力があって、人を説得したり、落ち着かせたりすることができる。
- （楽器を奏でる、詩を書く、庭いじり、など）安心して感情を吐き出せる手段がある。
- 確実に果たせる約束しかしない。

この事例が形作るキャラクターの人格

ポジティブな人格

柔軟、用心深い、分析家、慎重、協調性が高い、忠実、大人っぽい、面倒見がいい、きちんとしている、勘が鋭い、雄弁、積極的、責任感が強い、寛容

ネガティブな人格

依存症、反社会的、支配的、皮肉屋、不正直、つかみどころがない、とげとげしい、生真面目、寡黙、激しやすい、引っ込み思案、心配性

トラウマを悪化させる引き金となる出来事

- 酒やマリファナの臭いを嗅ぐ。
- 人が声を荒げて、言い争っているのを耳にする。
- 酒に酔った人と車に同乗している。
- 酒を飲みすぎた、あるいは飲みすぎてひっくり返った友人を介抱するはめになる。
- パーティで大音量の音楽が流れていて、そこに来ている人たちが快楽にふけって楽しんでいる。
- ガラスの瓶がぶつかりあう音や、ビールの空き缶をつぶす音が聞こえる。

トラウマに向き合う／克服する場面

- アルコールやドラッグの問題を抱えている人と結婚する。
- 親が衰えていく姿を見て、手遅れになる前に、和解したいと思っている。
- 結婚して、相手にとって良きパートナーでありたいと思い、そのためには過去に縛られていてはだめだと気付く。
- 大人になってから自分も依存症になり、我が子に悪い影響を与えていることに気付く。

NOTE

依存症の親に育てられ、キャラクターが心の傷を受けている場合、その傷の深さは様々な要因に左右される。たとえば、片親しかいないのにその親が依存症だったのか、虐待も絡んでくるのか、どういう家庭環境でどんな暮らしをしていたのか、生活の質はどの程度だったのかといった事情が影響する。

幼い頃に暴力行為や事故を目撃する

〔英 Witnessing violence at a young age〕

具体的な状況

- ドメスティックバイオレンス（DV）を目の当たりにした。
- 強盗、傷害事件、殺人などの犯罪を目撃した。
- 自宅に見知らぬ人が侵入してきたとき、その場にいた。
- 自殺者を発見した。
- テロ事件が起きたとき（あるいは事件直後に）、その場にいた。
- 兄弟姉妹、友人、親などが性暴力の被害に遭っているのを目撃した。
- 遊び仲間や大人が動物を痛めつけているのを見た。
- 誘拐され、犯人が他の誘拐された人たちを虐待しているところを見ていた。
- ある宗教、宗派、人種、グループに属す人たちに残虐行為が行われているのを見た。
- 大きな交通事故が起き、現場に居合わせた。
- 銃器の扱いのミスが原因で、重傷者や死亡者が出た現場に居合わせた。
- 家族から引き離され、奴隷にされた。
- 子ども兵になった。
- 警察の蛮行を目撃した。

この事例で損なわれる欲求

生理的欲求、安全・安心、帰属意識・愛、承認・尊重、自己実現

キャラクターに生じる思い込み

- 「被害者になりたくなかったら、最初に手を出す」
- 「愛を逆手に取って、自分が利用されることもある」
- 「自分は弱いから、誰のことも守ることができない」
- 「人は力強さを尊重する」
- 「警察は機能していないから、人を守ることなんてできない」
- 「この世は残酷な場所だから、生まれながらの悪人がうようよしている」

キャラクターが抱く不安

- 「暴力の矛先がこちらに向くかもしれない」
- 「愛する人が殺されるかもしれない」
- 「自分は見捨てられるかもしれない」
- 「ひとりになるのが怖い」
- 「責任を持ちたくない」
- 「人を信用して、心を開くのが怖い」
- 「あの事件に関与している組織が怖い」（あるいは特定の人種、宗派、グループ、民族、など）

行動基準の変化

- 不安に悩まされるようになる。
- PTSDの症状が出る（パニック発作、鬱、フラッシュバック、など）。
- 腹痛や頭痛に悩まされる。
- 人と距離を置くようになり、寡黙あるいは引っ込み思案になる。
- 人を支配したがる（他人を巧みに操って、自分の欲しいものを手に入れる、など）。
- 夜尿症になるなど行動問題が出る（キャラクターがまだ幼い場合）。
- 暴力で問題を解決するようになる。
- 非行少年／少女になる。
- 他人、特に同年代の仲間とつながりを持てない。
- 警察に不信感を抱き、皮肉な目で見る（警察を非難している場合）。
- 記憶が一部抜け落ちている。
- なじみのない環境や状況を不信の目で見る。
- 変化に抵抗する。
- 偏見を持つ（弱い立場の人間が弱いのは自

業自得だと思い込む、など)。
- 自宅に近いところにいたがる。
- 身辺の安全が常に気に掛かる。
- 脅威を感じると、極端な反応を示す。
- 暴力に対して鈍感になる。
- 見知らぬ人がいると不安になる、あるいは不信感が募る。
- 自分が直接関与していないことに関わりたがらない。
- 外出先を注意深く選ぶ。
- 暴力に対する自分の恐怖を他人、特に自分の子に投影する。
- 口うるさく、子どもに付きまとう親になる。
- 我が子が関係している試合、学芸会的な催事、活動から目を離さない。
- 自分が大切にしている人たちに対し過保護になる。
- 暴力に反対する。

この事例が形作るキャラクターの人格

ポジティブな人格
用心深い、分析家、慎重、勇敢、共感力が高い、気高い、公明正大、忠実、面倒見がいい、情熱的、責任感が強い、正義感が強い

ネガティブな人格
反社会的、無気力、残酷、不正直、つかみどころがない、邪悪、とげとげしい、衝動的、頑固、抑制的、不安症、理不尽、無責任

トラウマを悪化させる引き金となる出来事
- 武器や青あざを見たり、叫び声を聞いたりしたことが引き金になり、トラウマを引き起こす。
- 目撃したのと同じような暴力事件のニュースを耳にする。
- 我が子が事故に遭う、学校で喧嘩するなどして怪我をする。
- 両親を訪ねる(夫婦間のDVを目撃した、あるいは自分自身がDVの被害者である場合)。
- 血を見たり、人が泣いているのを目にしたりする。

トラウマに向き合う/克服する場面
- 我が子がいじめや虐待を受けていることが発覚する。
- 暴力的な人と関わっていて、そこから逃げ出す必要がある。
- 生き延びるため、あるいは他の人を守るためには、暴力を使わなければならない状況に追い込まれる。
- そこまでするつもりはなかったのに、誰かを襲い、危害を加えてしまう。
- 被害者意識に苦しんでいるが、自分でなんとかしないと、その苦しみがこれからも続くことがわかっている。

親からの拒絶

〔英 a Parent's abandonment or rejection〕

具体的な状況

- 赤ん坊のときに（戸口、ゴミ箱の中、道脇、などに）捨てられた。
- 親が親権を放棄し、裁判所に子どもの将来を委ねた。
- 長年親戚に預けられ、自分の親からはほとんど連絡がなかった。
- 浮浪孤児になり、自力で生活していかなければならなかった。
- 事前に何の知らせもなく、謝罪もなく、しばらくの間親が姿を消して戻ってこないということが何度もあった。
- 親がいなくなった、あるいは服役することになったため、児童養護施設で暮らすことになった。
- キャラクターが白皮症や奇形に生まれたり、強姦によって生まれたりして、のけ者の烙印を押されていた、あるいは障害や出生の秘密に対して迷信や偏見がある社会で受け入れられなかった。
- 親に心理的虐待を受け、拒絶された、あるいは見捨てられた。

この事例で損なわれる欲求

生理的欲求、安全・安心、帰属意識・愛、承認・尊重

キャラクターに生じる思い込み

- 「こんな欠陥のある人間と一緒にいたい人などいない」
- 「頑張って成功すれば、人に愛される人間になれる」
- 「捨てられる前に、自分から離れていかなければ……」
- 「人に拒絶されるぐらいなら、ひとりでいたほうがましだ」
- 「人に心を許すと、傷つけられるだけだよ」
- 「自分より出来の良い人がいつも自分の居場所を奪っていく」
- 「面倒が起きると、人はいつもどこかへ姿を消してしまう」

キャラクターが抱く不安

- 「信頼できるはずの人に見捨てられたらどうしよう」
- 「捨てられるのが『普通』なのかもしれない」（本人にとって捨てられるのが当たり前のことだったから）
- 「うっかり人を傷つけて、その人が去っていったらどうしよう」
- 「こんな欠陥のある人間が人から愛されるなんて、あり得ないことなのかもしれない」
- 「自分が本当に愛されることも、受け入れてもらえることもないかもしれない」
- 「誰かに心を許しても、また傷つくだけかもしれない」

行動基準の変化

- 親から拒絶されるようなことをしたのかもしれないと心当たりを探る。
- 養護施設や、親代わりの人を信用しなくなる。
- 人間関係は浅くとどめるようになる。
- 相手が自分を去る前に、自分の方から去っていく。
- 恋愛感情や友情が芽生えても、反射的に恐怖心が先走って、関係を深められない。
- 人がなれなれしくしてくると、心を閉じてしまう。
- 愛に飢えているせいで不健全な恋愛関係に走ってしまう。
- 健全な心の境界線を引くことができない。
- 愛情に飢えているせいで人にしがみつき、うっとうしい存在になる。

- 人に対し所有欲が強くなる。
- 人間関係に対し無気力になる。
- 人と衝突してしまうと、相手が自分から去っていくのではないかと心配する。
- つらいことが起きると、それをなんとかしようと努力するのではなく、心を閉ざして、人と距離を置くようになる。
- 相手が自分を愛している証を頻繁に求め、偏執的になる。
- 浮気されているのではないかと気を揉む。
- 人間関係が生まれる場所（職場、学校、教会、近所、など）を転々と変える。
- ひとところに落ち着こうとしない。
- いつもひとりでいる。
- 何事にも積極的に関わりを持ったり、深入りしたりしなくなる。
- 愛情に溢れた家族関係に執着する（自分にはないものだから、どうしても手に入れたい）。
- 繰り返し拒絶されてもめげず、親との関係を深めようとする。
- 責任を負わされても最後までやり通さない。
- 孤高の人になる。
- 人に受け入れられ、愛されたくて、人を喜ばせることに執心する。
- 好きになっても、愛を返してくれなさそうな人を追いかける。
- 拒絶される可能性を避け、リスクを取らない。
- 価値のある人間だと思ってもらいたくて、いつも他人のことを一番に優先する。
- 自分を一貫して愛してくれる人に厚い恩義を感じる。
- 果たせない責任は負わない。
- 自分に愛情を示してくれて頼れる人たちに感謝の意を表す。

この事例が形作るキャラクターの人格

ポジティブな人格
柔軟、感謝の心がある、慎重、協調性が高い、礼儀正しい、共感力が高い、優しい、忠実、世話好き

ネガティブな人格
無気力、冷淡、抑制的、不安症、操り上手、うっとうしい、神経過敏、反抗的、恨みがましい、卑屈、引っ込み思案

トラウマを悪化させる引き金となる出来事

- アパートから退去を求められる、あるいは賃貸契約が更新されない。
- 自分には非がないのに、会社から解雇された。
- ミスを犯して批判される、あるいは自分の選択や判断を批判される。
- 親しい友人が結婚し、遠くへ引っ越していく。
- ちょっとした拒絶を受ける（近所の人に冷たくあしらわれた、自分のアイデアが却下された、など）。

トラウマに向き合う／克服する場面

- 婚約者、配偶者、親、または長年の友人に見捨てられてしまう。
- 人、仕事、組織などに長期にわたるコミットメントを求められる。
- もう誰とも親しい関係になりたくないと思っていたのに、ある人に深い気持ちを抱くようになる。
- 親代わりだった人が亡くなる。
- 人に愛される経験をし、幼児期に捨てられたのは自分のせいではなくて、親のせいだと気付く。

過保護な親のもとで育つ

〔英 Being raised by overprotective parents〕

具体的な状況

たとえば次のような親に育てられたケースが当てはまる。

- 子どもの安全を常に心配している。
- 子どもの安全を名目に、早い門限を守らせる、デート禁止などルールを設け、子どもの行動を著しく制限する。
- 子どもにリスクを取らせず、試行錯誤で学ばせない。
- 子どもが自分で決めるべきことでも、すべて決めてしまう。
- 子どもが本来ならひとりでやるべきことにも、常に付き添う。
- 子どもが過ちを犯す前に介入し、学習の機会や問題解決能力を身につけるチャンスを奪う。
- 子どもの選択を信用せず、子どもが誰と付き合うかまで決める。
- 学校、政府、宗教団体などをまったく信用しない。
- 子どもが親のアドバイスに従うよう、恐怖感を植え付ける（被害者意識を植え付ける、など）。

この事例で損なわれる欲求

帰属意識・愛、承認・尊重、自己実現

キャラクターに生じる思い込み

- 「自分のことなのに自分で決められない」
- 「気をつけていないと、人に利用されてしまう」
- 「世の中は恐ろしいところで、必ず悪いことが起きる」
- 「安全が第一」
- 「なんとしてでも過ちや失敗は避けるべき」
- 「自分のことを見ていてくれる人が必要」
- 「あの人のほうが適任だから、指導的立場に立ってもらったほうがいい」
- 「権力を持っている人は、我々他の人間を支配したいだけだ」

キャラクターが抱く不安

- 「失敗したり、危険なミスを犯してしまったりしたらどうしよう」
- 「リスクを取るのは怖い」
- 「間違った判断をしてしまったらどうしよう」
- 「わざわざ変えなくたって、現状維持でいいじゃないか……」
- 「自分は、人の上に立つのは不向きだろうし、その能力もないんじゃないかな……」
- 「親が心配していたから、そういう世界にはちょっと足は踏み込めない……」
- 「責任を持たされたはいいけど、任務を全うできずに周りをがっかりさせたらどうしよう」

行動基準の変化

- 自分で判断ができなくなる。
- 自分の選択を後からくよくよ悩む。
- 重要なことを決めるときは人に頼る。
- リーダーを盲目的に信用する。
- リスクを避け、これ以上安全な道はないという道を選ぶ。
- 質問を浴びて問い詰められるのを嫌がる。
- リーダーになるよりは、人に従うタイプになる。
- 人にうまく言いくるめられやすい。
- 急に何かを決めなければならなくなると、慌てふためく。
- 何かを決断し前進する前に、気も狂わんばかりにあらゆる選択肢を調べ上げ、人にアドバイスを求める。
- 他人の動機を怪しむ。
- 計画を立てるときは、悪い方に向かうことを考える。

- 何事も考えすぎて、悪いことが起きるのではないかと心配する。
- 自分のスキルや能力を疑ったり、大したことがないと思ったりしてしまう。
- 責任を逃れる。
- 大きな野心は持たず、自分があっさり失敗し、傷ついてしまうようなことには手を付けない。
- パニック障害、恐怖症、あるいは不安症になる。
- 我が子に対しても過保護・過干渉になる（親と同じことを繰り返す）。
- ルールがあると息苦しさを感じ、権力者に反抗する。
- 子どもの頃にリスクを取らせてもらえなかったせいで、大人になってから愚かなリスクを冒す。
- どんなことにも負けないかのようなふりをする。
- ルールを守りたくないために、コソコソと悪巧みをする。
- 子どもの頃、失敗が許されず、そこから学ぶ機会がなかったため、大人になっても失敗から学べない。
- 他人の考えを変えようと、恐怖感を植え付けるなどして、人の心を巧みに操作しようとする。
- 自分のような思いをさせたくないからと、我が子には自由放任になりすぎる。
- 間違えるのも学習のうちであり、ミスを恐れる必要はないことに気付く。
- 自分の人生の舵取りは自分でし、自分自身のために判断をするようになる。
- 子どもの頃は危険から守られていたし、自分の育てられ方にも明るい部分があると思えるようになる。
- 何かを決めるときは、賢くて信頼できる人に助けを求める。

この事例が形作るキャラクターの人格

ポジティブな人格
柔軟、慎重、おおらか、純真、内向的、忠実、従順、思慮深い、世話好き、古風

ネガティブな人格
幼稚、支配的、腹黒い、つかみどころがない、だまされやすい、無知、優柔不断、抑制的、不安症、無責任、怠け者、恩知らず、意気地なし

トラウマを悪化させる引き金となる出来事
- 多くの人に影響を及ぼすプロジェクトまたは仕事を任され、その重責に苦しむ。
- 重要な決定を下さなければならないが、その影響は自分の手の届かないところにまで波及する。
- 配偶者に事細かく管理される。
- ミスを犯し、危険あるいはリスクに直面する。
- 親が恐れていた組織（学校など）から、実際に脅かされる、あるいは脅かされたと感じる。

トラウマに向き合う／克服する場面
- 期待が持てる変化が訪れるが、その変化を受け入れるには、自分の安全圏から抜け出さないといけない。
- あることに不安を感じていて、その不安が我が子に飛び火していることに気付く。
- 親が理不尽に世の中を恐れていたことに気付き、もっとバランスの取れた目で世の中を見てみたくなる。
- 思い切った判断をして成功し、思っていたより自分には能力があることに気付く。
- 間違いから重要なことを学び、人助けにそれを活かす。

カルト集団の中で育つ

〔英 Growing up in a cult〕

この事例で損なわれる欲求

安全・安心、自己実現

キャラクターに生じる思い込み

- 「自分は意志の弱い人間だ」
- 「自分は狙われやすい」
- 「自分の判断は信用できない」
- 「頭に植え付けられた考えからは二度と逃れられない」
- 「どんな宗教も、人を洗脳して支配するためにある」
- 「団体が表向きに言っている活動目的は、まったく信用ならない」
- 「自分は不誠実で身勝手な人間だ」(カルト集団だけでなく、家族や友人を見捨てた場合)
- 「誰も信用できない」

キャラクターが抱く不安

- 「自分の子もカルト集団に引きずり込まれるかもしれない」
- 「カルト集団と関わっていたことが人にばれたらどうしよう」
- 「宗教団体はみな恐ろしい」
- 「また誰かに巧みに操られたり、支配されたりするかもしれない」
- 「自分ひとりになるのが怖い」
- 「決め事をするのは苦手だ」
- 「自分自身の心を信用するのが怖い」(カルトに洗脳されたことがあるため)
- 「誰かを信用して、利用されたらどうしよう」
- 「誰かに襲撃されるかもしれない」(カルト内で、身体的・性的・心理的な虐待が日常的に行われていた場合)

行動基準の変化

- 宗教団体や組織を避ける、または嫌悪するようになる。
- また人に支配されるのを避けるため、逆に人を支配するようになる。
- 宗教とは無関係の団体であっても、組織化されたグループは避ける。
- 他人に対する警戒を緩めない。
- 自分のことをまったく人に話さなくなる。
- 自尊心が低いことで苦しみ、自分に価値を見出せなくなる。
- 誰かが自分のプライバシーに踏み込むような言動を取ると、怒りだす。
- 自分のために物事を決められなくなる。
- カルト集団に入っていたときの自分について葛藤を感じる。
- 隠し事をする。
- 虚構と真実を区別できなくなる(カルトのメンバーに洗脳されていたため)。
- 自分の判断を怪しみ、自分の選択は間違っているのではないかと悩む。
- 怖くて人の動機を信用できないため、人から遠ざかる。
- 人に利用されているのではないかと心配する。
- カルトのメンバーに尾行されているのではないかという妄想に取りつかれる。
- 人が不正直で自分をだましているのではないかと疑う。
- 今もカルト集団に残る愛する人の身を案じる。
- 極端に注意深くなり、リスクを避ける。
- カルト集団にいたときに、外の世界に関して悪いと教え込まれていたことがあり、それを今も避けてしまう。
- カルト集団にいたせいで疎外感を感じてしまう。
- 一般社会になじめずに苦労する。
- 家族や友人をカルト集団に残し、自分だけ逃げたことに罪悪感を持つ。
- カルトを離れてしまったことで、カルトの教えで約束されていた永遠の魂がどうなるのかと恐れる。
- カルトとその信仰生活を弁護する。
- 鬱になったり、パニック発作が起きたりする。
- 健全な人間関係がわからず、混乱してしまう（健全な人間関係とはどういうものなのか、人との適切な距離とはどれくらいなのか、など）。
- カルトに関連した迷信は今も自分の心に深く根差していて、疑うことなく信じているし、それに従って行動している（罪を清める儀式を続ける、祈りの言葉を捧げる、など）。
- 我が子に対し、極端に過保護になる。
- 他人に惑わされることなく、自ら情報を理解した上で判断ができるように、勉強熱心になる。
- 気持ちを整理するために、カルト集団での体験を日記に綴る。
- 判断力を養い、人心操作やプロパガンダにピンとくるようになる。
- ごまかしと真実の見極め方を我が子に教える。
- 自立を目指すようになる。
- カルトの元メンバーのための支援グループに参加する。

この事例が形作るキャラクターの人格

ポジティブな人格
分析家、感謝の心がある、慎重、独立独歩、勤勉、粘り強い、雄弁、世話好き

ネガティブな人格
反社会的、冷淡、支配的、皮肉屋、防衛的、つかみどころがない、頑固、抑制的、不安症、手厳しい、神経質、妄想症、独占欲が強い

トラウマを悪化させる引き金となる出来事

- カルトメンバーとばったり出会う。
- 友人がある組織や宗教に熱心に関わり始める。
- あるグループのメンバーが強引にキャラクターをその組織に引き入れようとする。
- テレビやインターネットでカルトに関するニュースを目にする。
- 自分がかつて属していたカルト集団のことを人が悪く言っているのを耳にする。

トラウマに向き合う／克服する場面

- 過激なのではないかとキャラクターが危ぶんでいる宗教に家族が引き込まれる。
- カルトメンバーに尾行されている、あるいは見張られているのではないかと怪しむ。
- 今もまだカルト集団に属している家族に、カルトを去ったことを非難され、恥だと言われる。
- 今もカルト集団から逃げられずにいる愛する人から、逃げたいとの連絡が入る。
- ジャーナリストまたは警察官に、幼少期のことを詳しく尋ねられる。

NOTE
カルト集団とは、世間一般には危険または過激だと思われているイデオロギーを持っていて、その信念を実践している非主流派グループである（必ずではないが、宗教的信念を掲げていることが多い）。この項目では、かつてカルト集団の中でひっそりと暮らしていたが逃げ出した、もしくは、その集団に背を向けた人に焦点を当てている。

感情をあらわにしない家庭で育つ

〔英 Living in an emotionally repressed household〕

この事例で損なわれる欲求

帰属意識・愛、承認・尊重、自己実現

キャラクターに生じる思い込み

- 「感情的になって馬鹿にされるよりは、それを心の中に押し込んだほうがましだ」
- 「自分には愛される資格なんてない」
- 「僕が考えていることや感じていることなんて、誰も気にしない」
- 「喜びを感じるなんてあり得ない話だ」
- 「何も言わず、みんなに合わせておけばいい」
- 「私の存在自体がどうでもいいんだから、私が何を考えて、感じているかなんてもっとどうでもいい」

キャラクターが抱く不安

- 「拒絶されて、見捨てられたらどうしよう」
- 「愛着や愛情を感じるのが怖い」
- 「批判されて、馬鹿にされるのが嫌だ」
- 「激しい感情を持ったり、そのせいで何も考えられなくなったりするのが怖い」
- 「自分が属す場所なんてどこにもないんじゃないかな……」
- 「人と衝突して、相手に感情的になられても、こっちは感情的になったことがないから、どうしていいかわからないし、その場をうまく切り抜けられないかもしれない」

行動基準の変化

- 自分の感情を出したいが、どう表現したらいいのかわからない。
- 人の気持ちに寄り添ってくれるような人ではない親を恨む。
- 一体どうして親が子どもを持つ気になったのか不思議に思う。
- 親と疎遠になる。
- 話はするのに人の話を聞こうとしない人がいると、イライラしてくる。
- 泣きたいとき泣くことができない。
- 自分のことを他の人とは「違う」と思ってしまい、つながりを感じることができない。
- ありのままの自分でいると居心地が悪くなる。
- 自分が感じている感情が何かわからない。
- 憂鬱、感傷、悲しみを感じる、浮かない時間を過ごすことが多い。
- 人に愛情や親切心を見せられると、自分にはそれを受ける資格がないと思ってしまう。
- リラックスして楽しむことができないせいで、堅苦しい人間だとレッテルを貼られてしまう。
- 浮かない顔をしていると自分の気持ちを説明させられるはめになるから、愛想のいい人間になる。
- 親密な関係や愛情を欲しいと思うし、自由に感情表現してみたいのだが、自分は愛情を人に与えたり、人から受け取ったりすることができないと思っている。
- 強い感情が突き上げてくると、深く恥じ、みっともないと思う。
- 隠し事をする。
- 心の境界線をしっかり引いて、人とは距離を置いて付き合う。
- 親しい友人は数えるほどしかいない。
- 自分の成功談や自慢話をしない。
- 爆発してしまうまで気持ちをため込む。
- 状況に合わせてどんな感情を示せばよいのかわからない。
- 大げさなジェスチャーをしない（体や手足の動きが少なく、リアクションも小さい）。
- 強い感情がトリガーされると、心を閉ざし、人から離れていく。
- 心を煩わせられずに黙々とやれる日課に固執する。
- 自分には価値があると思いたくて人の承認を求めてしまう（一生懸命努力する、言われたこと以上のことをする、など)。
- 自分はこうだというものがないため、人についていくタイプの人間になる。
- 初対面の人、あるいは多数の人と顔を合わせなければならない社交の場で、戸惑いや苦痛を感じる。
- 人に問い詰められ、うまくその場から離れられずに相手をかわせないと取り乱す。
- 人と精神的な結びつきを持てないことに深い悲しみを感じ、ドラッグを乱用するようになる。
- 我が子に対しても、自分の親と同じように感情をあらわにせずに接し、負の連鎖を続けている。
- 同情や共感を感じつつも、その両方の感情に圧倒されてしまう。
- 愛する人にやたらと過保護になり、たぶん息が詰まるような思いをさせている。
- 困っている人のそばにいてやりたいという気持ちはあるが、どうすればいいのかがわかっているわけではない。
- 負の連鎖を断ち切り、親として我が子の心を支援し、援護する。
- 思慮深い人になる。

この事例が形作るキャラクターの人格

ポジティブな人格
おだやか、協調性が高い、如才ない、規律正しい、温和、謙虚、独立独歩、内向的、優しい、忠実、情け深い、面倒見がいい、思慮深い

ネガティブな人格
依存症、無気力、支配的、生真面目、抑制的、不安症、無責任、うっとうしい、神経質、神経過敏、恨みがましい

トラウマを悪化させる引き金となる出来事
- 誰かにはねつけられてしまう。
- 休日などに家族と集まるが、家族同士の会話は表面的になることがわかっている。
- 急激な変化があって、その変化についていけなくなる。
- あることですばらしい成果を上げたのだが、決まり悪くてそれを人に話せないでいる。
- 悪いことが自分の身に降り掛かったが、親には相談する気にならないし、相談したとしても応じてもらえない。
- 厳しい決断を迫られていて、アドバイスが欲しい。

トラウマに向き合う／克服する場面
- 体調を崩し、両親との仲を修復してみたいという気持ちが湧いてきている。
- もうこれ以上は耐えられないと思い、両親とのつながりを断ち切って、自分の心を癒やしていこうとする。
- 愛や人とのつながりが欲しいが、まずは自分で対人関係の課題を克服しなければならないとわかっている。
- 将来性のある新たな恋愛をしているが、そこでも自分の感情を出していないことに気付く。
- 自分がいつも押し殺しているのと同じ感情を、我が子もうまく表現できずにいるのを見てしまう。

NOTE
このタイプの家庭では、片親または両親が子どもの感情発達に無関心で、子どもが何かを感じていても、それに取り合わなかったり、喜怒哀楽を表に出すことを奨励しなかったりする。そのために、子どもに関心を示さない、子どもを避ける、あるいは、子どもが感情的になると馬鹿にする、感情を否定するという手段に出る。一般的には、親が（場合によっては両親とも)、子どもが生まれる前に何らかのトラウマを経験していて、精神障害や依存症を抱えていたり、そのトラウマを乗りきるために不健全な問題対処方法に頼っていたりすることが、この問題の根本的な原因だと言われている。

期待にそぐわないと愛してくれない親のもとで育つ〔英 Being raised by parents who loved conditionally〕

具体的な状況

たとえば、次のようなケースが当てはまる。

- 優秀な成績を取る。
- 親の承認を得る。
- 親の期待どおりに行動する。
- 何かで成果を上げ、賞をもらう。
- 何でもきちんと整頓し、清潔に保つ。
- 与えられた型にはまった生き方をする。
- 親の期待に添った選択や判断をする。
- 親の高い基準を満たした外見や身のこなしをする。
- 親に恥ずかしい思いをさせない。
- 自分の感情をコントロールする。
- 親に対して尊敬や感謝をきちんと示す。

この事例で損なわれる欲求

帰属意識・愛、承認・尊重、自己実現

キャラクターに生じる思い込み

- 「全うするだけではだめだ。優秀な成績を取らなければ自分に価値はない」
- 「従順にしていれば、愛情は得られる」
- 「自分の感情や衝動は絶対にコントロールしなければならない」
- 「挑戦しただけではだめ。勝たなければ意味がない」
- 「期待されれば何にだってなれる」
- 「自分にとって何が一番いいかは、他人が知っている」
- 「一番になれるように相手を後押しするのが愛情表現というものだ」
- 「本当のことを知らせてがっかりさせるより、ふりをしていたほうがいい」
- 「愛情は、自分の欲しいものを手に入れるための道具だ」

キャラクターが抱く不安

- 「失敗すると、人、特に家族をがっかりさせてしまうかもしれない」
- 「人より出来が悪かったらどうしよう」
- 「いい成果が出せなかったら、拒絶されるかもしれない」
- 「勝たなければ、褒めてもらえないかもしれない」
- 「ひとりぼっちになったらどうしよう」
- 「想定外の変化や変更には、準備ができないから嫌だ」

行動基準の変化

- 自分に自信が持てず、不安で胸がいっぱいになる。
- 承認や褒め言葉が必要になる。
- 与えられる人ではなく、常に、与える人でなければいけないと感じる。
- 躊躇せず、要求されたとおりのことをする。
- 他人の必要とするものを予測する。
- 自分の価値を証明するため、自分の成果を人に話さずにはいられない。
- 人と一緒にいるときは、本心を出さずに、表向きの偽りの感情を示す。
- 「これでいい？」「君の要望に沿っている？」などと問いかけフィードバックを求める。
- 喜びは分かち合っても、失意や恐れは人に打ち明けない。
- 積極的で、成功していて影響力を持っている人を尊敬する。
- 兄弟姉妹の関係が薄い（親に育てられているときに兄弟姉妹間で競争があった場合など）。
- 自分の意見を結果に反映させたくて、仕切りたがる。
- 厳しいガイドラインや指示があると、ベストが出せる。

- 創造性や信念が求められる状況だと苦労する。
- 何が起きてもよいように備えている。
- 自己評価が厳しすぎる、あるいは間違っている。
- 何事にも一番でないと気が済まない。
- 最適な結果を出そうとして、他人を事細かに管理する。
- 物質主義的になり、世間一般によく知られ、良品とされているブランドにこだわる。
- 楽しいことも競争にしてしまう。
- 自分が得意でないことや失敗する可能性が高いことには手を付けない。
- 感情を表に出さない人をパートナーに選ぶ。
- 愛情の具体的な証を求める（頻繁に「愛している」と言われたい、など）。
- 我が子に厳しく、ベストを尽くすように背中を押す。
- 文句を言う人に我慢ならない。
- 自分のパートナーに対しては愛情たっぷりになる。
- 思慮深くなる。
- 自尊心を目標達成や成功に結びつける。

この事例が形作るキャラクターの人格

ポジティブな人格
柔軟、愛情深い、大胆、決断力がある、規律正しい、効率的、外向的、気高い、勤勉、優しい、忠実、几帳面

ネガティブな人格
生意気、手厳しい、知ったかぶり、物質主義、口うるさい、うっとうしい、執拗、完璧主義、独占欲が強い、強引、卑屈、けち

トラウマを悪化させる引き金となる出来事
- 家族内で競争が起きる（親がひとりの子どもの成功を褒め称え、他の兄弟姉妹が頑張っても無視する）。
- 人が集まっているときに、誰かがキャラクターの過去の過ちを冗談で持ちだす。
- キャラクターをもっと奮起させようとして、親が本人の前で他人を褒める。
- 仕事、ゲーム、競技会などで負ける、あるいは失敗する。
- やる気に満ち溢れ、仕事がよくできる同僚がいて、その人が自分の脅威となっている。

トラウマに向き合う／克服する場面
- 無条件に自分を愛してくれて、愛を「証明」しなくてもいい人に出会う。
- 親が体調を崩したので、親子関係を修復したいと願っている。
- 能力や腕前で結果が左右されることより、運に身を任せるしかないことに夢中になる。
- 怪我や病気をし、あるいは事故に遭い、人より秀でていた能力を失ってしまう。

兄弟姉妹間でひいきをする親のもとで育つ

〔英 Having parents who favored one child over another〕

具体的な状況

たとえば次のようなケースが考えられる。

- 特別な技能、才能、資質がある兄弟姉妹を溺愛する親
- 兄弟姉妹の関心事や趣味にほぼすべての時間を費やす親
- 継子よりも生みの子をひいきする親（特別な旅行に連れていく、プレゼントを買い与える、など）
- ジェンダーや生まれ順などを理由に、長男あるいは長女には別枠のルールを設けたり権利を与えたりする親
- 兄弟姉妹のひとりに特に甘い親
- 兄弟姉妹に非があっても、いつもキャラクターを責める親
- 同じ悪さをしてもキャラクターだけをきつく叱る親
- 兄弟姉妹のひとりと気が合うからと、より強い絆を持つ親
- 病気や障害を持つ子どもがいて、その子だけにかかりきりになっている親
- 他にも兄弟姉妹がいるのに、ひとりだけに多く自由を与える親

この事例で損なわれる欲求

帰属意識・愛、承認・尊重、自己実現

キャラクターに生じる思い込み

- 「他の兄弟みたいに出来が良くないから、努力しても無駄」
- 「もっと努力していい子になったら、たぶん両親に同じように愛してもらえる」
- 「何か自分にまずいところがあるに違いない」
- 「何をやっても自分はだめだから、両親には気に入ってもらえない」
- 「親は私のことをどうでもいいと思っている。あんな人たちと一緒に暮らすぐらいなら、ひとりでいたほうがまし」
- 「周囲の人の期待には絶対に応えられない」
- 「条件を満たさないと愛は得られない」
- 「一番でなければ、ビリだ」
- 「人生すべてが競争だ」

キャラクターが抱く不安

- 「拒絶されるのが怖い」
- 「他人と競い合うのは苦手だ」
- 「他の人たちに上をいかれるのは嫌」
- 「がっかりさせてしまうかもしれない」
- 「自分の脆さを見せたくない」
- 「人を愛するのが怖い」（期待に添えないと愛されない可能性があることを知っているため）
- 「失敗が怖い」
- 「自分のいいところを見せられなかったらどうしよう」

行動基準の変化

- 人を喜ばせようとし、褒められたくて何かをするようになる。
- なんとか目立って、両親に自慢に思ってもらえるように努力する。
- 親に注目してもらい、無償の愛を手に入れたくて、完璧を目指す。
- いいことをしても振り向いてもらえないときは、悪いことをして注意を注いでもらおうとする。
- 特別扱いされている兄弟姉妹に恨みを持つ。
- ひいきされている兄弟姉妹を卑劣な手段で傷つけようとする。
- 自分に関心を示してくれる、あるいは褒め言葉を掛けてくれる大人に惹かれる（教師、友達の母親、など）。
- 兄弟姉妹とぎくしゃくした関係になる。

- あらゆることを競争と捉える。
- 人生のあらゆる場面で、えこひいきに敏感になる（実際にはひいきがなくても、あると思っている場合もある）。
- 恋愛関係や仕事関係で自分を安心させてくれる言葉が欲しくなる。
- チームワークやチームを築き上げるのが苦手で、個人プレイを好む。
- 恋愛関係で期待以上のことをする（惜しみなく愛情を注ぐ、甲斐甲斐しく面倒を見る、など）。
- 兄弟姉妹と自分を常に比較する。
- ひいきされている兄弟姉妹の名前を聞いただけで、怒りや恨みがぶり返す。
- 人並み以上に努力するようになる。
- 大人になって、兄弟姉妹が活躍しても素直に喜べない。
- 年老いていく両親に自分を見直してもらえることを願って、卑屈な態度に出る。
- 無意識に、我が子に対しても自分の親と同じ過ちを繰り返してしまう。
- 大人になってから、自分の家族を避けるようになる。
- 親以外の人たちに自分を認めてもらおう、愛されようとする。
- 我が子は分け隔てなく育てるように努める。
- 他人には素直に愛情を示す。

この事例が形作るキャラクターの人格

ポジティブな人格
野心家、感謝の心がある、協調性が高い、如才ない、共感力が高い、太っ腹、気高い、謙虚、独立独歩、内向的、公明正大

ネガティブな人格
挑戦的、防衛的、不誠実、失礼、独占欲が強い、反抗的、向こう見ず、荒っぽい、自滅的、意地っ張り、卑屈

トラウマを悪化させる引き金となる出来事

- 大人になってから、自分が親にないがしろにされていると感じる（実際にそうされていることもあれば、キャラクターがそう感じているだけの場合もある）。
- 職場や交友関係の中でえこひいきがあり、キャラクターが害を被っている。
- 自分は恋愛相手にふられたのに、他の人は恋愛がうまくいっている。
- お正月やお盆などの休みで家族が集まるが、親のひいきで、兄弟姉妹間の不平等が歴然とする。
- 親と二人きりの時間を過ごしているのに、その間、親はその場にはいない兄弟姉妹のことばかり話している。

トラウマに向き合う／克服する場面

- 親のえこひいきが止まった後もなお、恨む気持ちが続いている。
- （仕事や対人関係などにおいて）競争心が激しすぎて、友人や恋人を失ってしまう。
- 自分を認めてくれる言葉を四六時中聞きたがるせいで、結婚生活に亀裂が入る。
- 無意識のうちに、自分も我が子のひとりを特別扱いしていたことに気付く。
- 我が子が成功して注目されることが多くなり、その子にまで嫉妬心を持つ自分のことが不安になってくる。

強姦によって自分が生まれたことを知る

〔英 Being the product of rape〕

この事例で損なわれる欲求

安全・安心、帰属意識・愛、承認・尊重

キャラクターに生じる思い込み

- 「同じ血が自分にも流れているから、自分は獣(けだもの)だ」
- 「自分に愛される資格なんてない」
- 「こののろいは一生自分に付きまとう。自分は汚(けが)れた人間だ」
- 「自分がどういう人間かを人が知ったら、嫌悪の目で見られるに違いない」
- 「自分なんて死んだほうがましだ」
- 「親がこの事実を知っていたら、僕なんか引き取らなかったはずだ」(養親に育てられた場合)
- 「母に中絶の選択肢があったら、私を生まなかったと思う」
- 「自分は欠陥のある人間で、悪いことをしでかすのも時間の問題だ」
- 「自分は、この世に悪人がいることを常に思い知らせる生き証人だ」

キャラクターが抱く不安

- 「異常さは遺伝するのかもしれない」
- 「人と性的な関わりを持つのが怖い」
- 「自分の子も暴力を振るう人間に育って、罪を犯すかもしれない」
- 「人がこの出生の秘密を知ったら、嫌悪の目を向けるだろうし、自分は拒絶され、見捨てられてしまうかもしれない」
- 「親が犯した罪のせいで、いじめられるかもしれない」
- 「この出生の秘密を知っても、それに目をつぶってくれる人なんていないかもしれない」
- 「因果応報で自分も暴力犯罪の被害者になるかもしれない」

行動基準の変化

- 自信や自尊心がなくなる。
- 生きていることに罪悪感を持つようになり、自殺を考えるようになる。
- 自分は「強姦犯の子」だと常に認識するようになる。
- 友人と距離を置くようになり、趣味などの関心事からも離れていく。
- 他のことに集中できなくなる。
- 心が空っぽで、何も感じなくなり、鬱になる。
- 人生に喜びを見出せなくなる。
- 自己否定や自己嫌悪に苦しむ時期を経験する。
- 自分は罰せられるべきだと思い込んでいるため、将来性のある人間関係をわざと壊す。
- 人に愛されたくて必死に努力する(美や才能を磨く、善人になろうとする、など)。
- 強姦により生まれた子だという出生の秘密がすぐに人に知られるわけでもないのに、自分を恥じ、屈辱を感じるようになる。
- 見知らぬ人々の顔をまじまじと見つめ、自分が生まれるきっかけになった強姦犯は誰だろうと探すようになる。
- 親である強姦犯について知りたくなり、また、知りたがったことに罪悪感を持つ。
- この出生の秘密を知っている人たちが自分との関わりを断ち切ろうとしているのではないか、自分に対して否定的な感情を隠し持っているのではないかと疑い、その形跡がないか探す。
- 人に却下されることを恐れ、人にしがみつく。
- 出生の秘密を誰にも言わず、他人がその秘密を知るのを恐れる。
- 自分には親としての能力がないのではないかと疑う。
- 他人のニーズを優先し、自分の幸せ、ニーズ、願望を犠牲にする。

- 摂食障害が出る。
- 愛する人に不幸をもたらしているのは自分だと思い込む。
- ドラッグやアルコールに走る。
- 自分に価値があることを証明しなければならないと思い込む。
- 自分の専門分野で一番になろうとして仕事中毒になる。
- 社会的に、ある種のレッテルを貼られることの不公平さを自覚する。
- 世間の人物評価に疑問を感じるようになり、人は、過去よりも、現在の行動で判断されるべきだと思うようになる。
- 自分ではどうすることもできないことに固執するより、自分の美点に意識を向けようとする。
- 自分の複雑な気持ちを整理するため、セラピーを受けようとする。

この事例が形作るキャラクターの人格

ポジティブな人格
愛情深い、感謝の心がある、勇敢、好奇心旺盛、共感力が高い、面倒見がいい、世話好き、利他的

ネガティブな人格
依存症、衝動的、抑制的、不安症、理不尽、被害者意識が強い、うっとうしい、執拗、妄想症、注意散漫、自滅的、卑屈、疑い深い、小心者、引っ込み思案、仕事中毒、心配性

トラウマを悪化させる引き金となる出来事
- 自分の誕生日を迎える。
- 友人が妊娠したことを公表する。
- 友人や家族から出産の知らせが届く。
- 強姦の場面があるテレビドラマや映画を見る。
- 強姦事件の犯人についての、あるいは女性への暴力に関するニュースや記事を目にする。
- 自分が生まれたきっかけになった強姦事件に使われた凶器だと知っているものを目にする(ナイフ、銃、ガムテープなど)。
- 古いファイルを掻き分けていたら、自分の養子縁組に関する書類が出てくる。
- 生みの母親から連絡が届く。
- 中絶手術を手がける産婦人科診療所の前を通り過ぎる。
- 中絶反対派や賛成派のグループが抗議運動をしているのを見かける。

トラウマに向き合う／克服する場面
- 強姦犯である自分の親が仮釈放される。
- 自分と同じ境遇の人たちのための支援グループの存在を知り、そこへ行って自分の気持ちを話すか、それともひとりで耐えるかの選択を迫られる。
- 生みの両親の居場所を突き止め、連絡しようと考えている。
- 生みの親が危篤状態にあることを知る。
- 子どもを持ちたいと思っている。

NOTE
自分は強姦によって生まれた子だった——そんな事実を知るのは、どんなに大人になってからでもショックなことだし、キャラクターの自尊心を傷つけ、そのアイデンティティにも多くの問題を招きかねない。ところが、その事実発覚のタイミングが、自己が形成される思春期だった、あるいは既につらい思いをしているときに畳み掛けるように知ったとなれば、本人への影響はさらに大きくなる。また、この事実を知っていた周りの人間の反応も影響を与える。たとえば、その出生ゆえにキャラクターが虐待されているかどうか、あるいは、誰に育てられているか(生みの親か、それとも養親か)などの事情もキャラクターの心の傷に響く。

子どものことを後回しにする家庭で育つ

〔英 Not being a priority growing up〕

この事例で損なわれる欲求

帰属意識・愛、承認・尊重、自己実現

キャラクターに生じる思い込み

- 「何をしようと、自分の存在に気付かれることはない」
- 「他の人のほうが重要だから、そちらを優先すべき」
- 「自分は人についていくタイプで、人の上に立つタイプではない」
- 「注目されるのは、卓越した人たちだけだ」
- 「人生にあまり期待しちゃいけない」
- 「人がやりたいことをやれるように助けるのが自分の役目だ」
- 「自分は弱いから、人に踏みつけにされる」
- 「自分はどうでもいい人間だから、何をしたって何かが変わるわけじゃない」

キャラクターが抱く不安

- 「私の必要とするものや望みが優先されることはないのかもしれない」
- 「我が子を見くびるような親になって、自分の親と同じことを繰り返してしまうかもしれない」
- 「自分で人生の道を選んで、大きな失敗をしたらどうしよう」
- 「僕の人生には何の意味もないかもしれない」
- 「自分が何かを変えたり、人や世の中に影響を与えたりして、特別な気持ちになるなんてことはないのかもしれない」

行動基準の変化

- 自分を擁護するために言い返せない。
- 極端に人に合わせるようになり、人に利用される。
- 簡単に怖気づいてしまう。
- 人と競争になると身を引いてしまう。
- 人を喜ばせる人間になり、そんな自分を嫌う。
- 親に認められるような選択をする。
- 何をするか、休暇はどこへ行くかなどは人に選ばせ、自分はただついていく。
- 自分というものがわからなくなって悩む。
- 自尊心が低く、自分の強みより弱みに意識を向けてしまう。
- 人生で自分が本当に何をしたいのか決められない。
- 自分が欲しいものを人に言えなくなる。
- 褒め言葉を言われたり注目されたりすると、その相手が誰かということは気にせずに喜ぶ。
- 誰かに予定をキャンセルされたり、相手が約束の時間になっても姿を現さなかったりすると、ひどく傷つく。
- 人の重荷になりたくないから、助けを人に求められない。
- 恋愛関係に進んでも、自分からは絶対に行動を起こさない。
- 相手が非常に自己主張が強いタイプ、ナルシストタイプであっても、パートナーに選んでしまう。
- 意見を主張しない自分を臆病者だと感じている。
- 自分の大胆さを失わせるような、マイナスなひとり言をつぶやく。
- 怒りが爆発するまで我慢する。
- 目標を達成するなど朗報があっても、それを人に言うのは気が引けるので黙っている。
- 自分の趣味、関心事、好きなことを人に隠す。
- 両親がとても気にかけていることや好きなことを嫌う。
- 家庭で自分のことはいつも後回しにされていたので、そのことを思い起こさせるような場所、人、事柄を避ける。
- 誰かに自分のことを話し、後になってもその人がそれを覚えていると驚く。
- 夢を追いかける秘密の計画を立てるが、最後までやり遂げない。
- ネット上で人と話したり、恋愛したりするほうが自信が持てるので、そちらを好む。
- 人の面倒も見なくてはならない立場だと、自分の関心事に時間やお金を使うことに罪悪感を感じる。
- 自分の親のようにはなりたくないから、我が子の望みはすべて叶えてやる。
- 自分の弱点、あるいは弱点だと思い込んでいることを克服しようと、自己啓発の本を読む、コースを受講する、あるいは人に相談する。
- どんなことがあっても人のためなら必ず時間を割く。
- 感謝の意を示すため、小さな親切を返す(カードやギフトを贈る、手伝いをする、など)。
- 自分のことを大切にしてくれている親しい友人に強い忠誠心を持つ。
- 小さい頃に経験できなかったことを大人になってからやり始め、嫌な思い出をポジティブに塗り替えていく。
- 自分の関心事に精力的に取り組み、そうすることに罪悪感を感じないように努力する。
- 人のことなのに細かいことまでよく気が付き、覚えている（相手を大切に思っていることを態度で示す)。
- 自分がした約束は必ず果たす。

この事例が形作るキャラクターの人格

ポジティブな人格
野心家、感謝の心がある、協調性が高い、礼儀正しい、共感力が高い、気さく、太っ腹、気高い、勤勉、優しい、忠実、従順

ネガティブな人格
臆病、頑固、不安症、理不尽、嫉妬深い、手厳しい、被害者意識が強い、うっとうしい、執拗、神経過敏、意気地なし、仕事中毒

トラウマを悪化させる引き金となる出来事
- 会話をすると、親は自分の話ばかりしている(成功談、欲しいもののこと、など)。
- 人にものを頼むが、何の理由もなく却下される。
- 身近な人の助けやサポートが必要なのに、友人も家族も手を差し伸べてくれない。
- 約束を交わしていたのに、相手がそのことを失念する。

トラウマに向き合う／克服する場面
- 相手に支配される関係にいて、そこから離れないと自分を見失ってしまうことに気付く。
- 体調を崩すなど悪いことが起き、人に踏みつけにされているどころではなくなる。
- 人のために何かをしたいと思っているが、その考えに賛同してもらえるよう、人を説得しなければならない。
- 指導者的な立場に立っていて、他の人たちの幸せが自分の肩にかかっている。
- いつも我が子の望みを聞いてやっていたせいで、その子が甘やかされて自分のことしか考えていないことに気付く。

NOTE
この心の傷はネグレクトとは異なり、キャラクターには生きていく上で最低限必要なものは与えられている状況だが、それを超えた幸福や満足につながるものは何も与えられていない。親は、キャラクターの好き嫌いにはほとんど関心を持たず、キャラクターが何か目標を達成しても気付かないし、それよりも、親の仕事、趣味、望みがまず優先される。また、他の兄弟姉妹がキャラクターより優先されるケースもあるが、その場合は「兄弟姉妹間でひいきをする親のもとで育つ」の項目を参照のこと。

自己愛の強い親のもとで育つ

〔英 Being raised by a narcissist〕

具体的な状況

たとえば自己愛の強い親は、以下のような態度で子どもに接する。

- いつも黙っていて、子どもに愛情を示さない。
- 子どもに頑張って良い成績を取ってこいと言うが、実際に優秀な成績を納めるとそれを自分の手柄にする。
- 子どもに対し、滅多に身体で愛情を表現しない。
- 子どもが間違えると、いちいち批判する。
- 子どもが怪我をするなど、親にとって不便なことが起きると、同情よりも怒りを見せる。
- 兄弟姉妹の間で競わせ、競争を歓迎する。
- 子どもに対し残酷な態度を示し、ひどいときは心理的・身体的虐待行為に走る。
- 子どもが親に救いを求めているのに助けない。
- 頻繁に子どもの成長過程を台無しにし、頭の悪い子だと責める。
- 子どもへの期待が高すぎる、あるいは気分にむらがあるため、家族全員がおそるおそる暮らしている。
- 親の思いどおりにするために、子どもを脅かす、あるいは子どもの心を操る。
- 親は特別で偉いと思っているから、子どもが親に合わせるのが当たり前だと思っている。
- わざと文脈を無視して人の言質を取り、それを振りかざす。
- 矛盾に満ちたアドバイスをして、子どもが何も得られない状況を作る。
- 親の夢を子どもに託して生きている。

この事例で損なわれる欲求

安全・安心、帰属意識・愛、承認・尊重、自己実現

キャラクターに生じる思い込み

- 「人をうまく操るのが愛だよ」
- 「やれと言われたことをやらないと愛は得られない」
- 「僕なんて出来損ないの人間で、家族のお荷物でしかない」
- 「自分のために何かを欲しがるなんて身勝手だ。他人を優先しないとだめだ」
- 「自分は欠点だらけの人間で、誰にも愛されない」
- 「自分のことを大切だと思ってもらうためには、一番にならなければならない」
- 「殴られたくなかったら、まず相手を殴る」

キャラクターが抱く不安

- 「人に拒絶されたり、見捨てられたりしたらどうしよう」
- 「泣いたり、弱音を吐いたりすると、そこに付け込まれてしまうかもしれない」
- 「相手に自分の弱さを見せてしまうから、深い人間関係は苦手だ」
- 「親はいつも僕のことを出来が悪いやつだと言っていた。失敗を犯すと、親が正しいことを証明してしまうみたいで嫌だ」
- 「ミスや失敗を犯したりすると、罰を与えられるかもしれない」
- 「信用する相手を間違って、利用されたらどうしよう」
- 「自分の子にも親にされたことを繰り返してしまうかもしれない」

行動基準の変化

- いつも親の気持ちを優先してきたから、自分の気持ちがわからなくなる。
- 自分が何をしたいのかがわからないから、人生の方向を決められない。
- 大丈夫でないのに「大丈夫だ」と言ってし

まう。
- プレッシャーがかかると特に、人任せにしてしまう傾向が出てくる。
- 人との関わりにおいて健全な境界線をどこで引けばいいのかわからない。
- 人に脆さを見せたり、自分の気持ちを人に伝えたりすることに慣れていないから、親密な人間関係や信頼関係をうまく築けない。
- 人を喜ばせることばかり考えている、あるいは自分に価値があることを感じるには褒め言葉が必要になる。
- 何事にも手を抜かず、完璧であろうとする。
- うっとうしいほど人に頼りきりになる傾向が出てくる。
- 称賛されたくて目標に向かって突き進んでいるくせに、褒め言葉や賞を受け取るのは気まずくて苦手になる。
- 自尊心が低く、どんなに成功しても自分のことを頭が悪くて出来損ないの人間だと思ってしまう。
- 親が望むキャリアを選ぶ。
- 自分の意見を主張できないため、人に利用される。
- 人が求めるものを与えるのが自分の役目だと思ってしまう。
- 親から愛されたくて、親が間違っていても、言い繕って許してしまう。
- 悪いことが起きると、たとえ理不尽でも、自分が悪いと思い込む。
- すぐに自分を問い詰め、何でも自分の責任にしてしまう。
- 自分のことをいつも優先するようになる（ナルシスト的行為を自分も繰り返す）。
- 苦しみを紛らわすために人をいじめるようになり、やられる前にやるという態度を取る。
- 大人になり、自分を苦しめた親とは縁切り状態になる。
- 壊れた自尊心を修復して高めていこうと、自分を愛する努力するようになる。
- 親に代わって、健全な助言者になってくれる人と関係を築く。
- 人に親切にされたり、愛情を示してもらったりすると、感動してしまう。
- 他人の求めていることや、人の気持ちに非常に過敏になる。
- 自分の気持ちを整理し、考えを表す手段として、日記を書く。

この事例が形作るキャラクターの人格

ポジティブな人格
柔軟、用心深い、分析家、感謝の心がある、大人っぽい、几帳面、従順、注意深い、きちんとしている、勘が鋭い、粘り強い

ネガティブな人格
依存症、防衛的、不正直、だまされやすい、優柔不断、抑制的、不安症、嫉妬深い、手厳しい、操り上手、物質主義、完璧主義

トラウマを悪化させる引き金となる出来事
- どんなに批判が建設的であっても、その言葉に失礼にならないような気遣いが感じられても、批判を受け入れられない。
- あともう少しというところで目標達成を逃す／失敗する／間違いを犯す。
- 友人の家族と一緒に、普通の親子の遊びに参加する。
- 親から電話がかかってきて、訪問を受ける。
- 順位が2番になる（あるいは3番、最下位……）。

トラウマに向き合う／克服する場面
- 同じ親に育てられ、同じように苦しんでいる兄弟と話をしようとする。
- 自尊心の問題を解決しないと、結婚生活が破綻してしまうことに気付く。
- ピンチに陥り、どんなにプライドが邪魔をしようとも、助けを求めなければならない。
- いつも自分を励ましてくれて、無条件にサポートしてくれる人がいることに喜びを感じる。そして、それは自分の育った家庭では味わえなかった気持ちであることに気付く。

児童養護施設で育つ

〔英 Growing up in foster care〕

具体的な状況

児童養護施設に預けられる理由には、次のようなものが考えられる。

- もともと片親しかいなかったが、その親が亡くなり、残された子どもを引き取ってくれる親戚がいなかった。
- 両親とも亡くなり、親戚は子どもを引き取ることを渋った。
- ドラッグ依存症の両親、あるいは養育放棄をした両親から引き離された。
- 養子に出すため施設に預けられたものの、養親が見つからなかった。
- 親に捨てられた。
- 親が子どもに虐待行為を繰り返していたため、家庭から引き離された。
- 子どもの行動、身体、認知力に重度の障害があり、親が養育を諦めた。
- 片親しかいないのに、その親が服役した、入院した、あるいは精神療養施設に入った。

この事例で損なわれる欲求

生理的欲求、安全・安心、帰属意識・愛、承認・尊重、自己実現

キャラクターに生じる思い込み

- 「自分には欠陥がある」
- 「自分に愛される資格はない」
- 「世間は五体満足の人間だけを優遇する」(キャラクター自身に障害がある場合)
- 「自分というものがわからない」
- 「自分の属す場所、家と呼べる場所は二度と見つからない」
- 「自分のような壊れた人間など誰も欲しいとは思わない」
- 「人は残酷な生き物だ」
- 「強者は弱者を食い物にする」

キャラクターが抱く不安

- 「誰かを愛し、誰かと結びつきを感じたところで、その人を失うだけかもしれない」
- 「拒絶されて、見捨てられたらどうしよう」
- 「貧乏生活はこりごりだ」
- 「いじめられ、虐待され、傷つけられたらどうしよう」
- 「誰かを信用しても、裏切られるかもしれない」
- 「人生が好転しなかったら、自分はどうなるのか」
- 「人や場所に愛着を持ってしまうのが怖い」
- 「腕力や権力を持っている人たちが怖い」

行動基準の変化

- 感情の起伏が激しく、それが態度にも現れ、すぐにカッとなる。
- 隠し事をし、寡黙になる。
- 大したことでなくても、嘘をついたり、事実を曲げたりする。
- 人に聞き心地のいいことだけを言う。
- 人とは群れず、ひとりを好む。
- 自分の所有物や親しい人間関係に執着し、譲らない。
- 家族の絆が重要視される場所、活動、グループを避ける。
- いざという時にすぐに出ていけるように、非常時に持ち出すバッグを用意し、大切なものを隠し持つ。
- 個人的な話題に及ばないように、会話の舵を取る。
- 防衛手段として人を寄せつけない。
- 物にもよるが、人と共有したがらない。
- 毎日決められたことをしたがる割には、すぐには順応できない。
- 安定や不変を求めるものの、自分にそういうものを得る資格がないのではと疑う。
- 常に危険を警戒し、出口を確認する。

- PTSDの兆候が現れる（闘争・逃走反応を示す、ちょっとしたことで驚く、など）。
- 人を信用できず、人の言葉を額面どおりに受け取らない。
- 誰の監視も受けずに自立した将来の自分の生活を夢見る。
- これ以上失望したくないから、誰かが約束をしてくれても冷めている。
- 人に助けを求めたい、頼りたい、誰かと一緒にいたいと認められない。
- 人がやると言ったことを最後までやり遂げると驚く。
- （お金、食糧、自分が否定されたことを象徴する小物など）物品をため込む傾向がある。
- 恋愛関係や夫婦関係を持っても相手に愛着を持たず、都合がいいからとか共通の目標があるからといった理由で相手を選ぶ。
- セックス＝愛情表現ではないと考える。
- 場所や物に愛着を持たず、あまり物を持たない生活を送るが、不変の何かを求めている。
- 非常に共感力が高く、困っている人を助けたいと思っているし、そのための労を惜しまない。
- わずかな人数しかいないが、自分が心を許している相手には非常に忠実な態度を示す。

この事例が形作るキャラクターの人格

ポジティブな人格
柔軟、用心深い、分析家、勘が鋭い、雄弁、秘密を守る、積極的、世話好き、臨機応変、感傷的、倹約、賢い

ネガティブな人格
無神経、依存症、反社会的、無気力、挑戦的、残酷、皮肉屋、腹黒い、不正直、暴力的、引っ込み思案

トラウマを悪化させる引き金となる出来事
- 約束の時間になっても人が現れない。
- 恋人と別れ、またひとりぼっちになってしまう。
- 子どもを虐待している、あるいは無視している親を見かける。
- トリガーを感じ、養護施設での嫌な体験を思い出してしまう。
- 養護施設の近くまでやって来る。
- 自分の過去を一切知らない人に、子どもの頃のことや生まれ育った町のことについて尋ねられる。
- 家族が集まる場所に行く、あるいはそこを通りかかる（ピクニックができる公園、キャンプ場、遊園地、など）。

トラウマに向き合う／克服する場面
- 事故に遭ったが命拾いし、運が悪ければ我が子が親なしになっていたかもしれないと反省し、子どもが生涯孤独の身にならないよう、他の人とのつながりが必要だと気付く。
- 悩み苦しむ里子を助けようとするが、その子の気持ちを晴らしてやることができない。
- 子どものために何か活動をしたいと思っている（里親やソーシャルワーカーになる、など）。
- 自分と同じように、人に不信感を抱き、人と結びつくことができずに苦労している人と付き合いたいと思っている。

支配欲が強い／厳格な親のもとで育つ

〔英 Having a controlling or overly strict parent〕

具体的な状況

たとえば次のようなケースが当てはまる。

- 子どもの体重や食習慣を批判する親
- 子どもが付き合う友達や参加する活動まで選び、子どもの社会生活に口を挟む親
- 親の選択に従わせる、または同意させるように巧みに操作する親
- 子どもには厳しくしたほうが精神が鍛えられるからといって、心の痛みには取り合わない親
- 子どもが親と反対の意見を持ったり、親の期待に添わない行動を取ったりすると、愛情を見せなくなる親
- 学校の成績が悪かったり、約束を破ったりすると、子どもに厳しい罰を与える親
- 子どもが同じ間違いを繰り返さないようにと、子どもの行動や成績を厳しく批判する親
- 子どものある能力を高めようとして、猛練習させたり、厳しい指示を与えたりする親
- 自分が悪い、もしくは、子どもにとって何がベストかわからないとは絶対に認めない親
- 子どもにはやってはいけないと禁じているくせに、自分は平気でやっている偽善的な親
- 子どもが大切にしているものなのに、「もう大きくなったから要らない、捨てなさい」と言って捨ててしまう親

この事例で損なわれる欲求

帰属意識・愛、承認・尊重、自己実現

キャラクターに生じる思い込み

- 「頑張ったって自分はいい子にはなれない」
- 「僕はまったくの期待外れの人間だ」
- 「自分の考えは間違っているから、信用してはいけない」
- 「自分には常に落ち着いた環境が必要で、そうでないと弱さが出てきてしまう」
- 「どんなことでも失敗してしまうと、両親が正しかったことを証明するはめになる」
- 「価値ある人間になるには、一番にならなくてはダメだ」
- 「自分で判断するとおかしなことになるだけだから、他の誰かに判断してもらったほうがいい」
- 「親にはなれない。自分が子どもを持つと、両親みたいに子どもをだめにしてしまうから」

キャラクターが抱く不安

- 「失敗してしまうのが怖い」
- 「完璧になれなかったらどうしよう」
- 「親の期待に添えなかったから、愛してもらえないかもしれない」
- 「他人をがっかりさせてしまうかもしれない」／「期待に添えなかったらどうしよう」
- 「大事なことで失態を演じてしまったらどうしよう」
- 「注目を浴びたり、責任を持たされたり、人の上に立たされたりするのは苦手だ」
- 「恥をかかされたり、あれこれ自分のことを尋ねられたりするのは嫌だ」
- 「何かまずい選択をして、両親が正しかったことを証明してしまうかもしれない」
- 「自分の感情を出したり、脆さを見せたりするのは苦手だ」
- 「自由や選択をいろいろ与えられると困る」
- 「自分も親になって、親が自分にしたのと同じことを繰り返すかもしれない」

行動基準の変化

- 自分に厳しくなる（「こんなことじゃダメだ」とマイナスなひとり言をつぶやく、自己修練に励む、など）。
- あらゆることに完璧になろうと努力する。

- 仕事中毒になる。
- 判断をしても後からそのことをくよくよ悩む（何を着るか、何をするか、など）。
- 何かを決めなければならないときはアドバイスを求め、安心できる言葉を欲しがる。
- 自分というものがわからなくなり、アイデンティティに悩む。
- 人を喜ばせようとする。
- 人に認められたくて、自分の成功を人に見せる。
- 摂食障害、吃音症など、神経障害が出てくる。
- 自分の親に似たパートナーを選ぶ（支配欲が強い、ナルシスト、頑固である、など）。
- 自尊心が低く、自分のことを欠陥の多い人間だとか、「適任者としての」能力を欠いた人間だと思ってしまう。
- 自己批判が著しくなり、間違いを犯したり、満足のいかない結果を出したりすると自分を非難する。
- 過激なダイエットをする、活動や出費を極端に制限するなどして、自分をコントロールする。
- 自分が何か悪いことをしたと思ったら、遊びや本当にやりたいこと、気晴らしをせずに自分を罰する。
- ドラッグやアルコールに走る。
- 自分を擁護できなくなる。
- 欲しいものは何かと尋ねられると困ってしまう。
- 物事がうまくいかないと、自分の責任ではないかと思ってしまう。
- 自分の感情を心に押し込め、感情を持ったことを恥じる。
- 人に判断されたくないから嘘をついたり、面倒を起こしたりする。
- 親の希望に従ったせいで、自分の夢を追わなかったことを悔やむ。
- 自分の過ちを親のせいにする。
- 両親に対してとげとげしい心を持つ。
- 我が子にも非常に厳格になる（親と同じことを繰り返す）、あるいは逆に放任主義になる（過補償）。
- 大人になってから、親との言い争いや、親に決めつけられるのを避けるため、自分の思っていることを言い控えるようになる。

この事例が形作るキャラクターの人格

ポジティブな人格
柔軟、用心深い、効率的、熱心、勤勉、忠実、几帳面、従順、きちんとしている、粘り強い、秘密を守る、積極的

ネガティブな人格
依存症、皮肉屋、不正直、つかみどころがない、頑固、抑制的、執拗、妄想症、完璧主義、反抗的、恨みがましい、意地っ張り

トラウマを悪化させる引き金となる出来事
- 成功を期待されている分野で失敗してしまう。
- 何事にも批判的な上司、同僚、あるいは先輩と仕事で組まされる。
- 我が子が自分の親（おじいちゃん／おばあちゃん）に「決めつけられて」しまう。
- 自分への批判があからさまなプレゼントを両親からもらう（スポーツジムのメンバーシップ、自己啓発本など）。

トラウマに向き合う／克服する場面
- 自分への期待があまりにも高すぎるからと辞めてしまい、仕事が続かない。
- 仕事や責任を抱え込みすぎて、大きな失敗を犯してしまう前に助けが必要になっている。
- 年老いた親の面倒を見なければならないが、有害な親子関係を自分の家庭には持ち込みたくない。
- 依存症が悪化し、その根本的な原因を受け入れなければならない事態になっている。

衆目に晒されて育つ

〔英 Growing up in the public eye〕

具体的な状況

- 超富裕層の家庭に育つ。
- 親が政財界につながっている重鎮である（親が政府の要職に就いている、など）。
- 親が有名な映画俳優などの芸能人、スポーツ選手である。
- 皇族の一員として育つ。
- 伝統ある名家（貴族など）の一員として育つ。
- 親が悪名高い連続殺人犯やテロリスト
- 子ども自身が有名人である（天才歌手、俳優、美人コンテストの優勝者、など）。
- 死者と会話ができる、人の傷を癒やすことができるといった特殊能力で有名になる。
- 政治家一家に生まれた（親が国会議員、県知事、外交官、など）。

この事例で損なわれる欲求

安全・安心、帰属意識・愛、承認・尊重、自己実現

キャラクターに生じる思い込み

- 「自分というものがわからない。わかっているのは自分がどうあるべきかだけ……」
- 「間違いを犯すことは許されない」
- 「母（父、祖父母など）のように有名になると世間に期待されている」
- 「有名だから、みんなに『失敗すれば面白いのに』と思われている」
- 「みんな有名人の私を利用したいだけ」
- 「自分は不利な立場にいる」（有名であることがハンデになっている場合）
- 「有名じゃなかったら、僕なんて何者でもない」
- 「あの親の子なんだから、自分にも獣(けだもの)の血が流れている」（悪名高い親を持っている場合）

キャラクターが抱く不安

- 「信用する相手を間違っていたらどうしよう」
- 「世間に恥をさらしてしまうかもしれない」
- 「自分の判断が永遠に自分に付きまとうかもしれない」
- 「世間の期待には応えられないかもしれない」
- 「世間を失望させてしまうかもしれない」
- 「リスクは避けたい。世間の目が恐ろしいから」
- 「有名人の子だからって人に付け込まれて、利用されたり、裏切られたりするかもしれない」
- 「秘密が暴露されて、自分の評判が台無しになったらどうしよう」

行動基準の変化

- 外見に執拗なほど気を遣う（服装、髪型、立ち居振る舞い、など）。
- 世間に失態をさらすのを恐れ、リスクを取らずに控えてしまう。
- 世間の注目を浴びながら育ったので、同年代の子どもに比べ、大人びている。
- 「普通」の同年代の子どもには自分を重ねられない。
- 隠し事をする、あるいは自分の意見を声に出さない。
- 自分の欠点が気にかかってしまう。
- 自分自身に厳しい。
- 自信に溢れているように見せかける。
- 本当に親しい友人はわずかしかいない。
- 自分を嫌う人たちを寄せつけないように、わざと「意地悪な女の子」になったりする。
- 言われたことはやるが、自分のためを考えない。
- 世間や親の期待に応え続けるため必死で努力し、自分の時間を作らない。
- 一般人の気分を味わいたくて、身元がばれないようにして活動に参加する（変装して出掛ける、ハンドル名でチャットルームを訪れる、など）

- 肩の力を抜き、自意識過剰な自分を忘れたくて、酒に頼る。
- 世間の高い期待になんとか応えようとして、あるいはその期待から逃れようとして、ドラッグに頼る。
- 世間の期待をわざと裏切るような行動を取る。
- 自分は法を免れることができる特別な立場にいると思い込む。
- 金の力で何でも手に入れよう、トラブルからも免れようとする。
- 何かにつけ、より大きく、よりよく、よりリスクの高いものを欲しがる。
- メディアの前では常に自分を演じているため、本当の自分がわからない。
- プレッシャーに押しつぶされて疲れ果て、世間を騒がせるスキャンダルを起こす、あるいは表舞台から消える。
- セラピーを受けようとする（依存症に悩まされている場合、など）。
- 自分なりの健全な方法で名を上げようと努力する。

この事例が形作るキャラクターの人格

ポジティブな人格
柔軟、慎重、協調性が高い、礼儀正しい、規律正しい、控えめ、外向的、太っ腹、もてなし上手、独立独歩、内向的、優しい、忠実

ネガティブな人格
依存症、冷淡、生意気、強迫観念が強い、挑戦的、皮肉屋、防衛的、つかみどころがない、浪費家、愚か、不真面目、激しやすい、不満げ、仕事中毒

トラウマを悪化させる引き金となる出来事
- 信頼していた友人が実は、キャラクターの名声とリッチなライフスタイルにしか関心がないことが発覚する。
- 隠し通してきた秘密を友人が暴露する。
- レポーターを突っぱねたとメディアで叩かれる。
- ゴシップ誌にあることないこと好き勝手に書かれてしまう。
- お忍びで外出し、ストレス発散しようとしていたところへ、追っかけカメラマンやファンに取り囲まれる。
- メディアにプライバシーを侵害される。
- ファンサービスを当然だと思っているファンに、直筆サインやセルフィーを一緒に撮って欲しいとせがまれる。

トラウマに向き合う／克服する場面
- 普通の生活を送っている友人たちが、それぞれに自分の道を歩んでいるのを見て、自分もそうしたいと願う。
- ドラッグが手放せなくなるなど、長く続けると体を壊す悪習慣を身に着けてしまう。
- 家族の期待には応えず、むしろ家族に反対される夢を持つ。
- 鬱や不安障害になり、自殺を考えるようになる。
- プレッシャーに耐えかね苦しんでいる兄弟姉妹がいて、擁護してやらなければと思っている。
- 我が子が他人と関係をうまく築けないで苦労しているのを見る。

障害や慢性疾患のある兄弟姉妹と育つ

〔英 Growing up with a sibling's disability or chronic illness〕

具体的な状況

複雑な事情がなくても幼少期は難しい時期である。ところが、慢性疾患や障害を持つ兄弟姉妹がいる場合、親をはじめとする保護者には介護の負担だけでなく経済的負担もかかるため、保護者にかまってもらえない健常な児童にとって幼児期は一層難しい時期になる。たとえば、兄弟姉妹に次のような障害や慢性疾患があるケースがこれに当てはまる。

- 外傷性脳症
- ある臓器が機能しなくなり移植が必要
- がん
- エイズ
- 嚢胞性線維症（CF）、先天性の心臓疾患、筋ジストロフィー、脳性まひ、けいれん性疾患など、長期治療が必要な疾患
- 命に危険を及ぼすレベルの深刻な摂食障害
- 身体の変形や損傷（手足の欠損、ケロイドやひきつれなどの目立つ瘢痕（はんこん））、身体の一部の異常な腫れなど
- 失明や聾唖
- 精神疾患（強迫性障害、鬱、統合失調症、双極性障害など）
- 発達障害（自閉症スペクトラム障害、ダウン症、トゥレット症候群など）

この事例で損なわれる欲求

安全・安心、帰属意識・愛、承認・尊重、自己実現

キャラクターに生じる思い込み

- 「両親は、自分なんかより、病気の弟のほうが好きなんだ」
- 「僕が何をしようとどうでもいい。親にとってはいつだって妹のほうが大事なんだから」
- 「両親が離婚するのも、父や母がそれぞれにやりたいことをやれないのも、お兄ちゃんのせいだ」
- 「姉のことで腹を立てたりして（恨む、イライラする、など）、自分はなんてひどい人間なんだろう」
- 「命は永遠じゃない。僕だっていつ死ぬともかぎらない」
- 「せっかく健康な体に生まれついたのだから、それを生かして頑張らなきゃ」
- 「人生は苦しいことばかり。いいことがあっても長くは続かない」

キャラクターが抱く不安

- 「姉が死んでしまったらどうしよう」
- 「自分も死んでしまったり、兄弟と同じ病気になったりするのが怖い」
- 「生きていても同じことの繰り返しで、何も変わらないだろう」
- 「自分の夢は叶えられないかもしれないな」
- 「自分は、親には（あるいは配偶者、我が子など）いつも2番目に愛される存在なのかもしれない」

行動基準の変化

- 病気の兄弟姉妹を人前では避ける(幼少期)。
- 親にかまってもらおうとして行動化に出る(思春期)。
- 親から愛されたくて一生懸命に頑張る。
- 必要に迫られて独立心のある人になる。
- なぐさめを求めたり、現実逃避したりするために、食べ物やゲームなどに夢中になる。
- 摂食障害が出る。
- 精神的に早熟する。
- 親にこれ以上負担をかけまいとして、非常に聞き分けの良い子になる。
- 心の中で感じていることに罪悪感を持っていて、本心を隠す。

- 些細なことで動揺する。
- 家族とは距離を置くようになる。
- 自分や親が病に倒れたらどうしようと不安を覚える。
- 心気症に似た症状が現れる。
- 学校の教師など権威者に反抗的、挑戦的な態度を取る。
- 我が家のことや病気のことから逃げ出したくて、家族には何も言わずに外出する。
- 兄弟姉妹の病気のせいで、やろうと思っていたことができなくなると、行動化に出る。
- 友人との時間は思う存分楽しみたい。
- 自分の不運をすべて、兄弟姉妹の病気のせいにしてしまう。
- 他人に愛情を求める。
- 年齢的には幼いのに性的に活発になり、人との結びつきや愛を求める。
- 弱い人間だと思われたくないので、人に助けを求めない。
- 病気の兄弟姉妹の世話をするため、大人がやるような仕事をやる。
- 様々な困難にもめげず、病気の兄弟姉妹と深い絆を持つ。
- 他人が病気の兄弟姉妹のことをからかったり、悪口を言ったりすると、かばって言い返す（兄弟姉妹への強い忠誠心）。
- 病に苦しんでいる人への共感力がある。
- 兄弟姉妹が抱えている障害や慢性疾患に対し社会の意識を高めてもらおうと、社会運動に携わるようになる。

この事例が形作るキャラクターの人格

ポジティブな人格
感謝の心がある、おだやか、好奇心旺盛、如才ない、おおらか、太っ腹、温和、気高い、理想家、大人っぽい、面倒見がいい、情熱的、忍耐強い

ネガティブな人格
意地悪、幼稚、皮肉屋、不正直、不誠実、不真面目、気むずかしい、操り上手、被害者意識が強い、大げさ、病的、うっとうしい、神経質

トラウマを悪化させる引き金となる出来事
- 他にも兄弟姉妹がいるのに、親がある子をひとりだけ可愛がっているのを見かける。
- 誰のせいでもないのに自分の予定がキャンセルされてしまう。
- 頑張って何かを成し遂げたのに、他の誰かがもっと頑張ったせいで無視されてしまう、もしくは、自分にとって大切なイベントがあったのに、別の人の事情が優先されてしまう。
- 兄弟姉妹の病気や障害と同じ症状が自分にも出てくる。
- 大人になってから、他の兄弟姉妹がひいきされ、自分がないがしろにされる（お正月は両親がいつも兄弟姉妹の家に泊まる、など）。

トラウマに向き合う／克服する場面
- 子どもができるが、兄弟姉妹の障害や病気が遺伝するのではないかと心配する。
- 兄弟姉妹が亡くなる。
- チャリティーイベントに参加し、兄弟姉妹への共感が高まる。
- 我が子のひとりに障害が出てきて介護が必要になるが、他の子たちには、親にかまってもらえないと感じてほしくない。

治安の悪い地域で育つ

〔英 Living in a dangerous neighborhood〕

具体的な状況

たとえば次のような地域で育つケースが当てはまる。

- 犯罪多発地域
- 地元の非行グループが縄張り争いをしていて、脅して子どもをグループに引き込むような地域
- 子どもを待ち伏せしている人がいる地域（動物が待ち伏せしている場合もある）
- 爆撃や銃撃が多発する地域、あるいは地雷原が近くにある地域
- 武装グループが頻繁に誘拐や暴力を働く地域
- 生物化学武器の使用に頻繁に脅かされる地域
- 極度の貧困に苦しみ、生きるための資源を死に物狂いで奪い合う地域
- 主要な麻薬密売ルートになっている地域
- （宗教、人種などの理由で）自分が歓迎されないどころか、忌み嫌われる地域
- 政治的な理由で警察または政府に見捨てられた地域

この事例で損なわれる欲求

生理的欲求、安全・安心、帰属意識・愛、承認・尊重、自己実現

キャラクターに生じる思い込み

- 「こんな生活からは逃れられない」
- 「世の中は自分みたいな人間なんて構わない」
- 「自分が憎んでいるものになるしか生きていく道はない」
- 「奪わないと何も手に入らない」
- 「この世に正義なんてない」
- 「愛する人を守ることができない」
- 「自分には対抗勢力に立ち向かっていく力強さも権力もない」
- 「僕が何をしたって何も変わらない」
- 「（特定の人種、グループ、宗教などに属した）この人たちはみんな悪人で、堕落しているし危険だ」
- 「生き残るには、暴力に頼るしかない」

キャラクターが抱く不安

- 「危害を加えられたり、殺されたりするかもしれない」
- 「家族を守ることができないかもしれない」
- 「利用されてしまうかもしれない」
- 「望みを失ったら、譲歩するか、諦めるしかない」
- 「間違った相手を信用してしまうかもしれない」
- 「ある人種グループ／政府／権力者が怖い」

行動基準の変化

- 常に警戒心を持ち、無意識のうちに危険がないか周囲をチェックする。
- 嘘をついたほうが得策であるときは嘘をつくし、自分を別人に見せかける。
- 心の中に壁を作る。
- 人と口をきかなくなる。
- 一か八かの賭けに出たり、向こう見ずな行動に出たりする。
- 自分のグループ内にいる、権力があって尊敬され、恐れられている人たちに惹かれる、あるいはそういう人たちを称賛の目で見る。
- 人の言うことをそのまま信じることができなくなる。
- 悲観的、否定的になる。
- 約束を裏切られたり、プロパガンダを聞いたり、人間の中の醜さを見たりしたせいで、皮肉な考えを持つようになる。
- 自分の偏見を我が子にも伝える。
- （ロックや防犯アラームシステムを設置する

など）安全を優先して強化する。
- 物を安全なところへ隠す。
- 見知らぬ人や権威者に不信感を抱く。
- 狙われないようにするため、もっと豊かな暮らしができても、少ない生活費でやりくりする。
- （勉強やスポーツを頑張る、転居、転職、など）今の環境から逃れられるならどんなことでもする。
- 将来に希望の持てる土地へ逃げるための計画を練って実行する。
- 生き延びるためなら、道徳的信念を曲げることも厭わず、何でもする。
- 周囲の危険に目をつぶる。
- 日々生き延びることに必死で、将来のことなど考えられなくなる。
- 家族を一生懸命守ろうとする。
- 我が子の背中を押して、よりよい選択をするように仕向ける。
- トラブルに巻き込まれないように、我が子を常に忙しくさせる。
- 昔暮らしていた治安の悪い地域を安全な場所に変えていこうと思い立ち、そこへ戻る（復興プロジェクトを通してシェルターを開設するなど）。
- 自分が昔暮らしていた治安の悪い地域に住む若者たちのよき相談相手になる。

この事例が形作るキャラクターの人格

ポジティブな人格
柔軟、用心深い、大胆、慎重、規律正しい、控えめ、熱心、理想家、独立独歩、公明正大、忠実、面倒見がいい、注意深い、粘り強い、秘密を守る、積極的、世話好き、素朴、スピリチュアル、倹約家

ネガティブな人格
無神経、依存症、無気力、冷淡、挑戦的、支配的、残酷、皮肉屋、不正直、つかみどころがない、狂信的、とげとげしい、せっかち、理不尽、手厳しい、男くさい、操り上手、神経質、悲観的、反抗的、向こう見ず、自滅的、意地っ張り、疑い深い、小心者、激しやすい、心配性

トラウマを悪化させる引き金となる出来事
- 平和に暮らしていた近所の人あるいは友人が暴力の犠牲になったことを知る。
- 家族の一員が非行グループと付き合っている噂を耳にする。
- パトカーや警官が目の前にいる。
- 徒歩で帰宅途中の友人または家族が性的暴行を受けたことを知る。
- 銃声やサイレンの音を聞く。
- 強盗に襲われる。

トラウマに向き合う／克服する場面
- 子どもが生まれ、何かが変わらないと、この子も自分が幼い頃に経験した苦労を味わうことになると気付く。
- 自分たちを守ってくれるはずの人たち（警察、政治家、など）に加害者扱いされる。
- 自分だけが近所を離れ、愛する人たちを残してきてしまう。

出来の良い兄弟姉妹とともに育つ

〔英 Growing up in the shadow of a successful sibling〕

具体的な状況

たとえば、次のような兄弟姉妹とともに育つことで、心に傷を負う可能性がある。

- スポーツに秀でている。
- 芸術に才能がある。
- 学業優秀
- 有名人
- 天才少年／少女としてもてはやされている。
- 人気者、あるいは人に好かれている。
- 美人あるいは美男で有名
- 何をやらせても人より秀でている。

この事例で損なわれる欲求

帰属意識・愛、承認・尊重、自己実現

キャラクターに生じる思い込み

- 「自分は醜い（馬鹿だ、器用じゃない、など）」
- 「何をやっても自分は下手くそだ」
- 「自分が成功して有名になることは絶対にない」
- 「自分にできることなんて何もない」
- 「自分に競争なんて無理だ。やるだけ無駄だ」
- 「人は自分なんかより姉（兄）に関心がある」
- 「人生何をやっても自分は成功しない」
- 「人に愛してもらいたいなら、目立たなきゃ」

キャラクターが抱く不安

- 「自分の名を上げるなんて到底無理かもしれない」
- 「自分の力不足が露呈してしまうかもしれない」
- 「失敗して、自分の無能さを証明してしまうかもしれない」
- 「出来の良い兄／姉／弟／妹に比べると、自分は愛されていないのかもしれない」
- 「同情されるのが嫌だ」
- 「自分も頑張らないと人に愛してもらえないのかもしれない」
- 「リスクを冒してみたところで、失敗して今よりひどい状態になってしまうかもしれない」

行動基準の変化

- 自分も兄弟姉妹が秀でていることをするのが好きでも、それとは違う道を選んで追究する。
- 自分も成功しようと突き進む。
- 低い自尊心に悩み苦しむ。
- 自分の名を上げようと必死になる。
- 出来の良い兄弟姉妹に常に劣等感を持つ。
- 劣等感を抱いているせいで、兄弟姉妹の関係がしっくりしない。
- どんなことでもいいから出来の良い兄弟姉妹を打ち負かしたいと願っていて、常に競争意識を燃やす。
- 自分自身に対するハードルは低い。
- 兄弟姉妹が苦労をしたり、失敗したりするといい気味になるが、後でそう思ったことに罪悪感を持つ。
- 愛情に飢えた人間になる。
- 人にかまってもらいたくて、反抗的になったり、喧嘩をふっかけたり、ドラッグを乱用したりするなど、問題行動に出る。
- 兄弟姉妹が親切心を見せると、同情されていると思い込み、親切を拒否する。
- 実際よりも成功しているように見せかけるため、屈折した心を持つ、あるいは不正直な人間になる。
- 人気の低下を狙って、わざと兄弟姉妹の評判を傷つけるような言動を取る。
- 兄弟姉妹を仲間だとは思わなくなり、別のグループにいる友人を選ぶ。
- 兄弟姉妹に対して卑屈な感情を持ち、自分らしさを失う。
- 出来の良い兄弟姉妹を見習おうとする。
- 特に両親や身内の者に対して、自分をひいきしてもらえるチャンスを常にうかがっている。
- 常に人を喜ばせようとする。
- 褒め言葉を聞くとうれしいくせに、その言葉が本心から出たものかどうかが気になる。
- 他人とは距離を置くようになる。
- 自分が欲しいものを手に入れるため（クラブやグループへ入るため、異性の気を引くため、など）、兄弟姉妹の成功を利用する。
- 成功している兄弟姉妹にはないプラスの性格を意識して取り入れる（情け深さ、おおらかさを出す、他人を優先する、など）。
- 出来の良い兄弟姉妹との確執や葛藤をなくすため、彼らとは健全な距離を保つようになる。
- 成功している兄弟姉妹をけなすようなことはせず、彼らを支援して道徳的に立派な人間になろうと決意する。
- 兄弟姉妹間の関係を修復しようとする。

この事例が形作るキャラクターの人格

ポジティブな人格
野心家、魅力的、礼儀正しい、規律正しい、共感力が高い、誘惑的、想像豊か、独立独歩、思慮深い、粘り強い、秘密を守る、奇抜

ネガティブな人格
意地悪、幼稚、皮肉屋、腹黒い、不真面目、生真面目、不安症、理不尽、怠け者、うっとうしい、神経過敏、反抗的、引っ込み思案

トラウマを悪化させる引き金となる出来事
- 約束がキャンセルされ、相手から他の人との用事を優先したような言葉を聞いて、自分は後回しにされる人間であることを再認識してしまう。
- すばらしい結果を出したのに、さらにそれを上回る結果を誰かが出し、自分の成果は誰にも注目されない。
- 両親が、成功している兄弟姉妹のイベントに出席するため、キャラクターにとって重要なイベントには姿を現さない。
- 友人がキャラクターの有名な兄弟姉妹に会いたくて、今まで自分を利用していたことが発覚する。
- 社会人になり、同僚や親仲間と比べると、いつも自分が見劣りしているような経験をする。

トラウマに向き合う／克服する場面
- 出来の良い兄弟姉妹も、実は自分自身がわからなくなっていて、歩む道を変えたいのだが、そうできずに悩んでいることが発覚する。
- 出来の良い兄弟姉妹がプレッシャーから解放されたくてドラッグに手を出したことを知り、引き止めて救いの手を差し伸べたいと思う。
- 両親が、キャラクターの子より、出来の良い兄弟姉妹の子を露骨に可愛がっているのを見て、なんとかしようと立ち上がる。
- 才能はないけれど自分のやりたいことをやり、大した結果が出せなくても、それをやっていること自体が楽しくて仕方がない。
- パートナーが世間から称賛を浴びている。自分はそのパートナーのために喜び、支えてやりたいと思う。

ネグレクトの親のもとで育つ

〔英 Being raised by neglectful parents〕

具体的な状況

ネグレクトとは、子どもが生きていく上で最低限必要なものを養育者が与えることができず、それが慣習化している状態を指す。ネグレクトは子どもへの身体的・心理的な虐待の一種で、子どもが病気になっても病院を受診させないケースも含まれる。高校生ぐらいまでの子どもが次のような親に養育されている場合は、ネグレクトと見なされる可能性がある。

- 子どもを定期健康診断に連れていかない。
- 精神障害などを患っていて、子どもの面倒を十分に見てやれない。
- 子どもに十分な食事を与えていない。
- 子どもを学校に通わせない。
- 愛情や愛着を子どもに見せない。
- 子どもがドラッグやアルコールの乱用など危険行為に走っているのを知りながら、介入しない。
- 何らかの依存症で、子どもの養育を放棄しがちである。
- 自分のことにかまけていて、基本的なレベルですら子どもの面倒を見ていない。
- いくつも仕事を抱えていたり、出張で留守がちだったりして、子どもを家にひとり残すことが多い。

この事例で損なわれる欲求

生理的欲求、安全・安心、帰属意識・愛、承認・尊重、自己実現

キャラクターに生じる思い込み

- 「自分は愛されない人間なんだ」
- 「私なんかの面倒を見たって仕方がない。私は人のお荷物でしかない」
- 「自分が必要としていることなんて大したことじゃない」
- 「こんな扱いを受けるのは、自分が何かしたからに違いない」
- 「自分の姿なんて人には見えていない。これからもずっとそうだ」
- 「生き抜くためには人に頼ってなどいられない。自分のことは自分でやらなければ」
- 「大人なんて信用できない」
- 「両親に愛してもらうためには、努力しないといけない」
- 「愛ってこういうもんだよ」

キャラクターが抱く不安

- 「誰にも愛されないし、受け入れられないかもしれない」
- 「お腹が減ったらどうしよう……食べ物が十分になかったらどうしよう」
- 「こんなボロボロの服を着ているのは恥ずかしい。汚い家を人に見られるのだって恥ずかしい」
- 「自分がどんなふうに育てられたか、人に知られるのが怖い」
- 「虐待されたらどうしよう」
- 「誰かに頼るはめになるのは嫌だな」
- 「この境遇から抜け出せなかったらどうしよう」
- 「親と同じ過ちを繰り返して、自分も我が子をネグレクトしてしまうかもしれない」

行動基準の変化

- 食べ物、衣類、おもちゃなどをため込む。
- 愛情を示してくれる人にしがみつく。
- 兄弟姉妹に対し、とても面倒見がよくなる。
- 家庭内の状況がばれるのを恐れ、友人や知人から離れていく。
- 隠し事をするようになり、つかみどころがなくなる。
- 自分の家族や家庭生活が、よそとは違うことに混乱する。

- 人に注目され、愛されたいがために、従順な態度を示したり、人の役に立とうとしたり、完璧に振る舞おうとする。
- 親からしつけを受けていないため、発達、特に社会性の発達が遅れる。
- 鬱や摂食障害など、精神疾患が出てくる。
- 他の人たちが親から教わり既に習得していること、または知っていることを、自分は試行錯誤で学ばなければならない。
- 学校で勉強に集中できず、よい成績が出せない。
- 自分にとっては親からの愛情獲得が第一で、自己実現などは二次的な欲求でしかなく犠牲にする。
- 生活のため、犯罪に手を染める。
- 自傷行為やハイリスクの性行為など、自滅的行為に走る。
- 大人になってから、人の分まで責任を持たされるのを嫌がる。
- 自分の配偶者や子どもにも愛着を持てない。
- 自分と同じ思いをさせないように、他人のニーズを満たそうと努力する。
- 我が子をうまく養育できない。
- 今の境遇から抜け出そうと決意する。
- 人からのちょっとした親切に心を動かされる。
- 逃避目的で、何かの活動、趣味、関心事にのめり込む。
- 人には頼れない環境で育ったため、自立した人間になる。
- 劣等感と闘うため、人に共感を示したり、親切にしたりする。

この事例が形作るキャラクターの人格

ポジティブな人格
柔軟、野心家、熱心、独立独歩、勤勉、大人っぽい、面倒見がいい、秘密を守る、臨機応変、責任感が強い、素朴、倹約家

ネガティブな人格
依存症、反社会的、無気力、冷淡、強迫観念が強い、支配的、残酷、皮肉屋、腹黒い、不正直、失礼、つかみどころがない、とげとげしい、生真面目

トラウマを悪化させる引き金となる出来事
- 信頼している人に放ったらかしにされたと感じる（約束をすっぽかされた、連絡したのに返事がない、など）。
- 生活保護の受給資格を奪われる、あるいは健康保険が適用されないなど、福祉が受けられなくなる。
- 友人たちが幸せな子どもの頃の思い出や、仲のいい家族関係について話すのをそばで聞いている。
- 栄養失調や、きちんとした治療を受けてこなかったことが原因で、健康の問題を抱えている。
- 誕生日や卒業式など、重要な日を忘れられてしまう。

トラウマに向き合う／克服する場面
- 身近にいる子どもが何らかの形でネグレクトされているのではないかと怪しむ。
- 生計を立てるため、仕事を掛け持ちしなければならないなど、予期せぬ事態が起きて、我が子にも自分が味わったのと同じ類のネグレクトを経験させてしまうかもしれない。
- 病気になり、面倒を見ている家族を十分に養えなくなるのではないかと心配する。
- 我が子を援護するはずが、行き過ぎて、子どもが自分に頼りきりになる。

非定住生活

〔英 a Nomadic childhood〕

具体的な状況

- 親が自衛隊員だったために、基地のある町へ転居を繰り返した。
- 親に安定した職がなく、家族共々、仕事を追い求めて町を移り住んだ。
- 親に特殊技能があり転勤が多かった。
- 片親に連れ去られ（おそらく子ども自身は連れ去られたとは気付かずに）、住まいを転々としていた。
- 親が何かの依存症で、アパートの家賃を払えず退去させられ、転居を繰り返した。
- 親が外交官で海外を転々としていた。
- 親の仕事で長旅に出ることが多かった（親の職業が歴史家、宣教師、自然科学や地理学の研究者などの場合）
- 里親制度を利用して育った。
- 親がホームレスだった。
- 居住国が内戦状態で、危険から逃れるために放浪していた。

この事例で損なわれる欲求

安全・安心、帰属意識・愛

キャラクターに生じる思い込み

- 「同じ場所に長くとどまっているとトラブルに巻き込まれる」
- 「永遠に続くものなんてない」
- 「人間関係なんてみんな一時的なものだ」
- 「自分の居場所はどこにもない」
- 「人に頼ると、自分が傷つけられてしまう」
- 「長居するってことは、そこへ身を固めるということだ」
- 「移動しているときのほうが幸せだ」

キャラクターが抱く不安

- 「人や物事にしがみつくのは嫌だ」
- 「何事にも積極的に関わりを持ったり、深入りしたりするのが怖い」
- 「人に捨てられるのが怖い」
- 「居場所を知られたくない人に見つかったらどうしよう」
- 「責任に縛られるのが怖い」
- 「一般社会には、きっとなじめないだろう」

行動基準の変化

- 「転校生」だと白い目で見られ、学校でいじめに遭うのではないかという不安から行動化に走る。
- 引越するたびに、環境の変化が前よりはましであってほしいと願う（自分をそう思い込ませる）。
- 完璧な我が家を空想する。
- 親友（あるいはペット）が欲しいけれど、それに愛着を抱くのを恐れている。
- 自分の宝物（ボロボロのリュック、以前住んでいた家の庭で拾った小石、など）を大切にする。
- 引っ越しても、荷を解こうとしない。
- 普通でいたくて、毎日決まったことをやりたがる。
- 毎日同じことを繰り返していると、不安を感じるようになる。
- 長期的な人間関係を築けない。
- 何かが気にかかっている、何かにのめり込んでいると人に思わせるような質問をしない。
- 物をほとんど所有しなくなる。
- なるべく変わりたくないと望んでいても、変化が訪れれば、それを受け止める。
- 断固として譲らないことがある。
- （レストラン、公園、町並み、など）お気に入りの場所というのがあまりない。
- 移動しているときのほうが幸せだと思い込もうとする。
- 伝統的な家族像に憤りを感じる。

- 普通の暮らしに憧れる（家庭料理、クラブやグループに所属する自分の姿、など）。
- 親に捨てられるのではないかと気を揉む（幼心に、あるいは大人になってからもそう思う）。
- 同じ場所に長くとどまりすぎると、落ち着かなくなり、イライラしてくる。
- （非定住生活に慣れてしまっている場合）同じ眺めばかり見ていると飽きてくる。
- 感傷的になるのを避け、引っ越しする（恋人と別れた後、ペットが死んだ後、など）。
- 支配欲が強すぎて人と衝突する。
- 大人になり、どこかに落ち着いて暮らしたいと思っているが、引越の衝動に駆られてしまう。
- 自分の出生国やその文化に距離を感じるようになる（海外に住んでいる場合）。
- 大人になってからは、いつも同じ住所にとどまっているし、そうすることが賢明ではなく、危険であっても意に介さない。
- 自分が置かれた環境は一時的なものだと思っている（その環境が良くても悪くても）。
- 非常に現実的な性格になる。
- 文化や言語の違いに限らず、社会的立場や経済事情が異なる人たちでも受け入れることができる傾向が強い。

この事例が形作るキャラクターの人格

ポジティブな人格
柔軟、冒険好き、慎重、外向的、想像豊か、独立独歩、内向的、忠実、天真爛漫、倹約家

ネガティブな人格
反社会的、無気力、皮肉屋、とげとげしい、衝動的、頑固、無責任、操り上手、悲観的、ふしだら、反抗的

トラウマを悪化させる引き金となる出来事
- 仕事のため出張しなくてはならない。
- 耐え難いほどの長距離を車通勤する。
- バスターミナルで、小さなリュックを背負い、疲れきった様子の子どもが移動しているのを見かける。
- 必要な引越のために荷物を梱包している、あるいは引越後に荷物を解いている。
- ずっと大切にしてきたものが薄汚くなり、捨てなければならない。
- 親、あるいはペットが亡くなる。

トラウマに向き合う／克服する場面
- 夫婦関係は冷めきり、離婚寸前だが、子どもの生活を壊したくないと思っている。
- 経済的な事情、あるいは健康上の理由で、引越を余儀なくされる。
- パートナーが出張の多い仕事に転職する。
- あるコミュニティに落ち着いて暮らしていたのに、国外退去の不安に怯え始める。
- 内戦などが起きて混乱状態が広がり、安全な場所へ逃げなければならない。

保護者に虐待されて育つ

〔英 Living with an abusive caregiver〕

この事例で損なわれる欲求

生理的欲求、安全・安心、帰属意識・愛、承認・尊重、自己実現

キャラクターに生じる思い込み

- 「壊れているものを欲しがる人なんていない」
- 「苦しみから解放され自由になるには死ぬしかない」
- 「ひとりでいるほうが安全だ」
- 「両親が言うように、僕は役立たずだ」
- 「人生が上向きになることなんてない」
- 「人は私が犠牲になっていることをなんとなく知っているから、いつも私を食い物にする」
- 「自分の人生を取り戻すには、復讐が必要」
- 「被害者でいたくないなら、加害者になるしかない」
- 「子どもを守ってくれるはずの学校でこんなことが起きたのだから、もう学校は信用できない」

キャラクターが抱く不安

- 「人に拒絶されて、捨てられてしまうかもしれない」
- 「他人に頼るのが怖い」
- 「愛は恐ろしい」(愛を口実に虐待を受けることがあるため)
- 「権威者とか支配力のある人たちが怖い」
- 「親を筆頭に、本当なら自分の面倒を見てくれるはずの人たちが怖い」
- 「幸せや成功は簡単に奪われてしまうから、そういうものを手にするのが怖い」
- 「自分は脆くて、無防備なのかもしれない……」
- 「また虐待されたらどうしよう」
- 「虐待された過去が人に知れたらどうしよう」

行動基準の変化

- 鬱や不安症になる。
- 精神障害が出る。
- 喫煙、ドラッグの使用、避妊しないセックスなど、ハイリスクな行為に走る。
- ストレスから病気になったり、慢性的な痛みを感じたりする。
- 周辺の変化に敏感になり、警戒心を高め、ちょっとしたことにでもびくついてしまう。
- 悪夢を見る、あるいは夜驚症になる。
- PTSD(心的外傷後ストレス障害)の症状が出る。
- 低い自尊心に悩まされ、自分に価値がないと思ってしまう。
- 摂食障害が出る、あるいは肥満になる。
- 人が大声を出したり叫んだりすると逃げ出す、あるいはその状況から解離しようとする。
- 幼少期の記憶が一部抜け落ちていて、思い出せない。
- 人を信用することができず、友人関係など親密な人間関係を築くことができない。
- 恋愛関係や夫婦関係において、虐待やネグレクトをするパートナーを選ぶなど、まずい判断をしてしまう。
- 世の中を危険な場所だと思っている。
- ストレスにのまれてしまう。
- 自傷行為に走る、自殺を考える、あるいは自殺未遂を起こす。
- 自分自身や愛する人に襲いかかるかもしれない危険について歪んだ考えを持つ。
- 悪いことが起きると、自分の無力さを感じる。
- 自分の能力、才能、影響力を大したことがないと思い込む。
- 自分の気持ちや本能を信用しない。
- 情動を押さえようとするが、結果的に感情を爆発させてしまう。
- 過去の痛みに対する自分の気持ちを他人に

投影する。
- 人に助けを求められない。
- 何かを考え出すとそれが頭から離れず、考え過ぎたり心配性になったりする。
- 自分も誰かを、特に我が子を虐待してしまうのではないかと心の奥で恐れる。
- セラピーを受けようとする。
- 弱い立場の人、動物などを守り、その擁護活動に関与する。
- 大きなことに喜びを感じるのは無理だと思い、小さなことに喜びを見出そうとする。
- 他人が当たり前に思っているようなことに感謝の気持ちを示す。

この事例が形作るキャラクターの人格

ポジティブな人格
感謝の心がある、慎重、勇敢、共感力が高い、太っ腹、独立独歩、公明正大、情け深い、面倒見がいい、注意深い、世話好き

ネガティブな人格
残酷、不正直、失礼、だまされやすい、とげとげしい、生真面目、偽善的、衝動的、抑制的、理不尽、操り上手

トラウマを悪化させる引き金となる出来事
- 暴力行為を目撃する。
- 人に大声で何かを言われたり、腕を掴まれたり、肩をゆすられたりする。
- 自分を虐待した人が口にしていたのと同じ侮辱や中傷の言葉を耳にする。
- 虐待シーンが描かれている本を読む。
- 外見や身のこなし、癖などが、自分を虐待した人に似ている人を見かける。

トラウマに向き合う／克服する場面
- 子どもを持ちたいと思っているが、自分は親としての役割を果たせず、我が子も虐待されてしまうのではないかと不安に思っている。
- アルコール依存症など、行動問題からの回復を目指したプログラムに入り、自分の問題行動を直したい。
- 自殺を考えていて、救いが必要になっている。
- ある人が実は虐待被害に遭っていると知り、助けたい。
- 自分の体験を公に語って、他の人たちの助けになってほしいと依頼される。

NOTE
ここでの虐待は、身体的、心理的なタイプの虐待が中心になる（性的虐待については「顔見知りによる幼児への性的虐待」を参照）。ここでいう保護者には、親、身内の大人、養親や里親、生活の一部として児童が通う場所にいる大人たち（学校教師やスポーツクラブのコーチなど）が挙げられる。信頼されている保護者の手で虐待されると、その子どもには特に重いトラウマになって後を引く。虐待が常習化していた場合の影響はより深刻で、成長期の子どもの脳の構造と機能を変えてしまうこともある。

幼少期から家族の面倒を見る

〔英 Becoming a caregiver at an early age〕

具体的な状況

- 両親が何かの依存症になっている、子どもをネグレクトしている、不在である、あるいは精神疾患にかかっているため、長男や長女が弟や妹の面倒を見ている。
- 両親が亡くなり、大人の保護者に代わって長男や長女が弟や妹の面倒を全面的に見ている。
- 親や身内の人が病気で動けなくなり、子どもがその看病をしている。
- 片親しかおらず、その親が家族を養うためにずっと働かなければならないため、子どもが家の手伝いをしている。

この事例で損なわれる欲求

生理的欲求、安全・安心、帰属意識・愛、承認・尊重、自己実現

キャラクターに生じる思い込み

- 「家族の世話をできるのは自分しかいない」
- 「大人は信用できないし、あてにはできない」
- 「自分は大人と同じだけのことがこなせる」(キャラクターがまだ未成年の場合)
- 「義務だから家族の世話をしているだけだ……愛があるからじゃない」
- 「自分のために何かを望むなんてわがままだし、自己満足でしかない」
- 「他人に必要とされているから、自分には価値がある」
- 「人に助けてもらおうなんて考えるのは、弱い証拠だ」
- 「自分の境遇に腹を立てるなんて、親に対して恩知らずもいいところだ」
- 「自分のことより、他の人のことが大事だ」
- 「夢なんて絶対に叶えられないんだから、見ないほうがいい」
- 「感情なんて無駄なものだし、邪魔になるだけ」

キャラクターが抱く不安

- 「児童相談所の人に見つかるかもしれない」(キャラクターが未成年なのに、親代わりになって家族の面倒を見ているような場合)
- 「自分が親代わりになっている間に、弟や妹に何かあったらどうしよう」
- 「自分は手一杯だから、大事なことが抜け落ちているかもしれない」
- 「家の恥を人に知られたらどうしよう……」(親がアル中、ゴミ屋敷に住んでいるなど)
- 「自分も親と同じ道をたどるかもしれない」(ひどいパートナーを選ぶ、満たされない気持ちをずっと抱く、など)
- 「どんどん貧乏になって、そのうちホームレスになるかもしれない」
- 「今は親の面倒を見ているけれど、自分もいつかはこの親のようになるのかもしれない」(親のようにアルコールやドラッグの依存症になる、情けない親になる、など)。
- 「自分も親と同じ病気にかかって、体の自由がきかなくなって、人の世話になりっぱなしになるのかも……」
- 「悲しくても腹が立っても、それを表に出すと大変な目に遭う」(泣いたり反抗したりすると、親に暴力を振るわれるような場合)
- 「自分は他人の世話をするためだけに生きているのかも……自分というものはなくなってしまったかもしれない」

行動基準の変化

- 自分のことは最後に回す(もっと働く、あるいは寝食を忘れて働く、など)。
- 人が何を求めているのか予想できるようになる。
- 家族の面倒を見ているから、安全や衛生などに極端に用心深くなる。
- 自分が面倒を見ている人たちに対し過保護

になる。
- 厳しくしたほうが精神が鍛えられていいからと、弟や妹たちに発破をかけて努力させる。
- 家の用事をあまり何も任されていない同級生に腹立たしさを覚える。
- 児童相談所の人などに不信感を抱く。
- 完璧主義になる。
- つかみどころない／引っ込み思案な／嘘を並べる人になる（隠し事をしている場合）。
- 自分の感情を押し殺す。
- 少ないお金でやりくりする。
- 軽薄で「馬鹿馬鹿しい」遊びに腹が立つ（だが本心はやりたくて仕方がない）。
- 同級生の仲間と連絡を取らなくなる。
- 同級生の中でも人より大人びた子に引き寄せられるようになる。
- 趣味、関心事、友人との付き合いに割く時間がなくなり、諦める。
- 自由が欲しいと思うことに罪悪感を持つ。
- ネグレクトや虐待が起きている場合は特に、家庭内で神経を張りつめている。
- だんだん反抗的になり、行動化が見られるようになる。
- 現状から逃れるためなら何でもするようになる。
- 弟や妹たちを置いて出ていく場合は、そのことに罪悪感を持ち、自分の選択を正当化しようとする（「自分のアパートを見つけたら、弟や妹も引き取れる」と考える、など）。
- 親に見捨てられたことがしこりになっている場合は特に、恋愛関係に用心深くなる。
- 自分にやれるとは思いもしなかった仕事を始め、成功する。
- 非常に現実的な人になる。
- 何かがなくて困っている人がいると、すぐに気が付く。
- 些細なことでも楽しむようになる。
- 倹約家になって、何でも自分でアイデアを絞り出すようになる。

この事例が形作るキャラクターの人格

ポジティブな人格
大胆、大人っぽい、几帳面、粘り強い、世話好き、臨機応変、責任感が強い、賢明、倹約、利他的

ネガティブな人格
支配的、皮肉屋、つかみどころがない、凝り性、生真面目、せっかち、頑固、執拗、恨みがましい、協調性が低い、引っ込み思案、心配性

トラウマを悪化させる引き金となる出来事
- 友人はクリスマスプレゼントを山のようにもらっているが、自分の家族はプレゼントなしのクリスマスを過ごしている。
- キッチンの棚には食料品がほとんどなく、支払日が過ぎてしまった請求書が山積みになっている。
- 弟が病気で薬が必要。なんとかして薬を手に入れなければならない。
- 友人に一緒に出掛けようと誘われたが、出掛けられないし、出掛けたくもない。
- 中古品を買わざるを得ないし、人からタダで物をもらえるのをあてにせざるを得ない。
- 人様の家で、両親共々みんなが揃った理想の家族の中に混じってひとときを過ごしたが、その後自分の現実に引き戻されてしまう。

トラウマに向き合う／克服する場面
- 自分がやりたいことをやれるチャンスが巡ってくるが、家族の面倒を見なければならず、時間を捻出できない。
- 家族の面倒を見られなくなるような出来事が起きる（アパートを退去させられる、など）。
- 自分がまだ成人していないということで、子どもたちはみな養護施設に預けられると言われる。
- 中途退学の道を選ぶと、将来が明るくはないのはわかっているが、勉強についていけなくて悩む。
- 家族の世話に四苦八苦しているが、救いを求めることに罪悪感や恥を感じるし、不信感もあって、助けを求められずにいる。

幼少期・思春期に親を失う

〔英 Experiencing the death of a parent as a child or youth〕

この事例で損なわれる欲求

安全・安心、帰属意識・愛

キャラクターに生じる思い込み

- 「自分が一番必要としているときに、人は死ぬ」
- 「誰かを心から愛するより、少しだけ愛するほうがいい」
- 「この世に確実なものなんてないのだから、将来のことを心配したって無駄だ」
- 「失った親子関係を越える人間関係に巡り合うわけがない」
- 「お手本になる母親（父親）がいないのに、いい母親（父親）になれるわけがない」
- 「考える暇もないぐらいに忙しくしていれば、何も感じなくて済む」
- 「周りの人にとって自分は重荷でしかない」
- 「私の苦しみに耳を傾けてくれる人なんていない。この悲しみは封印してしまうのが一番……」

キャラクターが抱く不安

- 「愛する人を失ったらどうしよう」
- 「死ぬのが怖い。死んだらどうなるのか、考えただけで怖くなる」
- 「人に捨てられたり、拒絶されたりしたらどうしよう」
- 「親が死んだときに似た状況、それに死んだ場所にそっくりなところはできるだけ避けたい」
- 「失ったときに傷つくのが嫌だから、誰かを全身全霊込めて愛するのが怖い」
- 「病気が怖い」（親を病気で亡くしていて、似たような症状がキャラクターにも出た場合）
- 「人の分まで責任を持たされて、その責任を果たせなかったらどうしよう」

行動基準の変化

- 子どもの無邪気さを失い、人生を違った目で見るようになる。
- 幼少期への退行が見られる（キャラクターがまだ子どもの場合で、現在の年齢より前の段階に戻る）。
- 不眠症になる、あるいは眠りが浅くなる。
- 体に痛みを感じたり、胃腸の調子が悪くなったりする。
- 不安症や鬱になる。
- 親が暴力の犠牲になり突然亡くなっている場合は特に、パニック発作を起こしたり、分離不安障害になったりする。
- 心の底から安心していられなくなる。
- 目立って感情的になり、過去のことしか考えたがらない。
- 亡くなった親の記憶が薄れていくことに、罪悪感、恥、あるいは怒りを感じる。
- 両親が揃っている人たちを羨んだり、恨んだりする。
- 野心が持てなくなる。
- 将来のことを想像できなくなる。
- ドラッグやアルコールに走る。
- 人や物に異常な愛着を示すようになり、物をため込みがちになる。
- 仕事を盾に取り、人や人間関係を避ける。
- 人に頼らなくても済むように、非常に自立した人間になる。
- 罪を犯す、アルコールやドラッグを乱用するなど、逸脱行為に走る（行動化）。
- 枠組みや境界線のない、自由な状況だと苦労する。
- 何かを深く感じ取るよりは、何も感じないようにする。
- 健全で、バランスの取れた人間関係を築くのに苦労する。
- 心気症のように、些細な心身の不調を執拗に訴えるようになる。
- 他人のことで気を揉んだり、将来何か悪いことが起きるかもしれないと心配したりする。
- 死、あるいは愛する人の安全を守ることとなると、迷信を信じるようになる。
- 記憶が遮断され、亡くなった親のことを思い出せなくなる（キャラクターがまだ幼い頃に親が亡くなった場合）。
- 心の奥では親が恋しくてたまらないが、そのことを口に出せない。
- 常に不完全さを感じ、それが心から消えない。
- 愛情や受容を性行為と結びつけるようになる。
- 親なしで祝うのがつらくて、誕生日や卒業式などの記念すべき日を祝いたがらない。
- もし親が生きていたら、自分がどんな人間になっていて、どんな人生を送っていたかと頻繁に想像するようになる。
- 他の人なら見過ごしてしまうような些細なことに感謝するようになる。
- 他の人と比べ、物がなくなるとすぐに気が付くようになる。

この事例が形作るキャラクターの人格

ポジティブな人格
愛情深い、感謝の心がある、面倒見がいい、注意深い、忍耐強い、哲学的、世話好き、責任感が強い、感傷的、スピリチュアル、利他的

ネガティブな人格
依存症、反社会的、強迫観念が強い、不正直、いい加減、失礼、つかみどころがない、忘れっぽい、引っ込み思案、仕事中毒、心配性

トラウマを悪化させる引き金となる出来事
- 親の命日を迎える。
- 人生の大きな節目を迎える（卒業、結婚、出産、マイホームの購入、など）。
- 厳しい決断を迫られている、あるいは苦境に立たされていて、親からの助言があったらいいのにと思っている。
- 世間では家族が集まる祝日や休日（クリスマス、お正月、お盆、など）を迎える。
- 葬儀に参列する。
- 昔の思い出の品がふと目につく。

トラウマに向き合う／克服する場面
- 残されたほうの親、または祖父母を失う。
- 残されたほうの親が病に倒れる。
- キャラクター自身が親になる。
- 同じように親を失った人に出会い、喪失の悲しみを一緒に整理していく。

NOTE
病気、事故、理由が何であろうと、親を失うのはつらいことである。残念なことに、キャラクターがまだ幼く、10代前半までの若さだと、その悲しさもひとしおで、喪失感も大きいはずだ。親の死に暴力が絡んでいたり、突然の死だったり、あるいは親子関係がぎくしゃくしていたときに親が亡くなったりした場合は特に、心の痛手がひどくなることもある。また、片親が残っている場合なら、親子関係がどういう状態なのか、子どもがどう養育されているかなどの環境要因も、その傷の深さに響くはずである。

幼少期に親と離れて育つ

〔英 Being sent away as a child〕

具体的な状況

- 全寮制の学校に入学する。
- 親が子どもを養育できなくなり、親戚の家に預けられる。
- 片親が親としての責任を果たせなくなったため、もう片方の親と暮らすようになる。
- 特別支援学校などの養護施設に預けられる。
- 観護目的で少年鑑別所に入れられる。
- 恥ずかしい事件を起こし、遠方の学校に転校させられる。
- 自分の意志に反して、外国のホストファミリーに預けられる。
- 家族が信仰している宗教では背徳だと考えられている行為（同性愛、など）を正すため、リハビリ施設に入れられる。
- 養子・里子に出す目的で、児童養護施設に預けられる。

この事例で損なわれる欲求

安全・安心、帰属意識・愛、承認・尊重

キャラクターに生じる思い込み

- 「自分が人を一番必要としているときに、人は自分を見捨てるものだよ」
- 「私の価値は、私がどういう人間かで決まるのではなく、私にどんな貢献できるかで決まる」
- 「親は扱いやすい子どもだけを愛するものだよ」
- 「自分には欠陥があるから人に拒絶される。他のことに挑戦してみたって無駄だ」
- 「人と距離を取っていれば、誰も僕を拒絶したりできない」
- 「誰も必要なんかじゃない。自分ひとりのほうが強いから」
- 「自分には人を愛する資格も、仲間を持つ資格もない」
- 「人に心を許すと、弱みに付け入れられてしまう」
- 「問題を解決する一番いい方法は、問題を起こす人たちを切り捨てること」

キャラクターが抱く不安

- 「大人になってから人に見捨てられたらどうしよう」（離婚後、子どもが別れた相手と暮らすことを選択する、など）
- 「自分は欠陥だらけの人間だから、誰にも愛されないかもしれない」
- 「選ばれたとしても最後に選ばれるかもしれないし、メンバーから外されるかもしれないし、自分の存在を忘れられるかもしれない」（拒絶を恐れている）
- 「他人とつながって、自分の心を開いても、傷つくだけかもしれない」
- 「間違ったことをしてしまって、人が自分から離れていったらどうしよう」
- 「自分は、どこにも誰にも、受け入れてもらえないかもしれない」

行動基準の変化

- 条件付きの人間関係を求めてしまう（目的が決まっている関係、一夜限りの関係、など）。
- 表面的な人間関係を保つ。
- 性的関心を愛情だと思ってしまう。
- 人に愛着を感じない。
- 常に主導権を握っていたい。
- 夢を追いかけたり、愛を求めたりするのは無駄なことだと自分に言い聞かせる。
- ペットは自分を残していつか死んでしまうから、飼おうとしない。
- 自分に価値があることを証明するため、どんなことでも一番になろうとする。
- 認められたくて、いろんなことをする。
- 自尊心を妨げるような否定的な考え方をする。

- 人を喜ばせようとする。
- 人に褒めてもらい、おもねってもらって、自分の価値を確かめたい。
- 一緒に育てられたのに（親からの扱いが違った場合は特に）兄弟姉妹間の関係が悪い。
- 何事にも人の助けを必要としない、自立した生活を選ぶ。
- 人を信用できず、助けを求められない。
- 捨てられる前に、自分から人を捨てる。
- 人が自分から離れていかないよう、自分を頼るように仕向ける。
- 人を寄せつけないよう、辛辣で皮肉な言葉を言ったり、無愛想に振る舞ったりと、人に嫌われるようなことをする。
- 自分は満足していないが、親が認める職業を選ぶ。
- 自給自足の暮らしを営む。
- 人に対し、過保護になる、または所有欲を持つ。
- 家族、特に両親と連絡を取らなくなる。
- ライバルに対し不寛容な態度を取り、相手を排除するか、競争しなくて済むように相手にしなくなる。
- 人をがっかりさせたくないから、楽な目標を選ぶ。
- 権威者に敵対心を抱く。
- 過去に洗脳されていた場合は特に、自我があいまいで苦しむ。
- 人に心を開いて、固い絆を築くことができない。
- 他人を擁護する人になる。

この事例が形作るキャラクターの人格

ポジティブな人格
慎重、規律正しい、控えめ、内向的、自然派、従順、粘り強い、秘密を守る、世話好き、臨機応変

ネガティブな人格
無神経、反社会的、支配的、不誠実、気むずかしい、偽善的、抑制的、不安症、嫉妬深い、手厳しい、うっとうしい、執拗

トラウマを悪化させる引き金となる出来事
- 家族の集まりがある。
- 愛情に溢れ、互いに受け入れ合っている家族に出会う。
- デートや仕事を断られるなど、失敗を経験する、あるいは失敗したと思っている。
- 更生施設や教会など、幼少期に通わなければならなかった施設に似た場所を訪れたり、その前を通り過ぎたりする。
- 不賛成や非難めいた口調を耳にする。

トラウマに向き合う／克服する場面
- 仕事で出張が多く、家族を家に残すことが多い。
- 離婚を経験する。
- 心を開いて自分を受け入れてくれ、どんなことがあっても無償の愛を与えてくれる人に出会う。
- 親代わりのような人（釣りに連れていってくれる近所の人、など）に自分の価値を認められ、愛される。

予期せぬ出来事によるトラウマ

- 愛する人が無差別暴力行為の犠牲になる
- 愛する人の自殺
- 生き残るために人を殺す
- 学校での銃乱射事件
- 管理下にあった子どもの死
- 拷問
- 子どもを養子に出す
- 事故で死にかける
- 自身の離婚
- 自然災害・人災
- 死体と一緒に取り残される
- 自宅の火事
- 遭難
- 中絶
- テロに遭遇する
- 倒壊した建物に閉じ込められる
- 恥をかかされる／屈辱を与えられる
- 人の死を目撃する
- 不治の病だと診断される
- 流産・死産
- 両親の離婚
- 我が子の死

愛する人が無差別暴力行為の犠牲になる

〔英 Losing a loved one to a random act of violence〕

具体的な状況

- 走行中の車からの発砲や暴力団の抗争での流れ弾が兄弟姉妹に当たった。
- 強盗事件に巻き込まれて配偶者が殺された。
- 学校で銃乱射事件が起き、我が子や配偶者が犠牲になった。
- ハイになった麻薬中毒者が愛する人に襲いかかった。
- テロ事件が起き、友人または家族が巻き込まれた。
- 喧嘩の仲裁に入って愛する人が刺された、または撃たれた。
- パートナーが強盗に襲われ、致命傷を負った。
- 人違いで家族が殺害された。
- 現場から逃走するとき、あるいは警察に追われている犯人の車に、我が子がひかれた。
- 親（警察官、特別機動隊、爆発物処理員、など）が職務中に殺された。

この事例で損なわれる欲求

安全・安心、帰属意識・愛、承認・尊重、自己実現

キャラクターに生じる思い込み

- 「家族があんなことに巻き込まれないように、自分には何かできたはずだ」
- 「愛する妻を守ることができなかったなんて、僕はひどい夫だ」
- 「誰かを愛してその人を奪われてしまうぐらいなら、誰も愛さないほうがまし」
- 「社会が機能していない。自分たちのような市民は警察にも法律にも守られていない」（自分が犠牲者と同じ人種やジェンダーだったり、同じ宗教を信じているなどの共通点がある場合）
- 「悪は必ず勝つ」
- 「愛するものが自分から奪われるのも時間の問題でしかない」
- 「何をしていたって悪いことは起きるのだから、将来の計画を立てるなんて馬鹿馬鹿しい」

キャラクターが抱く不安

- 「ひとりになるのが怖い」
- 「また愛する人が暴力の犠牲になってしまったらどうしよう」
- 「何もできない自分が不甲斐ない」
- 「これからは子どもを自分ひとりで育てていかなければならないけど、自信がない」（配偶者が殺された場合）
- 「運転するのが怖い」（愛する人がカージャックに遭って殺された場合など。愛する人の死に関連付けられている事柄を恐れる）
- 「（犯人と同じ民族やジェンダーの人、顔に同じような傷のある人など）殺人犯に似たタイプの人が怖い」
- 「間違った相手を信用して、そのせいで愛する人の身に危険が迫ったらどうしよう」

行動基準の変化

- 鬱状態になり、咄嗟に涙が出てくる。
- 事故の責任者に向かって八つ当たりする。
- つらいとき、あるいは心の痛みに耐えかねるとき、故人に話しかける。
- 故人の服や枕に顔を押し付け、その人の匂いを嗅ぐ。
- 故人の写真や形見を手にとって見る。
- 残された家族の身を案じるあまり、安全にうるさくなる。
- 自宅のドアや窓を施錠して回り、鍵をかけたのに何度もチェックしないと気が済まない。
- 家族の様子を何度もうかがう（メッセージを送る、子どもが寝ているか確認する、など）。
- 武器を常に携帯する。

- 携帯電話をいつもフルに充電しておき、いつでもすぐ使えるようにしておく。
- 人でごった返す場所や見知らぬ人を避ける。
- 残された家族に強制的に安全対策を守らせる。
- 人に心を許すことがなかなかできず、（パートナーが殺害された場合は特に）よそよそしい。
- 愛する人のお墓やその人が亡くなった現場を頻繁に訪ねる。
- アルコールやドラッグに頼る。
- 犯人たちに刑罰を与えたくて、しつこく警察に詰め寄る。
- 信仰に背を向ける、あるいは一時遠ざかっていた宗教にまた戻る。
- 愛する人の殺害に関与した人間と同じタイプの人たちに偏見を抱く。
- （遺族会などの）支援グループに参加する。
- 安全なことがわかっている所定のことしかやらなくなる。
- 自分の身辺を警戒し、もっと目を光らせるようになる。
- 残された家族たちとできる限り一緒に時間を過ごす。
- 残された家族たちに以前より愛情を示すようになる。
- 世の中を変えていこうと活動に専念する（暴力に対し世間に意識を高めてもらうために講演する、銃規制賛成グループにお金を寄付する、など）。

この事例が形作るキャラクターの人格

ポジティブな人格
感謝の心がある、決断力がある、共感力が高い、太っ腹、もてなし上手、内向的、公明正大、忠実、情け深い、注意深い、情熱的、思慮深い

ネガティブな人格
依存症、反社会的、挑戦的、とげとげしい、生真面目、衝動的、優柔不断、頑固、理不尽、うっとうしい、神経質、執拗

トラウマを悪化させる引き金となる出来事
- 銃声、サイレン、タイヤの軋む音などが引き金になり、暴力事件を思い出す。
- 暴力的な映画の予告編を見たり、暴力満載のビデオゲームの広告を目にしたりする。
- 夢の中で事件を追体験し、その悪夢から目が覚める。
- 自分の電話に残されていた、故人からの古いメッセージや写真に気付く。
- 擦り傷など、子どもが目立つ怪我をして帰宅する。

トラウマに向き合う／克服する場面
- 事件を起こした人間がまた誰かを犠牲にしたことを知る。
- 身内の安否が気になるような出来事がまた起きる。
- キャラクターの住んでいる地域の治安が最近にわかに悪くなってきている。
- どうしても法の裁きを求めたくて、行動を起こさなければならない。
- 逮捕手続き上に問題があった、または警察が証拠を揃えることができなかったため、容疑者が釈放されたことを知る。
- 家族のひとりが（友人同士、職場の同僚、など）事件を起こした人間とつながりを持っていることを知る。

愛する人の自殺

〔英 a Loved one's suicide〕

この事例で損なわれる欲求

安全・安心、帰属意識・愛、承認・尊重

キャラクターに生じる思い込み

- 「これは私の責任だ。自殺の兆候は見えていたはずなんだ」
- 「もっと父のそばにいてあげれば、父もこんなことはしなかったのに」(あるいは、もっといい娘でいてあげれば、など)
- 「彼女が本当に僕のことを愛してくれていたら、こんなことはしなかったはずだ」
- 「僕は真実の愛を与えることができない人間なんだ」
- 「自分は、人生を耐えられないものにしてしまう人間なんだ」
- 「人生が楽なときは僕もまあまあ悪くはないが、苦しくなると誰も僕に頼ってはこない」

キャラクターが抱く不安

- 「こんなにも落ち込んでいては、この先どうなるのか不安だ」
- 「また誰かの自殺の兆候を見逃して、同じことが繰り返されるかもしれない」
- 「愛する人にとって自分は不足だったのかもしれない」
- 「自分は、誰とも本当の意味で愛し合うことができないのかもしれない」
- 「自分は信用できなくて、無能な人間なのかもしれない」
- 「自分もいつか父のように自殺してしまうのだろうか」
- 「残された家族に見捨てられるかもしれない」
- 「自殺を身近で経験してしまったから、子どもたちも自殺を簡単に考えるようになるのだろうか」

行動基準の変化

- 家族や友人から離れていく。
- 愛する人の死因について他人には本当のことを言わない。
- 自殺について我が子にどう言って聞かせればいいのかわからない。
- 自殺の兆候を見逃していなかったか、故人との会話を振り返る。
- 故人に対してしてしまったひどいことを心の中で一つひとつ思い返す。
- 胃腸など消化器系の調子が悪くなる。
- 食欲がなくなる。
- (たとえ実際には罪悪感を感じるべきことなどなくても)罪悪感から眠れなくなる。
- また傷つくことを恐れ、表面的な人間関係しか持たない。
- 残された家族に極端に甘え、しがみつくようになる。
- 残された家族の動向に警戒心を張り詰めるようになる。
- 人が自殺を考えていないか、そのサインを執拗に探す。
- 愛する人が落ち込んでいたり悲しんでいたりすると、パニックになる。
- 愛する人が引きこもり始めたり、あまり物を言わなくなってきたりすると、不安が募る。
- 愛する人が傷心しているように見えると、相手のプライバシーに踏み込んで、ひとりにさせておけない。
- 罪悪感を感じているから、過補償になる(厳しくしすぎる/甘すぎる、細かいことまでうるさく言い過ぎて逆に息苦しくさせる、など)。
- 人がどう感じているか詮索してしまう。
- 家族が幸せに暮らせるようにと、生活を完璧にしようとする。
- すぐに何でも問題を「解決」しようとして、

助けを必要ともしていない人をいらつかせる。
- 鬱になる。
- 自殺を考える、あるいは自殺未遂を起こす。
- アルコールやドラッグに走る。
- 自分に足りないと思っていたことを改善しようとする（もっと人に関心を持つようにする、もっと人の言うことを聞く、など）。
- 自分の気持ちを率直に人と共有し、相手にもそうしてもらえるように努力する。
- セラピーを求める、または遺族の会に参加する。
- 自殺について世間に意識を高めてもらおうと活動に参加する。
- 他の人の気分や気持ちをもっと気に掛けるようになる。
- 自殺を図りやすそうな人たちの相談相手になる（高齢者、依存症患者、など）。

この事例が形作るキャラクターの人格

ポジティブな人格
愛情深い、感謝の心がある、面倒見がいい、注意深い、思慮深い、秘密を守る、積極的、責任感が強い、感傷的、協力的

ネガティブな人格
依存症、無気力、冷淡、強迫観念が強い、挑戦的、皮肉屋、凝り性、とげとげしい、生真面目、抑制的、不安症、理不尽、被害者意識が強い

トラウマを悪化させる引き金となる出来事
- 重要な記念日（自殺をした人の誕生日、結婚記念日、生きていたら参列していたはずの大学の卒業式、など）
- 連絡が来るはずの人から連絡が来ない。
- 自殺防止を訴えるコマーシャルや広告を目にする。
- 自殺について社会に訴えている集団が行進しているのを見かける。
- 故人がいつも参加していた家族の集まりや年に1度のイベントに参加する。
- 自殺に使われた道具や物を目にする（薬、ロープ、など）。

トラウマに向き合う／克服する場面
- 他の家族が鬱になったり、自殺のサインを見せたりしているのに気付く。
- 鬱になり、助けを求めなければならないとわかっている。
- 愛する人が突然自殺してしまったら、その後どんなことが待ち構えているのか、自分の体験を親友に話して聞かせる。
- 愛する人が自傷行為をしている形跡を目にする。
- 人が望む人間になろうと必死に努力しているうちに、自分を見失ってしまう。
- 愛する人が自殺したときは気付かなかった危険な常習行為（摂食障害、ドラッグの乱用、など）と同じことを、友人あるいは家族がやっていることに気付く。
- あまりにも子どもの生活に口を挟みすぎて、子どもが反抗する。

NOTE
愛する人の自殺によって残された周囲の人間は、その死をなかなか乗り越えることができない。残された者は、心の中で、なぜ自分は自殺を防ぐことができなかったのか、兆候を見逃していたのではないか、話を十分に聞いてやらなかったのではないか、と問い続けてしまう。あるいは、なぜ愛する人は自殺に至ったのか、その理由を理解しようとして、何らかの形で自分がそうさせてしまったのではないかと思い悩んでしまう。キャラクターがどのようにこの苦しみを乗り越えていくのか、どれほど自責の念に苦しめられるのかによって、この心の傷の深さは決まる。

生き残るために人を殺す

〔英 Having to kill to survive〕

具体的な状況

- 非行グループの新入りとして認めてもらうためのイニシエーションとして殺人を強要された。
- 監禁あるいは拷問から逃れるため人を殺した。
- 見知らぬ人から我が子や我が身を守らなければならなかった。
- 暴力を振るう配偶者から我が子や我が身を守らなければならなかった。
- 子どもが親や兄弟を守ろうとして人を殺した。
- 戦闘で（兵士の場合）、あるいは職務執行のため（銀行の警備員、警察官、など）人を殺さなくてはならなかった。
- 残虐な遊びをしていて、あるいは残忍な人に命令されて人殺しをさせられた。
- 貧困をしのぐための食糧を奪われそうになって人を殺した。
- 家族を養うための生活必需品（食糧、水、武器、など）を手に入れるために人を殺した。
- 強制されて少年／少女兵になった。

この事例で損なわれる欲求

安心・安全、帰属意識・愛、承認・尊重

キャラクターに生じる思い込み

- 「自分は暴力を振るう危険な人間だ、化け物だ」
- 「あんな考えられないようなことをしたのだから、もう怖いものなしだ」
- 「あんなことをしたのだから自分には天罰が下るだろう」
- 「自分をもう一度信用してくれる人などいないだろう」
- 「今までとは違った目で人に見られるに違いない」
- 「俺が何をしたって、人は俺を人殺しとしか見ない」
- 「人の命を奪った者には生きている資格などない」
- 「この世は悪に満ちた世界だ」

キャラクターが抱く不安

- 「自分は何をしでかすかわからない……」
- 「暴力的な性格が子どもにも出てきたらどうしよう」
- 「あのことが人にばれてしまったらどうしよう」
- 「あのことを家族が知ってしまったら、自分を置いて去っていくかもしれない」
- 「逮捕されるかもしれない」／「犠牲者の家族が復讐しに来るかもしれない」／「子どもと引き離されてしまうかもしれない」（報復や当然の報いを受けるのを恐れる）
- 「あの事件に関与している民族グループや組織が怖い」
- 「自分はああいうことを平気でやる人だと決めつけられてしまうかもしれない」

行動基準の変化

- 罪悪感または自分を恥じる心から、良心の呵責を受ける。
- 無情な人になる。
- 愛する人たちから離れていく。
- 人が口論や喧嘩をすると不安になり嫌がる。
- （鬱、不安症、フラッシュバック、悪夢、など）PTSDの症状が出る。
- 他人の事情を考えずに、また暴力行為に及んでしまうのではないかと心配する。
- 愛する人たちの所在を常に把握しておかないと気が済まない（報復の可能性がある場合）。
- 信頼関係や友情を築き上げられない。
- 個人情報を人にシェアしたがらない。
- 天真爛漫になれない。
- 心の中で何度も殺人のシーンを追体験する。
- 罪悪感や自分を恥じる気持ちを忘れようと

してドラッグやアルコールに頼る。
- 怒りがこみ上げる。
- 怒りだすと何をするかわからない自分を恐れる。
- 寝ていても何度も目を覚ましてしまい、不眠症になる。
- 悲観的なものの見方をし、いつも最悪のことが起きると思い込んでしまう。
- 社会や人の善意を信用しない。
- リラックスしたり、些細なことを楽しんだりできなくなる。
- いつも危険や脅威に目がいく。
- 自分の行動を表沙汰にしないため簡単に嘘をつき、人をだますようになる。
- 宗教にすがるようになる、もしくは背を向ける。
- 護身のために武器庫を建てる。
- 自宅と家族のため、安全対策を強化する。
- 知らない相手と人間関係を築くときは、様子をうかがい用心しながら関係を深める。
- （根拠なしに罪悪感を持っている場合であっても）自分の負い目を埋め合わせたくて償いの道を探す。
- 平和主義者になり、人間関係の衝突や不和を避ける。

この事例が形作るキャラクターの人格

ポジティブな人格
用心深い、感謝の心がある、慎重、勇敢、決断力がある、如才ない、規律正しい、独立独歩、世話好き、臨機応変、正義感が強い

ネガティブな人格
依存症、反社会的、支配的、皮肉屋、防衛的、せっかち、頑固、理不尽、うっとうしい、妄想症、悲観的、偏見がある

トラウマを悪化させる引き金となる出来事
- 暴力を描いた映画やテレビドラマを見る。
- 人を殺したときのことを追体験する悪夢を見る。
- そばで殴り合いの喧嘩が起きる。
- 口論が激しくなって、大声で怒鳴ったり叫んだりし始める。
- 角材の粗い木肌などが引き金となって、自分の殺人を思い出す。
- 我が子が（ヒーローと悪者が戦う遊び、など）暴力的なごっこ遊びをしている。
- 犠牲者の家族にばったり出会う。

トラウマに向き合う／克服する場面
- 生きるか死ぬかの状況で、自分が人の運命を握っている。
- 後になって、状況を読み違えていて人を殺す必要などなかったことが発覚する。
- 自己防衛だったとしても、殺人を働いたことで人に自分の人格を決めつけられる、裁判にかけられる、あるいは中傷される。
- 我が子または配偶者が自分の前でいつもと違う行動をしていることに気付く。

学校での銃乱射事件

〔英 a School shooting〕

この事例で損なわれる欲求

安全・安心、帰属意識・愛、承認・尊重

キャラクターに生じる思い込み

- 「これは自分の責任だ。事件を食い止めるために何かできたはずだ」
- 「愛する人たちの安全を守ることができない」
- 「自分はいつ死んでもおかしくない」
- 「人を本当に理解することなんてできない」
- 「人がいつ自分に向かってきてもおかしくない」
- 「世の中暴力だらけだ」
- 「いつ死んでもおかしくないから、有意義なことをしようとしても意味がない」
- 「この世は悪に満ちている」

キャラクターが抱く不安

- 「死ぬのが怖い」
- 「銃や暴力が怖い」
- 「人を愛しても、失うだけだ」
- 「見知らぬ人が怖い」(銃撃犯がキャラクターの知らない人だった場合)
- 「肝心なときに体が固まってしまったり、過ちを犯したりしてしまうかもしれない」
- 「他人を信用するのが怖い」(特に自分の幸せや、愛する人の幸せを人に任せられない)
- 「人混みの中や、大勢人が集まる場所にいると怖くなる」
- 「また学校で銃撃事件が起きるかもしれない」

行動基準の変化

- 集中できなくなる。
- 感情がすぐに高ぶってしまい、極端になってしまう。
- ドラッグやアルコールに走る。
- 死者が出たのに、自分が生きていることに罪悪感を感じる。
- 信仰心が裏切られたような気持ちになり苦しむ(キャラクターが信仰深い場合)。
- 警戒心が非常に強くなる(危険や脅威になるものがないか辺りの様子に目を光らせる、など)。
- 極度のストレスを感じると、反応が大げさになってしまう、あるいは反応が鈍ってしまう。
- ストレスが長く続き苦しむ(頭痛、胃腸不良、痛みがなかなか消えない、など)。
- 自分が殺される悪夢、もしくは誰かを救おうとしたが救えなかった悪夢を見る。
- パニック状態で目が覚める(激しい動悸がする、自分がどこにいるかわからなくなる、など)。
- 愛する人の所在を常に知っておきたい。
- パニック発作が起きたり、不安に圧倒されたりする。
- 生活の中の些細なことを楽しむことができない。
- (不安症、鬱、不眠、悪夢、夜驚症、フラッシュバック、など)PTSDの症状が出る。
- 生きることを非常に真面目に考える、または逆にあまり真面目に考えない。
- 声を出して笑ったり、楽しいことをしたり、取るに足りないことを喜んだりすることに罪悪感を感じる。
- 事件のことを忘れて前進するのは、犠牲者に対して失礼ではないかと気にする。
- 愛する人にしがみつく。
- 事件のことを話そうとしない。
- 起こったことを理解しようとして、事件のことを執拗に調べる。
- 犠牲者を救えなかったことへの罪悪感から自分の行動を批判する。
- 自己防衛のために策を講じる(銃携帯許可証を取得する、ナイフを常に持ち歩く、など)。

- 銃規制に賛成し、活動するようになる。
- 人を信用できなくなり、よく知らない人が周りにいると落ち着かなくなる。
- 自宅にひとりでいたり、家族と離れていたりすると不安を感じる。
- リスクを嫌うようになり、おおらかさがなくなる。
- 気持ちを整理するために、起こったことを人に話したい。
- グループや個人のカウンセリングに通う。
- 自分の体験や気持ちを綴る。

この事例が形作るキャラクターの人格

ポジティブな人格
用心深い、分析家、慎重、規律正しい、共感力が高い、忠実、情け深い、面倒見がいい、勘が鋭い、世話好き、責任感が強い

ネガティブな人格
反社会的、支配的、生真面目、衝動的、不安症、理不尽、うっとうしい、執拗、妄想症、注意散漫

トラウマを悪化させる引き金となる出来事

- 車のバックファイヤー音、爆発音、花火など、大きな音がする。
- 銃撃犯が履いていたのと同じスニーカー、同じ野球帽などが引き金になり、事件を思い出す。
- 友人または家族が偶然、暴力事件の現場に居合わせる。
- 用があって病院に行かなければならない。
- 救急車のサイレンが響いている。
- 犠牲者の家族にばったり出会う。

トラウマに向き合う／克服する場面

- 追悼会に出席し、他の被害者たちと再び顔を合わせる。
- 我が子を自宅で教育していたが、子どもを通学させるのを恐れていたせいでそういう決断をしていたことに気付く。
- また暴力事件に巻き込まれ、自分や他の人たちを救わなければならない状況に陥る。
- トラウマに苦しんでいる友人の姿を見て、克服できるように手を差し伸べたいと思っている。

NOTE
学校での銃乱射事件は、人それぞれに違った影響を及ぼしながら人の心を傷つける。生徒や教師、学舎で働く人たちは事件に巻き込まれた直接の被害者であるが、現場には居合わせなかった親たち（生徒の親、犠牲者の親、銃撃犯の親）もまた心に傷を負うはずだ。さらに、一番に現場に駆けつけた警察や救急隊員、市長をはじめとする地域のリーダーたち、報道陣、地域社会の人々へとその残虐行為の影響は広がっていく。もしこの心の傷を選ぶなら、キャラクターの性格、事件での役割、事件との距離を考え、そこからどういう行動や感情が生まれてくるかを想像してみる。また、事件発生からの時間経過も重要で看過できない。事件直後に吹き出す反応もあれば、しばらく時間が経たないと表出しない反応や行為もあるからだ。

管理下にあった子どもの死

〔英 a Child dying on one's watch〕

具体的な状況

たとえば、以下のような状況が考えられる。

- アレルギー反応を示すことがわかっている食べ物を子どもに与えてしまった。
- 毒物や薬を子どもの手の届くところへ出しっぱなしにしてあり、子どもがそれを口にしてしまった。
- 子どもが遊んでいて、コードや買い物袋の持ち手で自分の首を絞めてしまった。
- 親の銃で遊んでいるうちに誤って発砲してしまった。
- 車をバックさせていたら、子どもが車の後ろにいてひいてしまった。
- 自宅の修繕が手付かずになっていて（手すりが壊れたままになっていた、窓に鍵がかからなくなっていた、など）危険な箇所が子どもの命取りになってしまった。
- 自分のタバコや、つけっぱなしの電気ヒーターが原因で火事になった。
- 交通死亡事故を起こし、運転していた自分に非がある。
- 自宅のプールで子どもが友達と遊んでいたら溺死してしまった。

この事例で損なわれる欲求

帰属意識・愛、承認・尊重、自己実現

キャラクターに生じる思い込み

- 「人の死の責任は負えない」
- 「自分は信用のできない、無責任な人間だ」
- 「自分はなんてひどい親なんだ」
- 「他の人が見ていれば、こんなことにはならなかった」
- 「人に許してもらう資格なんて自分にはない」
- 「愛する人の安全を守ることができない」
- 「自分は周りのみんなにとって危険な存在だ。自分なんていないほうがみんなにとっていいはずだ」

キャラクターが抱く不安

- 「人の分まで責任を持つのは嫌だ」
- 「自分のことを許せない人たちに拒絶されるかもしれない」
- 「人からどう思われるかが恐ろしい」
- 「親としての資格がないと判断されて、残された子どもたちと引き離されてしまうかもしれない」
- 「水が怖い」（車の運転、高所など、子どもを死に至らしめたものを恐れる）

行動基準の変化

- 重度の鬱になる。
- 過眠症あるいは不眠症になる。
- 泣きだすと止まらない、あるいは神経過敏になる。
- 仕事などいろんな活動をやめてしまう。
- 積極的に何かに関わったり深入りしたりしなくなる。
- 自分が面倒を見ている他の子どもたちと心の距離ができる。
- 子どもや、子どもたちが集まる場所を避ける。
- 自分には責任がなかったことを証明しようとしてむきになり、人を責める。
- 二度と監視を怠ることがないようにと強迫観念に襲われ、執拗になる。
- 残された子どもたちに対し過保護になり、極端に口うるさくなる。
- 面倒を見ている子どもたちの姿が見えなくなったり、呼んでも声の届かない遠くに行ってしまったりすると、パニック発作が起きる。
- 恥や罪悪感から、人に会わなくなる。
- 他人に心を開かなくなる。
- 外出しないで家にこもりきりになる。

- 自殺を考える、あるいは自殺未遂を起こす。
- ドラッグやアルコールに走る。
- 亡くなった子どものことばかりが気に掛かり、忘れることも前に進むこともできなくなってしまう。
- 自己嫌悪から自滅的な行為に走ってしまう。
- 外出したり、人に会ったり、新しい人と知り合ったりするのが億劫になる。
- 事故のことを忘れたくて、新しい町に引っ越す。
- 記念碑を建てる。
- 他の人に役立ててもらおうと、死んだ子どもの服やおもちゃを寄付する。
- 救いを求めて、友人、牧師、セラピスト、あるいはホットラインに電話する。
- 子どもを失った親が集まるミーティングに参加する。

この事例が形作るキャラクターの人格

ポジティブな人格
用心深い、慎重、協調性が高い、几帳面、注意深い、秘密を守る、積極的、世話好き、責任感が強い

ネガティブな人格
依存症、冷淡、皮肉屋、つかみどころがない、凝り性、生真面目、抑制的、不安症、理不尽、無責任、病的、うっとうしい、神経質

トラウマを悪化させる引き金となる出来事
- 他の人の子どもの面倒を見るはめになってしまう。
- 残された子どもたちと一緒にイベント（誕生会など）に参加しなければならない。
- 死んだ子どもが描いた絵や、その子がくれた贈り物が奥から出てくる。
- 死亡事故が起きた場所に似た状況または似た場所に居合わせる。
- 亡くなった子どもの名前を耳にする。

トラウマに向き合う／克服する場面
- 他の大人がうっかりして子どもを危険な目に遭わせているところを見かけ、一瞬の気のゆるみは誰にも起きることなのだと気付く。
- 死亡事故が後を引き、不幸を経験し（ショックを克服できずに離婚する、コミュニティ内の人間関係に亀裂が入る、訴えられる、など）、罪悪感や心の痛みを整理するのに助けが必要だと思っている。
- 亡くなった子の両親に許してもらったことをきっかけに、自分自身を許さなくてはならないことに気付く。

NOTE
面倒を見ていた子どもが死ぬときは、それが我が子だろうと、人の子だろうと、その死に対してたとえ非がなくても自分を責めてしまうものだ。ところが、知らないうちに起きてしまったこととはいえ、自分に非があるとなれば、その責任の重さと遺憾の気持ちでいっぱいになり、精神的に大打撃を受けてしまう。この種の心の傷をよく理解するため、この項目では、注意を欠いていたせいで子どもを死に導いてしまったが、法的責任は問われないケースに焦点を当てることにする。まったく親の目の届かないところで我が子を失ってしまうケースについては、「我が子の死」を参照していただきたい。

拷問

〔英 Being tortured〕

具体的な状況

たとえば次のような状況下において拷問が行われる。

- （戦争捕虜、政治取引のために誘拐され）握っている重要な情報を問いただされる。
- 連続殺人犯、または残忍な人間に囚われた。
- 暴力的なカルト、家族、あるいは特定のグループとの生活。
- テログループに狙われる（「集団心理」が蔓延し、仲間内で残忍ないじめが行われるケースも含める）
- 政治犯罪または宗教上の罪に問われる。
- 少数派民族に属しているため、あるいは少数派宗教を信仰しているため、迫害される。
- ジャーナリストが取材活動中に誘拐される。
- 政情の不安定な国で人権擁護活動や医療活動を行う。
- マフィアなど反目し合っている犯罪グループの間で。

この事例で損なわれる欲求

生理的欲求、安全・安心、承認・尊重、自己実現

キャラクターに生じる思い込み

- 「誰のことも信用できない」
- 「あんなひどい目にあったせいで身体はすっかりめちゃくちゃ……自分は役立たずの人間だ」
- 「普通の生活は二度とできない」
- 「世間は醜いものには背を向ける。人が私の身に起きたことを知ったら、眉をひそめるに違いない」
- 「神様に見捨てられた」
- 「自分の身に何が起きるかなんてコントロールできない。自分は無力な存在なんだ」
- 「自分の安全圏の中でしか安全は確保できない」
- 「起きたことを忘れる努力をするより、なかったことにして葬り去ったほうがいい」

キャラクターが抱く不安

- 「無理矢理拘束されたらどうしよう」
- 「声を荒げて言い争っている人たちがいるけれど、あれが暴力に発展したらどうしよう」
- 「炎が怖い……」（あるいは水、電気、拷問で使われた道具などを恐れる）
- 「人に体を触られるのが嫌だ」
- 「ひとりにされると不安になる」
- 「狭くて息苦しいところや、身動きの取りにくい場所が怖い」
- 「権威をかざす人たちが苦手だ」（権威者や身分の高い人に拷問されたことがある場合）
- 「セックスや恋愛関係が怖い」
- 「ひとりになるのが怖い／人が集まるところや人混みが怖い」

行動基準の変化

- 急に何かが動くとビクッとする。
- 何かを支配するなんて幻想でしかないと思い込んでいるため、自分で物事を確実に進めていくことができなくなる。
- マイナスなことばかり考えてしまう。
- 自分の直感に耳を傾けるようになる（脅威になりそうなものをすばやく特定する、など）。
- 自分の存在価値がわからなくなる。
- 圧倒された気持ちになったり、安全が脅かされたと感じたりすると、家にこもる、あるいは自宅から遠く離れなくなる。
- （拷問を受けたときに隔離された経験から）人から「隔離されている」ような気持ちになる。
- 他人の行動を分析し、後からも彼らの動機

を怪しむ。
- 以前のように人生を楽しめなくなる。
- パーソナルスペースが必要で、誘ってもいないのに人が自分に近づきすぎると落ち着かなくなる。
- 摂食障害が出る。
- 胃の不調や節々の痛みを感じ、頻繁に吐き気を催す。
- 食糧や生活必需品をため込む（拷問を受けたときに食事を与えられなかった場合、など）。
- あることが自分の負の感情に結びついていると、そのことばかり執拗に考え続ける。
- 不安が押し寄せると、鼓動が激しくなり呼吸困難に陥るので、自分に大丈夫だと言い聞かせて落ち着かせる。
- 気掛かりなことがあるとすぐに不安になったり、妄想したりする。
- PTSDの症状が出る（鬱、不眠症、夜驚症、パニック発作、フラッシュバック、など）。
- 料理、掃除、整理整頓など日常的な作業をしようとするだけで、圧倒された気持ちになる。
- 自殺を考える。
- 対人関係に支障が出てくる。
- 人を信用できなくなり、脆さを見せるのが怖くなる。
- 強く恥を感じるようになり、その感情が消えない。
- どんなに悪気のない批判でも、人からの批判を受け止められなくなる。
- 気持ちを落ち着かせるため、ある行為や行動をする（自分の腕を擦る、ペットを抱きしめる、読書、毛布にくるまる、甘いお菓子を食べる、など）。
- 日記をつける、詩を書く、誘拐犯に手紙を書くなどして、感情を吐き出す。

この事例が形作るキャラクターの人格

ポジティブな人格
用心深い、分析家、感謝の心がある、慎重、勇敢、温和、内向的、優しい、忠実、情け深い、感傷的、正義感が強い

ネガティブな人格
反社会的、強迫観念が強い、支配的、皮肉屋、防衛的、狂信的、忘れっぽい、生真面目、抑制的、不安症、妄想症、悲観的

トラウマを悪化させる引き金となる出来事
- 自分の体験に似たトラウマを主人公が経験するストーリーを読む。
- 鍵がかかってしまい、部屋に閉じ込められる。
- 悪夢やフラッシュバックを見てしまう。
- 停電が起き、暗闇の中でひとり残される。
- 不寛容、憎しみ、迫害が原因で、人が暴力を振るわれている、あるいは暴力を振るうと脅されているのを目の当たりにする。
- 人に体を触られる（とりわけ唐突な場合、など）。

トラウマに向き合う／克服する場面
- 銀行強盗など犯人が人質を取って立てこもる事件に巻き込まれ、生き延びるためには冷静さを失わないようにしなければならない。
- 前向きさを失わず、気持ちを集中させることができれば、手が届きそうな目標や夢を持つ。
- 特別な人に出会い、その人と一緒に人生を築きたいと思っている。
- 自分の妊娠が発覚する。
- 拷問を乗り越え生き延びることができた人たちに助言を与え、希望を与えられるよう、見本を示したい。

子どもを養子に出す

〔英 Giving up a child for adoption〕

この事例で損なわれる欲求

帰属意識・愛、承認・尊重、自己実現

キャラクターに生じる思い込み

- 「子どもを引き取ってもらえてよかった。あのままだったら、自分はきっとひどい母親になっていたと思う」
- 「あの子は私を恨んでいるに違いない。だから私は近寄らないほうがいい」
- 「養子に出してしまった私を、あの子が許してくれるはずがない」
- 「子どもは私を恨んでいるに違いない。私は恨まれて当然なことをしたわけだし……」
- 「どれほどあの子を手元に置いておきたかったことか……きっとあの子には信じてもらえないから、説明しようとも思わない」
- 「母親なのに産んだ子どもを手放したのだから、私がひとりで生きていくのは当然のこと」

キャラクターが抱く不安

- 「自分の子に会っても、がっかりさせてしまうかもしれない」
- 「養子に出したことを子どもが恨んでいたらどうしよう」
- 「子どもがどんな人生を送ってきたか、私が知ることはないだろう」
- 「家族に子どもを養子に出したことが知れたらどうしよう」(養子に出したことを秘密にしている場合)
- 「あの子がひどい目に遭っていないか、助けを必要としていないか、病気になっていないかと心配で……」
- 「子どもを養子に出したことで、私は家族に拒絶されてしまうかもしれない」
- 「ある日子どもが戸口に立っていたらどうしよう」
- 「子どもは私のことを探してくれないかもしれない」

行動基準の変化

- 子どもを手放した罪悪感と後悔に苦しむ。
- 養子に出してしまったことを忘れ去ることができない。
- 手放した子どものことを考えると泣き崩れてしまう。
- 心の中にしまい込んできた感情が怒りになってほとばしる。
- アルコールや鎮静剤に頼る。
- 他人が自分たちの子どものことや、子育ての悩みを話しているのと聞くと、罪悪感を感じる。
- 我が子がどんな顔をしているのかふと気になる。
- 鏡に映る自分の顔を見て、子どもはどんなところが自分に似ているのだろうと想像してみる。
- 子どもと再会して一緒に時間を過ごす場面を空想する。
- 洗濯、買い物、仕事など日常的な用事を自分で足せなくなる。
- 養子に出すかどうか悩んでいたときに、助けてくれなかった人たちに怒りを覚える。
- 子どもの父親に怒りを感じる(自分と子どもを見捨てたこと、自分を妊娠させたこと、など)。
- 養親への嫉妬心と、子どものために彼らの幸せを願う気持ちが入り交じる。
- 我が子に小さなプレゼントを買うが、それを渡すことはなく、どこかにしまい込む。
- 子どもの誕生日や養子に出した日が近づくと鬱になる。
- 自殺を考えたり、低い自尊心しか持てずに苦しんだりする。
- 我が子を探し出そうと、ソーシャルメディアや公的な記録をあたる。
- 子どもの身元を突き止めようとする。
- 子どもに手紙を書くものの、どこかにしまい込むか、誰にも見つからないように破り捨てる。
- 子どもの夢を見る（いい夢のことも悪い夢のこともある）。
- 深い喪失感が常に付きまとう。
- 大切な日を迎えた子どもの姿を想像する（クリスマスプレゼントを開ける、誕生日ケーキのろうそくの火を吹き消している、など）。
- 心の痛みが和らぐことを願って自分も養子を引き取る、あるいはまた子どもを産み、今度は自分で育てることを選ぶ。
- 自分を大切にし、自分を許す努力をする。

この事例が形作るキャラクターの人格

ポジティブな人格
愛情深い、大胆、理想家、想像豊か、忠実、面倒見がいい、粘り強い、秘密を守る、世話好き、臨機応変、感傷的、利他的

ネガティブな人格
臆病、防衛的、いい加減、せっかち、衝動的、不安症、嫉妬深い、執拗、恨みがましい、自滅的、卑屈

トラウマを悪化させる引き金となる出来事
- 手放した子どもの父親にばったり会う。
- 子どもの誕生日やホリデーシーズンが近づく。
- 出産したての友人へのお祝いに赤ちゃんグッズを買わなければならない。
- 身内が中絶を選んだ、あるいは養子に出すことを選んだと知る。
- 手放した子はきっとこんな顔をしているだろうと想像していた姿にそっくりな子を見かける。
- レストランあるいは機内にいて、赤ん坊が泣いている。
- 赤ちゃんが出てくるテレビコマーシャルを目にする。
- 養子についての映画を見る。
- 手放した子が成人になる誕生日がやって来る（成人時に実親と連絡を取ることが許可されている場合）

トラウマに向き合う／克服する場面
- 再び妊娠する。
- 養子に出した子どもから連絡が舞い込む。
- 自分の身内または配偶者が、過去に子どもを手放したことがある事実を知る。
- ある病気だと診断され、血縁者からの臓器提供が必要になる。
- 子どもを産んで家庭を築きたいと思い始める。
- 手放した子どもの父親とよりを戻す。

NOTE
養子縁組制度は時代とともに変わってきているので、キャラクターが子どもを養子に出すという設定にするなら、時代を決めてその当時の制度をしっかりと調べる必要がある。時代と場所によっては、母親がいくら希望してもその身元は養子先には明かされなかったり、強要されて子どもを手放さざるを得なかったり、あるいは、養子縁組の種類（実親の情報がどの程度子どもに知らされるか、実親と子の交流が許されるかどうかといった枠組みまで）を母親が選んだりするようなケースもあるからだ。
我が子を手放した心の傷の深さは、その理由に左右されるだろう。我が子によりよい人生を望んで養子に出した、子どもを養育できない状態だった、強姦の被害に遭って妊娠した、望まない妊娠だった、服役のために子どもを養子に出さざるを得なかったなど、いろいろな理由が考えられる。なぜ養子縁組という選択肢をキャラクターが取ったのか、その背景をよく探っておこう。

事故で死にかける

〔英 a Life-threatening accident〕

具体的な状況

- 車、ボート、電車、飛行機などが絡んだ交通事故。
- ジェットコースターの不具合による事故。
- 地面に亀裂が入っていて、そこへ落ちる（雪に覆われたクレバス、陥没穴、など）。
- 湖面の氷が割れて落ちる。
- 感電事故。
- 水中のゴミに足を取られ、溺れかける。
- 野生動物に襲われる。
- ロッククライミングの器具に不具合があって落下する。
- 窓または屋根から落ちる。
- 建設現場の事故。
- 歩行者または自転車に乗った人が車にひかれる。
- 暴走または突進してきた動物や、人（暴動、バーゲンの日に殺到した客、など）に踏みつけられる。
- 生き埋めになる（砂山が崩れる、雪崩、流砂に足を踏み入れる、など）。

この事例で損なわれる欲求

生理的欲求、安全・安心、承認・尊重、自己実現

キャラクターに生じる思い込み

- 「この世は危険だらけだ。安全なのは家の中だけだ」
- 「死んでしまうぐらいなら、退屈な人生のほうがまだましだ」
- 「人は僕を見ても、この傷しか見えない」
- 「事故が起きる前の自分にはもう戻れない」
- 「死の危険は至るところにあって、（家庭や夢などに）永続を求めたって無駄だ」
- 「いつ何時死ぬかわからないのだから、安全を選んだって意味がない」
- 「自分の直感なんて信用できない」
- 「僕は頭が悪すぎて責任なんて持てないんだから、判断は他人に任せるよ」

キャラクターが抱く不安

- 「自然とか動物とか、あの事故に関連したものは怖いよ」
- 「連絡が取れないところにひとりでいると不安になる」
- 「血を見るのも、怪我をするのも、痛いのも嫌だ」
- 「どこかに立ち往生してしまったらどうしよう」
- 「危険やリスクは避けたい」
- 「情報を知らないとか、詳細がわからないというのは嫌なんだ」
- 「間違った判断や選択をしてしまったらどうしよう」
- 「旅行するのが怖い」
- 「まったく心構えもないのに急に何かが変わったり、突然何かが起きたりしたらどうしよう」

行動基準の変化

- 最悪のシナリオを想定して考えるようになる。
- 何事も準備しすぎて、楽しみが奪われてしまう。
- 外出するより家にいるのを好み、できる限り自宅の近くで用事を済ませる。
- ひとりで何かをしたがらない。
- 以前は大いに楽しんでやっていたことなのに、少しでもリスクのある活動は避けるようになる。
- 愛する人の安全を確認し、常に目を光らせる。
- 統計を確認する（何かをするときの安全手順、交通手段の安全評価、など）。
- 恋人または夫婦関係を築く前、何かを始める前、旅行に行く前などに、ルールを知っ

ておきたい。
- 事故に関連したレクリエーションに反対し、自分の子にはそれをやってはいけないと禁止する。
- 危険性の高いこと（スカイダイビング、ジップライン〔訳注：木々の間にロープを張って、滑車を使って滑り降りる遊び〕など）をするのは気乗りしない、または絶対に嫌がる。
- 変化に警戒する（気候を確認する、購入品のリコールの知らせに従う、など）。
- 自分の直感を優先し、何かがおかしいと感じたら、その場を去る。
- 自分の安全圏から出たがらない。
- 縁起を担ぐようになる。
- 様々なレクリエーションや状況の安全に関して不安があれば、流さずにはっきりと言うようになる。
- 製品、場所、レジャーなどに関する危険性をきちんと把握する。
- 防犯技術に熱心に頼る（住宅用防犯アラーム、事実確認アプリ、など）。
- リスクの可能性がないか、あらゆる状況を調べたがり、成り行きで何かを選ぶのを避ける。
- 一度失いかけた命だと調子に乗って、向こう見ずな行動を取り、死を恐れなくなる。
- 他の人が懸念を示すと不安になる（恐怖が絡むと人に左右されやすくなる）。
- 深い愛着を感じてしまうような真剣な関係を避ける。
- 人間の死後に興味を示すようになる。
- 「安全第一」を心掛ける。
- 応急処置能力を身につける。

この事例が形作るキャラクターの人格

ポジティブな人格
用心深い、分析家、慎重、好奇心旺盛、規律正しい、几帳面、面倒見がいい、注意深い、きちんとしている、雄弁、積極的、世話好き

ネガティブな人格
支配的、防衛的、だまされやすい、優柔不断、頑固、不安症、理不尽、知ったかぶり、神経質、執拗、迷信深い、小心者、心配性

トラウマを悪化させる引き金となる出来事
- 自分の目の前で不慮の事故が起きる。
- 危険が身近にあるのに気にも留めていない人を目撃する（フタのないマンホールのそばに立っている、など）。
- 大した事故ではなかったが怪我をしてしまう（ガラスで手を切る、など）。
- 負傷者または犠牲者が出た事故のニュースが流れる。
- 愛する人がニアミスで命拾いする。

トラウマに向き合う／克服する場面
- あまりにも安全性にこだわるせいで、夫婦関係が悪化している。
- リスクを取り、迅速に動かなければ生き延びられない状況に陥る。
- 将来に可能性を持っている人が事故から立ち直るのを助けようとする。
- 愛する人に怪我または病気の診断が下ってしまうが、そんなことには負けてなるものかと強い意志を持った愛する人の気丈な姿を目にする。
- 手本にしている人がリスクを冒しつつも、人のためになることをしているのを目にする。

自身の離婚

〔英 Divorcing one's spouse〕

この事例で損なわれる欲求

生理的欲求、安全・安心、承認・尊重

キャラクターに生じる思い込み

- 「自分には愛される資格なんてない」
- 「男／女はみんな浮気する」
- 「僕は家族を養うためだけに生きている」
- 「女／男はみんな金が目当てで結婚する」
- 「いつももっと若くてきれいな人が現れて、私とはさよならになる」
- 「心から一緒にいることを誓い合うなんて虚構の世界でしかあり得ない」
- 「弱さを見せるのは馬鹿な人間だけ」
- 「愛と幸せは共存しない」
- 「愛が永遠に続くなんて思っていた自分は馬鹿だった。人は身勝手すぎて誰かに身を委ねたりできるわけがない」

キャラクターが抱く不安

- 「このまま年を取っていくのか……」
- 「また誰かと親密な関係になっても、心を開いて、脆さを見せるのが怖い」
- 「何事にも積極的に関わりを持ったり、深入りしたりするのが怖い」
- 「拒絶されるかもしれない」
- 「裏切られたらどうしよう」
- 「このままずっとひとりでいるのかな……」
- 「恋愛関係や夫婦関係でまた過ちを犯してしまったらどうしよう」
- 「間違った相手を信用してしまうかもしれない」

行動基準の変化

- マイナス思考に陥り、将来に対して悲観的になる。
- 「男はみんな嘘つきで、欲しいものを手に入れるためなら何だって言う」などと独断的に一般化した発言をする。
- 他人に感情を転移させ「上司も元夫と同じで、私のプランよりも自分のプランを優先するのが当たり前だと思っている」などと発言する。
- 別れた相手に幸せが訪れると腹が立つ（新しい仕事、家、恋人を手に入れる、など）。
- 別れた相手への復讐劇を空想する。
- 離婚後もずっと怒りが収まらず、その感情を払拭できない。
- ひとりでいると精神的に参ってしまう。
- 何もかも自分でやろうとして気持ちが圧倒されてしまう。
- 自分の欠点を偏った目で見てしまう（老けてきたことや太ってきたことばかりを気にする、など）。
- 自分は欠陥人間だと思い込む。
- 飼っている犬がゴミ箱に顔を突っ込んで部屋を散らかしてしまうなど、些細なことで自制心を失ってしまう。
- 恋愛にうんざりしてしまう。
- 別れた相手のことを人に悪く言う。
- お金のことを心配し、自分の今の経済状況を恨む。
- 別れた相手にうらみつらみを書き連ねたメッセージを送りつける。
- 別れた相手の様子を子どもに聞く。
- 別れた相手のことを子どもの前で悪く言う。
- 別れた相手を助けようとしない（相手に予定ができ、子どもの面倒を見る番を交代してほしいと言ってきても断る、など）。
- 神経過敏になり、別れた相手がわざとこちらの神経を逆なでるようなことを言っていると思い込む。
- 見張られ、尾行されているような気がする（結婚生活で暴力を振るわれることが多かった場合など）。
- パートナーに苦しめられているという妄想が

付きまとう。
- 所有欲が出てくる（別れた相手を尾行する、わざと相手の家の前を車で通り過ぎる、など）。
- 別れた相手と会うために子どもを利用する（離婚に終止符を打ちたい、あるいは和解したいと思っている場合、など）。
- 自分よりもずっと年下の人と一晩だけの関係を持つなど、無茶なことをする。
- 自分に優しくするため、自分に小さな贈り物や旅行をプレゼントする。
- どちらがいい親か、別れた相手と張り合う（子どもへ相手よりいいものを贈る、子どもを旅行に連れていく、など）。
- 自分の外見を変える（服装を変える、口ひげを生やす、など）。
- 激太りする、あるいは激痩せする。
- 喫煙をまた始めるなど、昔の習慣を復活させる。
- 異性の気を引こうとしたり、見境なく誰とでもセックスしたりする。
- 心の慰めにペットを飼い始める。

この事例が形作るキャラクターの人格

ポジティブな人格
柔軟、冒険好き、誘惑的、幸せ、独立独歩、勤勉、忠実、面倒見がいい、注意深い、思慮深い

ネガティブな人格
冷淡、幼稚、挑戦的、支配的、不正直、噂好き、とげとげしい、せっかち、衝動的、抑制的、不安症、嫉妬深い

トラウマを悪化させる引き金となる出来事
- 義理の家族から連絡が入る。
- 友人宅やスーパーマーケットで、別れた相手にばったり出くわす。
- 我が子が離婚についていろいろ知りたがる。
- 結婚していたときに気に入ってよく通っていたレストランで食事する。
- 別れた相手が誰かと付き合っていることを知る。
- 子どもが別れた相手の家で週末を過ごすので、そこへ子どもを送り届けなければならない。
- デートに誘われる。

トラウマに向き合う／克服する場面
- すてきな人に出会い、新しい恋愛を始めたい。
- 別れた相手がガールフレンドと同棲を始めるなど、相手が人生の節目を迎える。
- 子どもが問題を起こしたので、別れた相手と会い、その相談をしなければならない。
- （がんだと診断された、親が死んだ、など）自分に不幸が訪れ、別れた相手がそれを乗り越えるのに手を差し伸べてくれる。

NOTE
なぜ結婚が破綻したのか、離婚は両者合意のうえなのか。そうした理由の違いによって、キャラクターの行動や離婚を乗り越える力は変わってくる。まずは、離婚に至るまでの背景をブレーンストーミングしておこう（原因は浮気、すれ違い、経済的事情、性的アイデンティティの変化、それとも子どもの死なのか、など）。背景が決まれば、キャラクターがどんな精神的不安を経験し、どういう行動を取るのかがより深く理解できるはずだ。

自然災害・人災

〔英 a Natural or man-made disaster〕

具体的な状況

- 地震、ハリケーン／台風、激しい雷雨、竜巻、洪水、津波、雪崩、熱波、豪雪や暴風などを伴う寒波といった極端な悪天候
- 火山噴火
- 原発の炉心溶解事故
- 化学攻撃あるいはガス漏れ事故
- 感染症の大流行／ウイルスの蔓延
- 隕石衝突
- 森林伐採による岩盤すべりや土砂崩れ
- 森林火災または人間が引き起こした火事
- ダム決壊
- 産業廃棄物が漏れ出し、広がった汚染
- 深刻な干ばつと飢饉

この事例で損なわれる欲求

生理的欲求、安全・安心、帰属意識・愛

キャラクターに生じる思い込み

- 「これは神に与えられた罰だ」(キャラクター個人、人間、あるいは地域社会に対しての罰)
- 「何もかも支配するなんて幻想でしかない」
- 「本当に安全でいることはできない」
- 「安全でいるためなら、どんなことをしても許される」
- 「俺達みんなが殺される前に、権力者たちを倒さなければならない」
- 「家族を守れるのは自分だけだ」
- 「安全でいるためには、万事に備えるしかない」
- 「助けが必要なときには助けてもらえない」
- 「自然は危険だから、避けるべきだ」
- 「何事も、何人も信じてはいけない」

キャラクターが抱く不安

- 「雪山や避難所が怖い」(災害に関連している場所を恐れる)
- 「寒波が押し寄せてきて、吹雪になったときが怖い」(災害に遭ったときの季節や気象を恐れる)
- 「人混みや、押し寄せてくる集団が怖い」
- 「自然に囲まれていると不安になる」
- 「病気になったり、怪我をしたりすると(そのせいで自分が無力になってしまうために)不安が押し寄せてくる」
- 「食糧、水、薬が底をついたらどうしよう」
- 「政府や権力者は信用できない」
- 「気候変動は恐ろしい」

行動基準の変化

- なぜあんな災害が起きたのか理解しようとして調べる。
- 万が一に備えて、生活必需品や日用品を買いだめしておく。
- 避難計画を練る。
- 政府からの知らせやメディアから得た情報を疑うようになる。
- 情報収集は1カ所だけに頼らず、複数の情報源から得るようになる。
- 災害時に人に冷たくあしらわれた経験から、人に嫌気がさす。
- 我が子が他人の家に泊まっていたり、遠く離れすぎたところにいたりすると不安になる。
- ある危険を避けるために別の土地に引っ越す。
- 夜驚症になる。
- リラックスしたり、些細なことを楽しんだりできない。
- PTSDの症状が出る(パニック発作、不眠症、フラッシュバック、妄想、など)。
- 物をため込みがちになる。
- 心気症になる。
- 最悪のケースを考えがちになる。
- ある種の気象条件が揃うと眠れなくなる。
- 緊急事態に備えて自宅を改装する(嵐が来

たときの避難部屋や地下倉庫を作る、フェンスを建てる、間仕切りの壁を作る、など)。
- 地球滅亡の日に備える。
- 陰謀論を唱え始める(経験した災害が人災であった場合)。
- 自分の信念に合った、あるいは将来の備えに役立つようなネットのグループに参加する。
- 自力で生き延びていかなければならない場合に備え、自給自足で暮らす方法を学ぶ。
- 健康をもっと優先するようになる。
- 家族と連絡を絶やさないようになる。

この事例が形作るキャラクターの人格

ポジティブな人格
柔軟、用心深い、規律正しい、効率的、熱心、独立独歩、勤勉、影響力が強い、忠実、自然派、注意深い

ネガティブな人格
反社会的、無気力、抑制的、不安症、理不尽、物質主義、うっとうしい、執拗、妄想症、悲観的、自己中心的、けち

トラウマを悪化させる引き金となる出来事
- 工場や大煙突が林立している風景など、産業化のシンボルを目にする(経験した災害が人災だった場合)。
- 空っぽの食器棚などを目にし、災害時の苦労を思い出してしまう。
- 嵐で倒れた木を見かける。
- 外国での災害を伝えるニュースを見る。
- 災害から1周年を迎える。
- 救急車や消防車のサイレン音を耳にする。
- 煙、ガス、化学物質、オゾンの臭いを嗅ぐ。

トラウマに向き合う/克服する場面
- 別の緊急事態や災害が発生する。
- 他人(警察など)に助けを求めなければならない緊急事態にぶつかる。
- 苦境に陥り、周りの人が同情してくれたり、助けようとしてくれたりする。
- 助けが必要な自分を利用したり無視したりせず、同情し寛大な心を見せてくれる人が現れる。
- 他人の力になれる、もしくは、よりよい未来を目指した活動に参加するチャンスが与えられる。

死体と一緒に取り残される

〔英 Being trapped with a dead body〕

具体的な状況
- 飛行機事故の直後。
- 自動車事故の直後、助手席に座っていた人が亡くなったが、自分は動くことができずに救助を待っている。
- 誘拐され、車のトランクの中に放り込まれると、その中に死体があった。
- 拉致されたが、他の被害者たちは死んでいて、彼らの死体と一緒に監禁される。
- 入院先の病院で避難命令が出たが、既に事切れた患者と一緒に病室に取り残されている。
- 倒壊したビルの下敷きになり、一緒だった人たちは亡くなっているが、自分だけが生き残って救助を待っている。
- 親がドラッグを過剰摂取して死んだり、もしくは突然死を迎えて、その子どもがアパートに取り残されている。
- 死体と一緒に部屋に監禁されるという倒錯めいた罰を受ける。
- 人質立てこもり事件に巻き込まれ、既に殺害された何人かの死体がそのままになっている。

この事例で損なわれる欲求
安全・安心、承認・尊重、自己実現

キャラクターに生じる思い込み
- 「これは自分の責任だから、罰を受けているのだ」
- 「自分が死ねばよかった」
- 「事故を防ぐことができたのに、防がなかった」
- 「もっと強く抵抗すべきだったのに、自分は弱いからこうなった」
- 「以前の自分にはもう戻れない」
- 「亡くなった人たちのためにも、自分は頑張って生きていかなければならない」
- 「僕が死んだって誰も悲しむ人はいない」
- 「この罪滅ぼしをするには、犠牲者の家族に償いをするしかない」

キャラクターが抱く不安
- 「死体が怖い」(たとえば死亡事故の直後に道路脇に死体袋が置かれているのを見たときの反応として)
- 「死ぬのが怖い……死んだ後はどうなるのだろう」
- 「自分はひとりで死んでいくのかもしれない」
- 「悲しみに苦しむのは嫌だ」
- 「自分が死んでも誰も気にも留めないかもしれない」
- 「死んでも、自分の死体が発見されなかったらどうしよう」
- 「体を動かせなくなったり、自由に身動きが取れなったりするのが怖い」
- 「人はいつかは死んでいく。だから人とつながりを持つのが怖い」

行動基準の変化
- (不眠症などの睡眠障害、夜驚症、不安障害など) PTSDの症状が出る。
- 恐怖症になる(交通事故で死人と車内に取り残された経験がある人が車の運転を怖がる、など)。
- 短気になり、ちょっとしたことでもすぐ怒る。
- 疲労を感じやすくなる。
- アルコールやドラッグに走る。
- 死にまつわることをいろいろと考えるようになる。
- 迷信深くなり、お参りやお祈りなどを欠かさず続ける。
- 感情が鈍くなり、何かがあっても感情をあまり表に出さなくなる。
- 事故の後、今までの生活に戻れなくなる。
- 家族や友人から離れていく、もしくは彼らにしがみつく。
- 将来に貪欲になったり熱意を持ったりできなくなる。
- おぞましい光景がフラッシュバックしてしまう。
- 自分のトラウマを思い出してしまうような場所、人、イベントを避ける。
- 死に敏感になる（茂みの中の枯れかけたバラや窓辺に死んでいる虫に気が付く、など）。
- 死体と一緒に閉じ込められた体験と向き合う必要があるのに、話したがらない。
- 人が詮索して何かを聞こうとすると怒りだし、質問させない。
- 作業に集中しようとしてもできず、気が散ってしまう。
- リスクを嫌うようになる。
- 不安が募る。
- 死体が登場するテレビ番組や映画を見ることができない。
- 血を見ると目眩がして頭がくらくらする。
- 血の匂いや感触などトラウマに関連付けられているものが引き金になり、事故を思い出す。
- 人生に対し病的なものの見方をするようになる。
- 心の安らぎを得るため、気をそらしてくれるものを求める（見境のない性行動をする、酒を浴びるように飲む、ギャンブル、パーティで騒ぐ、など）。
- 安全手順を決めて、それをしっかりと守る。
- 愛する人を大切にし、彼らに感謝の心を持ち、その気持ちをうまく伝えられるように努力する。
- 人、特に自分の家族を守りたいという気持ちが強くなる。

この事例が形作るキャラクターの人格

ポジティブな人格
用心深い、慎重、控えめ、熱心、内向的、優しい、面倒見がいい、注意深い、秘密を守る、積極的、世話好き、感傷的、スピリチュアル

ネガティブな人格
無神経、依存症、支配的、せっかち、衝動的、無頓着、抑制的、理不尽、病的、うっとうしい、神経質、注意散漫

トラウマを悪化させる引き金となる出来事
- 悪夢から目を覚ます、あるいはフラッシュバックが起きる。
- テレビで、キャラクターのトラウマ体験に似たドラマやニュースを見てしまう。
- 死んだ動物など、昨日までは生きていたものが死んでいるのを目にする。
- キャラクターのトラウマに結びついている場所に戻る。
- 葬式に参列する、あるいは葬式を見かける。
- トラウマに結びつく状況を体験する（衝突事故の経験後に飛行機に搭乗しなければならない、など）。

トラウマに向き合う／克服する場面
- 重傷を負った瀕死の人とふたりきりで残され、救助が来るまでその人を励まさなければならない。
- 末期疾患の治療を受けている身内の世話をする機会が訪れる。
- 生き延びるためには、なんとか恐怖感をなだめなければならないという状況にいる（人質立てこもり事件、など）。
- 子どもとふたりで生きるか死ぬかのピンチに立たされ、生き延びるためには冷静に行動しなければならない。
- 最悪の場合は愛する人が死ぬことも覚悟しなければならない状況にいるが、その人が生きるためなら何でもしたいと思っている。

自宅の火事

〔英 a House fire〕

具体的な状況

原因には次のようなものが考えられる。

- 誤った電気配線
- 落雷
- キッチンで使っていた油に引火
- コンロの火にかけっぱなしにした鍋
- つけっぱなしの電気ヒーター
- 煤の溜まった煙突
- タバコの火の不始末
- 子どもによるマッチの火遊び
- 可燃性の液体に引火
- カーテンに燃え移ったろうそくの火
- コードが擦り切れたクリスマスツリーライト
- 放火
- 森林火災や山火事
- 認知症の高齢者による点けっぱなしのストーブ。

この事例で損なわれる欲求

生理的欲求、安全・安心

キャラクターに生じる思い込み

- 「大事なことでは自分を信頼できない」(キャラクターが自分に非があると思っている場合)
- 「大事なことでは自分以外の人を信用できない」(キャラクターが自分には非がないと思っている場合)
- 「人や物に愛着を持たないほうがいい」
- 「まったく安全でいることはできない」
- 「ひとところに長く居ると、悪いことが必ず起きる」
- 「きっちりと計画を立てておけば、こういうことが二度と起こらないようにコントロールできる」
- 「愛する人を安全に守るためには、しっかりと彼らの手を握っておかなければならない」

キャラクターが抱く不安

- 「火が怖い」
- 「家族代々受け継がれてきた大切な物や、思い出の品をいつか失ってしまうかもしれない」
- 「大きな間違いを犯して、大変なことになってしまったらどうしよう」
- 「愛する人が死んだのは自分のせいかもしれない」
- 「愛する人の安全を確実に守ることができないかもしれない」
- 「火事のせいで、子どもたちがトラウマを長く引きずることになるかもしれない」

行動基準の変化

- また火事を起こさないように、新しい家の火の元を何度も確認する。
- 家に愛着を持たないように転居を繰り返す。
- 住宅に関しては他の誰かに責任を持ってもらいたいので、住宅は購入するより賃貸を好む。
- いい家のほうが安全だと思って、予算オーバーして家を購入する。
- 失くしても簡単に買い換えができる実用品しか買わなくなる。
- 物質主義に眉をひそめ、けちになる。
- 火事で失ったものを補填しようとして、物をため込む。
- 子どものお泊まりごっこなど、人の命を預かるのは避ける(火事の責任が自分にあった場合)。
- 罪悪感や恥から、人に会わなくなる。
- 他人のことを事細かく管理するようになる(火事の責任が他の人にあった場合)。
- 愛する人を失うのを恐れ、過保護になり相手を息苦しくさせる。
- 防火対策をやりすぎる(難燃性の素材から作られた服しか買わない、自宅の室内空気をチェックしメッセージで随時アップデートが送信されるアプリをダウンロードする、など)。
- 裸火を避ける（キャンドルの火、暖炉の火、など)。
- 喫煙をやめる。
- 何かあったらすぐ起きられるように、いつも寝室のドアを開けっ放しで寝る。
- 自宅と家族を夜通しチェックする。
- 思い出の品や重要書類は（貸金庫など）別の場所に保管する。
- 一般に定められている防火基準は満たしておく（火災警報器の電池を定期的に取り替える、避難計画を立てておく、など)。
- 消防署へボランティアとして参加する。
- 何の警告もなしに幸せが奪われてしまうことを身をもって知っているから、今の幸せに感謝する。

この事例が形作るキャラクターの人格

ポジティブな人格
愛情深い、用心深い、分析家、感謝の心がある、慎重、有り難く思う、几帳面、面倒見がいい、素朴、倹約家

ネガティブな人格
無気力、冷淡、凝り性、生真面目、病的、うっとうしい、執拗、悲観的、独占欲が強い、けち、恩知らず、引っ込み思案、心配性

トラウマを悪化させる引き金となる出来事
- 火事に関連付けられている引き金を感じる(煙の臭い、火が爆ぜる音、チカチカする火の明かり、など)。
- 家族代々から受け継いだ大切な物が見つからず、火事で失くしてしまったに違いないと気付く。
- 消防車がサイレンを鳴らしながら走り去っていく。
- 人の家で、火事を起こす原因になるものを目にする（むき出しの電気配線、火がついたままのタバコ、など)。
- 料理中に火災報知器が鳴る。
- 我が子がマッチで遊ぼうとしているところを見かける。
- どこかで火事が発生し、愛する人の身に危険が迫る(子どもの学校、妻の職場、など)。

トラウマに向き合う／克服する場面
- あるビルで火事が発生し、そこからみんなと一緒に逃げ出そうとしている。
- 森林火災が発生し、自分が住んでいる地域に火が迫っている。
- 洪水、地震などの自然災害が発生し、強制避難命令が出され、何もかも家に残したまま逃げなければならない。
- 息子あるいは娘が火に異常な恐怖心を示しているが、それは自分が火事に恐怖反応を示しているせいだと気付く。

遭難

〔英 Getting lost in a natural environment〕

具体的な状況
次のような状況が当てはまる。

- 森の中
- 山中
- 砂漠
- ハイキング／キャンプ中
- 海

この事例で損なわれる欲求
生理的欲求、安全・安心、承認・尊重

キャラクターに生じる思い込み
- 「自分は無能だ」
- 「自分の直感を信じることができない」
- 「自力なんて無理。人に救出してもらわないとだめなタイプなんだ」
- 「今度は助けが来られないかもしれないから、万事に備えておかなければ……」
- 「危ない橋を渡るときは、死ぬぐらいのことは覚悟しているよ」
- 「僕に人の分まで責任を持たせると、みんなに迷惑をかけてしまう」
- 「あらゆることが運命で決まってしまうのだから、僕が何をしても意味がない」
- 「自然は読めないから、自然を避けるべきだ」

キャラクターが抱く不安
- 「この風景は、なんとなく私が行方不明になった場所に似ている……」
- 「自然の猛威にさらされて、食べるものもなく餓死していくのが恐ろしい」
- 「ひとり取り残されてしまうのが怖い」
- 「あんな吹雪は思い出しただけでぞっとする……」（自分が行方不明時の天候を恐れる）
- 「集落から遠く離れて自然の中に入り込んでいくのは不安だ」
- 「見知らぬ土地に行くのは不安だし、そんなところでやったことのないことをやるのもちょっとね……」

行動基準の変化
- 滅多に自宅を離れなくなる。
- 周囲が急に静かになる、あるいは暗くなると不安が募る。
- 遭難時と同じような場所を避ける。
- 遭難時と同じような場所に執拗に興味を示す。
- 遭難時に命をつなぐのに役立ったもの（食糧や毛布）をため込む。
- 物やお金を節約するようになる。
- 自然全般を信用しなくなり、どこかに必ず危険が隠れていると思うようになる。
- 人に頼るようになる。
- 安心のため、ハイテク機器を豊富に揃え、（インターネット接続、携帯電話、衛星電話、無線、警察無線、など）インフラを整えておかないと気が済まない。
- ひとりではどこへも出掛けない。
- いつも人とつながっていられるようにソーシャルメディアにかじりつく。
- 見知らぬ土地や新しい経験を避ける。移動が必要になると特に嫌がる。
- 人からの助けを拒否する。
- もっと安心できる場所へ引っ越しする。
- 何もかも自分で支配しないと気が済まなくなる。
- 長い間ひとり取り残されていたため、社会規範に従わない（パーソナルスペースを無視する、人前で裸になる、入浴しない、など）。
- 天真爛漫に振る舞うことができない。
- リスクを嫌うので、他の人たちと一緒に何かしたり出掛けたりしても、楽しい雰囲気を壊してしまう。
- 自分の恐怖心と向き合おうとして、自分が行方不明になったような場所に敢えて入っていく。
- 生き残るために不可欠のサバイバルスキルを習得する。
- もっと自活能力が持てるように努力する。
- 緊急事態に備える（車の中にサバイバルキットを常備する、フリーズドライの食品を買いだめしておく、など）。
- 小さな安らぎや快適さを喜ぶ。
- 遭難経験以前と比べ、物を必要としなくなる。

この事例が形作るキャラクターの人格

ポジティブな人格
柔軟、用心深い、慎重、独立独歩、注意深い、楽観的、忍耐強い、粘り強い、臨機応変、賢明

ネガティブな人格
支配的、防衛的、自己中心的、迷信深い、気分屋、小心者、寡黙、協調性が低い、引っ込み思案、心配性

トラウマを悪化させる引き金となる出来事
- 安全な場所でも道に迷ってしまう（新しい病院を探しているとき、別の町に住む友人を訪ねるとき、など）。
- 自分が遭難したときと同じ場所に愛する人が行こうとしているのを知る。
- 旅行中に携帯電話が圏外になって電話が使えなくなる。
- 暴風雨が近づいてきているが、道路が寸断されるなどしてキャラクターがひとり取り残される可能性がある。
- 世界情勢の雲行きが怪しく、戦争に突入するか、世も末になりそうな事件が起きて、再び生きるか死ぬかの状況になりそうな気配を感じる。
- 食糧や飲水が足りない。

トラウマに向き合う／克服する場面
- 自分が遭難したエリアと似た場所へ行くはめになる（職場でクルーズ旅行に当たった、子どものキャンプ旅行で付添人が必要になった、など）。
- 過去の体験のせいで、精神障害（広場恐怖症、など）が出てくる。
- 家族または友人が遭難し、発見と救出を急がなければならない。
- 自然を体験しながら一緒に遊びたいと子どもが言い、その希望を叶えてやりたいと考える。
- 子どもが（キャンプ体験、友達のボートに乗せてもらう、など）アウトドアな遊びをやりたがっているのに、いつも許可を出さないので反抗的になる。

中絶

〔英　Having an abortion〕

この事例で損なわれる欲求

帰属意識・愛、承認・尊重

キャラクターに生じる思い込み

- 「プレッシャーに抵抗すべきだった。我が子を守ることができないなんて、自分はひどい母親だ」
- 「自分は子どもを持ってはいけないし、当然親になる資格もない」
- 「あんなことをしてしまったのだから、自分の身に悪いことが起きても当然だ」
- 「あのことが人に知れたら、間違いなく世間の爪はじきにあう」
- 「嘘をつくのがどんなにつらくても、つき通さなければならない嘘はある」
- 「家族は調子のいいときは助けてくれるが、都合が悪くなると背を向ける」
- 「つらいときこそ真実が見える。愛は条件付きでしか与えられない」

キャラクターが抱く不安

- 「教会から追放されてしまうかもしれない」
- 「中絶したことが人にばれたらどうしよう」
- 「また妊娠してしまったらどうしよう」
- 「神の裁きを受けるかもしれない」
- 「愛する人たちに（悪い人間だと）決めつけられてしまうかもしれない」
- 「本当に子どもが欲しいと思ったときに子どもが授からないかもしれない」

行動基準の変化

- 何も感じなくなってしまうことがある。
- 悲しみに打ちひしがれ、落ち込む。
- 中絶が秘密裏に行われた場合は特に、悲しみを押し殺す。
- 不眠症になり、悪夢を見る。
- アルコールやドラッグに頼る。
- 人を避け、子ども、特に赤ちゃんがいる場所を避ける。
- 混乱し、感情が複雑に入り乱れる（難関を乗りきった安堵、赤ちゃんを失った悲しみ、後悔、など）。
- 新しい恋愛を始められない。
- 摂食障害が出る。
- 性機能障害が出る（性の喜びを感じない、性交痛、不感症、セックスを避ける、など）。
- 自殺を考える、または自殺未遂を起こす。
- 悲しみや自分を恥じる気持ちで胸がいっぱいになると泣く。
- 家族、友人、パートナーから離れてひとりになる。
- 表向きは元気そうに振る舞う。
- 罪悪感から自分の他の子どもたちとの絆を深められない。
- リラックスしたり、些細なことを楽しんだりできない。
- 仕事中毒になる。
- 他人のことより自分のやりたいことを優先させると罪悪感を感じる。
- 他の子どもたちに対し「厳しくて立派な親」であろうとする。
- もしあの子を産んでいたとしたらどんな顔の子になっていただろうと、何度もしつこく想像する。
- 中絶を強要した人たち、あるいはそうせざるを得ない状況に自分を追い込んだ人たちに恨みを抱く。
- 大事なことを決めようとしても疑念が付きまとって決められない。
- 子どもを持ちたいのは山々だが、妊娠したくない。
- 悪いことが起きると、これは自分への罰だと思い込む。
- 中絶の事実を信頼できる人に打ち明ける。

- 自分の気持ちを整理しようとして、セラピーに通う。
- 中絶に強く反対するようになる、もしくは、女性が中絶を選ぶ権利を擁護するようになる。

この事例が形作るキャラクターの人格

ポジティブな人格
野心家、分析家、控えめ、共感力が高い、温和、勤勉、内向的、情け深い、面倒見がいい、世話好き、感傷的

ネガティブな人格
無神経、依存症、防衛的、忘れっぽい、生真面目、衝動的、不安症、手厳しい、被害者意識が強い、執拗

トラウマを悪化させる引き金となる出来事
- 出産予定日だった日が近づく。
- 子どもたちでいっぱいの公園のそばを通りかかる。
- 出産を祝うパーティに招待される。
- マスコミで中絶を巡る問題が大きく取り上げられる。
- 友人の妊娠が発覚する。
- よその母親が子どもをネグレクトしているのを見かける。
- 出産を終えた女性たちが生まれたばかりの赤ちゃんをあやしているのを横目に見る。
- 人の赤ちゃんのエコー写真を見る。

トラウマに向き合う／克服する場面
- 妊娠が発覚する。
- 子どもを産んで家庭を作りたい。
- 中絶を考えている友人にたったひとりでそれを経験してほしくない。
- 子どもを作ろうとしているが授からない。
- また妊娠したが、健康上の理由で医者から中絶を勧められる。
- 自分の娘が10代で妊娠し、どうすべきかアドバイスが必要になる。

NOTE
中絶の決意は容易いことではない。この道を選ぶのは、避妊がうまくいかなかった、胎児に先天的な異常が見つかった、強姦や近親相姦で妊娠してしまった、子どもを産んでも養育できない、望まない妊娠だった、このままだと母子のいずれか、あるいは両方の命が危ないといった問題が生じた場合であるだろう。
中絶は、父親と母親のどちらにも心の傷を残すことになるだろうが、やはり子どもが宿る体を持ち、母性を有する女性のほうがこのトラウマの影響を強く受けやすい。またキャラクターが中絶をどう乗り越えていくのかについては、本人を取り巻く環境、周囲から得られるサポート、中絶を強要されたかどうか、個人的信念や信仰心、暴力や虐待が関与しているかどうか、母親や赤ん坊の命が脅かされていたかどうかといった要因に左右される。

テロに遭遇する

〔英　a Terrorist attack〕

具体的な状況

- 爆発物の爆発
- 地下鉄内やビルの空気濾過器にガスを散布するなどの化学攻撃
- テロ犯が施設に侵入し、人質を取って立てこもる
- 水源に毒を流す、あるいはウイルスを噴霧するなど生物兵器による攻撃
- 人質交換を求めて大使館を襲撃し占拠
- サイバーテロ
- エコテロリズム
- 核の脅威または核戦力の展開

この事例で損なわれる欲求

生理的欲求、安全・安心、承認・尊重

キャラクターに生じる思い込み

- 「こんなに大勢の善良な人々が犠牲になったのに、自分には生きる資格なんてない」
- 「事件を防ぐために何かできたはずだった」
- 「もう安全でいられる場所なんてない」
- 「家族の安全を守ることができない」
- 「警察は金持ちや権力者しか守らない。残された我々は自分たちで身を守るしかない」
- 「どうせテロリストたちが勝利するんだ。将来のためによいものを残そうとしても無駄だ」
- 「こんなめちゃくちゃな世の中なのに、子どもを生むのは間違っている」
- 「復讐しなければ気が済まない」
- 「あのような宗教／人種／信念の人間はみな信用できないし、危険人物の可能性もある」

キャラクターが抱く不安

- 「（地下鉄、空港、駅、ショッピングセンターなど）大勢の人が集まる場所が怖い」
- 「死ぬのが怖い」
- 「肝心なときに体が固まって動けなくなるかもしれない」
- 「拷問にかけられて痛い目に遭ったらどうしよう」
- 「テロリストたちと同じ民族、宗教、信念を持った人たちが恐ろしい」
- 「閉所にいるのが嫌だ。特に大勢の人がいる飛行機の機内のような場所が苦手だ」
- 「見知らぬ人でいっぱいの人混みが怖い」
- 「不寛容な人たちが苦手だ」（不寛容が問題の根本的な原因だと思っている場合）

行動基準の変化

- 武器、食糧、水をため込みだす。
- 旅行したがらない。
- PTSD、不安症、鬱になる。
- テロの実行犯だと思っている人たちに嫌悪を抱き、その嫌悪感を声に出す。
- （スタジアム、コンサートホール、遊園地、など）大きな会場を避ける。
- 周りの人が亡くなったのになぜ自分が生き残っているのかと悩む。
- 家族、特に子どもを守らなければならないと強く思うようになる。
- 世の中で何が起きているのかを把握するため、常にアンテナを張って最新情報を追っている。
- 見知らぬ人と関わらなければならないような状況を避ける。
- ニュースにパターンがないか探して、自分を守るために何が起きるか予想する。
- プロパガンダや恐怖を煽る言葉を信じやすくなる。
- 人の動機を怪しむ。
- 迫害を恐れている場合は、自分の宗教や国籍が知れるような象徴的なものをおおっぴらには身につけなくなる。
- 抗議運動や集会、ストライキなどが過激化

し、暴力沙汰になりそうな様子を不安を募らせながら見ている。
- 自分の置かれた環境に何か変化があると敏感に反応する。
- 体がストレスに反応し、胸の痛み、頭痛など体調不良になる。
- テロ事件の後、元の日常生活に戻れずに苦しむ。
- 些細なことを楽しむことができない。
- 怒りのはけ口として暴力的手段に訴える。
- 生活必需品を貯める貯蔵庫を作る。
- 家族のために災害や万が一のことが起きた場合の避難計画を用意しておく。
- 摂食障害や睡眠障害が出てくる。
- もっと何かすべきだと思ってしまい、気持ちが落ち着かなくなる。
- 定期的に献血する。
- テロ事件で亡くなった人たちのために記念碑を建てる、またはそこを訪れる。
- 今まで通っていたわけではなかった教会に通いだす。
- テロ事件をもっと理解しようとして、事件までの経緯について勉強する。
- コミュニティでボランティアをする機会、地域社会を守る手伝いをする機会を探す。

この事例が形作るキャラクターの人格

ポジティブな人格
用心深い、分析家、慎重、知的、忠実、きちんとしている、愛国心が強い、勘が鋭い、積極的、世話好き、責任感が強い、正義感が強い、賢い

ネガティブな人格
無気力、冷淡、挑戦的、支配的、狂信的、とげとげしい、せっかち、理不尽、手厳しい、神経質、執拗

トラウマを悪化させる引き金となる出来事
- 火災避難訓練に参加する。
- 暴力満載の映画や、暴力事件を報道しているニュースを見る。
- 抗議の声を上げて行進している人たちや、反対運動や暴動の様子を伝えるニュースを見る。
- テロ事件の起きた場所を通り過ぎる。
- 血を見てしまう。

トラウマに向き合う／克服する場面
- 自然災害に巻き込まれ、家族を連れて安全な場所に逃げなければならない。
- 銀行あるいは店で強盗が起き、その場に居合わせた。生き延びるためには冷静に頭を働かせなければならない。
- ビルの中でガス漏れまたは火事が発生し、他の人を誘導して避難する責任がある。
- 車の大事故が起き、現場に一番に到着した。人命を救う手伝いをしなければならない。

倒壊した建物に閉じ込められる

〔英 Being trapped in a collapsed building〕

具体的な状況

たとえば次のようなきっかけで建物が倒壊し、中に閉じ込められる。

- 床や天井が突然崩れ落ちた。
- 竜巻が通った。
- 地震が起き、建物の支柱がずれた。
- 建物に構造上の欠陥があった。
- 火事で焼け落ちた。
- ガス管が破裂して爆発が起きた。
- 建物が経年劣化して崩れた。
- テロ攻撃を受けた。
- 空襲で爆弾が投下された。
- 建物の下に陥没穴ができ、建物が傾いた。

この事例で損なわれる欲求

生理的欲求、安全・安心

キャラクターに生じる思い込み

- 「人生なんていつ終わってもおかしくないんだから、責任だとか分別だとかで無駄にしちゃいけない」
- 「もうどこにいても安全じゃない」
- 「自分の人生からすべての罪業をなくさないと、また同じことが起きる」（キャラクターが信仰心の強い人の場合）
- 「一度命拾いしたから、二度目はない」
- 「将来に備えるなんて時間の無駄だ」
- 「無能なやつらばかりで信用できない」（建物崩壊が設計ミスだった場合）
- 「自分が死ねばよかった」（建物崩壊で愛する人を失った場合）

キャラクターが抱く不安

- 「暗闇が怖い」（地下室、地下駐車場、トンネルの中など）
- 「窒息死したらどうしよう」
- 「体を自由に動かせなくなったり、身動きがとれなくなったりしたらどうしよう」
- 「せっかく命拾いしたのに、本領を発揮できずに人生を無駄にしてしまうかもしれない」
- 「突然事故が起きて、愛する人が巻き込まれてしまったらどうしよう」

行動基準の変化

- 建物倒壊を思い出させるようなビルには近寄らない。
- 地下室や地下にあるアパートに入るのを拒む。
- 常に天候を把握しておく（悪天候が原因で建物が倒壊した場合など）。
- 常に携帯電話をフルに充電しておく。
- MRI装置など閉所に閉じ込められるとパニックになる。
- エレベーターに乗らない。
- 生存者であることの罪悪感に悩まされる（ビルの倒壊時に下敷きになった人が亡くなっている場合など）。
- 屋外または広い場所での遊びを友人に提案する。
- 屋内より屋外にいるほうが安心する。
- パニック発作や不安発作が起こったときのために吸入薬を持ち歩く。
- 地下室のある家に住みたがらない。
- 屋内にいるときはドアや窓を開けっ放しにする。
- ガレージではなく青空駐車場や路上に駐車する。
- 外が確認できるようにブラインドやカーテンを開けっ放しにしておく。
- 窓のない部屋にいると閉所恐怖症の発作が起きる。
- できる限り階段を使う。
- 屋外もしくはビルの1階で働ける仕事に転職する。

- かばんまたはバックパックに緊急避難キット（懐中電灯、水、非常食）をしのばせ、常に持ち歩く。
- 家族の所在をいつも知りたがり、メッセージを送る、電話をかけるなどして頻繁に家族の様子をうかがう。
- 安全であることを確認するため、新しい家を建てている建築現場を監視する。
- 建物に負荷がかかっている箇所を特定できるよう、建物の構造を勉強する。
- 命拾いしたことに感謝し、人生の優先順位を入れ替える。
- 自分はいつ死んでもおかしくないから、人生を精一杯生きる。
- 自分がどれほど家族や友人たちを愛しているか、愛情を常に伝える。
- 自分の命を救ってくれた人たちに感謝の心を示す。

この事例が形作るキャラクターの人格

ポジティブな人格
用心深い、感謝の心がある、慎重、太っ腹、謙虚、影響力が強い、優しい、面倒見がいい、世話好き、スピリチュアル、奔放、利他的

ネガティブな人格
強迫観念が強い、臆病、狂信的、生真面目、抑制的、被害者意識が強い、妄想症、悲観的、引っ込み思案、心配性

トラウマを悪化させる引き金となる出来事
- 建物が倒壊し、人がその下敷きになっているニュースをテレビまたはインターネットで見る。
- 閉所に居合わせる。
- 自分の恐怖心に向き合い、それを克服しようとするができない。
- 壁が軋む（たとえば、強風の日に古い家の中にいる場合、など）。
- 停電が起きる。
- 自宅の近所または職場の近くで建物の取り壊しが行われている。
- 激しい風雨に見舞われ、建物がぎしぎしと揺れる。
- 息ができないという感覚に襲われる（埃っぽい空気を吸い込む、狭い場所に押し込められる、恋人と抱き合っているときに相手が自分の胸にのしかかるようになる、など）。
- 大渋滞に巻き込まれ、長いトンネルの中に閉じ込められる。

トラウマに向き合う／克服する場面
- 地下で働かなければならない（地下鉄のトンネルの中、など）。
- ペット救出のため、あるいは何かを修繕するため、（這いつくばらなければ入れない通気口、など）狭い場所に入っていかなければならない。
- 休暇中、自然の中に出掛け、洞窟に入ったり、狭い抜け道のようなところを歩いたりしなければならない。
- 修理工として働いていて、トラックの下の狭いスペースに入り込んで修理をしなければならない。
- 建物倒壊から命拾いしたのは、何か理由があったからではないかと思えるようなことが起きる（臓器移植が必要な兄弟姉妹がいてキャラクターが臓器提供者になる、誰かに心肺蘇生法を試みたらその人が息を吹き返した、誘拐された子どもを救い出した、など）。

恥をかかされる／屈辱を与えられる

〔英 Being humiliated by others〕

具体的な状況

- 教師にクラスの中からひとりだけ名前を呼ばれ、つるし上げられた。
- 評判が傷つけられる（セックスビデオの流出、暴言を吐いているところを隠し撮りされた、など）。
- みっともなくて誰にも言わずに守ってきた秘密が、仲間内にあるいは世間に広まった。
- 人の敬意や尊厳を無視したひどいやり方で解雇された。
- 極悪事件あるいは忌まわしい事件でぬれぎぬを着せられた。
- 大学寮あるいはスポーツチームで新入生いじめに遭った。
- 夫に浮気され復讐に燃えた妻がソーシャルメディアにそのことを投稿し、浮気が公になった。
- 悪意に満ちた噂または真実が広められ、辱められた。
- 恥ずかしい情報をライバルに明かされ、顔に泥を塗られた。
- 自分の本当の性的指向をまだ人に言うつもりがなかったのに、暴露されてしまった。
- いじめられ、屈辱的な行為までさせられた。

この事例で損なわれる欲求

安全・安心、帰属意識・愛、承認・尊重、自己実現

キャラクターに生じる思い込み

- 「あの一件で自分は人に判断されてしまうから、これからは何をやってもうまくいかないだろう」
- 「自分が無実であることなんて人はおかまいなしだ。これからはいつも人に怪しまれながら生きていかなければならない」
- 「私は欠陥のある弱い人間だから、いつも狙われてしまう」
- 「人前であんなことをしてしまった自分に幸せになる資格なんてない」
- 「周囲には溶け込めないし、誰にもわかってもらえない」
- 「自分の過去が人に知れたら、人生おしまいだ」
- 「助けてもらおうと思って人を信用しちゃいけない。助けてなんてくれないから」

キャラクターが抱く不安

- 「録音（あるいは録画）されていたらどうしよう」
- 「人に食い物にされるかもしれない」
- 「間違った相手を信用してしまったらどうしよう」
- 「世間の反応や噂がさらに広がるのが怖い」
- 「こんな屈辱的な思いをさせた人間が怖い」
- 「他の重要な秘密も知られてしまうかもしれない」
- 「愛する人たちに見捨てられて、どんな屈辱もひとりで受け止めるはめになったらどうしよう」

行動基準の変化

- 社会不安障害になる。
- ドラッグやアルコール、または過食に走る。
- 気まずくなって友人から離れていく。
- 言い訳をして社交イベントを避ける。
- 電話が鳴ったり、メールの受信音が鳴ったりすると、不安を感じる。
- 人目につかないようにするため、変装を試みる。
- 屈辱を味わった場所には戻らない（仕事を辞める、転校する、政界を去る、表舞台から去る、など）。
- 初めて会った人を信用しないし、その人の

言葉を額面どおりには受け取らない。
- 身の回りのことが自分でできなくなる（恥や屈辱を感じたことで、あるいは鬱のせいで）。
- 自分の過去を知る人は実際はわずかしかいないのに、みんなが知っていると思い込む。
- 人に身元がばれてしまうのではないかと心配し、外出が怖くなる。
- 自分の他の過ちも世間にさらされるのではないかと恐れる。
- 部屋に入っていくと、みんなの視線を感じ、人に見られているような気持ちになる。
- 人が勝手に噂していた自分にとって屈辱的な内容が頭から離れず、それが本当のことのような気がしてくる。
- 自分の判断や行動を後からくよくよ悩む。
- 相手の動機を深読みし、その人の言動を悪く解釈する。
- 自分に忠実でいてくれる人にしがみつく。
- 趣味や活動への関心を失う。
- 他の人とは疎遠になり、わずかな信頼できる人としか付き合わない。
- ソーシャルメディアを避け、自分のアカウントを閉鎖する。
- 事件を利用して、社会問題や偏見に世間の目を向けさせ、世の中を変えようとする。
- 寂しさを紛らわすためにペットを飼う（ペットは自分のことを決めつけたりしないし、無条件に愛してくれるから）。

この事例が形作るキャラクターの人格

ポジティブな人格
慎重、勇敢、控えめ、正直、気高い、影響力が強い、情け深い、客観的、雄弁、秘密を守る、寛容、奔放

ネガティブな人格
依存症、挑戦的、臆病、防衛的、不正直、愚か、だまされやすい、被害者意識が強い、大げさ、妄想症、恨みがましい、自滅的

トラウマを悪化させる引き金となる出来事
- 自分に赤っ恥をかかせた相手にばったり出会う。
- 屈辱的な事件が起きた現場に似た場所に居合わせる。
- ある人が中傷され名誉を傷つけられている姿を見る、あるいはソーシャルメディアで秘密を公開されているのを見る。
- 同僚についての意地悪な噂を耳にする。
- （自分が録画されたビデオが流出したせいで、あるいは報道のせいで）見知らぬ人が自分のことを知っている。
- 新しい人と出会うが、その人が自分の過去に触れる可能性がある。

トラウマに向き合う／克服する場面
- 信頼し合える恋愛をしたいが、また自分の弱さを相手に見せるのを躊躇って悩む。
- 恋愛が進展し、相手が自分のみっともない過去を知ってしまうのではないかと不安が募っている。
- 人が圧力をかけられて無理矢理何かをさせられそうになっているところを立ち聞きしてしまうが、もしその一件で失敗でもしたら、その人の名誉が傷ついてしまう。
- ある夢を追いたいが（キャリアを伸ばす、好きなことをやる、など）、自分を見守ってくれている人たちに屈辱の過去をさらさないことには、その夢は追えない。
- 名誉毀損で個人あるいは企業を訴え、その訴訟裁判で証言しなければならない。
- 自分に惨めな思いをさせた人が、別の人にも同じことを繰り返しているのを目撃する。

人の死を目撃する

〔英 Watching someone die〕

具体的な状況

- 車の事故が起き、乗車していた人を助けようとする（が助けられない）。
- 道を横切ろうとしていた友人がひき逃げされたところを目撃した。
- 家族との休暇中、家族のひとりが溺死、またはボート事故で死亡する。
- 人が亡くなる直前に安らかに永眠できるように看取る（高所から落ち、死んでいく人を看取る場合、など）。
- 自然災害が起き、生存者を発見するが、発見が遅すぎて命を救えなかった。
- 強盗やヘイトクライムで人が殴り殺されるのを止めることができなかった。
- 漏電による感電死、あるいは、バイクの死亡事故など、不慮の事故で人が亡くなるのを目撃する。
- 火事で炎に包まれてしまった人を救出できなかった（高層ビルのバルコニーで助けを求められるも逃げ場がない、逃げ遅れた人が高層階にいるがそこに行く手段がない、など）。
- スポーツの試合または練習中に死亡事故が起きて子どもが死ぬ。

この事例で損なわれる欲求

帰属意識・愛、承認・尊重、自己実現

キャラクターに生じる思い込み

- 「一番肝心なときに人を助けられなかった」
- 「彼らではなく、私が死ぬべきだった」
- 「私が愛する人はみな私のもとからいなくなってしまう」
- 「周囲の人にとって自分は毒だ」（自分を責めている場合）
- 「人を愛すと、つらい思いをするだけだ」
- 「自分はいつ死んでもおかしくない。将来の予定を立てるなんて馬鹿馬鹿しい」
- 「世の中は危険だらけだ。油断は禁物」

キャラクターが抱く不安

- 「家族に死なれて、ひとりになってしまったらどうしよう」
- 「自分が死んだら、残された子どもたちは一体どうなるのだろう」
- 「人に感情を移入しすぎてしまうと後でつらい思いをするかもしれない」
- 「火が怖い」（銃、高所、雨の中の運転など、人の死亡につながった状況や死因に関連した物事を恐れる）
- 「愛する人を傷つけてしまうかもしれない」（自分を責めるべきことが実際にあった、あるいは想像でそう思い込んでいる場合、など）
- 「人が藁をも掴む思いで助けを求めていたのに、助けられなかった」
- 「他の人の分まで責任を持つのが怖い」
- 「危険やリスクは苦手だ」

行動基準の変化

- PTSDに苦しむ。
- 鬱になる。
- 犠牲者のことが頭から離れず、他の人がおざなりになる。
- 眠れなくなる。
- 死亡事故が起きたときに周りにいた人たちを避ける。
- 残された愛する人にしがみつくようになる。
- 家族に対し神経質なほど過保護になり、彼らの所在を常に知りたがる。
- 危険そうなことを子どもには絶対させない。
- 極端に安全性を気にするようになる。
- 危険の可能性を常に心配する。
- 石橋を叩くように細かくしっかり計画を練らないと、行動に移せないし、決断も下せない。

- リスクを嫌がり、思い付きで行動するのを避ける。
- 自滅的・向こう見ずな行動を取る（自分には生きている資格がないことを証明しようとする）。
- 他人の幸せの責任を負いたくない。
- 友人や家族とは距離を置くようになる。
- 今まで親しくしていた人たちとは浅く付き合うようになる。
- 悲しみと向き合うのを避けるため、仕事などに没頭する。
- 死亡事故に対し、法の裁き、報復、あるいは補償を求める（事故を調査する、社会の意識を高める、事故責任者を訴える、など）。
- 遺族の会などの支援グループに参加する。
- 故人の持ち物を処分する（寄付する、家族や友人に形見分けする、など）。
- 故人の名前を冠した奨学金を新設する。
- 悲しみを一時的に和らげるために使っていた鎮静剤や睡眠薬などを断つ。

この事例が形作るキャラクターの人格

ポジティブな人格
愛情深い、用心深い、慎重、熱心、独立独歩、面倒見がいい、注意深い、きちんとしている、積極的、賢明、賢い

ネガティブな人格
優柔不断、完璧主義、恨みがましい、自滅的、気分屋、小心者、寡黙、引っ込み思案、心配性

トラウマを悪化させる引き金となる出来事
- 自分の子どもたちが無謀なことをしているのを目撃する。
- たとえば消毒剤の臭いが引き金になり、病院に通っていたことや事故のことを思い出す。
- 愛する人が怪我をする、あるいは入院する。
- 事故現場を訪ねる。
- あわや死亡事故になりそうだった事故を目撃する。
- エンターテイメント目的で作られた、アクシデントや危機一髪のシーンが連続の、無謀な行動が満載のビデオをインターネットで見る。

トラウマに向き合う／克服する場面
- 姉が亡くなって、残された姉の息子の面倒を見ることができる身内は自分だけしかいなくなり、責任が自分の肩にのしかかる。
- 死亡事故の責任者が見つかるが、警察がその件に関しては動こうとはしない、あるいは法律で罰することができない。
- 死亡事故に関する過失があることがわかった（機械の誤動作、建物が建築法に沿っていなかった、など）。
- 残された子どもの唯一の保護者（あるいは片親）だから、自分がしっかりしなければならない。

ひ

不治の病だと診断される

〔英 a Terminal illness diagnosis〕

この事例で損なわれる欲求

生理的欲求、安全・安心、承認・尊重、自己実現

キャラクターに生じる思い込み

- 「この診断は何かの間違いで、すぐに良くなる」
- 「神様はこんな善良な人間を死なせたりしない」
- 「こんなに苦しくて早い死を私に与えるなんて、神様は残酷だ」
- 「こうなるのも当然の報い……」（そうなって当然だと思ってしまうようなことをした、あるいは善良な人間ではなかったと考えている場合）
- 「周囲の人には自分は重荷でしかない」
- 「金と力があったら、私は死なずに済む」

キャラクターが抱く不安

- 「死ぬのが怖い」
- 「痛いのは嫌だ」
- 「人に憐れだと思われるのが嫌だ」
- 「友人や家族に見守られながら、自分はこのままゆっくりと衰弱していくのかもしれない」
- 「体調は悪化していく一方だし、薬を飲んでいるせいで人に言ってはいけないことを言ってしまうし、やってはいけないことをしてしまう」
- 「自分は以前のように強くてできる人間じゃなくて、こんなふうに病気がちで弱い人間としてみんなの記憶にとどまるのかもしれない」
- 「病気がすべての人生を送ることになるのかもしれない」
- 「死後にはどんな世界が待っているのだろう」（最後の審判が下されるのか、自分の信じている世界とは違うのか、何もないのか、などと考える）

行動基準の変化

- 突然涙が出てきたり、悲しみに襲われたりする。
- 周囲に人がいてもあまり口をきかなくなる。
- ひとりの時間が必要になるし、日常的な作業をしていても休憩が必要になる。
- 鬱になる。
- アルコールやドラッグに走る。
- 起きられなくなって、ベッドに臥せったままになる。
- いつも眠っている、あるいは不眠症に苦しむ。
- 諦めたかのように振る舞う（不潔になる、家族と距離を置く、ペットを無視する、など）。
- 自分の病気を認めようとしない、あるいは医者にかかろうとしない。
- 妄想がかって、体調悪化のサインがないか自分の姿を何度もチェックする。
- 病状が進行し、日課の一部をこなせなくなって諦める（運動、健康的な食生活、掃除、など）。
- 財産のこと、遺言作成など、人生最期に向けての準備について話そうとしなくなる。
- 急に、リスクを冒してでも、生きていることを実感できるようなことがしたくなる。
- 考えたくないから仕事に没頭する。
- 金遣いが荒くなる。
- 効果の有無に関係なく、積極的治療を選ぶ。
- 治癒方法が見つかることを期待して民間療法について調べる。
- とんでもないことをして病気に反抗する（避妊をしないでセックスする、浴びるように酒を飲んで遊ぶ、危険な場所を訪れる、など）。
- 人に忖度するのをやめ、たとえ人を傷つけることになっても、自分が本当に思っていることを口にするようになる。
- 「十分な睡眠が取れなかった」「何か悪いも

のでも食べたんだろう」などと言ってごまかし、自分の病気を否定する。
- 弱い人間だと思われたくないので、人の助けを断る。
- 心配してくれている人に自分の食生活、睡眠、服用薬などについて嘘をつく。
- 「気分がよくなったら、子どもをディズニーランドへ連れていこう」「また体が元に戻ったら、ハイキングしたい」などと、病が一時的なものであるかのように話す。
- 頻繁に自殺が頭をよぎる。
- 自分でできることがだんだんと限られてきて、フラストレーションが募り、イライラした表情や態度を見せるようになる。
- セカンドオピニオンを求める。
- 今後病状がどうなっていくのかをよく知っておこうと自分の病気について調べる。
- 痛みを和らげるためのオプションや、可能ならば病気の進行を遅らせる方法を検討する。

この事例が形作るキャラクターの人格

このケースでは、病気の告知後すぐに心は傷つき、悩み苦しむ時間も短いため、キャラクターは大きなパーソナリティシフトを経験しない。その代わり、既にキャラクターの人格の一部となっている性質（特にキャラクターが現実に背を向ける後押しをする性質）がもっと際立ってくるだろう。たとえば、もともとあまり自分のことを話さない人なら、その傾向がもっと強まる。苦しみを乗り越える助けになるなら、おおらかな人はよりおおらかに、向こう見ずな人はより無鉄砲になり、黙って考え込みたくなる人や、奔放に振る舞う人もいるはずだ。

トラウマを悪化させる引き金となる出来事

- ずっと訪ねたいと思っていた場所への旅行案内を目にするが、今はもうそこへは行けない体になっている。
- 教会の前、あるいは信仰のしるしである建造物の前を車で通り過ぎる。
- 来年は迎えられないであろうクリスマスや誕生日など、年に1度の記念日を過ごす。
- 治療を受けるため病院へ行く。
- 遺言や人生最期に向けて希望していることについて話し合う。
- 赤ちゃんが生まれ、家族が増える。
- シリーズになっている本を読み始めたいが、最後まで読み終える時間は残されていない。
- 最後のバケーションを計画する。

トラウマに向き合う／克服する場面

- 死ぬ前に、疎遠になっていた家族に会って、関係を修復したいと思っている。
- とても後悔していることがあって、そのことが頭から離れなかったが、その後悔と向き合うチャンスが訪れる。
- 自分の病気と余命を受け入れ、残された時間をエンジョイしようとする。
- 自分の怒りをやり過ごすことができれば、過ちを正したり、他の人のために大いに貢献したりできる。
- 夢や目標があって、それを叶えたいと思っている。

NOTE

あなたの病気は不治の病です――そんな診断を受けた患者には、治療のオプションは延命治療に限られることがほとんどだ。医者に宣告された余命を過ぎても生きる患者はいるが、普通は余命6カ月未満だと宣告されたらその人は末期患者と考えられる。

流産・死産

〔英 a Miscarriage or stillbirth〕

この事例で損なわれる欲求

安全・安心、承認・尊重、自己実現

キャラクターに生じる思い込み

- 「これは過去に犯した罪への罰なのよ」(弱さなどへの罰)
- 「これは私の責任なの。妊娠中に何かいけないことをしてしまって、赤ちゃんを死なせたの」
- 「きっと自分は親になるべきじゃないんだ」
- 「妊娠を後悔していたから(「赤ちゃんなんかいらない」と思っていた、など)、無意識のうちにこうなってしまったのよ」
- 「いい知らせは、届いてもすぐにどこかへいってしまう」
- 「こんな苦しみをまた味わうぐらいなら、赤ちゃんなんて授からなくていい」

キャラクターが抱く不安

- 「また同じことが起きるかもしれない」
- 「他の子も事故や病気、不注意で失ってしまうかもしれない」
- 「自分は悪い親なのかもしれない」
- 「女性として自分の体に何かもともと悪いところがあるのかも……」
- 「また妊娠するのが怖い」
- 「子どもが二度と授からなかったらどうしよう」
- 「病院が怖い……」(あるいは流産や死産に関連付けられているものを恐れる)
- 「自分たちの結婚生活がうまくいかなくなるかもしれない」

行動基準の変化

- もし赤ん坊が生まれていたら、祝っていたに違いない記念日を心の中で追う(生後1カ月、初めての誕生日、幼稚園の入園式など)
- 生きている子どもたちを独占したがる。
- 自分自身あるいはパートナーを責める。
- なぜこんなことになったのか、理由を執拗に探る。
- セックスに関して複雑な感情が入り交じる。
- 心気症のように神経質になる。
- 人とは距離を置くようになる。
- 赤ちゃん関連のものを避ける(赤ちゃん部屋、安産のお守り、出産祝いのギフト、など)。
- 子作りはもうやめようと夫婦で決めた後も、赤ちゃん部屋を片付けようとしない。
- 赤ちゃん部屋に入り浸って赤ん坊のものを手に取る(ぬいぐるみを振ってみる、ベビー服に手を触れる、など)。
- 赤ん坊のいる夫婦からは遠ざかる。
- 他の人が何事もなく妊娠していることに腹が立つが、後でそう思ったことに罪悪感を持つ。
- 落ち込む。
- パニック障害になる。
- 健康にもっと気を遣うようになり、そうすれば将来また妊娠して子どもを無事出産できるチャンスが高まると思い込む。
- 信仰に背を向ける。
- 他人の赤ちゃんに異常なほど興味を示すようになる。
- 自分の育児能力を疑うようになる。
- 否定的な考え方をするようになる。
- また妊娠するのを拒む。
- また今年も子どものいない1年になるのかと、自分の誕生日がやって来るのを嫌がる。
- 神あるいは信仰にすがるようになる。
- 同じ苦しみを味わった人たちに共感を示し、手を差し伸べる。
- 養子縁組を検討する。
- 子育て以外のことで人生の満足感を得ることはできると受け入れる。
- 有意義な活動をして自分の時間を埋める。

- 同じように赤ん坊を失った人の支援グループやネットのチャットルームに参加する。

この事例が形作るキャラクターの人格

ポジティブな人格
感謝の心がある、規律正しい、共感力が高い、勤勉、影響力が強い、面倒見がいい、思慮深い、粘り強い、秘密を守る、世話好き、賢明、スピリチュアル

ネガティブな人格
依存症、支配的、皮肉屋、防衛的、生真面目、抑制的、理不尽、無責任、嫉妬深い、被害者意識が強い、病的、うっとうしい、神経質

トラウマを悪化させる引き金となる出来事
- 流産・死産から1年が経つ。
- 友人の子どもが学校の入学式や卒業式など人生の重要な節目を迎えるのを見ていて、自分の子どもも生まれていれば同じことを経験していたのだなと心の中で思う。
- ベビーシャワー（訳注：出産前の妊婦を祝うパーティ）もしくは子どもの誕生会に招待される。
- 友人が子どものプレイグループのスケジュールとぶつかってしまうため、自分と一緒にランチできなくなる。
- 赤ちゃんと妊婦のための店の前を通りかかる。
- ショッピングセンターやレストランで赤ちゃんに授乳している女性の姿を見かける。
- 「あなたには他にも子どもがいるじゃない」「また頑張ればいいじゃない」などと、友人から悪気はないが心無い言葉を掛けられる。
- 生まれてくる我が子のために用意した赤ちゃん部屋の中に入る。

トラウマに向き合う／克服する場面
- 再び妊娠する。
- 再び流産する。
- 親しい友人が養子縁組の申請を始め、自分も出産を諦めて同じ道を選ぼうか迷っている。
- 我が子がひとりで遊んでいるのを見て、もう子作りはやめにしたけれど、本当にそれでいいのだろうかと思い直す。
- 赤ん坊を失ったトラウマに夫婦それぞれ違った方法で対処しているため、夫婦関係に亀裂が入る。
- 望まない妊娠をしてしまった家族や親しい友人が自分の助けを必要としている。

NOTE
流産や死産を経験する心の痛みには多くの要因が絡んでいる。たとえば、キャラクターにとって初めての流産／死産かどうか、妊娠のどの時点でそれが起きたのか、夫婦がどんな信仰心を持っているのか（宗教に限らない）、周囲からどの程度のサポートが得られるのか、赤ん坊を失うまでの状況はどんな様子であったか、などが挙げられる。また、この心の傷は母親だけに刻まれるものではなく、男女どちらの親にも残る傷である。

両親の離婚

〔英 a Parent's divorce〕

この事例で損なわれる欲求

安全・安心、帰属意識・愛

キャラクターに生じる思い込み

- 「自分のせいで両親は離婚した」
- 「長く続く関係なんてあり得ない」
- 「誰かを全身で愛したら、自分が傷つくだけだ」
- 「結婚なんてだまされやすい人がするものだ」
- 「みんな隠し事をしているから、誰のことも完全には信用できない」
- 「平和を保つというのは、つまり何も言わないってことだよ」
- 「ここで手を打たなくても、もっといいものが常にどこかにあるからね」

キャラクターが抱く不安

- 「見捨てられるかもしれない」
- 「自分には低い優先度がつけられているのかもしれない」
- 「不安定なのは嫌だ」(経済的不安定、心の不安定、など)
- 「浮気は嫌だ」
- 「拒否されたり、裏切られたりしたらどうしよう」
- 「もっといい人が見つかったからとか、他にやりたいことがあるからとか言われて、捨てられたらどうしよう」
- 「自分の結婚も危うくなったらどうしよう」
- 「子どもを持っても、幸せにしてあげられないかもしれない」
- 「深い関係になるのが怖い」

行動基準の変化

- 長い付き合いを嫌がる、または避ける。
- 相手に深入りしたくないから言い訳をする。
- ひどい恋愛相手を選ぶ。
- 人に極端に愛着を感じる、あるいは、わざと愛着を避ける。
- どちらかの親または両親との関係がぎくしゃくする。
- 両親に対して厳しい意見を持っていて、両親の選択に批判的になる。
- 自分が思い描いていたような子ども時代が送れなかったことで親を恨んでいる。
- パートナーまたは配偶者を心から信じることができない。
- 揉め事が起きると、それをなんとかしようとするよりは、離れていく傾向がある。
- たとえ自分が不利益を被ることになっても、我が子には自分にはなかった支援をする。
- 不安を感じることが多く、後押し、褒め言葉、肯定的な反応が必要になる。
- 何か変わったことはないか注意深く状況に目を光らせる。
- 普通の人と比べるとよく家計を気にする。
- 過去を断ち切ったり、何かを手放したりなかなかできない。
- 人の分まで責任を持つのを恐れる。
- (人、パーソナルスペース、自分の役割や仕事などに関して)縄張り意識や独占欲が強い。
- 人をなかなか許すことができない。
- 人を喜ばそうとする、あるいは人を巧みに操る(幼い頃に人の気を惹こうとして功を奏した手段に頼る)。
- 変化があるとすぐに圧倒されてしまう。
- 予定どおりに事が進まないと腹を立て、後手の対応しかできなくなる。
- 競争になると怯えてしまう。
- 独立心が非常に強くなり、人に助けを求めたがらない。
- 何かがうまくいかなくなると、あたかもそれが自分の責任であるかのように罪悪感を感じる。
- 他人の幸せに重い責任を感じる。

- 友人関係や恋人関係にしがみつきすぎる（相手に息の詰まるような思いをさせる可能性もある）。
- 何がどうなるかわからない不安定な状況で、あまり期待をしすぎてはいけないと我が子に警告を与える。
- 新しい物事に挑戦したがらない。
- 驚かされるのを嫌う。
- 自分の持ち物に強い執着心を持つ。
- 逆境にもめげず、自分が作り上げたものにプライドを持っている（安心できる家庭、家族、キャリア、など）。
- 自分がいつも人を支配していると、人の学習や成長のチャンスを奪ってしまうとわかっている。
- 子どものために離婚せずにいるが、それでもやはり子どもを傷つけていることに気付く。

この事例が形作るキャラクターの人格

ポジティブな人格
愛情深い、分析家、慎重、魅力的、控えめ、共感力が高い、独立独歩、勤勉、公明正大、忠実、大人っぽい

ネガティブな人格
挑戦的、支配的、防衛的、つかみどころがない、偽善的、せっかち、不安症、嫉妬深い、手厳しい、操り上手

トラウマを悪化させる引き金となる出来事
- 夫婦喧嘩をする。
- 休暇中に片親（または両親）を訪ねる。
- どちらかの親が再婚するつもりだと言い出す。
- 自分のパートナーが隠し事をしているのではないかと怪しむ。
- 家族の夕食会、結婚式や葬式など、家族が集まるイベントがある。

トラウマに向き合う／克服する場面
- 結婚カウンセリング、あるいは個人でカウンセリングを受ける。
- 結婚したいけれど、そうすることを怖がっている。
- 自分が初めて親になると知る。

NOTE
この心の傷の深刻さには様々な要因が影響する。離婚をめぐる状況、キャラクターの性格や順応性、両親が離婚したときのキャラクターの年齢（多感な時期に両親が離婚した場合は特に重要）などはもちろんのこと、離婚後の新しい生活環境も影響する。たとえば、家庭の経済事情の変化、引越、両親の間でどのように養育義務が分けられているか、キャラクターが誰に頼れるのか、それぞれの親との今後の関係なども影響する。
両親の離婚の影響には短期的なものと長期的なものと両方あるが、この項目ではキャラクターが大人あるいは大人に近い年齢であるケースを扱っているので、長期的なインパクトに主眼が置かれている。

我が子の死

〔英 the Death of one's child〕

具体的な状況

たとえば以下のようなケースが考えられる。

- 末期疾患
- 車の交通事故
- 自然災害
- スポーツの試合で稀にしか起きない事故が起きてしまった（頭を強打して死亡する、など）。
- 急な体調悪化で診断が下らないまま亡くなった（深刻なアレルギー反応が出た、血友病で出血が止まらなかった、など）。
- バス停から徒歩で帰宅中に車にはねられた。
- 自然の中で行方不明になった。
- 危険だからと親に禁止されていたことをやって死亡した(屋根に登っていて落ちた、など)。
- 乳幼児突然死症候群（SIDS）で死亡。
- 流産、死産、新生児死亡。

この事例で損なわれる欲求

安全・安心、帰属意識・愛、自己実現

キャラクターに生じる思い込み

- 「愛する人の安全を守ることができない」
- 「（たとえ実際には責任がなくても）我が子の死の責任は自分にある」
- 「自分は人に許される資格なんてない」
- 「神様は私に罰を与えるためにこんなことをした」（キャラクターの想像上の罪があり、それが理不尽であっても罪悪感を感じている場合）
- 「母親／父親であることを奪われたら、私にはもう何も残らない」
- 「もう二度とこんなつらい思いはしたくないから、子どもは欲しくない」
- 「世の中危険だらけ。しっかりと気を引き締めていないと、また誰かを失ってしまう」
- 「他人に我が子の面倒を見させるなんて無謀。私なら子どもの安全をしっかり守ることができる」

キャラクターが抱く不安

- 「満ち足りた気持ちになることなんてもう二度とないかもしれない」
- 「これから先ずっとひとりぼっちなのかもしれない」
- 「あの子の顔や声を忘れてしまいそう……」
- 「（配偶者、兄弟姉妹、子ども、など）愛する人をまた失ってしまったらどうしよう」
- 「これって、あの子の死を思い出すような状況で、嫌だな……」

行動基準の変化

- 亡くなった我が子の部屋で長く時間を過ごすようになる。
- 責めるべき人などいないのだが、誰かを責めたい。
- 昔のビデオを見たり、アルバムを開いて古い写真を眺めたりする。
- 人の面倒を見たり、他人の問題に関わったりすることができなくなる。
- 夫婦間で悲しみへの向き合い方に違いがあって、亀裂が生じる（ひとりは子どものものは全部捨ててしまいたいし、もうひとりは全部残しておきたい、など）。
- 残された子どもたちを守るため、迷信を信じたり、お参りしたり、お祈りを捧げたりするようになる。
- 我が亡き子に姿がそっくりだったり、同じしぐさをする子どもを、我が子だと思ってしまう。
- 亡くなった我が子の鮮明な夢を見て、心がつらくなる。
- 不安障害になる。

- 人から離れていく。
- 過去から抜け出せず、今を生きることができない。
- 信仰に背を向ける。
- 我が子に向かって声を出して話しかけ、死なせてしまったことを特に詫びる。
- 我が子と同じ年齢の子どもを避ける。
- 子どもにとって特別な日（クリスマスなど）を祝うと心が傷つくので、祝わない。
- 我が子を死に至らしめた状況を掘り下げて理解したくて、調べて勉強する。
- 我が子の形見を肌身離さずいつも持ち歩く（ブレスレット、写真、子どもが気に入っていたキーホルダー、など）。
- つらいことをあまり思い出さなくなるだろうと期待して新しい家に引っ越す。
- しばらく離れていた宗教に戻る、あるいは宗教を信じるようになる。
- 我が子が死んだ場所に記念碑を建て、その世話をする。

この事例が形作るキャラクターの人格

ポジティブな人格
感謝の心がある、共感力が高い、温和、勤勉、影響力が強い、面倒見がいい、思慮深い、粘り強い、秘密を守る、積極的、世話好き、スピリチュアル、利他的

ネガティブな人格
依存症、支配的、皮肉屋、生真面目、理不尽、無責任、嫉妬深い、被害者意識が強い、病的、うっとうしい、神経質、執拗、神経過敏、完璧主義

トラウマを悪化させる引き金となる出来事
- 今は亡き我が子の名前をどこかで耳にする。
- 周囲の人が明らかに我が子のことにまったく触れないようにしている。
- 「子どもは何人いるのか」と人に尋ねられる。
- 我が亡き子と同い年の子どもたちに囲まれている。
- 出産祝いのパーティ、誕生会、卒業式や成人式など、子どもの人生の節目を祝うイベントに出席する。

トラウマに向き合う／克服する場面
- もうひとり子どもが欲しくなる。
- 我が子の死に対し完全には気持ちに整理がついていないのに、妊娠が発覚する。
- 残された他の子どもたちが親にほったらかしにされていると感じ、親子関係がぎくしゃくしてくる。
- 残された子どもが兄弟の死に対し気持ちを整理できるように助けてやりたいが、キャラクター自身も悲しみにくれていて助けてやれない。

NOTE
我が子の死は様々な形で訪れるが、親としてその死をどう受け止めるかに大きく影響するのは、親に責任があったか否かである。たとえ親としてなすすべもなく子どもが亡くなったとしても、やはり親はある程度自分を責めるだろう。我が子を失った心の傷の深さは、健全な方法でその悲しみに向き合わずに苦しむ場合も含め、その死に親がどれほど切実に責任を感じているかに左右される。この項目では、厳密には親が子どもの死には責任がないケースを扱っている（キャラクターが子どもの面倒を見ている間に、たとえそれが不慮の事故であっても、不注意から子どもを死なせてしまったケースについては、「管理下にあった子どもの死」の項目を参照のこと）。

付録１

心の傷・フローチャート

キャラクターに何が起きて心の傷を負うことになったのか。それ決めるのは書き手にとって骨の折れる作業だ。その心の傷は、キャラクターの背景を知るための重要なパズルのピースでもあるし、ドミノゲームの最初のピースでもある。間違ったピースを一番に置いてしまうと、キャラクターの根本が揺らいでしまい、ゲームが成立しなくなる。書き手としては、真実味のあるキャラクターを作り出し、それを一貫して言葉で表現できるように、ゲームのピースをすべて知っておくことが大切だ。では、キャラクターのどういう部分を調べればいいのだろうか。その人格を成す要素の因果関係はどうなっているのか。そういう情報を把握するには、こちらの便利なフローチャートを利用してみよう。

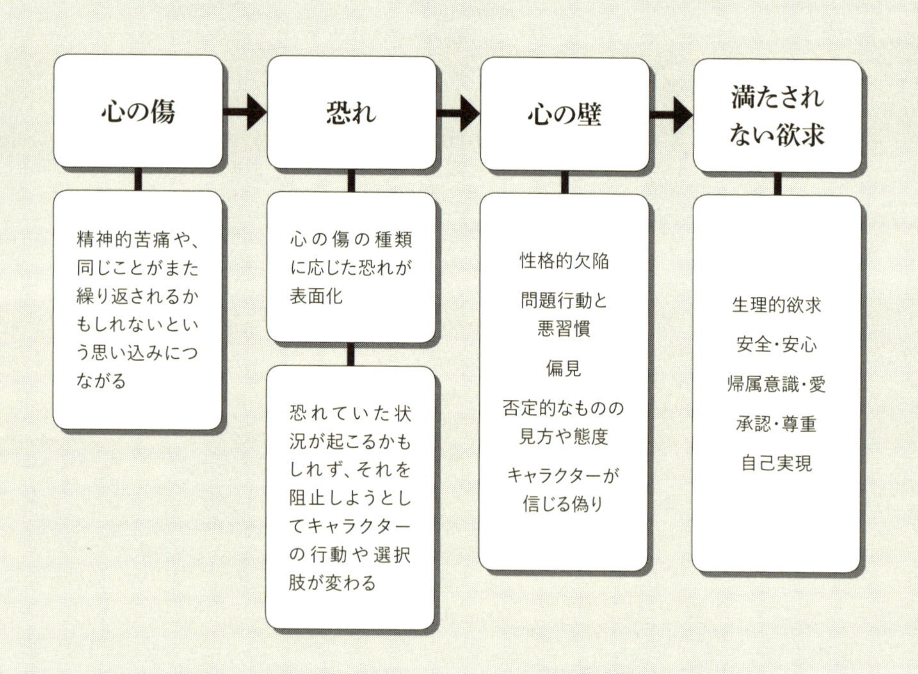

付録2

キャラクター・アーク進行ツール

心の傷がキャラクターにどんなインパクトを与えるかが基本的に掴めたら、次は、そのキャラクターの性格のアークにどんな波及効果があるかを把握する必要がある。次のチャートは、キャラクターに関して得た各情報がどうかみ合っていくのかを大雑把に示している。この次には同じチャートで空欄のものが用意されているので、印刷し、キャラクターごとにチャートを埋めていこう。

外的動機 ✎ キャラクターは**外的目標**を追う。

内的動機 ✎ **満たされない欲求**を満たそうとする。

外的葛藤 ✎ **外からの力**で目標への道が閉ざされる。

内的葛藤 ✎ **成長を阻む要素**と、性格的欠陥、偏見、問題行動や態度などの**内面の障害**が、キャラクターの心の壁になる。

偽り ✎ 自尊心を邪魔し、現実を歪め、自分を躊躇させる**個人的な誤信**とないまぜになって、キャラクターは自分に嘘をつく。

心の傷 ✎ 深い精神的苦痛を引き起こした**トラウマな過去の出来事**のせいで心に傷が残る。

恐れ ✎ 同じ苦しみが繰り返されるかもしれないと**身動きできなくなるような恐れ**が生まれ、荒療治をしない限り、その恐れは消えない。

解決 ✎ 満たされていなかった欲求を満たすには、キャラクターは**過去と対峙し**、そのつらい過去を**別の視点から見つめ直し**、今後の人生のために**自分の価値を認め**、**偽りを信じるのをやめ**、**心の壁を解かなければならない**。そうすれば、キャラクターは全身で**内面の力を感じることができ**、自分の性格の致命的欠陥を払拭できる。

付録 2

キャラクター・アーク進行ツール

外的動機 ✎

内的動機 ✎

外的葛藤 ✎

内的葛藤 ✎

偽り ✎

心の傷 ✎

恐れ ✎

解決 ✎

このチャートの印刷版はWriters Helping Writers［］のウェブサイトにあります。
*http://writershelpingwriters.net/wp-content/uploads/2017/10/Character-Arc-Progression.pdf

人気ストーリーに描かれる心の傷

書き手は、キャラクターのつらい体験をすべて物語に盛り込むわけでなく、トラウマが呼び覚まされたときの内面の動揺をほのめかすだけのこともある。実際、心の傷から生まれる恐怖心や偽りが真正面から描かれることは滅多にない。実は、そのオブラートに包んだ感じがかえって読者に関心を持たせる。読者は想像力をかき立てながらキャラクターの生き様を思い浮かべるのだ。そこで、心の傷をうまく物語の中に織り込んでいく方法を紹介しようと、人気ストーリーのキャラクターの事例をいくつか集めてみた。ただし、キャラクターを形作る要素がはっきりと定義されているのではなく、ほのめかされているだけの場合は(たとえば、キャラクターが信じている偽りなど)、この事例集には含まれていない。それでも、ここに挙げる例を見れば、キャラクターの心の傷からどのように大きな恐怖が生まれ、どういう心の壁が作られ、どの欲求が満たされていないのか、そして、こうした要素が物語の中でどのように大きな役割を担うのか、理解できるはずだ。

ジャック・トランス(『シャイニング』)

心の傷	家庭で暴力を頻繁に振るうアルコール依存症の父親に育てられた。
恐怖	自分も父親のような親になるのではないか。
心の壁	ジャック自身もアルコール依存症に苦しみ、悪い酒癖を断ち切ろうとしているが、過去の悪魔をなかなか追い払えない。ずいぶん前に他界している父親から悪い影響を受けていることは認めてはいるものの、湧き上がってくる不安や自己疑念を完全には払拭できずにいる。そのせいで、よき親、よき夫になろうとする努力が水の泡になっている。
満たされない欲求	突き詰めれば、ジャックは自己を尊重しておらず、承認・尊重の欲求が満たされていない。父親の言葉がジャックの心を蝕んでいることは自分でわかっているのだが、その言葉を自分から切り離せずにいるので、いつまでも自分自身と自分の能力に疑心暗鬼に陥ったままだ。最後には自分を取り戻すが、彼の心の傷からくる不安は最終的に彼を死に導く。

ウィル・ハンティング（『グッド・ウィル・ハンティング／旅立ち』）

心の傷	実親には捨てられ、里親には家庭内暴力を受け、転々としながら暮らしている。
恐怖	また人に拒絶され、見捨てられることを恐れている。
心の壁	ウィルは絵に描いたような素行の悪い劣等生。わざと自分の才能を無視し、身近の信用できる人間としか付き合わない。すぐにかっとなるし、生意気で、喧嘩っ早い。恋愛には興味があっても、付き合いが真剣になりはじめると自分から関係を壊してしまう。
満たされない欲求	まずは帰属意識・愛の欲求が満たされていない。ウィルには友達はいても友情だけでは満足できないから、ハーバード大学の女学生スカイラーを追いかける。だが、彼の最大の満たされない欲求はそれではない。どこかに属していたい、なのにその切実な思いを満たすことのできない彼の心のさらに奥には、承認・尊重の欲求が潜んでいる。家庭内暴力を体験した子どもは、普通、自分にも非があったから暴力を受けたと思い込むが、ウィルも例外ではない。実親に拒絶されている彼は、自分に何か問題があるから、他人にも拒絶されるのではないかと恐れている可能性もある。過去のトラウマは自分のせいではないと彼自身が思えるようにならなければ、ありのままの自分——自分は価値のある人間で、人に愛される資格を持った人間であること——を受け入れることはできない。

マーリン（『ファインディング・ニモ』）

心の傷	妻と子どもたちが襲われ、失う。
恐怖	ひとり残された息子（ニモ）も失ってしまうのではないかと気が気でない。
心の壁	マーリンは「ヘリコプター・ペアレント」という言葉が定着する前から、その概念を体現したような親だった。いつも最悪の事態を想定して息子のニモの世話を焼き、ニモにはニモ自身のことでも重要な判断をほとんどさせない。おまけに、マーリンは常に恐怖に駆られて生きているので、ありとあらゆるもの、すべての人を危険と見なし、信用しない。
満たされない欲求	妻と子どもたちを失ったマーリンの心からは「安全・安心」という言葉は消えてしまう。マーリンは残されたニモを守ろうと必死だが、皮肉にも、父親の度を越した心配ぶりにニモは父親から遠ざかり、危険に身をさらす。そしてマーリンがまさに避けようとしていた事態に陥ってしまう。

ザック・メイヨ（『愛と青春の旅立ち』）

心の傷	母親が自殺した後、父親のもとに送られ一緒に暮らすが、酒と女に溺れている父親はザックをきちんと養育できない。
恐怖	自分が属す場所は本当にどこにもないのではないかと恐れている。
心の壁	ザックの父は「父親になどなりたくなかった」と息子に向かって言うような人間。そんな親に育てられたザックは、ひとりで大人になったも同然と、完全独立独歩で生きている。協調性はないし、自分勝手にやっているから、当然権威には楯を突く。友達はいても、彼らのことは二の次で、自分のやりたいことをやりたいようにやっている。
満たされない欲求	独立精神が強く、非協力的で、人から命令されるのが嫌いな性格なのに、ザックが海軍士官養成学校への入学を決意したのは一見不可解ではある。しかし、彼の本当の目的は帰属意識・愛の欲求を満たすことなのだ。それはザックがこれまでの人生で一度も味わったことのないもので、帰属意識を持ちたい、仲間のひとりになりたいと願ってやまないのである。

ウンドワート将軍（『ウォーターシップ・ダウンのウサギたち』）

心の傷	兄弟ウサギたちは農夫の手で、母親はキツネに殺されるのを見ている。
恐怖	自分よりも力強い者たちに殺されることを恐れている。
心の壁	野放しにされ、たった1羽で育ったウサギのウンドワートは、ずる賢く、残忍で、専制的であり、村という村をみな武力で自分の支配下に入れてしまう。支配者としての彼の能力を疑った者、反逆を企てた者はみな即刻その場で殺されてしまう。『ウォーターシップ・ダウン』で読者が目にするのはこの時点のウンドワート将軍で、この町のウサギの繁殖地を力で弾圧していて、情けのかけらも誰にも見せないのである。
満たされない欲求	ウンドワートの欲求ははっきりと言葉では表現されていないけれど、その行動から安全・安心の欲求が満たされていないのだと読者は推測できる。家族のように自分も殺される運命にあるのではないかと恐れているから、性格が冷酷になり、暴力を振るって他のウサギたちを支配し、残忍さを緩めないウンドワートは児童文学の世界きっての悪者キャラクターである。

付録4

背景としてのトラウマをめぐる プロファイル・ツール

✎過去にキャラクターの心を傷つけた人
✎何が起きたか（心の傷を負う出来事や状況）
✎どこで起きたか それは｜☐ 1回だけ｜☐ 今も続いている｜☐ 繰り返し起きている｜出来事である。
✎心の傷に影響を与える要素 ☐ キャラクターのパーソナリティ｜☐ 問題との物理的な距離｜☐ 責任感 ☐ 周囲からのサポートの有無｜☐ 繰り返し・再発｜☐ 法の裁き ☐ 追い討ちをかける出来事｜☐ 問題の破壊力｜☐ 問題との精神的な距離 ☐ キャラクターの心理状態 ✎詳細
✎この体験の後遺症（性格的欠陥、問題行為、過敏さ、対人関係の問題、不安感など）
✎この体験からキャラクターが学んだマイナスの教訓

✎信頼をめぐって問題が起きた場合はその詳細
✎この体験から生まれた恐怖
✎人と距離を置き、つらい状況を避けるために出てきた性格的欠陥
✎この体験から生まれた偏見
✎この体験から生まれたネガティブな態度や考え方
✎キャラクターが現在信じている偽り（自己非難、低い自尊心、幻滅など）
✎キャラクターが現在避けている感情
✎このトラウマの引き金
✎キャラクターの自尊心はどう傷つけられたか

このツールの印刷版はWriters Helping Writers［*］のウェブサイトにあります。
*http://writershelpingwriters.net/wp-content/uploads/2017/10/Backstory-Wound-Profile.pdf

あとがき

本書が役立ったと思ったら、「Writers Helping Writers」のWEBサイトをチェックしてみてほしい。このサイトでは、執筆の腕を磨くために役立つ記事だけでなく、作品を書き上げたのちにそれを出版しマーケットに広めるための方法など、作家としての道を歩むための情報も投稿形式で紹介している。新刊のお知らせ、創作や執筆に役立つ情報、実用的なアドバイスなど、最新の情報をたっぷりと掲載したメールマガジンも配信している。
また、その姉妹サイトである「One Stop For Writers」もぜひ。こちらには、ストーリー構想の作成、執筆作業に便利なツールを1カ所にまとめて用意し、先に紹介した各種類語辞典に掲載された項目も閲覧できるようになっている。

最後に、読者の皆様からの感想を是非お聞かせいただけたら嬉しい。それから本書を気に入っていただいたなら、友人や知人の皆さんにも紹介いただければ幸いである。創作や執筆に役立つ書籍の購入を検討しているあらゆる人たちに、本書はきっと役立つはずだ。

どうもありがとう、ハッピーライティング！

アンジェラ・アッカーマン＆ベッカ・パグリッシ

● WEBサイト

Writers Helping Writers（作家を助ける作家たち）www.writershelpingwriters.net

One Stop For Writers（作家のためのワンストップ）www.onestopforwriters.com

● フェイスブック

www.facebook.com/DescriptiveThesaurusCollection

● Twitterアカウント

@angelaackerman（アンジェラ・アッカーマン）@beccapuglisi（ベッカ・パグリッシ）

キャラクターの内面を全体的に理解できれば、物語を通してそのキャラクターを突き動かすものを効果的に見せることができる。キャラクターの動機、心の傷、そしてこれらの要素がキャラクター軸の中でどう作用していくのかをさらに研究するために、私たちのこれまでの類語辞典シリーズをぜひ本書と併せて読んでみてほしい（いずれもフィルムアート社刊）。

『感情類語辞典』

滝本杏奈＝訳　定価：1,600円＋税

「この感情を伝えるにはどうしたらいいのか」。喜怒哀楽の感情に由来するしぐさや行動、思考、心の底から沸き上がる感情を収集した、言葉にならない感情を描くときに手放せない一冊。飯間浩明（国語辞典編纂者）推薦。

『性格類語辞典 ポジティブ編』

滝本杏奈＝訳　定価：1,300円＋税

記憶に残る「前向きな」キャラクターの創作のヒントの詰まった類語辞典。キャラクターが持ちうるポジティブな性質と、その性質を代表する行動、態度、思考パターンなどを列挙し、現実味溢れ、読者を魅了するキャラクターの創作に役立ってくれるはずだ。朝井リョウ（小説家）、飯間浩明（国語辞典編纂者）推薦。

『性格類語辞典 ネガティブ編』

滝本杏奈＝訳　定価：1,300円＋税

悪役にも心の葛藤や不安はあるし、やりたいことがあっても躊躇し、うまく物事が運ばないことだってある……リアルな悪役はポジティブな部分とネガティブな部分をあわせ持っている。そんな彼らの嫌な部分の理解を深めると、その根底にある不安と恐れが見えてくるだろう。キャラクターの心の闇に光を当てた一冊。藤子不二雄Ⓐ（漫画家）、飯間浩明（国語辞典編纂者）推薦。

『場面設定類語辞典』

滝本杏奈＝訳　定価：3,000円＋税

郊外編、都市編合わせて225場面を列挙し、場面ごとに目にするもの、匂い、味、音、感触をまとめた一冊。情景を描写しながら、ストーリーの雰囲気や象徴、そしてキャラクターの葛藤や感情を表現し、ストーリーに幾層もの深みを持たせ、読者を引きつけるための設定のつくり方を学んでほしい。有栖川有栖（小説家）、武田砂鉄（ライター）推薦。

著者紹介

アンジェラ・アッカーマン Angela Ackerman
ベッカ・パグリッシ Becca Puglisi

アンジェラ・アッカーマンは主にミドルグレード・ヤングアダルトの読者を対象に、若い世代の抱える闇をテーマにした小説を書いている。SCBWI〔児童書籍作家・イラストレーター協会〕会員である。ベッドの下にモンスターがいると信じ、フライドポテトとアイスクリームを一緒に食し、人から受けた恩をどんな形であれ他の人に返すことに尽くしている。夫と2人の子ども、愛犬とゾンビに似た魚に囲まれながら、ロッキー山脈の近く、カナダのアルバータ州カルガリーに暮らす。
ベッカ・パグリッシはともに多くの作家と作家志望者が集まるウェブサイト「Writers Helping Writers（前身は「The Bookshelf Muse」）」を運営している。豊かな文章を書くにあたり参考となる数々の類語表現を紹介するこのウェブサイトは、その功績が認められ賞も獲得している。

訳者紹介

新田享子

三重県生まれ、カリフォルニア州サンフランシスコを経て、現在はトロント在住。テクノロジー系を中心に幅広い分野のノンフィクションの翻訳を手がけている。ウェブサイトは www.kyokonitta.com

---

トラウマ類語辞典

2018年 8 月25日　初版第1刷発行
2023年 9 月30日　第8刷

著者 ―――― アンジェラ・アッカーマン & ベッカ・パグリッシ
訳者 ―――― 新田享子
翻訳協力 ―― 株式会社トランネット
ブックデザイン ― イシジマデザイン制作室
装画 ―――― 小山健
日本語版編集 ― フィルムアート社
発行者 ――― 上原哲郎
発行所 ――― 株式会社フィルムアート社
〒150-0022
東京都渋谷区恵比寿南1丁目20番6号 第21荒井ビル
TEL 03-5725-2001
FAX 03-5725-2626
http://www.filmart.co.jp

印刷・製本 ― シナノ印刷株式会社

Printed in Japan
ISBN：978-4-8459-1721-1 C0090